Diogenes Taschenbuch 23630

Georges Simenon

Maigret und die Frauen

Maigret und die junge Tote

Maigret und die alte Dame

*Zwei Romane in einem Band
Aus dem Französischen
von Raymond Regh und
Renate Nickel*

Diogenes

Titel der Originalausgaben:
›Maigret et la jeune morte‹, ›Maigret et la vieille dame‹
Copyright © 1954, 1951 by
Georges Simenon Limited, a Chorion company
Alle Rechte vorbehalten
Die deutsche Erstausgabe von ›Maigret et la jeune morte‹
erschien 1958 unter dem Titel ›Maigret und die Unbekannte‹
Die Übersetzung von Raymond Regh erschien
erstmals 1978 im Diogenes Verlag und wurde 1997
für eine Neuausgabe überarbeitet
Die deutsche Erstausgabe von ›Maigret et la vieille dame‹
erschien 1959. Die Übersetzung von Renate Nickel
erschien erstmals 1978 im Diogenes Verlag und wurde
1997 für eine Neuausgabe überarbeitet
Umschlagfoto: Raymond Voinquel,
›Marie Déa, Pièges, film de Robert Siodmack‹, 1939
Copyright © Ministère de la Culture,
France

Alle deutschen Rechte vorbehalten
Copyright © 1978, 1997, 2007
Diogenes Verlag AG Zürich
www.diogenes.ch
100/07/36/1
ISBN 978 3 257 23630 9

Inhalt

Maigret und die junge Tote 7
Deutsch von Raymond Regh

Maigret und die alte Dame 195
Deutsch von Renate Nickel

*Maigret
und die junge Tote*

I

Inspektor Lognon findet eine Leiche und ist verstimmt, weil man sie ihm vor der Nase wegschnappt

Maigret gähnte und schubste die Papiere zum Rand des Schreibtisches hinüber.

»Unterschreibt das, Kinder, dann dürft ihr ins Bett.«

Die »Kinder« waren wahrscheinlich die hartgesottensten Burschen, mit denen die Kriminalpolizei seit einem Jahr zu tun gehabt hatte. Der eine, Dédé genannt, sah aus wie ein Gorilla, und der schmächtigste, der mit dem blauen Auge, hätte sich seinen Lebensunterhalt als Jahrmarktsringer verdienen können.

Janvier reichte ihnen die Papiere, einen Federhalter, und nun, da sie endlich gestanden hatten, machten sie nicht mehr viel Federlesens und unterschrieben verdrossen das Verhörprotokoll, ohne es noch einmal durchzulesen.

Auf der Marmoruhr war es kurz nach drei, und in den meisten Büros am Quai des Orfèvres war es dunkel. Schon lange war kein anderes Geräusch mehr vernehmbar als ein fernes Hupen oder die quietschenden Bremsen eines Taxis, das auf dem nassen Kopfsteinpflaster ins Schleudern geriet. Als sie tags zuvor hergebracht wurden, waren die Büros auch schon wie ausgestorben gewesen, denn es war noch vor neun Uhr morgens, und vom Personal war noch niemand da. Es regnete bereits, ein feiner, trister Regen, der noch immer andauerte.

Über dreißig Stunden bereits saßen sie zwischen denselben vier Wänden, mal zusammen, mal einzeln, während Maigret und fünf seiner Mitarbeiter sie abwechselnd in die Zange nahmen.

»Dummköpfe!« hatte der Kommissar gesagt, als er sie zu Gesicht bekommen hatte. »Das wird lange dauern.«

Bei starrsinnigen Dummköpfen dauerte es immer am längsten, bis sie auspackten. Sie meinen, sich aus der Affäre ziehen zu können, indem sie gar nicht oder einfach aufs Geratewohl antworten, selbst auf die Gefahr hin, sich alle fünf Minuten zu widersprechen. Und da sie sich ohnehin für schlauer halten als alle andern, schwingen sie immer zuerst große Reden.

»Wenn ihr meint, ihr könnt mich hereinlegen…«

Bereits seit Monaten trieben sie ihr Unwesen in der Umgebung der Rue La Fayette, und die Zeitungen nannten sie die Mauerbrecher. Dank eines anonymen Telefonanrufs hatte man sie endlich geschnappt.

Ein Rest Kaffee war noch in den Tassen, und auf einem Gaskocher stand ein Kaffeekännchen aus Email. Alle sahen übernächtigt aus und waren aschfahl im Gesicht. Maigret hatte so viel geraucht, daß seine Kehle davon gereizt war, und er nahm sich vor, Janvier vorzuschlagen, irgendwohin eine Zwiebelsuppe essen zu gehen, wenn die drei erst einmal versorgt wären. Sein Bedürfnis nach Schlaf war vorüber. Gegen elf hatte ihn die Müdigkeit übermannt, und er war hinüber in sein Büro gegangen, um ein wenig zu dösen. Jetzt dachte er nicht mehr an Schlaf.

»Sag Vacher, er soll sie fahren.«

Sie brachen gerade auf, da klingelte das Telefon. Maigret nahm den Hörer ab, und eine Stimme sagte:

»Wer bist denn du?«

Er runzelte die Stirn und antwortete nicht sofort. Vom anderen Ende der Leitung kam die Frage:

»Jussieu?«

Jussieu hieß der Inspektor, der eigentlich Wachdienst hatte und der von Maigret gegen zehn nach Hause geschickt worden war.

»Nein. Maigret«, murmelte er.

»Entschuldigen Sie, Herr Kommissar. Hier spricht Raymond, von der Zentrale.«

Der Anruf kam aus dem anderen Gebäude, in dem sich ein riesiger Raum befand, zu dem alle Notrufe geleitet wurden. Sobald die Scheibe einer der roten Notrufsäulen, die über ganz Paris verteilt sind, eingeschlagen wurde, leuchtete ein Lämpchen auf einer Karte auf, die eine ganze Wandfläche einnahm, und ein Mann steckte einen Stecker in eine der Buchsen des Vermittlungspults.

»Zentrale, bitte melden.«

Mal handelte es sich um eine Schlägerei, mal um einen randalierenden Betrunkenen, mal um einen Polizisten auf Streife, der Verstärkung anforderte.

Der Mann von der Zentrale steckte seinen Stecker in eine andere Buchse.

»Die Wache in der Rue de Grenelle? Bist du's, Justin? Schick mal einen Wagen zum Quai, in Höhe von Hausnummer 210...«

Zu zweit oder zu dritt hatten sie in der Zentrale Nachtdienst, und sicher machten auch sie sich Kaffee. In ernsten Fällen alarmierten sie die Kriminalpolizei. Sonst telefonierten sie auch mit dem Quai, um mit einem Freund ein Schwätzchen zu halten. Maigret kannte Raymond.

»Jussieu ist schon weg«, sagte er. »Hattest du ihm etwas Besonderes auszurichten?«

»Nur, daß man gerade auf der Place Vintimille die Leiche einer jungen Frau gefunden hat.«

»Nichts Genaueres?«

»Die Leute vom 2. Revier dürften bereits vor Ort sein. Ich habe den Anruf vor drei Minuten bekommen.«

»Ich danke dir.«

Die drei Muskelprotze hatten das Büro verlassen. Janvier kam wieder herein, mit rotgeränderten Augen, wie stets, wenn er die Nacht durchmachte, das Kinn voller Stoppeln, die ihm ein kränkliches Aussehen verliehen.

Maigret zog seinen Mantel an, suchte nach seinem Hut.

»Kommst du?«

Einer hinter dem anderen stiegen sie die Treppen hinunter. Eigentlich wollten sie noch auf eine Zwiebelsuppe zu den Hallen. Doch vor den kleinen schwarzen Autos, die auf dem Hof parkten, zögerte Maigret plötzlich.

»Auf der Place Vintimille hat man gerade die Leiche einer jungen Frau gefunden«, sagte er.

Dann, so wie jemand, der einen Vorwand sucht, um nicht ins Bett zu gehen:

»Schauen wir mal vorbei?«

Janvier setzte sich ans Steuer eines der Wagen. Von dem stundenlangen Verhör, das sie gerade hinter sich hatten, waren sie beide zu erschöpft, um miteinander zu reden.

Maigret hatte ganz vergessen, daß das 2. Revier der Bereich von Lognon war, der von seinen Kollegen Inspektor Griesgram genannt wurde. Selbst wenn er daran gedacht hätte, konnte es durchaus sein, daß Lognon keinen Nachtdienst hatte und darum auf der Wache der Rue de La Rochefoucauld nicht anzutreffen war.

Die nassen Straßen lagen wie ausgestorben da, feine Tropfen zeichneten einen Lichterkranz um die Gaslaternen, und nur dann und wann huschten schemenhafte Gestalten an den Häuserwänden entlang. Ein Café an der Ecke Rue de Montmartre mit den Grands Boulevards hatte noch offen, und ein Stück weiter blinkten die Leuchtschilder von zwei oder drei Nachtlokalen. Taxis warteten am Straßenrand.

Bloß einen Katzensprung von der Place Blanche entfernt lag die Place Vintimille da wie eine friedliche Insel. Ein Polizeiwagen parkte. Unweit der Umzäunung des winzigen Platzes standen vier oder fünf Männer um ein helles Etwas herum, das auf dem Boden lag.

Mit einem Male erkannte Maigret die kleine, hagere Gestalt Lognons. Inspektor Griesgram hatte sich von der Gruppe gelöst, um nachzusehen, wer da käme, und da erkannte er seinerseits Maigret und Janvier.

»Mist!« murmelte der Kommissar.

Denn Lognon würde ihm gewiß wieder vorwerfen, er würde sich absichtlich in sein Revier einmischen. Gerade jetzt, wo er auf Wache war, ereignete sich ein Drama, bot ihm womöglich jene Gelegenheit, sich hervorzutun, auf die er schon so viele Jahre wartete. Und da führte eine Kette von Zufällen Maigret nahezu gleichzeitig zum Tatort!

»Hat man Sie zu Hause angerufen?« fragte er mißtrauisch, schon überzeugt, daß man eine Verschwörung gegen ihn angezettelt habe.

»Ich war am Quai. Raymond hat mich angerufen. Da wollte ich mal vorbeischauen.«

Dennoch würde Maigret nicht aus Rücksicht auf Lognons Überempfindlichkeit fortgehen, ehe er nicht erfahren hatte, worum es sich handelte.

»Ist sie tot?« fragte er und deutete auf die Frau, die auf dem Bürgersteig lag.

Lognon nickte. Drei Polizisten in Uniform standen neben der Leiche sowie ein Pärchen, Leute, die vorbeigekommen waren und die, wie der Kommissar später erfuhr, die Leiche bemerkt und Alarm geschlagen hatten. Wenn sich dies auch nur hundert Meter entfernt ereignet hätte, so hätte es bereits einen Menschenauflauf gegeben, aber über die Place Vintimille kamen nachts nur wenige Passanten.

»Wer ist es?«

»Keine Ahnung. Sie hat keine Papiere bei sich.«

»Keine Handtasche?«

»Nein.«

Maigret machte drei Schritte und beugte sich hinunter. Die junge Frau lag auf der rechten Körperseite, die Wange auf dem nassen Trottoir; sie trug nur einen Schuh.

»Hat man den anderen Schuh gefunden?«

Lognon schüttelte den Kopf. Es war irgendwie seltsam, daß man die Zehen durch den Seidenstrumpf hindurch sah. Sie trug ein Abendkleid aus blaßblauem Satin, das zu groß wirkte für sie, vielleicht schien es auch nur so, weil sie lag.

Das Gesicht war noch jung. Maigret dachte bei sich, daß sie nicht älter als zwanzig sein konnte.

»Wo bleibt der Arzt?«

»Ich warte auf ihn. Er müßte schon hier sein.«

Maigret wandte sich an Janvier.

»Ruf den Erkennungsdienst an. Sie sollen Fotografen herschicken.«

Auf dem Kleid war kein Blut. Mit der Taschenlampe eines der Inspektoren leuchtete ihr der Kommissar ins Gesicht, und ihm schien, daß das Auge, das er sehen konnte, leicht und die Oberlippe dick angeschwollen war.

»Kein Mantel?« fragte er weiter.

Es war März. Zwar war es recht mild, jedoch nicht so, daß man nachts und dazu noch im Regen in einem leichten schulterfreien Trägerkleid spazierengehen konnte.

»Wahrscheinlich ist sie gar nicht hier ermordet worden«, murmelte Lognon finster und tat so, als erfülle er nur seine Pflicht, wenn er dem Kommissar helfe, und als interessiere er sich persönlich überhaupt nicht für den Fall.

Absichtlich hielt er sich ein wenig abseits. Janvier war in eine Bar an der Place Blanche telefonieren gegangen, und bald darauf hielt ein Taxi mit einem Arzt aus dem Viertel.

»Sie können mal einen Blick auf sie werfen, Herr Doktor, aber verändern Sie die Lage nicht, bevor die Fotografen kommen. Sie ist ohne Zweifel tot.«

Der Arzt beugte sich hinab, befühlte zuerst ihr Handgelenk, dann ihre Brust, richtete sich wieder auf, gleichgültig, wortlos, und wartete wie die andern.

»Kommst du?« fragte die Frau, die sich bei ihrem Mann eingehängt hatte und der allmählich kalt wurde.

»Wart noch ein bißchen.«
»Worauf?«
»Was weiß ich. Irgendwas werden sie schon unternehmen.«

Maigret wandte sich an sie.
»Haben Sie Ihren Namen und Ihre Adresse angegeben?«
»Dem Herrn da, ja.«
Sie zeigten auf Lognon.
»Wie spät war es, als Sie die Leiche entdeckten?«
Sie sahen sich an.
»Um drei kamen wir aus dem Nachtclub.«
»Um fünf nach drei«, berichtigte die Frau. »Ich habe auf die Uhr geschaut, als du zur Garderobe gegangen bist.«

»Das ist doch egal. Wir haben nur drei oder vier Minuten bis hierher gebraucht. Wir gingen gerade um den Platz herum, als ich etwas Helles auf dem Trottoir liegen sah.«
»War sie da schon tot?«
»Ich nehme es an. Sie rührte sich nicht.«
»Sie haben sie nicht angefaßt?«
Der Mann schüttelte den Kopf.
»Ich habe meine Frau losgeschickt, um die Polizei zu rufen. An der Ecke des Boulevard de Clichy steht eine Notrufsäule. Ich weiß es, weil wir ganz in der Nähe am Boulevard des Batignolles wohnen.«

Schon kam auch Janvier wieder zurück.
»In wenigen Minuten sind sie hier«, verkündete er.
»Ich nehme an, Moers war nicht da?«
Unbewußt spürte Maigret, daß es ein ziemlich komplizierter Fall war, der da begann. Die Pfeife im Mund, die

Hände in den Taschen, wartete er und warf dann und wann einen Blick auf die am Boden liegende Gestalt. Das blaue Kleid war alles andere als neu und schon ziemlich abgetragen, der Stoff recht gewöhnlich. Ein Kleid wie von einem der Animiermädchen, die in den Nachtlokalen auf dem Montmartre arbeiteten. Auch der Schuh, ein versilberter Schuh mit sehr hohem Absatz, dessen abgelaufene Sohle zu sehen war, hätte einem von ihnen gehören können.

Die nächstliegende Erklärung war die, daß ein Animiermädchen auf dem Nachhauseweg überfallen und ihr die Handtasche gestohlen worden war. Nur hätte sie dann noch beide Schuhe angehabt und der Dieb sich vermutlich nicht die Mühe gemacht, dem Opfer den Mantel wegzunehmen.

»Sie muß anderswo umgebracht worden sein«, sagte er halblaut zu Janvier.

Lognon, der die Ohren spitzte, hörte es, und sein Mund verzerrte sich zu einem schmerzlichen Grinsen, denn er hatte diese Theorie zuerst vorgebracht.

Wenn sie anderswo ermordet worden war, weshalb hatte man dann die Leiche auf diesem Platz abgelegt? Daß der Mörder die junge Frau auf seinen Schultern transportiert hatte, war unwahrscheinlich. Er mußte einen Wagen genommen haben. Doch dann hätte er sie ebensogut in irgendeinem verlassenen Gelände verstecken oder sie in die Seine werfen können...

Maigret hätte merken müssen, daß ihn das Gesicht des Opfers am meisten stutzig machte. Noch kannte er es erst im Profil. Ob ihr die Quetschungen dieses gekränkte Aussehen verliehen? Man hätte meinen können, ein kleines schmollendes Mädchen vor sich zu haben. Das brünette, sehr weiche Haar war nach hinten geworfen und fiel in natürlichen Locken. Das Make-up hatte sich im Regen etwas aufgelöst, was sie jedoch nicht älter oder unansehnlicher, sondern im Gegenteil nur noch jünger und anziehender machte.

»Kommen Sie mal einen Augenblick, Lognon.«

Maigret nahm ihn beiseite.

»Ich höre, Chef.«

»Haben Sie eine Idee?«

»Sie wissen doch, daß ich nie eine Idee habe. Ich bin doch nur ein kleiner Inspektor.«

»Haben Sie das Mädchen noch nie gesehen?«

Lognon kannte die Umgebung der Place Blanche und der Place Pigalle wie seine Westentasche.

»Nein.«

»Ein Animiermädchen?«

»Aber keine Professionelle, die kenne ich fast alle.«

»Ich werde Sie brauchen.«

»Mir zuliebe brauchen Sie das nicht zu sagen. Sobald man sich am Quai des Orfèvres mit dem Fall beschäftigt, geht er mich nichts mehr an. Ich will mich gar nicht beschweren. Das ist halt so. Ich bin's ja gewöhnt. Sie brauchen mir lediglich Anweisungen zu erteilen, und ich werde mein Bestes tun.«

»Vielleicht wäre es nicht schlecht, wenn man jetzt gleich die Portiers der Nachtlokale vernehmen würde?«

Lognon warf einen Blick auf die am Boden liegende Leiche und seufzte:

»Ich gehe ja schon.«

Er dachte, man schicke ihn absichtlich fort. Mit müden Schritten überquerte er die Straße und mußte sich zusammennehmen, um sich nicht umzudrehen.

Der Wagen des Erkennungsdienstes traf ein. Einer der Polizisten war darum bemüht, einen betrunkenen Passanten abzuwimmeln, der sich darüber aufregte, daß man dem »jungen Fräulein« nicht zu Hilfe kam.

»Ihr seid alle die gleichen, ihr Bullen. Nur weil man einen zuviel getrunken hat...«

Nachdem die Fotos gemacht waren, konnte sich der Arzt über die Leiche beugen und sie auf den Rücken drehen, wodurch man das ganze Gesicht in Augenschein nehmen konnte, das nun noch jünger erschien.

»Woran ist sie gestorben?« fragte Maigret.

»Schädelbruch.«

Der Arzt fuhr mit den Fingern durchs Haar der Toten.

»Man hat ihr mit einem schweren Gegenstand auf den Kopf geschlagen, einem Hammer, einem Engländer, einem Bleirohr, was weiß ich? Zuvor hat sie außerdem Schläge ins Gesicht erhalten, wahrscheinlich Faustschläge.«

»Können Sie den ungefähren Zeitpunkt ihres Todes bestimmen?«

»Nach meiner Meinung liegt er etwa zwischen zwei und drei Uhr in der Früh. Dr. Paul wird Ihnen nach der Autopsie mehr Einzelheiten liefern können.«

Der Wagen des Gerichtsmedizinischen Instituts war auch eingetroffen. Die Männer warteten nur auf ein Zeichen, um die Leiche auf eine Bahre zu legen und sie zum Pont d'Austerlitz zu fahren.

»Los!« seufzte Maigret.

Seine Blicke suchten Janvier.

»Gehen wir eine Kleinigkeit essen?«

Obwohl sie beide keinen Hunger mehr hatten, setzten sie sich in eine Brasserie und bestellten eine Zwiebelsuppe, wie sie es sich eine Stunde zuvor vorgenommen hatten. Maigret hatte Anweisung erteilt, den Zeitungen ein Foto der Toten zuzuschicken, damit es noch in der Morgenausgabe erscheinen konnte.

»Gehen Sie hin?« fragte Janvier.

Maigret wußte, daß er das Leichenschauhaus meinte, das man jetzt Gerichtsmedizinisches Institut nannte.

»Vermutlich schon.«

»Dr. Paul wird auch dort sein. Ich habe ihn angerufen.«

»Einen Calvados?«

»Gern.«

An einem Nachbartisch aßen zwei Frauen Sauerkraut, zwei Animiermädchen, beide im Abendkleid, und Maigret beobachtete sie so eingehend, als ginge es darum, die feinsten Unterschiede zwischen ihnen und dem toten Mädchen herauszufinden.

»Gehst du nach Hause?«

»Ich begleite Sie«, entschloß sich Janvier.

Es war halb fünf, als sie das Gerichtsmedizinische Institut betraten, wo Dr. Paul, der kurz vor ihnen eingetroffen war, gerade seinen weißen Kittel anlegte, eine Zigarette zwischen den Lippen wie bei jeder Autopsie.

»Haben Sie sie schon untersucht, Herr Doktor?«

»Erst flüchtig.«

Die nackte Leiche lag auf einer Marmorplatte, und Maigret wandte den Blick ab.

»Was meinen Sie?«

»Ich schätze sie auf neunzehn bis zweiundzwanzig. Sie war kerngesund, aber ich vermute, daß sie unterernährt war.«

»Ein Animiermädchen aus einem Nachtlokal?«

Mit schelmischen kleinen Augen sah ihn Dr. Paul an:

»Meinen Sie ein Mädchen, das mit den Gästen ins Bett geht?«

»So ungefähr.«

»Dann lautet meine Antwort: nein.«

»Woher wollen Sie das so genau wissen?«

»Weil dieses Mädchen noch nie mit jemandem im Bett war.«

Janvier sah unwillkürlich zu der von einem Strahler beleuchteten Leiche hinüber und wandte dann errötend den Blick ab.

»Sind Sie sicher?«

»Ganz sicher.«

Er zog Gummihandschuhe an und bereitete seine Instrumente auf einem Emailtisch vor.

»Bleiben Sie hier?«

»Wir warten nebenan. Brauchen Sie lange?«

»Eine knappe Stunde. Hängt davon ab, was ich finde. Möchten Sie eine Analyse des Mageninhalts?«

»Gern. Man kann nie wissen.«

Maigret und Janvier gingen ins Büro nebenan, wo sie steif wie Patienten in einem Wartesaal Platz nahmen. Beide hatten noch den jungen weißen Körper vor Augen.

»Nimmt mich wunder, wer sie ist«, murmelte Janvier nach langem Schweigen. »Ein Abendkleid zieht man doch nur ins Theater, in gewisse Nachtlokale oder zu einer exklusiven Party an.«

Beide dachten im stillen dasselbe. Erstens waren festliche Empfänge in Smoking und Abendkleid relativ selten, und bestimmt erschien man zu solchen Anlässen nicht in einem so abgetragenen billigen Fähnchen wie dem der Unbekannten.

Zweitens war es nach dem, was Dr. Paul eben gesagt hatte, schwer vorstellbar, daß die junge Frau in einem der Nachtlokale am Montmartre arbeitete.

»Eine Hochzeit?« brachte Maigret halbherzig vor. »Das wäre noch ein Anlaß, bei dem man sich festlich anzieht.«

»Meinen Sie?«

»Ach was.«

Und seufzend zündete er sich eine Pfeife an.

»Warten wir's ab.«

Nach zehnminütigem Schweigen sagte er zu Janvier:

»Würde es dir etwas ausmachen, ihre Kleider zu holen?«

»Muß das sein?«

Der Kommissar nickte.

»Außer, du hast Angst.«

Janvier öffnete die Tür und verschwand knapp zwei Minuten, und als er zurückkam, war er so blaß, als müßte er sich gleich übergeben.

In der Hand hielt er das blaue Kleid und weiße Unterwäsche.

»Ist Paul bald fertig?«

»Ich weiß nicht. Ich habe lieber nicht hingesehen.«

»Gib mir mal das Kleid.«

Es war schon oft gewaschen worden, und als Maigret

den Saum umschlug, konnte man sehen, daß die Farbe verblaßt war. Auf dem Etikett stand: »Mademoiselle Irène, Rue de Douai 35 bis.«

»Das ist doch in der Nähe der Place Vintimille«, bemerkte Maigret.

Er untersuchte die Nylonstrümpfe – einer der Füßlinge war durchnäßt –, den Schlüpfer, den BH, einen schmalen Strumpfhalter.

»Ist das alles, was sie auf dem Leib trug?«

»Ja. Der Schuh kommt aus der Rue Notre-Dame-de-Lorette.«

Wieder dasselbe Viertel. Ließ man die Aussage von Dr. Paul außer acht, so paßte alles auf ein Animiermädchen oder auf eine junge Frau, die auf dem Montmartre ein Abenteuer sucht.

»Vielleicht findet Lognon etwas heraus«, bemerkte Janvier.

»Ich weiß nicht recht.«

Beide fühlten sich gleichermaßen unwohl in ihrer Haut, da sie die ganze Zeit daran denken mußten, was auf der anderen Seite der Tür vor sich ging. Eine Dreiviertelstunde verging, ehe sie geöffnet wurde. Als sie einen Blick in den Nebenraum warfen, lag die Leiche nicht mehr da, ein Angestellter des Gerichtsmedizinischen Instituts schloß gerade eines der Schubfächer, in denen man die Leichen aufbewahrte.

Dr. Paul legte seinen Kittel ab und zündete sich eine Zigarette an.

»Viel habe ich nicht herausgefunden«, sagte er. »Tod durch Schädelbruch. Es war kein einzelner Schlag, sondern mehrere, mindestens drei, die mit aller Kraft ausgeführt wurden. Ich kann unmöglich bestimmen, welchen Gegenstand man verwendet hat. Es kann ebensogut mit einem Werkzeug wie mit einem kupfernen Feuerbock oder einem Kerzenständer geschehen sein, jedenfalls mit irgend etwas Schwerem und Hartem. Die Frau ist zunächst auf die Knie gefallen und hat versucht, sich an jemanden zu klammern, denn ich habe dunkle Wollfasern unter ihren Fingernägeln sichern können. Ich werde sie unverzüglich ins Labor schicken. Die Tatsache, daß es sich um Wolle handelt, scheint darauf hinzudeuten, daß sie sich an der Kleidung eines Mannes festgeklammert hat.«

»Es hat also ein Kampf stattgefunden.«

Dr. Paul öffnete einen Wandschrank, in dem er zusammen mit seinem Kittel, seinen Gummihandschuhen und Gegenständen verschiedener Art eine Flasche Cognac aufbewahrte.

»Möchten Sie ein Glas?«

Maigret willigte ohne Zögern ein. Janvier daraufhin ebenfalls.

»Was ich jetzt sage, ist nur meine persönliche Meinung. Bevor sie mit irgendeinem Gegenstand erschlagen wurde, hat sie Schläge ins Gesicht erhalten, mit der Faust oder sogar mit der flachen Hand. Ich möchte sogar behaupten, daß man ihr ein paar ordentliche Ohrfeigen verpaßt hat. Ich weiß nicht, ob sie in diesem Augenblick auf die Knie gefallen ist, aber ich nehme es fast an, und auch, daß der Täter sich erst da entschlossen hat, sie umzubringen.«

»Anders ausgedrückt, sie kann nicht von hinten überfallen worden sein?«

»Auf keinen Fall.«

»Folglich wurde sie nicht von einem Dieb an einer Straßenecke überrascht?«

»Meiner Meinung nach nicht. Und nichts beweist, daß es sich im Freien zugetragen hat.«

»Hat Sie der Mageninhalt nicht weitergebracht?«

»Doch. Die Blutuntersuchung ebenfalls.«

»Und?«

Die Lippen von Dr. Paul verzogen sich zu einem verhaltenen Schmunzeln, was bei ihm hieß:

»Vorsicht! Sie werden enttäuscht sein.«

Er nahm sich Zeit, so, wie wenn er eine jener köstlichen Geschichten zum besten gab, die typisch für ihn waren:

»Sie war total betrunken.«

»Sind Sie sicher?«

»In meinem Bericht finden Sie morgen den genauen Prozentsatz an Alkohol, der sich in ihrem Blut nachweisen läßt. Ich werde Ihnen auch das Ergebnis der gesamten Analyse des Mageninhalts, die ich durchführen werde, zukommen lassen. Die letzte Mahlzeit muß sie etwa sechs oder sieben Stunden vor ihrem Tod eingenommen haben.«

»Wann genau ist sie gestorben?«

»Etwa gegen zwei Uhr morgens. Eher kurz davor.«

»Also hat sie zwischen sechs und sieben ihre letzte Mahlzeit eingenommen.«

»Aber nicht ihr letztes Glas.«

Es war unwahrscheinlich, daß die Leiche lange auf der Place Vintimille gelegen hatte, bevor sie entdeckt wurde. Zehn Minuten? Eine Viertelstunde? Länger bestimmt nicht.

Infolgedessen war zwischen dem Zeitpunkt der Ermordung und dem Ablegen der Leiche auf dem Bürgersteig mindestens eine Dreiviertelstunde vergangen.

»Schmuck?«

Dr. Paul ging ins Nebenzimmer, um ihn zu holen. Es handelte sich um ein Paar goldener Ohrringe, die mit winzigen Rubinen besetzt waren, welche eine Blume bildeten, sowie um einen Goldring mit einem etwas größeren Rubin. Es war weder billiger Kitsch noch wertvoller Schmuck. Nach der Machart zu urteilen, war alles aus den zwanziger Jahren oder noch älter.

»Ist das alles? Haben Sie ihre Hände untersucht?«

Eine der Spezialitäten von Dr. Paul war es, den Beruf der Leute aus den mehr oder weniger ausgeprägten Verformungen der Hände abzuleiten, wodurch zu wiederholten Malen Unbekannte identifiziert werden konnten.

»Ein bißchen Haushalt, aber nicht viel. Es handelt sich weder um eine Sekretärin noch um eine Schneiderin. Vor drei oder vier Jahren wurde sie von einem zweitklassigen Chirurgen am Blinddarm operiert. Das ist alles, was ich im Augenblick sagen kann. Gehen Sie jetzt ins Bett?«

»Ich glaube, ja«, murmelte Maigret.

»Schlafen Sie gut. Ich bleibe noch. Meinen Bericht erhalten Sie morgen früh gegen neun. Noch ein Gläschen?«

Als Maigret und Janvier wieder draußen waren, herrschte schon wieder Betrieb auf den Kähnen, die am Kai angelegt hatten.

»Soll ich Sie zu Hause absetzen, Chef?«

Maigret nahm dankend an. Sie fuhren an der Gare de Lyon vorbei, wo gerade ein Zug eingefahren war. Der

Himmel wurde heller. Die Luft war kühler als während der Nacht. Aus manchen Fenstern drang Licht, und vereinzelt sah man Leute zur Arbeit gehen.

»Vor heute nachmittag will ich dich nicht im Büro sehen.«

»Und Sie?«

»Ich lege mich auch aufs Ohr.«

»Gute Nacht, Chef.«

Maigret stieg geräuschlos die Treppe hinauf. Als er mit dem Schlüssel im Loch stocherte, öffnete sich die Tür, und Madame Maigret stand im Nachthemd im Eingang und blinzelte ins Flurlicht.

»Du kommst aber spät. Wieviel Uhr ist es?«

Selbst wenn sie fest schlief, gelang es ihm nicht, die Treppe hinaufzusteigen, ohne daß sie es hörte.

»Keine Ahnung. Nach fünf.«

»Hast du Hunger?«

»Nein.«

»Komm schnell zu Bett. Kaffee?«

»Danke.«

Er zog sich aus und schlüpfte ins warme Bett. Anstatt einzuschlafen, dachte er weiter an die junge Tote auf der Place Vintimille. Er hörte, wie draußen Paris nach und nach erwachte, vereinzelte Geräusche, mal näher, mal ferner, Solostimmen, die mit der Zeit zu einer Orchestersymphonie anschwollen. Die Concierges begannen damit, die Mülltonnen an den Trottoirrand zu ziehen. Im Treppenhaus hallten die Schritte des Milchmädchens, das die Milchflaschen vor die Türen stellte.

Dann stand auch Madame Maigret auf, unendlich vorsichtig, um ihn nur ja nicht zu wecken, und er hätte sich um ein Haar mit einem Lächeln verraten. Er hörte sie im Bad, dann in der Küche, wo sie das Gas anzündete, und roch alsbald den Kaffee, dessen Duft sich in der Wohnung ausbreitete.

Er war nicht absichtlich wach geblieben. Er konnte nur nicht schlafen, weil er übermüdet war. Seine Frau fuhr auf, als er in Pantoffeln und im Morgenrock die Küche betrat, wo sie ihr Frühstück einnahmen. Die Lampe war noch eingeschaltet, obwohl es draußen bereits hell war.

»Schläfst du nicht?«

»Wie du siehst.«

»Möchtest du frühstücken?«

»Wenn ich darf.«

Sie fragte ihn nicht, weshalb er den größten Teil der Nacht außer Haus geblieben war. Sie hatte bemerkt, daß sein Mantel durchnäßt war.

»Hast du dich auch nicht erkältet?«

Als er seinen Kaffee getrunken hatte, nahm er den Telefonhörer ab und rief die Wache des zweiten Reviers an.

»Ist Inspektor Lognon da?«

Die Nachtlokale hatten schon lange geschlossen, und Lognon hätte schlafen gehen können. Trotzdem saß er an seinem Schreibtisch.

»Lognon? Hier Maigret. Gibt's was Neues bei Ihnen?«

»Ich war in allen Nachtclubs und habe die Fahrer der davor parkenden Taxis vernommen. Nichts.«

Auf Grund des kleinen Hinweises von Dr. Paul hatte Maigret dies erwartet.

»Ich glaube, Sie können schlafen gehen.«

»Und Sie?«

Aus dem Munde Lognons hieß das soviel wie:

»Sie schicken mich nur deshalb ins Bett, damit Sie die Ermittlungen auf eigene Faust fortsetzen können. Damit es nachher heißt: ›Dieser Trottel von Lognon hat nichts herausgefunden!‹«

Maigret mußte an Madame Lognon denken, eine dürre und kränkelnde Person, die wegen ihrer Gebrechlichkeit keinen Schritt aus ihrer Wohnung an der Place Constantin-Pecqueur tun konnte. Wenn der Inspektor nach Hause kam, mußte er sich erst ihr Gejammer und ihre Nörgelei anhören und dann noch den Haushalt besorgen und die Einkäufe machen.

»Hast du auch ganz bestimmt unter dem Büffet saubergemacht?«

Der Griesgram tat ihm leid.

»Ich habe einen kleinen Hinweis. Ich bin aber nicht sicher, ob irgend etwas dabei herauskommt.«

Der am anderen Ende der Leitung schwieg.

»Wenn Sie tatsächlich keine Lust haben, schlafen zu gehen, komme ich in ein oder zwei Stunden bei Ihnen vorbei und hole Sie ab.«

»Ich werde im Büro sein.«

Maigret telefonierte zunächst mit dem Quai des Orfèvres nach einem Wagen, der auf dem Weg zu Maigrets Wohnung beim Gerichtsmedizinischen Institut vorbeifahren und die Kleidungsstücke des jungen Mädchens abholen konnte.

Als er aber in der Badewanne beinahe einschlief, mußte er mit sich kämpfen, um nicht Lognon anzurufen und ihm zu sagen, er solle allein zur Rue de Douai losziehen.

Es regnete nicht mehr. Der Himmel war weiß, mit einem gelblichen Leuchten, das für später am Tag ein bißchen Sonne verhieß.

»Kommst du zum Mittagessen?«

»Wahrscheinlich. Ich weiß es nicht.«

»Ich dachte, du wolltest deine Ermittlungen letzte Nacht abschließen?«

»Sie sind abgeschlossen. Es handelt sich um neue.«

Er ging erst hinunter, als er den kleinen Wagen der Kriminalpolizei am Bordstein halten sah. Der Fahrer hupte dreimal, und Maigret winkte hinunter, daß er gleich käme.

»Bis nachher.«

Zehn Minuten später, als der Wagen über den Montmartre fuhr, hatte er bereits vergessen, daß er letzte Nacht nicht geschlafen hatte.

»Halte irgendwo, damit wir noch ein Gläschen Weißwein trinken gehen können!« sagte er.

2

*Der Griesgram trifft eine
alte Bekannte, und Lapointe erhält einen
seltsamen Auftrag*

Inspektor Lognon wartete am Bordstein in der Rue de La Rochefoucauld, eine Kummergestalt mit unter der Last des Schicksals demonstrativ gebeugtem Rücken. Er trug einen seiner ewig ungebügelten mausgrauen Anzüge, sein Mantel war grau und sein Hut von einem unansehnlichen Braun. Sein galliges Äußeres von heute früh lag weder an der durchwachten Nacht noch an seinem Katarrh. Er sah immer so aus, ebenso jämmerlich, selbst wenn er genug geschlafen hatte.

Maigret hatte ihm angeboten, ihn abzuholen, ihn aber nicht angewiesen, draußen auf ihn zu warten. Lognon wartete auf dem Trottoir, weil er wieder einmal den Schnödewarten-Gelassenen spielte. Erst nahm man ihm seinen Fall weg, und nun stahl man ihm auch noch seine Zeit und ließ ihn nach einer schlaflosen Nacht auf der Straße Däumchen drehen.

Maigret öffnete Lognon die Wagentür und warf dabei einen Blick auf die Fassade des Kommissariats, dessen verschossene Fahne in der unbewegten Luft schlaff herunterhing: In diesem Gebäude hatte er damals angefangen, nicht als Inspektor, sondern als Sekretär des Kommissars.

Lognon nahm schweigend Platz und vermied danach zu fragen, wohin man ihn fuhr. Der Fahrer, der seine Anweisungen hatte, bog nach links ab und fuhr in Richtung Rue de Douai.

Sich mit Lognon zu unterhalten war stets eine heikle Sache, weil er aus Prinzip alles krummnahm.

»Haben Sie schon die Zeitung gelesen?«

»Dazu hatte ich keine Zeit.«

Maigret, der sich gerade eine gekauft hatte, zog sie aus der Tasche. Das Foto der Unbekannten war auf der ersten Seite abgebildet, nur das Gesicht mit dem geschwollenen Auge und der geschwollenen Lippe. Dennoch mußte sie klar zu erkennen sein.

»Ich hoffe, daß beim Quai jetzt schon die ersten Telefonanrufe eingehen«, fuhr der Kommissar fort.

Und Lognon dachte bei sich:

»Mit anderen Worten, ich habe die Nacht umsonst durchgemacht, bin umsonst von Bar zu Bar, von Taxifahrer zu Taxifahrer gegangen. Es genügt ja, das Foto zu veröffentlichen und abzuwarten, bis das Telefon klingelt!«

Kein sarkastisches Grinsen, nein, sein Gesicht nahm vielmehr einen niedergeschlagenen und enttäuschten Ausdruck an, wie ein lebender Vorwurf für die grausame und schlechtorganisierte übrige Menschheit.

Er stellte keine Fragen. Er war lediglich ein bescheidenes Rädchen der Polizei, und einem Rädchen gibt man keine Erklärungen ab.

Die Rue de Douai war wie ausgestorben. Nur eine Concierge stand auf der Schwelle ihrer Tür. Der Wagen hielt vor einer malvenfarben gestrichenen Boutique, über der in Schreibschrift »Mademoiselle Irène« zu lesen war und in kleinerer Schrift darunter »Haute Couture«.

In der verstaubten Auslage waren nur zwei Kleider zu sehen, ein weißes Paillettenkleid und ein Straßenkleid aus schwarzer Seide. Maigret stieg aus, gab dem Griesgram zu verstehen, daß er mitkommen solle, bat den Fahrer zu warten und nahm das Päckchen mit, das man ihm vom Gerichtsmedizinischen Institut geschickt hatte, eingewickelt in Packpapier.

Als er die Tür öffnen wollte, bemerkte er, daß sie verschlossen und die Türklinke entfernt war. Es war halb zehn. Der Kommissar preßte sein Gesicht gegen die Scheibe und klopfte, als er im Hinterzimmer der Boutique Licht sah.

Mehrere Minuten vergingen, ohne daß jemand sich auf Maigrets Lärm hin rührte, und Lognon stand reglos und mit verkniffenem Mund daneben. Er rauchte nicht, er rauchte seit Jahren nicht mehr, seitdem seine Frau krank geworden war und behauptete, daß der Rauch ihr Atembeschwerden verursache.

Endlich tauchte ein Schatten an der Tür im Hintergrund auf. Ein recht junges Mädchen in einem roten Morgenmantel, den sie über der Brust zusammenhielt, betrachtete die beiden durch die Scheibe. Dann verschwand sie, tauchte aber fast sofort wieder auf, bahnte sich einen Weg durch die mit Kleidern und Mänteln vollgestopfte Boutique und öffnete die Tür.

»Was ist denn los?« fragte sie und musterte mißtrauisch zuerst Maigret, dann Lognon, dann das Päckchen.

»Mademoiselle Irène?«

»Die bin ich nicht.«

»Ist sie da?«

»Das Geschäft ist nicht geöffnet.«

»Ich möchte gerne mit Mademoiselle Irène sprechen.«

»Wer sind Sie denn?«

»Kommissar Maigret, von der Kriminalpolizei.«

Sie schien sich weder zu wundern noch zu erschrecken. Aus der Nähe konnte man erkennen, daß sie noch keine achtzehn Jahre alt war. Entweder war sie noch nicht recht wach, oder aber ihre Apathie war ihr angeboren.

»Ich sehe mal nach«, sagte sie und ging zu dem zweiten Raum zurück.

Sie hörten sie leise mit jemandem sprechen. Dann gab es ein Geräusch, wie wenn jemand aus dem Bett steigt. Zwei oder drei Minuten vergingen, bis Mademoiselle Irène sich mit dem Kamm durchs Haar gefahren und ebenfalls in einen Morgenrock geschlüpft war.

Es handelte sich um eine Frau in mittlerem Alter, bleich, mit großen blauen Augen, dünnem blondem Haar, das am Ansatz weiß war. Zunächst streckte sie nur neugierig den Kopf aus dem Fenster, und als sie zu ihnen heraustrat, hielt sie eine Tasse Kaffee in der Hand. Sie wandte sich nicht etwa an Maigret, sondern an Lognon:

»Was willst denn du schon wieder?« fragte sie.

»Keine Ahnung. Der Kommissar möchte Sie sprechen.«

»Mademoiselle Irène?« fragte Maigret.

»Wollen Sie etwa meinen richtigen Namen wissen? Bitte, ich bin eine geborene Coumar, Elisabeth Coumar. Fürs Geschäft ist Irène besser.«

Maigret, der auf den Ladentisch zugegangen war, packte sein Päckchen aus und zog das blaue Kleid hervor.

»Kennen Sie dieses Kleid?«

Ohne auch nur einen Schritt näher zu treten, um es unter die Lupe zu nehmen, sagte sie prompt:

»Na klar.«

»Wann haben Sie es verkauft?«

»Ich habe es nicht verkauft.«

»Aber es kommt aus Ihrem Laden?«

Sie bot ihm keinen Stuhl an, zeigte sich weder beeindruckt noch beunruhigt.

»Ja und?«

»Wann haben Sie es zum letzten Mal gesehen?«

»Spielt das eine Rolle?«

»Durchaus.«

»Gestern abend.«

»Uhrzeit?«

»So kurz nach neun.«

»Ihr Geschäft hat bis neun Uhr abends geöffnet?«

»Ich schließe nie vor zehn. Meine Kundinnen kaufen häufig in letzter Minute ein.«

Lognon mußte Bescheid wissen, aber er machte eine unbeteiligte Miene, so, als ob ihn dies alles nichts anginge.

»Ich nehme an, Ihr Kundenkreis besteht hauptsächlich aus Animiermädchen und Nachtclubtänzerinnen?«

»Halb und halb. Manche stehen um acht Uhr abends auf, und stets fehlt ihnen etwas an ihrer Garderobe; Strümpfe, ein Gürtel, ein Büstenhalter, oder es fällt ihnen ein, daß sie in der Nacht vorher ihr Kleid zerrissen haben…«

»Eben sagten Sie, daß Sie dieses Kleid nicht verkauft hätten!«

Sie wandte sich nach dem jungen Mädchen um, das auf der Schwelle zum zweiten Raum stand.

»Viviane! Bring mir noch eine Tasse Kaffee.«

Mit sklavenhafter Beflissenheit holte ihr das Mädchen den Kaffee.

»Ist das Ihr Dienstmädchen?« fragte Maigret und sah ihr nach.

»Nein. Mein Schützling. Auch sie ist eines Abends einfach so aufgetaucht und ist geblieben.«

Sie bemühte sich nicht um eine Erklärung. Ob Lognon, dem sie hin und wieder einen Blick zuwarf, Bescheid wußte?

»Um auf gestern abend zurückzukommen...«, sagte Maigret.

»Sie kam herein...«

»Augenblick. Kannten Sie sie?«

»Ich hatte sie bereits einmal gesehen.«

»Wann?«

»Es ist etwa einen Monat her.«

»Sie hat bereits einmal ein Kleid bei Ihnen gekauft?«

»Nein. Sie hat sich eins geliehen.«

»Sie verleihen Kleider?«

»Gelegentlich.«

»Hat sie Ihnen Name und Anschrift genannt?«

»Ich glaube. Ich habe es wohl auf einem Zettel notiert. Wenn Sie möchten, daß ich ihn suche...«

»Gleich. Beim ersten Mal handelte es sich um ein Abendkleid?«

»Ja. Um dasselbe.«

»Kam sie genauso spät?«

»Nein. Gleich nach dem Abendessen, so gegen acht. Sie brauchte ein Abendkleid und hat mir gestanden, daß sie sich keins kaufen könne. Sie hat mich gefragt, ob es stimmt, daß ich welche verleihe.«

»Kam sie Ihnen nicht anders vor als Ihre übrigen Kundinnen?«

»Am Anfang sind sie alle anders. Nach ein paar Monaten ist eine wie die andere.«

»Haben Sie ein Kleid in ihrer Größe gefunden?«

»Das blaue, das Sie in der Hand halten. Konfektionsgröße 38. Ich weiß nicht, wie viele Mädchen aus dem Viertel es bereits getragen haben.«

»Hat sie es mitgenommen?«

»Das erste Mal ja.«

»Hat sie es Ihnen am andern Tag wieder zurückgebracht?«

»Am Mittag des darauffolgenden Tages. Ich habe mich gewundert, daß sie so zeitig kam. Gewöhnlich schlafen sie den ganzen Tag.«

»Hat sie die Leihgebühr bezahlt?«

»Ja.«

»Haben Sie sie vor gestern abend nicht wiedergesehen?«

»Ich habe es Ihnen doch schon gesagt. Es war kurz nach neun, als sie hereinkam und mich gefragt hat, ob ich das Kleid noch habe. Ich bejahte. Dann hat sie mir erklärt, daß sie mir diesmal kein Pfand hinterlegen kann, sondern stattdessen die Kleider, die sie am Leib hatte, dalassen würde, wenn's mir recht wäre!«

»Hat sie sich hier umgezogen?«

»Ja. Ein Paar Schuhe und einen Mantel brauchte sie ebenfalls. Ich habe ihr ein Velourscape herausgesucht, mit dem ihr gedient war.«

»Wie wirkte sie?«

»Wie jemand, der unbedingt ein Abendkleid und einen Mantel braucht.«

»Anders gesagt, es schien ihr wichtig zu sein?«

»Das scheint denen immer wichtig zu sein.«

»Kam es Ihnen so vor, als habe sie eine Verabredung?«

Sie zuckte mit den Schultern und trank einen Schluck von dem Kaffee, den Viviane ihr gerade gebracht hatte.

»Hat Ihr Schützling sie gesehen?«

»Sie hat ihr beim Ankleiden geholfen.«

»Mademoiselle, hat sie nichts Besonderes zu Ihnen gesagt?«

Die Chefin antwortete an ihrer Stelle: »Viviane hört nie zu, wenn man ihr etwas sagt. Das ist ihr egal.«

Tatsächlich schien das junge Mädchen in einer Welt zu leben, die nicht greifbar war. Ihre Augen waren völlig ausdruckslos. Sie wandelte umher, ohne einen Luftzug zu verursachen, und an der Seite der dicken Kleiderhändlerin wirkte sie wie eine Sklavin, oder vielmehr wie eine Hündin.

»Ich habe ihr ein Paar Schuhe, Strümpfe und eine versilberte Handtasche herausgesucht. Ist ihr was passiert?«

»Haben Sie die Zeitungen nicht gelesen?«

»Ich war noch nicht auf, als Sie angeklopft haben. Viviane war gerade dabei, mir Kaffee zu machen.«

Maigret hielt ihr die Zeitung hin, und sie betrachtete das Foto ohne ein Zeichen der Verwunderung.

»Ist sie das?«

»Ja«, antwortete Mademoiselle Irène.

»Wundert Sie das nicht?«

»Mich wundert schon lange nichts mehr. Ist das Kleid hin?«

»Es ist vom Regen naß geworden, aber zerrissen ist es nicht.«

»Immer dasselbe. Ich nehme an, Sie möchten ihre Kleidung ausgehändigt bekommen? Viviane!«

Die hatte bereits verstanden und öffnete einen der Schränke, in dem Kleider hingen. Sie legte ein Kleid aus schwarzem Wollstoff auf den Ladentisch, und Maigret suchte sofort das Etikett.

»Das Kleid hat sie selbst genäht«, sagte Mademoiselle Irène. »Bring ihren Mantel her, Viviane.«

Der Mantel, ebenfalls aus Wolle, war zweitklassige Ware, hatte ein beigefarbenes Karomuster und kam aus einem der großen Kaufhäuser an der Rue La Fayette.

»Billigware, wie Sie sehen. Die Schuhe sind nicht besser. Das Kostüm auch nicht.«

All das lag auf dem Ladentisch ausgebreitet. Schließlich brachte die Sklavin noch eine Handtasche aus schwarzem Leder mit einem Metallverschluß. Abgesehen von einem Bleistift und einem Paar verschlissener Handschuhe war die Tasche leer.

»Sie sagten doch, Sie hätten ihr eine Handtasche geliehen?«

»Ja. Sie wollte ihre eigene nehmen. Ich habe ihr klargemacht, daß sie zu dem Kleid paßt wie die Faust aufs Auge, und habe ihr eine kleine versilberte Handtasche für den

Abend herausgesucht. Da hinein hat sie dann ihr Rouge, ihren Puder und ihr Taschentuch getan.«

»Keine Brieftasche?«

»Vielleicht. Darauf habe ich nicht geachtet.«

Lognon wirkte immer noch so wie jemand, der bei einem Gespräch zuhört, ohne daß man ihn darum gebeten hatte.

»Wie spät war es, als sie fortging?«

»Das Umziehen hat etwa eine Viertelstunde gedauert.«

»War sie in Eile?«

»Es hatte den Anschein. Zwei- oder dreimal hat sie auf die Uhr gesehen.«

»Auf ihre eigene Uhr?«

»Eine Uhr habe ich nicht an ihr bemerken können. Über dem Ladentisch hängt eine Wanduhr.«

»Als sie hinausging, regnete es. Hat sie ein Taxi genommen?«

»Auf der Straße parkte kein Taxi. Sie ging in Richtung Rue Blanche.«

»Hat sie Ihnen wieder Name und Anschrift angegeben?«

»Ich habe sie nicht danach gefragt.«

»Würden Sie bitte versuchen, den Zettel zu finden, auf den Sie beides beim ersten Mal notiert hatten?«

Seufzend ging sie auf die andere Seite des Ladentisches, öffnete eine Schublade, in der alles mögliche herumlag, Hefte, Rechnungen, Bleistifte, Stoffproben und ein Sammelsurium von Knöpfen.

Nicht sehr überzeugt kramte sie darin herum und sagte: »Verstehen Sie, es nützt nichts, ihre Adressen aufzubewahren, denn sie wohnen im allgemeinen möbliert und wechseln das Zimmer öfter als ihre Kleider. Wenn sie ihre Miete nicht mehr bezahlen können, verschwinden sie und... Nein, das ist sie nicht. Wenn mich nicht alles täuscht, war es hier im Viertel. Eine Straße, die jeder kennt. Ich finde sie nicht. Wenn Sie unbedingt darauf bestehen, suche ich weiter und rufe Sie an...«

»Ich bitte darum.«

»Der da, arbeitet er mit Ihnen zusammen?« fragte sie und deutete dabei auf Lognon. »Der wird Ihnen so manches über mich erzählen! Aber er wird Ihnen auch sagen, daß ich schon seit Jahren eine weiße Weste habe. Stimmt doch, oder?«

Maigret wickelte die Kleider in Packpapier ein.

»Lassen Sie mir das blaue Kleid nicht?«

»Jetzt noch nicht. Man wird es Ihnen später zurückgeben.«

»Wie Sie wollen.«

Beim Hinausgehen fiel Maigret noch eine Frage ein.

»Als sie gestern abend gekommen ist, hat sie da ein Kleid verlangt, oder jenes Kleid, das sie bereits einmal getragen hatte?«

»Dasjenige, das sie bereits einmal getragen hatte.«

»Glauben Sie, daß sie ein anderes genommen hätte, wenn Sie dies nicht gehabt hätten?«

»Keine Ahnung. Sie hat mich gefragt, ob ich es noch hätte.«

»Ich danke Ihnen.«

»Nichts zu danken.«

Sie stiegen wieder in den Polizeiwagen, und die Sklavin

schloß die Tür hinter ihnen. Lognon sagte noch immer kein Wort, sondern wartete auf Fragen.

»War sie im Gefängnis?«

»Drei- oder viermal.«

»Hehlerei?«

»Ja.«

»Wann ist sie zum letzten Mal verurteilt worden?«

»Vor vier oder fünf Jahren. Zuerst war sie Tänzerin, dann Puffmutter in einem Bordell, als es solche noch gab.«

»Hatte sie immer schon eine Sklavin?«

Der Fahrer wartete darauf, daß man ihm sagte, wohin er fahren solle.

»Gehen Sie nach Hause, Lognon?«

»Wenn Sie keinen dringenden Auftrag für mich haben.«

»Place Constantin-Pecqueur«, sagte der Kommissar.

»Ich kann doch zu Fuß gehen.«

Verdammt! Immer mußte er diese bescheiden-resignierte Miene aufsetzen.

»Kennen Sie diese Viviane?«

»Die nicht. Sie wechseln von Zeit zu Zeit.«

»Setzt sie sie vor die Tür?«

»Nein. Die Mädchen gehen von sich aus. Sie nimmt sie auf, wenn sie pleite sind und nicht mehr wissen, wo sie die Nacht verbringen sollen.«

»Weswegen?«

»Vielleicht, um sie nicht auf der Straße zu lassen.«

Lognon schien zu sagen:

»Ich weiß, daß Sie es nicht glauben und Gott weiß welche Schurkerei dahinter vermuten. Aber manchmal kann eine solche Frau auch Mitleid haben und irgend etwas aus reiner Gutmütigkeit tun. Von mir glaubt man ja auch, daß ich...«

Maigret seufzte:

»Am besten ruhen Sie sich aus, Lognon. Wahrscheinlich brauche ich Sie nächste Nacht. Was halten Sie von dieser Geschichte?«

Der Inspektor gab keine Antwort und begnügte sich mit einem leichten Schulterzucken. Weshalb so tun, als ob man glaube, er denke nach, wo ihn doch eh jeder für einen Dummkopf hielt?

Es war schade. Er war nicht nur intelligent, sondern zudem einer der gewissenhaftesten Beamten der Stadtpolizei.

Auf einem kleinen Platz, vor einem Mietshaus, hielt der Wagen.

»Rufen Sie mich im Büro an?«

»Nein. Zu Hause. Ich möchte, daß Sie zu Hause warten.«

Eine halbe Stunde später traf Maigret am Quai des Orfèvres ein, und mit seinem Päckchen unter dem Arm betrat er das Inspektoratsbüro.

»Nichts für mich, Lucas?«

»Nichts, Chef.«

Er zog die Brauen zusammen, verwundert, enttäuscht. Mittlerweile waren Stunden vergangen, seit das Foto in den Zeitungen erschienen war.

»Keine Telefonanrufe?«

»Nur wegen eines Käsediebstahls in den Hallen.«

»Ich meine wegen des Mädchens, das letzte Nacht ermordet wurde.«

»Überhaupt nichts.«

Der Bericht von Dr. Paul lag auf seinem Schreibtisch, und Maigret überflog ihn nur und stellte fest, daß nichts weiter darin stand als das, was ihm der Gerichtsmediziner bereits vorige Nacht mitgeteilt hatte.

»Schickst du mir mal Lapointe herüber?«

Während er wartete, betrachtete er abwechselnd die Kleider, die er auf einem Sessel ausgebreitet hatte, und das Foto des toten Mädchens.

»Guten Tag, Chef. Haben Sie etwas für mich?«

Er zeigte ihm das Foto, das Kleid, die Unterwäsche.

»Zuerst trägst du das alles mal zu Moeurs hinauf und bittest ihn, daß er es dem üblichen Verfahren unterzieht.«

Dies bedeutete, daß Moeurs die Kleider in einen Papierbeutel stecken und sie schütteln würde, damit Staub herausfiel, den er anschließend unter dem Mikroskop betrachtete und analysierte. Manchmal führte dies zu einem Ergebnis.

»Die Handtasche, die Schuhe und das Abendkleid soll er ebenfalls untersuchen. Hast du verstanden?«

»Klar. Weiß man immer noch nicht, wer sie ist?«

»Es ist überhaupt nichts bekannt, außer daß sie sich gestern abend in einer Boutique auf dem Montmartre dieses blaue Kleid geliehen hat. Wenn Moeurs fertig ist, gehst du ins Gerichtsmedizinische Institut und siehst dir die Leiche genau an.«

Der junge Lapointe, der erst zwei Jahre bei der Polizei war, verzog das Gesicht.

»Das ist wichtig. Dann gehst du zu einer Mannequin-Agentur, egal, zu welcher. In der Rue Saint-Florentin ist eine. Sieh zu, daß du eine junge Frau aufgabelst, die ungefähr die gleiche Größe und Figur wie das tote Mädchen hat. Konfektionsgröße 38.«

Einen Augenblick fragte sich Lapointe, ob es dem Chef ernst war oder ob er ihn auf den Arm nehmen wollte.

»Und dann?« fragte er.

»Du läßt sie die Kleider anziehen. Wenn sie ihr passen, bringst du sie rauf und läßt ein Foto von ihr machen.«

Allmählich ging Lapointe ein Licht auf.

»Das ist noch nicht alles. Ein Foto von der Toten möchte ich auch, geschminkt und mit allem Drum und Dran, so daß es aussieht, als sei sie noch am Leben.«

Beim Erkennungsdienst gab es einen Fotografen, der ein wahrer Spezialist für diese Art von Arbeit war.

»Man braucht nur die beiden Fotos zusammenzumontieren, so daß der Kopf der Toten auf dem Rumpf des Mannequins sitzt. Beeil dich. Ich möchte es noch rechtzeitig für die letzte Ausgabe der Abendzeitung.«

Maigret war allein in seinem Büro geblieben, unterzeichnete die Ausgangspost, stopfte seine Pfeife und rief Lucas herein, den er damit beauftragte, ihm unverzüglich die Akte Elisabeth Coumar, genannt Irène, herauszusuchen. Im stillen wußte er schon, daß die Akte nichts ergeben würde und daß Mademoiselle Coumar die Wahrheit gesagt hatte. Trotzdem war sie bisher der einzige Mensch, der die junge Tote an der Place Vintimille wiedererkannt hatte.

Je mehr Zeit verstrich, desto mehr wunderte sich Maigret, daß er keinen Anruf bekam.

Wenn die Unbekannte in Paris und noch bei ihren Eltern

wohnte, so wären diese doch bei Erscheinen der Bilder in den Zeitungen sofort zur nächsten Polizeiwache oder zum Quai des Orfèvres geeilt.

Wenn sie allein lebte, hatte sie Nachbarn, eine Concierge, und ging im Viertel einkaufen.

Und wenn sie, wie so viele Mädchen, mit einer Freundin zusammenwohnte? Oder in einer der zahlreichen Pensionen für Studenten und berufstätige junge Mädchen? Oder in einem möblierten Zimmer in einem der tausend kleinen Pariser Hotels?

Maigret telefonierte nach nebenan, ins Büro der Inspektoren.

»Ist Torrence da? Ist er frei? Gut, dann richten Sie ihm aus, er möchte bitte zu mir herüberkommen.«

Wenn sie bei ihren Eltern wohnte, brauchte man nur abzuwarten. Ebenfalls, wenn sie allein oder mit einer Freundin zusammen wohnte. Sonst allerdings ließen sich die Dinge von Polizeiseite aus beschleunigen.

»Setz dich, Torrence. Siehst du das Foto hier? Gut! Am späten Nachmittag werden wir ein besseres haben. Stell dir das Mädchen in einem schwarzen Kleid und einem karierten beigefarbenen Mantel vor, so kennen die Leute sie nämlich.«

Ein Sonnenstrahl fiel ins Zimmer und malte einen hellen Strich auf den Schreibtisch. Freudig und verwundert hielt Maigret kurz inne, so wie man einen Vogel betrachtet, der sich gerade auf dem Fenstersims niedergelassen hat.

»Geh zuerst hinunter zur Fremdenpolizei und sag, sie sollen mit dem Foto in den billigen Hotels die Runde machen. Am besten, man fängt im 9. und im 13. Arrondissement an, wenn du weißt, was ich meine.«

»Klar. Weiß man, wie sie heißt?«

»Gar nichts weiß man. Verschaff dir eine Liste sämtlicher Jungmädchenpensionen und klappere diese dann der Reihe nach ab. Mag sein, es kommt nichts dabei heraus, aber ich möchte nichts unversucht lassen.«

»Klar.«

»Nimm einen Wagen, dann geht's schneller.«

Es war schwül geworden, und Maigret ging und öffnete das Fenster, kramte dann in einigen Papieren auf dem Schreibtisch. Nach einem Blick auf die Uhr entschloß er sich endlich, nach Hause und ins Bett zu gehen.

»Weck mich so gegen vier«, bat er seine Frau.

»Wenn's sein muß.«

Es mußte nicht sein. Im Grunde konnte man nur abwarten. Er fiel fast sofort in einen bleiernen Schlaf, und als seine Frau mit einer Tasse Kaffee ans Bett trat, öffnete er verwundert die Augen, und sein Blick kehrte wie von weither in das sonnendurchflutete Zimmer daheim zurück.

»Es ist vier. Du sagtest...«

»Ja... Hat jemand telefoniert?«

»Nur der Klempner, der mir Bescheid...«

Die erste Ausgabe der Nachmittagszeitungen war gegen eins erschienen, mit demselben Foto des Mädchens wie in den Morgenzeitungen.

Obwohl die junge Tote entstellt war, hatte Mademoiselle Irène sie auf Anhieb erkannt, dabei hatte sie sie doch nur zweimal gesehen.

Blieb immer noch die Möglichkeit, daß die junge Frau nicht aus Paris stammte, nirgendwo abgestiegen und beide Male direkt vom Bahnhof in die Rue de Douai gegangen war. Doch das mutete eher unwahrscheinlich an, denn außer dem selbstgenähten stammten alle ihre Kleider aus der Rue La Fayette.

»Kommst du zum Abendessen?«

»Vielleicht.«

»Wenn du heute nacht wieder hinausmußt, dann nimm wenigstens deinen Wintermantel, denn nach Sonnenuntergang kühlt es schnell ab.«

Als Maigret am Quai anlangte, lag keine Nachricht auf seiner Schreibunterlage, und verärgert zitierte er Lucas in sein Büro.

»Immer noch nichts? Kein Anruf?«

»Immer noch nichts, Chef. Ich habe Ihnen die Akte Elisabeth Coumar gebracht.«

Im Stehen blätterte er darin herum, ohne etwas anderes als das zu finden, was ihm Lognon bereits berichtet hatte.

»Lapointe hat die Fotos an die Zeitungen geschickt.«

»Ist er da?«

»Er wartet auf Sie.«

»Schick ihn rein.«

Die Fotos waren so meisterhafte Montagen, daß Maigret zusammenzuckte. Mit einem Mal hatte er das Bild der jungen Frau vor Augen, nicht so, wie er sie auf der Place Vintimille im Regen hatte liegen sehen, im Licht der Taschenlampen, und auch nicht, wie sie im Gerichtsmedizinischen Institut ausgesehen hatte, sondern wie an dem Abend, an dem sie zu Mademoiselle Irène gegangen war.

Auch Lapointe schien beeindruckt zu sein.

»Was meinen Sie, Chef?« fragte er mit heiserer Stimme. Und als er länger keine Antwort erhielt:

»Hübsch ist sie, finden Sie nicht?«

›Hübsch‹ war nicht das Wort, das er suchte, und es traf auch nicht ganz zu. Gewiß war das Mädchen hübsch, doch es hatte auch ein undefinierbares Etwas, wofür er nicht das richtige Wort fand. Dem Fotografen war es sogar gelungen, die Augen wieder lebendig erscheinen zu lassen, und diese blickten nun fragend in eine Welt, die keine Antwort wußte.

Auf zwei Abzügen trug sie ihr schwarzes Kleid; auf einem anderen ihren beigekarierten Mantel; auf dem vierten war sie im Abendkleid. Man konnte sie sich gut vorstellen, wie sie sich wie unzählige andere Mädchen einen Weg durch die verstopften Pariser Straßen bahnte, zwischendurch vor einem Schaufenster stehenblieb und dann weiterging, weiß Gott wohin.

Sie hatte einen Vater und eine Mutter gehabt, später Schulfreundinnen. Sie war herangewachsen, hatte nochmals neue Leute kennengelernt, mit denen sie redete, die sie beim Namen riefen.

Doch jetzt, da sie tot war, schien sich keiner mehr an sie zu erinnern, niemand machte sich Sorgen, es war, als hätte sie nie gelebt.

»War's schwierig?«

»Was?«

»Ein Mannequin zu finden.«

»Eher peinlich, ich hatte etwa ein Dutzend am Hals, und alle wollten sie die Kleider probieren.«

»Vor dir?«

»Sie sind es nicht anders gewöhnt.«

Der gute Lapointe wurde nach zwei Jahren Kriminalpolizei immer noch manchmal rot.

»Laß die Fotos auch an die Polizeistellen in der Provinz schicken.«

»Ich hab sie schon losgeschickt.«

»Prima. Hast du sie auch an die Kommissariate geschickt?«

»Sie sind vor einer halben Stunde rausgegangen.«

»Ruf mal Lognon für mich an.«

»Im zweiten Revier?«

»Nein. Bei ihm zu Hause.«

Einige Augenblicke später ertönte eine Stimme aus dem Hörer.

»Inspektor Lognon am Apparat.«

»Hier Maigret.«

»Ich weiß.«

»Ich habe Ihnen Fotos ins Büro geschickt, die gleichen, die in ein oder zwei Stunden in den Zeitungen erscheinen werden.«

»Soll ich mit meiner Runde von vorn anfangen?«

Maigret konnte nicht sagen, weshalb er es für zwecklos hielt. Der Besuch bei Mademoiselle Irène, die Herkunft des Abendkleides, die Mordzeit, der Tatort: alles deutete auf eine Verbindung mit dem Vergnügungsviertel hin.

Weshalb hatte sich die Unbekannte um neun Uhr abends unbedingt ein Abendkleid beschaffen wollen, wenn nicht, weil sie dringend irgendwohin mußte, wo man entsprechend gekleidet war?

Neun Uhr war zu spät fürs Theater, und außer für die Oper oder eine Premiere brauchte man keine Abendkleidung.

»Versuchen Sie es auf gut Glück. Fragen Sie zuerst die Taxifahrer, die Nachtschicht hatten.«

Maigret legte auf. Lapointe war immer noch da und wartete auf Anweisungen, doch Maigret wußte nicht, welche Anweisungen er ihm geben sollte.

Ebenfalls auf gut Glück rief er in der Boutique in der Rue de Douai an.

»Mademoiselle Irène?«

»Am Apparat.«

»Haben Sie die Adresse wiedergefunden?«

»Ach, Sie sind's! Nein! Ich habe überall gesucht. Entweder habe ich den Zettel weggeworfen oder ihn verwendet, um die Maße einer Kundin zu notieren. Aber ihr Vorname ist mir wieder eingefallen. Ich bin fast sicher, sie hieß Louise. Dann ein Familienname, der gleichfalls mit L anfängt. ›La‹ sowieso... Wie zum Beispiel ›La Montagne‹ oder ›La Bruyère‹... Er lautet nicht so, aber ähnlich...«

»Als sie ihre Sachen von ihrer Handtasche ins Abendtäschchen transferierte, hatte sie da einen Personalausweis dabei?«

»Nein.«

»Schlüssel?«

»Warten Sie! Ich glaube, ich kann mich an Schlüssel erinnern. Nicht an *mehrere* Schlüssel. An einen einzigen kleinen Schlüssel aus Kupfer.«

Er hörte sie rufen:

»Viviane! Komm mal einen Augenblick her...«

Er verstand nicht, was sie zu ihrer Sklavin (beziehungsweise zu ihrem Schützling) sagte.

»Viviane meint auch, daß sie einen Schlüssel bemerkt hat«, bestätigte sie.

»Einen flachen Schlüssel?«

»Ja, genau, wie die meisten Schlüssel, die jetzt hergestellt werden.«

»Geld trug sie nicht bei sich?«

»Ein paar zusammengefaltete Scheine. Daran erinnere ich mich auch. Viele waren es nicht. Vielleicht zwei oder drei. 100-Franc-Scheine. Ich dachte mir noch, daß sie damit nicht weit käme.«

»Sonst nichts?«

»Nein. Ich glaube, das ist alles.«

Es klopfte an die Tür. Herein trat Janvier, der beim Anblick der Abzüge auf dem Schreibtisch so erschrocken zusammenfuhr wie vorher Maigret.

»Haben Sie doch noch Fotos von ihr gefunden?« staunte er.

Er runzelte die Stirn, sah genauer hin.

»Haben die da oben das fertiggebracht?«

Schließlich murmelte er:

»Seltsames Mädchen, nicht wahr?«

Noch immer wußten sie nichts von ihr, außer daß niemand, abgesehen von einer Verkäuferin aus einer Kleiderboutique, sie zu kennen schien.

»Was machen wir jetzt?«

Maigret blieb nichts anderes übrig, als mit den Achseln zu zucken und zu antworten:

»Warten wir ab!«

3

*Das junge Dienstmädchen,
das nicht mit dem Telefon umzugehen weiß,
und die alte Dame aus der Rue de Clichy*

Ein wenig verdrossen, ein wenig enttäuscht war Maigret bis sieben Uhr abends am Quai geblieben und hatte dann den Bus nach Hause an den Boulevard Richard-Lenoir genommen. Eine aufgeschlagene Zeitung mit dem Foto der Toten auf der ersten Seite lag auf einem Tischlein, und die Bildlegende verkündete, daß Kommissar Maigret sich mit dem Fall befasse.

Seine Frau stellte ihm jedoch keine Fragen. Auch versuchte sie nicht, ihn abzulenken, und als sie beide beim Essen einander gegenübersaßen und schon fast beim Nachtisch angelangt waren, musterte er sie und wunderte sich darüber, daß sie ebenso nachdenklich war wie er selbst.

Er fragte sich nicht, ob sie an dasselbe dachte. Später setzte er sich in seinen Sessel, steckte sich seine Pfeife an und überflog die Zeitung, während Madame Maigret den Tisch abräumte und das Geschirr spülte. Erst als sie ihm wieder gegenübersaß, das Strumpfkörbchen auf den Knien, musterte er sie zwei-, dreimal flüchtig und murmelte dann wie beiläufig:

»Ich möchte mal wissen, zu welcher Gelegenheit ein junges Mädchen dringend ein Abendkleid braucht.«

Wieso war er sich sicher, daß sie die ganze Zeit über daran gedacht hatte? Bei dem leichten Seufzer der Zufriedenheit, den sie ausstieß, hätte er sogar schwören können, daß sie nur darauf gewartet hatte, von ihm darauf angesprochen zu werden.

»Vielleicht braucht man gar nicht weit zu suchen«, sagte sie.

»Was meinst du damit?«

»Daß ein Mann sich zum Beispiel nie ohne triftigen Grund in einen Smoking oder einen Anzug wirft. Bei einem jungen Mädchen ist das etwas anderes. Als ich dreizehn war, habe ich heimlich Stunden und Stunden darauf verwendet, ein altes Abendkleid umzuändern, das meine Mutter in den Müll geworfen hatte.«

Er sah sie verwundert an, als habe er soeben eine verborgene Seite im Wesen seiner Frau entdeckt.

»Wie oft bin ich nachts, wenn alle dachten, ich schliefe, nochmals aufgestanden, habe mein Kleid angezogen und mich vor dem Spiegel bewundert. Und einmal, als meine Eltern ausgegangen waren, habe ich auch noch die Schuhe meiner Mutter anprobiert, die mir zu groß waren, und bin damit bis zur Straßenecke gegangen.«

Er schwieg minutenlang, ohne zu merken, daß sie wegen ihres Geständnisses errötete.

»Du warst dreizehn«, sagte er endlich.

»Eine meiner Tanten, Tante Cécile, die du zwar nicht gekannt hast, von der ich dir aber oft erzählt habe, diejenige, die einige Jahre lang sehr reich war und deren Mann von einem Tag auf den andern Bankrott gemacht hat, schloß sich des öfteren in ihrem Schlafzimmer ein, verbrachte

Stunden damit, sich zu frisieren und sich anzukleiden, als wolle sie zu einer Soirée in die Opéra. Wenn man anklopfte, so antwortete sie, sie habe Migräne. Eines Tages habe ich durchs Schlüsselloch gespitzt und die Wahrheit erfahren. Sie bewunderte sich im Spiegel ihres Schrankes und spielte lächelnd mit dem Fächer.«

»Das ist lange her.«

»Meinst du, die Frauen haben sich geändert?«

»Es muß doch ein triftiger Grund vorliegen, wenn man um neun Uhr abends mit nur zwei- oder dreihundert Franc in der Tasche bei Mademoiselle Irène anklopft und nach einem Abendkleid fragt, es sofort anzieht und damit im strömenden Regen davongeht.«

»Ich will damit nur sagen, daß nicht unbedingt ein Grund vorliegen muß, der für einen Mann triftig genug wäre.«

Er verstand, was sie damit sagen wollte, war jedoch nicht überzeugt.

»Bist du müde?«

Er nickte. Sie gingen frühzeitig zu Bett.

Am anderen Morgen war es windig, der Himmel war mit Regenwolken verhangen, und Madame Maigret gab ihm seinen Schirm mit. Als er bereits am Quai des Orfèvres war, verpaßte er um ein Haar den Anruf, denn er wollte gerade zur Tür hinaus und zum Rapport gehen, als das Telefon klingelte.

»Hallo. Kommissar Maigret am Apparat.«

»Jemand, der seinen Namen nicht sagen will, möchte persönlich mit Ihnen sprechen«, erklärte ihm die Telefonistin.

»Verbinden Sie mich mit ihm.«

Unmittelbar nachdem die Verbindung hergestellt war, vernahm er eine kreischende Stimme, die so schrill war, daß der Hörer vibrierte, die Stimme von jemandem, der nicht tagtäglich telefonierte.

»Kommissar Maigret?«

»Ja, ich bin es selbst. Wer ist denn am Apparat?«

Schweigen.

»Hallo! Ich höre.«

»Ich kann Ihnen etwas über das Mädchen sagen, das ermordet worden ist.«

»Die von der Place Vintimille?«

Wiederum Schweigen. Er fragte sich, ob es etwa ein Kind sei, das da mit ihm sprach.

»Sprechen Sie. Kennen Sie sie?«

»Ja. Ich weiß, wo sie gewohnt hat.«

Er merkte, daß seine Gesprächspartnerin nicht deshalb Pausen zwischen ihren Sätzen machte, weil sie zögerte, sondern weil sie vom Telefon beeindruckt war. Sie schrie, anstatt zu sprechen, und hielt den Mund zu nahe am Hörer. Von irgendwoher erklang Musik aus einem Radio und das Plärren eines Säuglings.

»Wo denn?«

»Rue de Clichy 113 bis.«

»Mit wem spreche ich denn?«

»Wenn Sie etwas wissen wollen, dann brauchen Sie nur die Alte aus dem zweiten Stock zu fragen, Madame Crêmieux.«

Er hörte eine zweite Stimme rufen:

»Rose! Rose! Was ist denn...?«

Gleich danach wurde aufgehängt.

Er blieb nur einige Minuten im Büro des Chefs, und da Janvier gerade gekommen war, nahm er ihn mit.

Der Inspektor war am Abend zuvor vergebens durch ganz Paris gelaufen. Und Lognon, der sich um die Nachtlokale und die Taxifahrer gekümmert hatte, hatte noch kein Lebenszeichen von sich gegeben.

»Sie kam mir vor wie ein junges Dienstmädchen, das gerade vom Lande gekommen ist«, sagte Maigret zu Janvier. »Sie hatte einen Akzent, aber ich frage mich, welchen.«

Das Haus Nummer 113 bis in der Rue de Clichy war ein bürgerliches Mietshaus wie die meisten Häuser im Viertel. Die beiden Männer sprachen zunächst bei der Concierge vor, einer Frau von etwa vierzig Jahren, die sie mißtrauisch beäugte.

»Kriminalpolizei«, erklärte Maigret und zeigte seine Plakette vor.

»Was wollen Sie denn?«

»Wohnt bei Ihnen eine Madame Crêmieux?«

»Im zweiten Stock links.«

»Ist sie zu Hause?«

»Es sei denn, sie sei zum Einkaufen weggegangen. Ich habe sie nicht vorbeigehen sehen.«

»Wohnt sie alleine?«

Die Concierge schien kein sehr reines Gewissen zu haben.

»Wie man's nimmt.«

»Was wollen Sie damit sagen?«

»Ab und zu ist jemand bei ihr.«

»Jemand aus der Verwandtschaft?«

»Nein. Was soll's, ich habe schließlich nichts zu verbergen. Soll sie doch zusehen, wie sie zurechtkommt. Manchmal hat sie jemanden in Untermiete.«

»Nur für kurze Zeit?«

»Natürlich hätte sie gern jemanden für länger, aber mit ihrer schlechten Laune vertreibt sie immer alle sehr schnell. Die letzte war, glaube ich, die fünfte oder sechste.«

»Weshalb haben Sie das nicht gleich gesagt?«

»Das erste Mal, als sie jemanden hatte, ein Mädchen, eine Verkäuferin bei den Galeries, bat sie mich, zu sagen, es sei ihre Nichte.«

»Hat sie ihnen das Zimmer untervermietet?«

Sie zuckte mit den Achseln.

»Erstens duldet der Hausbesitzer keine Untermieter. Außerdem muß man Untermieter beim Kommissariat melden und Formulare ausfüllen. Im übrigen glaube ich nicht, daß sie diese Einnahmen in ihrer Steuererklärung angibt.«

»Haben Sie uns aus diesem Grunde nicht verständigt?«

Sie verstand, worauf er anspielte. Außerdem lag die Zeitung vom Vorabend noch auf einem Stuhl, das Foto der Unbekannten war nicht zu übersehen.

»Sie kennen sie?«

»Es war die letzte.«

»Die letzte in welcher Beziehung?«

»Die letzte Untermieterin. Die letzte Nichte, wie die Alte sagen würde.«

»Wann haben Sie sie zum letzten Mal gesehen?«

»Keine Ahnung. Ich habe nicht darauf geachtet.«

»Wissen Sie, wie sie heißt?«

»Madame Crêmieux sagte Louise zu ihr. Da zu der Zeit, als sie hier wohnte, keine Post für sie kam, kenne ich ihren Familiennamen nicht. Wie gesagt, durfte ich offiziell nichts von ihr wissen. Die Leute haben das Recht, jemanden aus der Verwandtschaft bei sich aufzunehmen. Und deswegen riskiere ich nun, meine Stelle zu verlieren. Ich nehme an, das kommt in die Zeitungen?«

»Vielleicht. Was für eine Art Mensch war sie?«

»Das junge Mädchen? Unauffällig, nickte mit dem Kopf, wenn sie an meiner Loge vorüberging, wenn sie es nicht vergaß, hielt es aber nie für nötig, mich anzusprechen.«

»War sie schon lange hier?«

Janvier machte Notizen in ein Heft, was die Concierge beeindruckte, die sich ihre Antworten immer erst gründlich überlegte.

»Wenn ich mich recht erinnere, so kam sie kurz vor Neujahr her.«

»Hatte sie Gepäck?«

»Nur einen kleinen blauen Koffer.«

»Wie hat sie Madame Crêmieux kennengelernt?«

»Ich hätte ahnen müssen, daß es böse enden würde. Das ist das erste und letzte Mal, daß ich mich so einwickeln lasse, das schwöre ich Ihnen. Madame Crêmieux wohnte in diesem Haus bereits zu Lebzeiten ihres Mannes, der stellvertretender Direktor bei einer Bank war. Jedenfalls waren sie bereits vor mir im Haus.«

»Wann ist er gestorben?«

»Vor fünf oder sechs Jahren. Sie hatte keine Kinder. Sie hat angefangen zu jammern, daß es furchtbar sei, alleine in einer großen Wohnung zu leben. Dann hat sie vom Geld geredet, von ihrer Rente, die nicht an die Lebenskosten angepaßt wird.«

»Ist sie reich?«

»Sie muß gut bei Kasse sein. Einmal hat sie mir gestanden, daß sie irgendwo im 20. Arrondissement zwei Häuser besitzen würde. Als sie zum ersten Mal eine Untermieterin hatte, wollte sie mir weismachen, daß es sich um eine Verwandte vom Land handelt, aber ich bin schnell dahintergekommen und habe Tacheles mit ihr geredet. Da hat sie mir ein Viertel der Miete angeboten, und ich Idiotin willigte ein. Es stimmt, daß ihre Wohnung zu groß für sie alleine ist.«

»Hat sie Zeitungsannoncen aufgegeben?«

»Ja. Ohne Adresse. Nur die Telefonnummer.«

»Aus welchem Milieu kamen die Untermieterinnen?«

»Schwer zu sagen. Fast immer aus gutem Hause. Berufstätige junge Mädchen, die froh waren, ein größeres Zimmer zu haben als in einer Pension, und das zum selben Preis oder sogar billiger. Nur ein einziges Mal hatte sie ein Mädchen, das sah zwar genauso anständig aus wie die anderen, hat aber nachts Männer angeschleppt. Nach zwei Tagen war aber Schluß.«

»Erzählen Sie mir von der letzten.«

»Was wollen Sie wissen?«

»Alles.«

Die Concierge blickte unwillkürlich auf das Foto in der Zeitung.

»Wie gesagt: Ich habe sie nur vorbeigehen sehen. Morgens gegen neun oder halb zehn ging sie aus dem Haus.«

»Wissen Sie nicht, wo sie arbeitete?«

»Nein.«

»Kam sie zum Mittagessen heim?«

»Madame Crêmieux erlaubte ihnen nicht, in der Wohnung zu kochen.«

»Wann kam sie nach Hause?«

»Am Abend. Manchmal um sieben, manchmal um zehn oder elf.«

»Ging sie oft aus? Bekam sie Besuch von Freunden oder Freundinnen?«

»Sie bekam nie Besuch.«

»Haben Sie sie nie im Abendkleid gesehen?«

Sie schüttelte den Kopf.

»Wissen Sie, sie war ein Mädchen wie viele andere, und ich habe kaum darauf geachtet. Erst recht, weil ich ahnte, daß es nicht von Dauer wäre.«

»Weswegen?«

»Ich habe es Ihnen bereits gesagt. Die Alte möchte zwar gerne Zimmer vermieten, aber ja keine Scherereien damit haben. Gewöhnlich geht sie um halb elf zu Bett, und wenn ihre Untermieterin sich untersteht, später nach Hause zu kommen, macht sie ein Riesentheater. Im Grunde sucht sie keine Untermieterin, sondern vielmehr jemand, der ihr Gesellschaft leistet und mit ihr Karten spielt.«

Sie wußte Maigrets Lächeln nicht zu deuten, der an die Kleiderverkäuferin aus der Rue de Douai dachte. Auch Elisabeth Coumar nahm Mädchen auf, die sich selbst überlassen waren, vielleicht aus Herzensgüte, vielleicht aber auch nur, um nicht allein zu sein. Da sie ihr alles verdankten, wurden sie für mehr oder weniger lange Zeit zu einer Art Sklavinnen.

Madame Crêmieux nahm sich Untermieterinnen ins Haus. Im Grunde kam es aufs selbe heraus. Wie viele mochte es davon in Paris geben, wie viele alte Frauen oder alte Jungfern, die sich auf diese Weise um Gesellschaft bemühten, mit Vorliebe um die Gesellschaft von jemandem, der jung und naiv war?

»Wenn ich das wenige Geld, das es mir eingebracht hat, wieder zurückgeben könnte, damit ich meine Stelle nicht verliere...«

»Alles in allem wissen Sie weder, wer sie war, noch, woher sie kam, noch, was sie so machte, mit wem sie verkehrte?«

»Nein.«

»Mochten Sie sie nicht?«

»Ich mag Leute nicht, die genauso wenig Geld in der Tasche haben wie unsereins und meinen, sie wären was Besseres.«

»Sie meinen, sie war arm?«

»Ich habe sie immer im selben Kleid und im selben Mantel gesehen.«

»Sind Dienstmädchen im Hause beschäftigt?«

»Weshalb fragen Sie mich das? Es gibt drei. Zuerst das der Mieter aus dem ersten Stock, dann das aus dem zweiten rechts. Schließlich...«

»Ist eines von ihnen jung und vom Land?«

»Sie meinen sicher die Rose.«

»Welches ist es?«

»Das aus dem zweiten. Die Familie Larcher hatte schon zwei Kinder, als Madame Larcher vor zwei Monaten noch ein Kind bekam, und da sie sich nicht recht erholte, ließ sie sich ein Dienstmädchen aus der Normandie kommen.«

»Haben die Larchers ein Telefon?«

»Ja. Der Mann hat einen guten Posten bei einer Versicherungsgesellschaft. Vor kurzem haben sie sich einen Wagen gekauft.«

»Ich danke Ihnen.«

»Wenn es sich irgendwie einrichten läßt, daß der Hauseigentümer nichts erfährt...«

»Noch etwas. Als gestern das Foto des Mädchens in den Zeitungen erschien, haben Sie es da wiedererkannt?«

Sie zögerte und log.

»Ich war mir nicht sicher. Wissen Sie, das erste Foto, das veröffentlicht wurde...«

»Hat Madame Crêmieux Sie aufgesucht?«

Sie errötete.

»Sie kam herein, als sie vom Einkaufen heimkehrte. Sie hat mir so beiläufig gesagt, daß die Polizei viel zu gut bezahlt würde, als daß andere Leute versuchen sollten, sich da einzumischen. Ich habe verstanden. Als ich jedoch das zweite Foto zu Gesicht bekam, das hier, war ich drauf und dran, Sie anzurufen, und im Grunde, wenn ich's mir so recht überlege, bin ich froh, daß Sie gekommen sind. Denn es erleichtert mich kolossal.«

Es gab einen Fahrstuhl, und Maigret und Janvier stiegen im zweiten Stock aus. Hinter der Tür zur Rechten hörte man Kinderstimmen, dann eine weitere Stimme, die Maigret wiedererkannte und die rief:

»Jean-Paul! Jean-Paul! Willst du wohl deine kleine Schwester in Ruhe lassen!«

An der Tür zur Linken klingelte er. Man vernahm leise, flinke Schritte im Innern. Jemand fragte durch die Tür hindurch:

»Ja, bitte?«

»Madame Crêmieux?«

»Was wollen Sie?«

»Polizei.«

Ziemlich langes Schweigen, schließlich ein Murmeln: »Einen Augenblick...«

Sie entfernte sich, höchstwahrscheinlich, um sich zurechtzumachen. Als sie zur Tür zurückkam, klangen ihre Schritte anders, denn anstelle ihrer Pantoffeln hatte sie wohl Schuhe angezogen. Widerwillig öffnete sie die Tür und betrachtete alle beide mit kleinen, stechenden Augen.

»Kommen Sie rein. Ich bin mit meinem Haushalt noch nicht fertig.«

Dennoch trug sie ein schwarzes, recht elegantes Kleid und war sorgfältig frisiert. Sie war zwischen fünfundsechzig und siebzig Jahren, klein und hager und noch erstaunlich rüstig.

»Haben Sie einen Ausweis?«

Maigret zeigte ihr seine Plakette, die sie aufmerksam prüfte.

»Sie sind also Kommissar Maigret?«

Sie bat sie in ein recht geräumiges Wohnzimmer, das jedoch so mit Möbeln und Nippes vollgestopft war, daß man sich kaum bewegen konnte.

»Nehmen Sie Platz. Was wünschen Sie?«

Sie setzte sich würdevoll, doch ihre Hände verkrampften sich.

»Es handelt sich um Ihre Untermieterin.«

»Ich habe keine Untermieterin. Wenn mich manchmal jemand besucht und ich ihm anbiete, über Nacht zu bleiben...«

»Wir wissen Bescheid, Madame Crêmieux.«

Sie verlor nicht die Fassung, sondern warf dem Kommissar einen scharfen Blick zu.

»Bescheid worüber?«

»Über alles. Wir gehören nicht zum Finanzamt, und die Art und Weise, wie Sie Ihre Steuererklärung machen, geht uns nichts an.«

Es lag keine Zeitung im Zimmer. Maigret zog aus seiner Tasche eines der Fotos der Unbekannten.

»Erkennen Sie sie wieder?«

»Sie hat ein paar Tage bei mir gewohnt.«

»Ein paar Tage?«

»Oder, genauer, ein paar Wochen.«

»Oder, noch genauer, zweieinhalb Monate?«

»Kann sein. In meinem Alter ist Zeit so unwichtig! Sie können sich gar nicht vorstellen, wie schnell die Tage immer rum sind.«

»Wie heißt sie?«

»Louise Laboine.«

»Ist das der Name, der in ihrem Personalausweis steht?«

»Ich habe ihren Personalausweis nicht gesehen. Das ist der Name, den sie mir angab, als sie sich vorstellte.«

»Sie wissen also nicht, ob dies ihr richtiger Name ist?«

»Ich habe keine Veranlassung, daran zu zweifeln.«

»Hat sie Ihre Annonce gelesen?«

»Hat die Concierge Ihnen davon erzählt?«

»Das spielt keine Rolle, Madame Crêmieux. Wir wollen keine Zeit verlieren. Im übrigen stelle ich hier die Fragen.«

Würdevoll sagte sie: »Einverstanden, ich höre.«

»Hat Louise Laboine auf Ihre Annonce geantwortet?«

»Sie hat mich angerufen, um nach der Miete zu fragen. Sie wollte wissen, ob ich nicht ein bißchen heruntergehen könnte, und da habe ich ihr vorgeschlagen, doch mal bei mir vorbeizukommen.«

»Und sind Sie ihr mit der Miete runtergegangen?«

»Ja.«

»Warum?«

»Weil ich immer drauf reinfalle.«

»Worauf?«

»Wenn sie sich vorstellen kommen, machen sie immer einen anständigen Eindruck, höflich, zuvorkommend. Ich habe sie gefragt, ob sie abends oft ausginge, und sie hat nein gesagt.«

»Wissen Sie, wo sie gearbeitet hat?«

»Anscheinend in einem Büro, aber ich weiß nicht, in welchem. Erst nach ein paar Tagen habe ich begriffen, welche Art von Mädchen das war.«

»Welche Art?«

»Verschlossen, macht von sich aus den –«

»Wissen Sie nichts von ihr? Hat sie Ihnen nichts erzählt?«

»Nur das Nötigste. Tat so, als sei sie hier im Hotel. Morgens zog sie sich an und ging aus dem Haus, begnügte sich damit, mir flüchtig einen guten Tag zu wünschen, wenn sie mir über den Weg lief.«

»Ging sie immer um dieselbe Zeit aus dem Haus?«

»Eben. Das ist es ja, was mich gewundert hat. Die ersten zwei oder drei Tage hat sie das Haus um halb neun verlassen, woraus ich geschlossen habe, daß sie um neun Uhr mit ihrer Arbeit anfangen würde. Dann ist sie mehrmals hintereinander erst um Viertel nach neun gegangen, und ich habe sie gefragt, ob sie die Stelle gewechselt hat.«

»Was hat sie geantwortet?«

»Sie hat mir keine Antwort gegeben. Das war so ihre Art. Wenn ihr etwas peinlich war, so tat sie, als höre sie nicht. Abends versuchte sie, mir aus dem Wege zu gehen.«

»Mußte sie durch das Wohnzimmer, um zu ihrem Zimmer zu gelangen?«

»Ja. Ich halte mich die meiste Zeit hier auf. Ich hab sie eingeladen, sich auf eine Tasse Kaffee oder Tee zu mir zu setzen. Ein einziges Mal hat sie eingewilligt, mir Gesellschaft zu leisten, und ich bin sicher, daß sie innerhalb einer Stunde keine fünf Sätze von sich gegeben hat.«

»Worüber haben Sie sich unterhalten?«

»Über alles. Ich wollte etwas von ihr erfahren.«

»Was wollten Sie erfahren?«

»Wer sie war, woher sie kam, wo sie bisher gewohnt hatte.«

»Haben Sie nichts aus ihr herausbekommen?«

»Ich weiß nur, daß sie den Midi kennt. Ich habe ihr von Nizza erzählt, wo wir immer zwei Wochen im Jahr verbrachten, mein Mann und ich, und ich habe gleich gemerkt, daß sie auch schon einmal dort war. Als ich sie nach ihrem Vater und ihrer Mutter gefragt habe, setzte sie eine abweisende Miene auf. Wenn Sie sie einmal mit dieser Miene gesehen hätten, dann wären auch Sie außer sich geraten.«

»Wo nahm sie ihre Mahlzeiten ein?«

»Eigentlich außer Haus. Ich dulde nicht, daß auf dem Zimmer gekocht wird, wegen der Brandgefahr. Wenn sie ihre Spirituskocher mitbringen, weiß man nie, was passieren kann, zumal ich hier nur alte Möbel stehen habe, wertvolle alte Familienstücke. Wie sie es auch anstellte, ich habe die Brotkrümel dennoch gefunden, und Butterbrotpapier hat sie auch einmal verbrannt, in dem höchstwahrscheinlich einmal Wurst eingewickelt war.«

»Verbrachte sie den Abend alleine in ihrem Zimmer?«

»Oft. Sie ging nur zwei- oder dreimal in der Woche aus.«

»Zog sie sich entsprechend an?«

»Was hätte sie schon anziehen sollen, wo sie doch alles in allem nur ein Kleid und einen Mantel besaß? Letzten Monat ist dann das eingetreten, was ich vorausgesehen hatte.«

»Was hatten Sie denn vorausgesehen?«

»Daß sie eines Tages die Miete nicht mehr bezahlen kann.«

»Hat sie sie nicht bezahlt?«

»Sie hat mir hundert Franc als Vorschuß gegeben und mir versprochen, den Rest am Wochenende zu bezahlen. Am Wochenende ist sie mir aus dem Weg gegangen, bis ich sie gestellt habe. Da sagte sie nur, sie erwarte in ein, zwei Tagen Geld. Glauben Sie nicht, ich sei geizig und denke nur an Geld. Natürlich brauche ich es, wie jeder. Wenn sie sich doch nur wie ein Mensch benommen hätte, dann hätte ich mehr Geduld gehabt.«

»Haben Sie ihr gekündigt?«

»Vor drei Tagen, einen Tag bevor sie verschwunden ist. Ich habe ihr einfach erklärt, daß ich eine Verwandte aus der Provinz erwarte und das Zimmer benötige.«

»Wie nahm sie das auf?«

»Sie hat mir geantwortet: Gut!«

»Wollen Sie uns ihr Zimmer zeigen?«

Die alte Dame erhob sich, immer noch voller Würde.

»Kommen Sie mit. Sie werden sehen, daß sie nirgendwo sonst ein Zimmer wie dies gefunden hätte.«

Das Zimmer war tatsächlich geräumig, mit großen Fenstern. Wie das Wohnzimmer war es im Stil des 19. Jahrhunderts eingerichtet. Das Bett war aus massivem Mahagoni, und zwischen den Fenstern stand ein Schreibtisch im Empire-Stil, der einmal Monsieur Crêmieux gehört haben mochte und für den man anderswo keinen Platz gefunden hatte. Schwere Samtvorhänge rahmten die Fenster ein, und an den Wänden hingen alte Familienfotos in schwarzen oder goldenen Rahmen.

»Der einzige kleine Nachteil besteht darin, daß man das Badezimmer teilen muß.«

»Ich wartete immer darauf, daß sie als erste ginge, und ich betrat es nie, ohne anzuklopfen.«

»Ich nehme an, daß Sie seit ihrem Fortgehen nichts weggenommen haben?«

»Ganz bestimmt nicht.«

»Als Sie sahen, daß sie nicht mehr zurückkam, haben Sie da in ihren persönlichen Sachen herumgestöbert?«

»Da gibt es nicht viel herumzustöbern. Ich bin nur hineingegangen, um nachzusehen, ob sie ihre Sachen mitgenommen hatte.«

»Hatte sie sie nicht mitgenommen?«

»Nein. Sie können sich davon überzeugen.«

Auf der Kommode lagen ein Kamm, eine Haarbürste, ein billiges Maniküreset sowie eine Puderdose einer gängigen Marke. Ein Röhrchen Aspirin sowie ein weiteres mit Schlaftabletten lagen ebenfalls da.

Maigret zog die Schubladen auf, fand darin lediglich etwas Wäsche und ein elektrisches Bügeleisen, eingewickelt in einen Unterrock aus Kunstseide.

»Was habe ich Ihnen gesagt!« rief Madame Crêmieux aus.

»Was?«

»Ich habe sie auch darauf hingewiesen, daß ich Wäschewaschen und Bügeln nicht dulde. Das war es also, was sie gemacht hat, als sie sich abends für eine Stunde im Bad einsperrte! Deshalb hat sie auch ihre Tür abgeschlossen.«

Eine andere Schublade enthielt eine Schachtel gewöhnlichen Briefpapiers, ein paar Bleistifte und einen Füller.

Im Schrank hing ein wollenes Hauskleid, und in einer Ecke lag ein blauer Stoffkoffer, ohne Schlüssel. Mit der Spitze seines Taschenmessers brach Maigret das Schloß auf, während die Alte ihm über die Schulter sah. Der Koffer war leer.

»Hat nie jemand nach ihr gefragt?«

»Niemand.«

»Hatten Sie auch nie den Verdacht, daß jemand in Ihrer Abwesenheit die Wohnung betreten hat?«

»Es wäre mir aufgefallen. Ich weiß ganz genau, wo alles liegt!«

»Bekam sie Telefonanrufe?«

»Ein einziges Mal.«

»Wann war das?«

»Vor etwa zwei Wochen. Nein. Es ist länger her. Vielleicht vor einem Monat. Eines Abends, gegen acht Uhr, hat jemand nach ihr gefragt, als sie auf ihrem Zimmer war.«

»Ein Mann?«

»Eine Frau.«

»Können Sie sich genau erinnern, was sie gesagt hat?«

»Sie sagte:
›Ist Mademoiselle Laboine zu Hause?‹
Ich sagte, ich glaube schon, und klopfte an ihre Tür.
›Telefon für Sie, Mademoiselle Louise!‹
›Für mich?‹ wunderte sie sich.
›Für Sie, ja.‹
›Ich komme.‹
Damals kam es mir so vor, als habe sie geweint.«

»Vor oder nach dem Anruf?«

»Davor, als sie aus ihrem Zimmer kam.«

»War sie vollständig angezogen?«

»Nein. Sie war barfuß und im Morgenrock.«

»Haben Sie gehört, was sie sagte?«

»Sie hat fast gar nichts gesagt... Nur: ›Ja... Ja... Gut... Wen...? Vielleicht...‹ Und zu guter Letzt hat sie hinzugefügt: ›Bis nachher.‹«

»Ist sie weggegangen?«

»Zehn Minuten später.«

»Wann kam sie zurück?«

»Sie blieb die ganze Nacht draußen und kam erst gegen sechs in der Früh zurück. Ich habe auf sie gewartet, entschlossen, sie vor die Tür zu setzen. Sie hat mir erklärt, daß sie die Nacht bei einer kranken Verwandten habe verbringen müssen. Sie sah nicht aus wie jemand, der zum Vergnügen ausgegangen war. Sie hat sich hingelegt und das Zimmer zwei Tage lang nicht verlassen. Ich war es, die ihr das Essen gebracht und ihr Aspirin gekauft hat. Sie klagte, sie hätte eine Grippe.«

Ob sie ahnte, daß jeder Satz in der Vorstellung Maigrets, der kaum hinzuhören schien, Gestalt annahm? Stück für Stück führte er sich das Zusammenleben der beiden Frauen in der düsteren, vollgepfropften Wohnung vor Augen. Mit der einen zumindest war es einfach: sie stand vor ihm. Schwieriger vorstellbar hingegen war das Verhalten des Mädchens, seine Stimme, seine Gesten und erst recht das, was ihr durch den Kopf gegangen sein mochte.

Mittlerweile kannte er ihren Namen, vorausgesetzt, daß dies ihr richtiger Name war. Er wußte, wo sie die beiden letzten Monate geschlafen und einen Teil ihrer Abende verbracht hatte.

Er wußte auch, daß sie zweimal in die Rue de Douai gegangen war, um sich ein Abendkleid auszuleihen. Beim ersten Mal hatte sie bezahlt. Beim zweiten Mal hatte sie noch zwei- oder dreihundert Franc in der Tasche gehabt, kaum genug, um sich ein Taxi oder eine einfache Mahlzeit zu leisten.

Ob sie im Anschluß an den Telefonanruf zum ersten Mal zu Mademoiselle Irène gegangen war? Dies schien unwahrscheinlich. Damals war sie relativ früh in der Rue de Douai erschienen.

Überdies trug sie wie immer ihr Kleid und ihren Mantel, als sie gegen sechs Uhr morgens in die Rue de Clichy zurückkehrte. Das blaue Satinkleid hätte sie Mademoiselle Irène, die spät aufstand, noch nicht zurückbringen können.

All dem war zu entnehmen, daß sie zwei Monate zuvor, um den ersten Januar herum, noch gut genug bei Kasse war, um sich ein Zimmer zu mieten. Viel Geld hatte sie jedoch nicht. Sie hatte einen Mietnachlaß ausgehandelt. Morgens ging sie regelmäßig zur gleichen Zeit aus dem Haus, zuerst gegen halb neun, dann nach neun Uhr.

Womit verbrachte sie die Tage? Und die Abende, an denen sie nicht in ihrem Zimmer war?

Sie las nicht. Kein Buch hatte in ihrem Zimmer gelegen, keine Zeitschrift. Wenn sie nähte, dann nur, um ihre Kleidung und ihre Wäsche auszubessern, denn in einer Schublade lagen lediglich drei Fadenröllchen, ein Fingerhut, eine Schere, beigefarbene Seide für die Strümpfe, ein paar Nadeln in einem Etui.

Nach Meinung von Dr. Paul war sie etwa zwanzig Jahre alt.

»Ich schwöre Ihnen, das ist das letzte Mal, daß ich ein Zimmer vermiete!«

»Ich nehme an, daß sie ihr Zimmer selbst saubermachte?«

»Glauben Sie, ich bin ihr Dienstmädchen? Eine hat's mal versucht, aber da hat sie sich den falschen Finger verbunden, das können Sie mir glauben.«

»Womit verbrachte sie denn den Sonntag?«

»Morgens schlief sie lange. Bereits in der ersten Woche habe ich festgestellt, daß sie nicht zur Messe ging. Ich habe sie gefragt, ob sie nicht katholisch sei. Sie antwortete:

Doch. Nur um mir die Antwort nicht schuldig zu bleiben, verstehen Sie? Manchmal stand sie erst nach ein Uhr nachmittags auf. Vermutlich ging sie ins Kino. Ich erinnere mich, daß ich einmal eine Kinokarte in ihrem Zimmer gefunden habe.«

»Sie wissen nicht, um welches Kino es sich handelte?«
»Ich habe nicht darauf geachtet. Es war eine rosa Karte.«
»Nur eine?«

Maigret starrte ihr in die Augen, wie um sie am Lügen zu hindern.

»Was war denn in ihrer Handtasche?«
»Woher soll ich...?«
»Antworten Sie. Sie haben sicherlich einmal einen Blick hineingeworfen, als sie sie mal herumliegen ließ.«
»Sie ließ sie nur selten herumliegen.«
»Einmal hätte doch genügt. Haben Sie ihren Personalausweis gesehen?«
»Nein.«
»Hatte sie keinen?«
»Nicht in ihrer Handtasche. Jedenfalls lag er damals nicht drin. Erst vor einer Woche hatte ich Gelegenheit, einmal nachzuschauen. Ich hatte ein mulmiges Gefühl.«
»Warum denn?«
»Wenn sie einer geregelten Arbeit nachgegangen wäre, hätte sie Geld gehabt, die Miete zu bezahlen. Dies war auch das erste Mal, daß ich ein Mädchen in ihrem Alter gesehen habe, das nur ein einziges Kleid besaß. Im übrigen hat sie nichts über sich preisgegeben, was sie so machte, woher sie kam, wo ihre Angehörigen wohnten.«
»Was haben Sie denn vermutet?«

»Daß sie womöglich von zu Hause durchgebrannt sei. Oder gar...«

»Was?«

»Keine Ahnung. Ich wußte nicht, wie ich sie einschätzen sollte, verstehen Sie? Bei manchen Leuten weiß man sofort, woran man ist. Nicht bei ihr. Sie hatte keinen Akzent. Sie wirkte auch nicht wie vom Lande. Sie wirkte gebildet. Abgesehen von ihrer Art, auf Fragen nicht zu antworten und mir stets aus dem Weg zu gehen, hatte sie ziemlich gute Manieren. Ja, ich glaube, sie hat eine gute Kinderstube gehabt.«

»Was war in ihrer Handtasche?«

»Lippenstift, Puderdose, Taschentuch, Schlüssel.«

»Schlüssel welcher Art?«

»Die Wohnungsschlüssel, die ich ihr übergeben hatte, und der ihrer Reisetasche. Auch eine abgenutzte Brieftasche mit Geld und einem Foto.«

»Eines Mannes? Einer Frau?«

»Eines Mannes. Aber nicht das, was Sie meinen. Dieses Foto war mindestens fünfzehn Jahre alt, vergilbt, brüchig, mit einem Mann darauf von etwa vierzig Jahren.«

»Können Sie ihn beschreiben?«

»Ein gutaussehender Mann, elegant. Auffallend war, daß er einen sehr hellen Anzug trug, möglicherweise aus Leinen, wie ich sie oft in Nizza gesehen habe. An Nizza habe ich deshalb denken müssen, weil hinter ihm eine Palme stand.«

»Haben Sie keine Ähnlichkeit festgestellt?«

»Mit ihr? Nein. Daran habe ich auch gedacht. Wenn es ihr Vater war, dann glich sie ihm überhaupt nicht.«

»Würden Sie ihn wiedererkennen, wenn Sie ihn treffen würden?«

»Vorausgesetzt, er hat sich nicht zu sehr verändert.«

»Haben Sie Ihre Untermieterin nicht darauf angesprochen?«

»Wie hätte ich ihr erklären sollen, daß ich das Foto gesehen habe? Beim Öffnen ihrer Tasche? Ich habe ihr nur von Nizza erzählt, vom Midi…«

»Würdest du das alles mitnehmen, Janvier.«

Maigret deutete auf die Schubladen, auf den Morgenrock im Schrank, auf den blauen Koffer. Der Koffer war groß genug, um alles aufzunehmen, und da das Schloß aufgebrochen war, mußten sie die Alte um eine Schnur bitten, um ihn zu verschließen.

»Glauben Sie, daß ich Ärger bekomme?«

»Nicht mit uns.«

»Mit denen vom Finanzamt?«

Maigret zuckte mit den Schultern und brummelte:

»Das geht uns nichts an.«

4

*Das Mädchen auf der Bank
und die Braut im Nachtlokal*

Durch den Spalt ihrer Tür hindurch, die die alte Frau vorsorglich nicht ganz geschlossen hatte, hatte sie gesehen, wie sie nicht etwa zum Fahrstuhl oder zur Treppe gingen, sondern zur Wohnung gegenüber. Als sie diese wieder verließen, sah Maigret, wie sich der Türflügel bewegte, und beim Hinabgehen sagte er zu Janvier:

»Sie ist eifersüchtig.«

Einmal, beim Prozeß eines Mannes, den er vors Schwurgericht gebracht hatte, flüsterte ihm jemand, der zusammen mit ihm die Plädoyers verfolgte, zu:

»Ich möchte wissen, woran er denkt.«

Und Maigret hatte bemerkt: »Daran, was die Zeitungen in ihrer nächsten Ausgabe über ihn schreiben werden.«

Er behauptete, daß Mörder, zumindest bis zu ihrer Verurteilung, weniger mit ihrem Verbrechen und schon gar nicht mit der Erinnerung an ihr Opfer beschäftigt sind als vielmehr mit der Wirkung, die sie auf die Öffentlichkeit ausüben. Über Nacht ist ein Star aus ihnen geworden. Journalisten und Fotografen bestürmen sie. Zuweilen steht das Publikum stundenlang Schlange, um sie sehen zu dürfen. Ist es da nicht natürlich, daß sie zuweilen in das Gebaren von Schmierenkomödianten verfallen?

Hoch erfreut war die Witwe Crêmieux darüber sicherlich nicht gewesen, daß die Polizei sie in ihrer Wohnung überfiel. Im übrigen hatte Maigret eine Art, Fragen zu stellen, daß es nicht möglich war, so zu antworten, wie man es gerne getan hätte. Sie hatte einige nicht sehr erfreuliche Dinge eingestehen müssen.

Jedoch hatte sich wenigstens jemand eine knappe Stunde lang mit ihr befaßt und hatte sogar jedes einzelne ihrer Worte auf einem Notizblock vermerkt!

Und im nächsten Augenblick läutete derselbe Kommissar nun gegenüber, um die gleiche Ehre einer kleinen, ungehobelten Dienstmagd zu erweisen.

»Gehen wir einen trinken?«

Es war elf Uhr vorüber. Sie betraten die Bar an der Straßenecke und tranken wortlos einen Aperitif, während sie das Gehörte erst mal verdauten.

Mit Louise Laboine verhielt es sich genauso wie mit den Fotoplatten, die man in den Entwickler taucht. Zwei Tage zuvor hatte sie noch nicht für sie existiert. Dann war sie eine blaue Silhouette gewesen, ein Profil auf dem nassen Kopfsteinpflaster der Place Vintimille, ein weißer Körper auf dem Untersuchungstisch des Gerichtsmedizinischen Instituts. Mittlerweile trug sie einen Namen, und ein Bild begann sich abzuzeichnen, zunächst nur in Umrissen.

Die Chefin von Rose hatte ein wenig pikiert reagiert, als Maigret zu ihr gesagt hatte:

»Würde es Ihnen etwas ausmachen, auf die Kinder aufzupassen, während wir Ihrem Dienstmädchen ein paar Fragen stellen?«

Rose war noch keine sechzehn und noch ein rechtes Küken.

»Du hast mich doch heute morgen angerufen, stimmt's?«

»Ja, Herr Kommissar.«

»Kanntest du Louise Laboine?«

»Ihren Namen wußte ich nicht.«

»Bist du ihr mal im Treppenhaus begegnet?«

»Ja, Herr Kommissar.«

»Hat sie mit dir gesprochen?«

»Sie hat nie mit mir gesprochen, mir aber jedesmal zugelächelt. Sie kam mir immer so traurig vor. Sie sah aus wie eine Filmschauspielerin.«

»Hast du sie nicht manchmal irgendwo anders als im Treppenhaus gesehen?«

»Mehrmals.«

»Wo?«

»Auf einer Bank am Square de la Trinité, wohin ich beinahe jeden Nachmittag mit den Kindern gehe.«

»Was tat sie dort?«

»Nichts.«

»Wartete sie auf jemanden?«

»Ich habe sie nie mit jemandem gesehen.«

»Hat sie gelesen?«

»Nein. Einmal hat sie ein belegtes Brot gegessen. Glauben Sie, daß sie gewußt hat, daß sie sterben würde?«

Das war alles, was sie von Rose erfahren hatten. Dem war zu entnehmen, daß das junge Mädchen seit einiger Zeit keiner geregelten Arbeit nachging. Sie machte sich nicht die Mühe, weit wegzugehen. Sie verließ nicht einmal das Viertel, sondern ging einfach die Rue de Clichy hinunter und setzte sich vor der Trinité-Kirche auf eine Bank.

»Hast du nie gesehen, ob sie die Kirche betrat?« hatte Maigret Rose gefragt.

»Nein, Herr Kommissar.«

Der Kommissar zahlte, wischte sich den Mund ab und stieg, gefolgt von Janvier, in den kleinen Wagen ein. Am Quai des Orfèvres erkannte er als graue Silhouette im Vorzimmer Lognon, dessen Nase so gerötet war wie noch nie.

»Warten Sie auf mich, Lognon?«

»Seit einer Stunde.«

»Heißt das, daß Sie nicht zu Bett gegangen sind?«

»Das macht nichts.«

»Kommen Sie mit in mein Büro.«

Der Bürodiener hatte den finster und kummervoll vor sich hin starrenden Lognon wohl nicht für einen Polizisten gehalten, sondern eher für jemanden, der gekommen war, ein Geständnis abzulegen. Diesmal war er wirklich erkältet, seine Stimme klang heiser, und er mußte ständig sein Taschentuch hervorziehen. Er beklagte sich nicht, doch seine Leichenbittermiene zeigte, daß er ein Leben lang gelitten hatte und auch weiter leiden würde. Maigret nahm Platz, stopfte seine Pfeife, während der andere, der auf der Stuhlkante saß, in höflichem Schweigen verharrte.

»Ich nehme an, Sie haben Neuigkeiten?«

»Ich bin nur gekommen, um Meldung zu erstatten.«

»Ich höre, mein Freund.«

Der kameradschaftliche Ton verfing nicht beim Griesgram, der vielmehr Gott weiß welche Ironie dahinter vermuten mochte.

»Ich habe gestern abend meine Runde von vorgestern nacht fortgesetzt, jedoch gründlicher. Bis ungefähr drei Uhr morgens, genau bis vier Minuten nach drei, ohne irgendwelchen Erfolg.«

Während er sprach, zog er einen Zettel aus der Tasche.

»Um vier Minuten nach drei also habe ich einen Taxifahrer namens Léon Zirkt, 53 Jahre alt, wohnhaft in Levallois-Perret, der gegenüber dem Nachtlokal Le Grelot parkte, ausgefragt.«

Aller Wahrscheinlichkeit nach waren diese Einzelheiten belanglos. Der Inspektor legte Wert auf höchste Genauigkeit und unterstrich auf diese Weise, daß er lediglich ein kleiner Untergebener war, dem es nicht zustand, zu entscheiden, was von Bedeutung war und was nicht.

Er sprach mit monotoner Stimme, ohne den Kommissar anzusehen, der sich ein Lächeln verbeißen mußte.

»Ich habe ihm die Fotografie, oder genauer gesagt die Fotografien, gezeigt, und er hat das Mädchen im Abendkleid wiedererkannt.«

Er legte eine Pause ein, ebenfalls wie ein Schauspieler. Er wußte noch nicht, daß Maigret die Identität der Toten sowie ihren letzten Wohnsitz herausgefunden hatte.

»In der Nacht von Montag auf Dienstag parkte Léon Zirkt kurz vor Mitternacht gegenüber vom ›Roméo‹, einem neuen Nachtlokal in der Rue Caumartin.«

Er hatte alles vorbereitet und zog einen weiteren Zettel aus seiner Tasche, diesmal einen Zeitungsausschnitt.

»In jener Nacht war das ›Roméo‹ ausnahmsweise nicht für die Stammgäste geöffnet, denn der Saal war für ein Hochzeitsbankett gemietet worden.«

Wie ein Anwalt, der bei der Verhandlung dem Richter ein Beweisstück vorlegt, so schob er Maigret den Zeitungsausschnitt hin und setzte sich wieder an seinen Platz.

»Wie Sie sehen werden, handelte es sich um die Hochzeit eines gewissen Marco Santoni, Vertreter einer großen italienischen Wermutmarke in Frankreich, mit einer Mademoiselle Jeanine Armenieu aus Paris, ohne Beruf. Zahlreiche Gäste waren geladen, da Marco Santoni in der Lebewelt offenbar bekannt ist wie ein bunter Hund.«

»Hat Zirkt Ihnen diese Einzelheiten mitgeteilt?«

»Nein. Ich bin zum ›Roméo‹ gegangen. Der Taxifahrer wartete, wie gesagt, zusammen mit ein paar Kollegen. Ein feiner Regen fiel. Etwa gegen Viertel nach zwölf verließ eine junge Frau in blauem Abendkleid und dunklem Velourscape das Lokal und schickte sich an, zu Fuß durch den Nieselregen davonzugehen. Wie üblich, rief Zirkt ihr zu:

›Taxi?‹

Sie jedoch schüttelte den Kopf und setzte ihren Weg fort.«

»Ist er sich sicher, daß sie es war?«

»Ja. Über dem Eingang des ›Roméo‹ hängt ein Neonschild. Zirkt mit seinem Nachtschichtlerblick hat natürlich sofort das schäbige Kleid gesehen. Außer ihm hat sie auch der Rausschmeißer des ›Roméo‹, Gaston Rouget, auf dem Foto wiedererkannt.«

»Und der Fahrer weiß nicht zufällig, wo sie hingegangen ist?«

Lognon schneuzte sich. Seine Miene war nicht triumphierend, sondern im Gegenteil übertrieben bescheiden, so als wollte er sich entschuldigen, daß er so wenig erreicht habe.

»Ein Pärchen kam gerade aus dem Lokal, ich meine, ein paar Minuten später, und ließ sich zur Place de l'Etoile fahren. Als Zirkt über die Place Saint-Augustin fuhr, stieß er erneut auf die junge Frau, die den Platz ebenfalls überquerte, zu Fuß. Sie ging schnellen Schrittes in Richtung Boulevard Haussmann, so, als wollte sie zu den Champs-Elysées.«

»Ist das alles?«

»Er setzte seine Fahrgäste ab und wunderte sich später darüber, das Mädchen an der Kreuzung des Boulevard Haussmann/Faubourg Saint-Honoré wiederzutreffen. Sie ging immer noch weiter. Er schaute nach, wie spät es war, denn er war neugierig, wie lange sie für den Weg gebraucht hatte. Da war's kurz vor eins.«

Gegen zwei Uhr war Louise Laboine ermordet und gegen drei tot auf der Place Vintimille aufgefunden worden.

Lognon hatte gründlich gearbeitet. Und er hatte noch nicht alles ausgepackt. Dies wurde Maigret klar, als er sah, wie er auf seinem Stuhl sitzen blieb und einen dritten Zettel aus der Tasche zog.

»Marco Santoni wohnt in der Rue de Berri.«

»Haben Sie auch ihn aufgesucht?«

»Nein. Nach dem Bankett im ›Roméo‹ hat das jungvermählte Paar das Flugzeug nach Florenz genommen, wo sie wohl ein paar Tage verbringen werden. Ich habe mit dem Butler gesprochen, einem gewissen Joseph Ruchon.«

Lognon hatte keinen Wagen zur Verfügung und auch bestimmt kein Taxi genommen, da er wußte, daß man seine Spesenrechnung genauestens unter die Lupe nehmen würde. Nachts hatte er alle seine Wege zu Fuß zurückgelegt und am Morgen sicherlich mit der Metro oder dem Bus.

»Den Barkeeper des ›Fouquet's‹ an den Champs-Elysées habe ich auch vernommen und auch noch die von zwei weiteren Lokalen. Der Barkeeper des ›Maxim's‹ wohnt in einem Vorort und war darum noch nicht da.«

Sein Vorrat schien unerschöpflich. Einen Zettel nach dem anderen fischte er heraus, für jede Etappe seiner Ermittlungen einen.

»Santoni ist fünfundvierzig Jahre alt. Er ist ein gutaussehender Mann, ein wenig beleibt, sehr gepflegt, und verkehrt in Cabarets, Nachtlokalen und in den besten Restaurants. Er hat zahlreiche Geliebte, insbesondere unter den Mannequins und Tänzerinnen. Jeanine Armenieu hat er, soweit ich erfahren konnte, vor vier oder fünf Monaten kennengelernt.«

»War sie Mannequin?«

»Nein. Sie verkehrte nicht in denselben Kreisen. Er hat nie gesagt, wie er sie kennenlernte.«

»Alter?«

»Zweiundzwanzig. Kurz nachdem sie Santonis Bekanntschaft gemacht hatte, nahm sie sich ein Zimmer im ›Hôtel Washington‹, in der Rue Washington, wo Santoni sie oft besuchte. Zuweilen verbrachte Jeanine die Nacht auch bei ihm.«

»Ist das seine erste Ehe?«

»Ja.«

»Hat der Butler das Foto der Toten gesehen?«

»Ich habe es ihm gezeigt. Er behauptete, er kenne sie nicht. Den drei Barkeepern habe ich es ebenfalls gezeigt, und sie haben mir die gleiche Antwort gegeben.«

»War der Butler in der Nacht von Montag auf Dienstag in der Wohnung?«

»Er packte die letzten Sachen für die Hochzeitsreise. Niemand klingelte. Gegen fünf Uhr morgens kamen Santoni und seine Frau ausgezeichneter Laune nach Hause, zogen sich um und fuhren eilig zum Flughafen Orly.«

Wieder machte er eine Pause. Jedesmal erweckte Lognon den Anschein, als sei er mit seinem Latein am Ende; sein vielsagendes Schweigen jedoch, sein bescheidenes Auftreten ließen Maigret das Gegenteil vermuten.

»War das Mädchen lange im ›Roméo‹ geblieben?«

»Ich habe Ihnen bereits gesagt, daß ich den Rausschmeißer vernommen habe.«

»Wurden am Eingang die Einladungskarten verlangt?«

»Nein. Einige Leute zeigten ihre Karte vor, andere nicht. Der Rausschmeißer erinnert sich, daß er kurz vor Mitternacht, als man gerade zu tanzen begann, das Mädchen hereinkommen sah. Gerade deshalb, weil sie nicht wie eine Stammkundin aussah, hat er sie hereingelassen, denn er hielt sie für eine Freundin der Jungvermählten.«

»Folglich blieb sie etwa eine Viertelstunde?«

»Ja. Ich habe den Barkeeper vernommen.«

»War er heute morgen im ›Roméo‹?«

Und als sei es das Selbstverständlichste auf der Welt, antwortete Lognon: »Nein. Ich habe ihn zu Hause besucht, an der Porte des Ternes. Er schlief noch.«

Wenn man all diese Wegstrecken addierte, kam eine stattliche Anzahl von Kilometern zusammen. Unwillkürlich stellte sich Maigret Lognon vor, wie er sie alle zu Fuß ablief, des Nachts, dann morgens in der Früh, wie eine Ameise mit einer zu schweren Last auf dem Rücken, die jedoch durch nichts von ihrem Weg abzubringen war.

Ohne Zweifel gab es keinen zweiten Inspektor, der sich so sehr ins Zeug legte, ohne eine Kleinigkeit außer acht oder dem Zufall zu überlassen, und dennoch würde der arme Lognon, dessen einziges Bestreben seit zwanzig Jahren darin bestand, eines Tages an den Quai des Orfèvres versetzt zu werden, niemals dorthin kommen.

Zum Teil hing dies mit seinem griesgrämigen Charakter zusammen, zum Teil aber auch mit mangelnder Ausbildung und Prüfungsangst, die ihn bei allen Examen durchfallen ließen.

»Was hat der Barkeeper gesagt?«

Wieder ein Zettel mit Namen und Anschrift, einige Notizen. Lognon brauchte nicht abzulesen, er wußte alles auswendig.

»Sie war ihm aufgefallen und hielt sich zunächst in der Nähe der Tür auf. Der Maître d'hôtel ist auf sie zugegangen und hat mit gedämpfter Stimme ein paar Worte an sie gerichtet. Sie hat den Kopf geschüttelt. Er hat sie wohl gefragt, an welchem Tisch sie sitzt. Dann hat sie sich unter die Gäste gemischt. Viele Leute standen, denn es wurde nicht nur auf der Tanzfläche, sondern auch zwischen den Tischen getanzt.«

»Hat sie die Braut angesprochen?«

»Es hat eine Weile gedauert, da diese ebenfalls tanzte. Schließlich gelang es dem Mädchen, mit der Braut zu sprechen, und es dauerte so lange, daß Santoni ungeduldig wurde und die beiden zweimal unterbrach.«

»Hat ihr die Braut irgend etwas gegeben?«

»Das habe ich auch gefragt. Der Barkeeper konnte mir keine Antwort darauf geben.«

»Hatte es den Anschein, als ob sie sich stritten?«

»Anscheinend zeigte sich Madame Santoni zurückhaltend, wenn nicht gar kühl, und mehrmals schüttelte sie den Kopf. Schließlich hat der Barkeeper das Mädchen im blauen Kleid aus den Augen verloren.«

»Den Maître d'hôtel haben Sie nicht gefragt, nehme ich an?«

Allmählich wurde ein Spiel daraus.

»Er wohnt in der Rue Caulaincourt, ganz oben. Auch er schlief noch.«

Denn auch dorthin war Lognon gegangen!

»Er hat mir gegenüber die Aussagen des Barkeepers bestätigt. Er ist auf die junge Frau zugegangen, um sie zu fragen, wen sie suche, und sie hat ihm geantwortet, daß sie eine Freundin der Braut sei, der sie ein paar Worte zu sagen habe.«

Diesmal stand Lognon auf, was bedeutete, daß er alles ausgepackt hatte.

»Sie haben außergewöhnlich gute Arbeit geleistet, mein Freund.«

»Ich habe nur meine Pflicht getan.«

»Jetzt gehen Sie aber zu Bett. Und schonen Sie sich.«

»Es ist ja nur eine Erkältung.«

»Die, wenn Sie sich nicht in acht nehmen, schnell zu einer Bronchitis wird.«

»Ich bekomme jeden Winter Bronchitis und habe mich deswegen noch nie ins Bett gelegt.«

Das war das Ärgerliche an Lognon. Im Schweiße seines Angesichts, dies konnte man mit Fug und Recht behaupten, hatte er ein paar wahrscheinlich wertvolle Informationen zusammengetragen. Wären diese Informationen von einem seiner Inspektoren gekommen, hätte Maigret Verstärkung losgeschickt. Ein Mann kann nicht alles allein machen.

Doch Inspektor Griesgram würde diese Maßnahme mißverstehen und denken, daß man ihm das Brot vom Teller wegnähme.

Er war todmüde, heiser und von seiner Erkältung stark angegriffen. In drei Nächten hatte er alles in allem höchstens sieben oder acht Stunden geschlafen. Trotzdem mußte man ihn weitermachen lassen. Und dennoch betrachtete er sich als ein Opfer, als einen armen Teufel, dem man die undankbarsten Aufgaben auflädt, um am Schluß an seiner Stelle die Lorbeeren einzuheimsen.

»Was meinen Sie dazu?«

»Es sei denn, Sie möchten jemand anders mit der Sache betrauen...«

»Aber nein! Ich meine es doch nur gut, wenn ich Ihnen rate, sich auszuruhen!«

»Zum Ausruhen habe ich Zeit, wenn ich in Rente bin. Ich konnte weder zum Standesamt des 18. Arrondissements gehen, wo die Trauung stattgefunden hat, noch zum ›Hôtel Washington‹, wo Madame Santoni vor ihrer Eheschließung wohnte. Ich nehme an, daß ich dort herausfinden könnte, wo sie zuvor gewohnt hatte, und so käme ich vielleicht auch an die Adresse der Ermordeten.«

»Die letzten zwei Monate wohnte sie in der Rue de Clichy zur Untermiete, bei einer gewissen Madame Crêmieux, einer Witwe.«

Lognon verzog den Mund.

»Wir wissen nicht, was sie vorher machte. Bei der Witwe hat sie sich als Louise Laboine ausgegeben. Allerdings hat die Vermieterin ihren Personalausweis nie gesehen.«

»Kann ich in meinen Ermittlungen fortfahren?«

Was konnte Maigret da anderes sagen als:

»Klar, mein Freund, wenn Sie wollen. Aber übernehmen Sie sich nicht.«

»Ich danke Ihnen.«

Eine ganze Weile blieb Maigret allein in seinem Büro und betrachtete gedankenverloren den Stuhl, auf welchem der Griesgram gesessen hatte.

Wie auf einer Fotoplatte tauchten weitere Züge von Louise Laboine auf, doch das Gesamtbild blieb verschwommen.

Ob sie wohl die beiden vergangenen Monate, als sie keiner geregelten Arbeit mehr nachging, auf der Suche nach Jeanine Armenieu war?

Hatte sie zufällig in der Zeitung gelesen, daß jene Marco Santoni heiraten und daß aus diesem Anlaß ein großer Empfang im ›Roméo‹ stattfinden würde?

Wenn ja, dann hatte sie die Zeitung am späten Nachmittag gelesen, denn es war schon nach neun, als sie zu Mademoiselle Irène geeilt war, um sich ein Abendkleid zu leihen.

Gegen zehn hatte sie die Boutique in der Rue de Douai verlassen.

Wie hatte sie sich die Zeit von zehn bis Mitternacht vertrieben? Von der Rue de Douai bis zur Rue Caumartin waren es kaum mehr als zwanzig Minuten zu Fuß.

Hatte sie so lange gebraucht, um sich einen Schubs zu geben und hineinzugehen?

Maigret überflog erneut Dr. Pauls Bericht, der immer noch auf seinem Schreibtisch lag und in dem die Alkoholmenge im Blut der Toten vermerkt war.

Wenn man dem Maître d'hôtel glauben wollte, so hatte die junge Frau im ›Roméo‹ keine Zeit gehabt, sich zu betrinken.

Entweder hatte sie sich vorher Mut antrinken müssen oder nachher in den Stunden, die ihr nach dem ›Roméo‹ bis zu ihrem Tod noch blieben.

Er ging zur Tür des Inspektorenbüros, öffnete sie und rief Janvier zu sich herein.

»Ich habe Arbeit für dich. Fahr zuerst in die Rue de Douai; von dort aus kannst du dann zu Fuß weiter in die Rue Caumartin. Auf dem Weg gehst du in jede Bar, jedes Café und hältst ihnen das Foto unter die Nase.«

»Das mit dem Abendkleid?«

»Ja. Versuch zu erfahren, ob das Mädchen am Montag abend zwischen zehn Uhr und Mitternacht gesehen worden ist.«

Janvier war schon unter der Tür, da rief ihn Maigret noch einmal zurück.

»Wenn du Lognon begegnest, so sage ihm nicht, was du tust.«

»Verstanden, Chef!«

Der blaue Koffer – Billigware, wie es sie in Kaufhäusern und an Bahnhöfen zu kaufen gibt – stand abgenutzt und schäbig in einer Ecke des Büros, doch er brachte sie keinen Schritt weiter.

Maigret trat aus seinem Büro und ging den Flur hinunter zum Büro seines Kollegen Priollet vom Rauschgiftdezernat. Priollet zeichnete gerade die Post ab, und Maigret sah ihm dabei zu, wobei er behaglich seine Pfeife schmauchte.

»Werde ich gebraucht?«

»Nur eine Auskunft. Kennst du einen gewissen Santoni?«

»Marco?«

»Ja.«

»Er hat gerade geheiratet.«

»Was weißt du über ihn?«

»Er verdient viel Geld und gibt es ebenso leicht aus, wie er es verdient. Ein gutaussehender Kerl, liebt Frauen, gutes Essen und Luxuswagen.«

»Liegt nichts gegen ihn vor?«

»Nichts. Er kommt aus einer guten Mailänder Familie. Sein Vater ist ein großer Wermutkönig, und der Sohn leitet die Geschäfte in Frankreich. Er verkehrt in den Bars auf den Champs-Elysées, in den großen Restaurants und mit hübschen Mädchen. Vor einem Monat hat er bei einer angebissen.«

»Bei Jeanine Armenieu.«

»Ihren Namen kenne ich nicht. Wir haben keinen Grund, uns mit ihm oder gar mit seinen Liebschaften zu befassen. Daß er heiraten würde, habe ich nur erfahren, weil er ein Bombenfest in einem Nachtlokal veranstaltete, das er zu diesem Anlaß gemietet hatte.«

»Ich möchte, daß du dich nach seiner Frau erkundigst. Die letzten Monate hat sie im ›Hôtel Washington‹ gewohnt. Ich muß wissen, woher sie kommt, was sie machte, bevor sie ihn kennenlernte, wer ihre Freundinnen und Freunde waren. Vor allem ihre Freundinnen.«

Priollet machte sich mit einem Bleistift ein paar Notizen auf einen Block.

»Ist das alles? Hat das etwas mit der Toten auf der Place Vintimille zu tun?«

Maigret nickte.

»Du hast nicht zufällig etwas über eine gewisse Louise Laboine?«

Priollet drehte sich zu einer offenstehenden Tür um.

»Dauphin! Hast du den Namen gehört?«

»Ja, Chef.«

»Würdest du mal nachsehen?«

Einige Minuten später rief Inspektor Dauphin aus dem Nebenzimmer:

»Nichts über sie.«

»Ich bedaure, mein Alter. Ich werde mich mal um Madame Santoni kümmern. Allerdings wird es schwierig sein, sie in nächster Zeit zu vernehmen, da die Frischvermählten den Zeitungen zufolge in Italien sind.«

»Ich will sie auch gar nicht sofort vernehmen.«

Die Uhr auf dem Kamin, die gleiche schwarze Uhr wie im Büro Maigrets und aller anderen Kommissare, zeigte wenige Minuten vor zwölf.

»Kommst du auf einen Schluck mit?«

»Jetzt nicht«, gab ihm Priollet zur Antwort. »Ich erwarte jemanden.«

Man hätte meinen können, daß Maigret nicht wüßte, was er mit seinem großen Körper anfangen solle. Langsam trottete er den Flur hinunter, warf im Vorbeigehen einen Blick in den Warteraum mit der Glastür, in dem zwei oder drei Leute Däumchen drehten. Einige Minuten später erklomm er die Stufen einer schmalen Treppe und stieß unter dem Dach des Justizpalastes die Tür eines Labors auf. Moeurs saß über sein Mikroskop gebeugt.

»Hast du die Kleider untersucht, die ich dir geschickt habe?«

Hier oben herrschte nie Hektik, Männer in grauen Kitteln widmeten sich einer peinlich genauen Arbeit, bedienten komplizierte Geräte inmitten einer friedlichen Atmosphäre, und Moeurs war geradezu die Verkörperung des inneren Friedens.

»Das schwarze Kleid«, sagte er, »ist noch nie in der Reinigung gewesen, aber öfter mit Fleckenmittel behandelt und regelmäßig ausgebürstet worden. Etwas Schmutz ist dennoch im Gewebe haftengeblieben. Ich habe ihn analysiert. Ebenso habe ich bestimmte Flecken untersucht, die mit Benzin nicht herauszubekommen waren. Auf diese Weise habe ich grüne Farbspuren sichern können.«

»Ist das alles?«

»Fast. Ein paar Sandkörner.«

»Flußsand?«

»Meeressand, von der Art, wie man ihn an der Küste der Normandie findet.«

»Ist das nicht der gleiche wie der an der Mittelmeerküste?«

»Nein, auch nicht der gleiche wie der am Atlantik.«

Maigret schnüffelte noch etwas im Labor herum und klopfte seine Pfeife am Absatz aus. Als er wieder die Treppe hinabstieg, war es nach zwölf, und die Inspektoren waren auf dem Weg zum Mittagessen.

Einer von ihnen, Jussieu, der in seiner Abteilung arbeitete, sagte zu ihm: »Lucas sucht Sie!«

Lucas hatte den Hut auf, als er ihn antraf.

»Ich wollte gerade gehen. Auf Ihrem Schreibtisch habe ich eine Nachricht hinterlassen. Féret möchte, daß Sie ihn so bald wie möglich zurückrufen. Er sagt, es geht um die junge Tote.«

Maigret ging in sein Büro zurück, nahm den Hörer ab.

»Verbinden Sie mich mit der mobilen Brigade von Nizza.«

Noch nie waren so wenig Telefonanrufe nach der Veröffentlichung eines Fotos in den Zeitungen eingegangen. Bislang nur ein einziger, der von Rose, dem jungen Dienstmädchen aus der Rue de Clichy.

Jedoch mußten Dutzende, ja Hunderte von Menschen das Mädchen bemerkt haben, das sich zumindest für einige Monate in Paris aufgehalten hatte.

»Hallo! Féret?«

»Sind Sie es, Chef?«

Vor seiner Abberufung nach Nizza, wohin er aus Rücksicht auf die Gesundheit seiner Frau hatte versetzt werden wollen, hatte Inspektor Féret für Maigret gearbeitet.

»Heute früh erhielt ich einen Anruf wegen der Person,

mit der Sie sich befassen. Wissen Sie inzwischen ihren Namen?«

»Wahrscheinlich heißt sie Louise Laboine.«

»Das ist richtig. Möchten Sie Einzelheiten? Viele sind's nicht. Ich wollte erst Ihre Anweisungen abwarten, bevor ich weitere Ermittlungen in die Wege leite. Heute morgen also wurde ich gegen halb neun von einer Fischverkäuferin angerufen, einer gewissen Alice Feynerou... Hallo!«

»Ich höre.«

Maigret notierte für alle Fälle den Namen auf einem der Zettel Lognons.

»Sie behauptet, sie habe das Mädchen auf dem Foto wiedererkannt, das gerade vom *L'Eclaireur* veröffentlicht wurde. Es läge jedoch schon ziemlich lange zurück. Vier oder fünf Jahre wahrscheinlich. Das Mädchen, das damals noch ein Kind war, wohnte mit seiner Mutter im Nachbarhaus der Fischverkäuferin.«

»Hat sie Genaueres sagen können?«

»Die Mutter war anscheinend nie gut bei Kasse, daran erinnert sie sich noch am besten:

›Leute, denen man nie Kredit geben sollte...‹, hat sie zu mir gesagt.«

»Was erzählt sie sonst noch?«

»Mutter und Tochter bewohnten eine ziemlich komfortable Wohnung, unweit der Avenue Clémenceau. Die Mutter soll früher mal eine schöne Frau gewesen sein. Mit ihren weit über fünfzig Jahren war sie eine verhältnismäßig alte Mutter für eine fünfzehn- oder sechzehnjährige Tochter.«

»Wovon lebten die beiden?«

»Ein Rätsel. Die Mutter trieb viel Aufwand mit ihrer Toilette, ging gewöhnlich nach dem Mittagessen aus und kam erst spät in der Nacht nach Hause.«

»Ist das alles? Kein Mann im Spiel?«

»Kein Mann. Wenn irgend etwas nicht astrein gewesen wäre, hätte es mir die Fischverkäuferin nur zu gern gepetzt.«

»Haben sie das Viertel gemeinsam verlassen?«

»Scheint so. Eines schönen Tages waren sie verschwunden, und es sieht ganz so aus, als hätten sie einige Schulden hinterlassen.«

»Hast du dich vergewissert, ob der Name Laboine auch nicht in deinen Akten auftaucht?«

»Da habe ich als erstes nachgesehen. Es liegt nichts vor. Ich habe meine Kollegen gefragt. Einem der Ehemaligen sagt der Name etwas.«

»Kümmerst du dich drum?«

»Ich tu, was ich kann. Was interessiert Sie denn am meisten?«

»Alles. Wann das Mädchen aus Nizza fort ist. Was aus der Mutter geworden ist. Wovon sie gelebt haben. Mit welchen Leuten sie verkehrten. Wenn das Mädchen damals erst fünfzehn oder sechzehn Jahre alt war, dann ging sie doch wahrscheinlich noch zur Schule. Würdest du bei den Schulen der Stadt mal nachforschen?«

»Klar. Ich rufe Sie an, sobald ich Neuigkeiten habe.«

»Geh auch mal zum Casino, wegen der Mutter.«

»Daran habe ich auch gerade gedacht.«

Das Bild verdichtete sich, nahm die Züge eines Schulmädchens an, das bei einer Händlerin Fisch kaufen ging, bei der ihre Mutter in der Kreide stand und die sie entsprechend frostig behandelte.

Maigret zog sich seinen Mantel über, setzte den Hut auf und stieg die Treppe hinunter, wo er einem Mann begegnete, der von zwei Polizisten flankiert wurde und dem er keine Beachtung schenkte. Bevor er den Hof überquerte, betrat er das Büro der Fremdenpolizei, einen Zettel in der Hand, auf dem er die Namen Louise Laboine und Jeanine Armenieu notiert hatte.

»Würdest du deine Leute beauftragen, diese beiden Namen aus den Karteikarten herauszusuchen? Eher in denen vom vergangenen als in denen von diesem Jahr.«

Besser, der arme Lognon erfuhr nicht, daß man ihm auf diese Weise einen Teil seiner Arbeit abnahm.

Inzwischen war der Regen der Sonne gewichen, und die Pfützen auf dem Pflaster begannen zu verdunsten. Maigret hätte beinahe ein vorüberfahrendes Taxi angehalten, überlegte es sich jedoch anders und ging in die ›Brasserie Dauphin‹, wo er sich an den Tresen stellte. Er wußte nicht recht, was er trinken wollte. Zwei Inspektoren, die nicht zu seiner Abteilung gehörten, debattierten über das Rentenalter.

»Was darf's denn sein, Kommissar Maigret?«

Er wirkte mürrisch und schlecht gelaunt, doch wer ihn kannte, wußte, daß er wieder einmal überall zugleich war, in der Wohnung der Witwe aus der Rue de Clichy, bei der Kleiderhändlerin aus der Rue de Douai, auf der Bank an der Place de la Trinité, inzwischen auch in Nizza bei einem Schulmädchen und bei einer Fischhändlerin.

All diese Bilder waren noch ungeordnet, gerieten durcheinander, würden sich aber irgendwann zusammenfügen. Ein Bild wollte ihm nicht aus dem Sinn, das eines nackten Körpers, in grelles elektrisches Licht getaucht, davor die Silhouette von Dr. Paul im weißen Kittel, der sich seine Gummihandschuhe überstreifte.

»Einen Pernod!« sagte er automatisch.

Hatte Paul ihm nicht gesagt, daß sie auf die Knie gefallen sei, bevor sie die Schläge auf den Kopf erhalten hatte?

Kurz zuvor war sie zum ›Roméo‹ in der Rue Caumartin gegangen, wo einem Taxifahrer ihr schäbiges Kleid aufgefallen war, wo der Barkeeper gesehen hatte, wie sie sich unter die Tänzer mischte, wo sie mit dem Maître d'hôtel gesprochen hatte und schließlich mit der Braut.

Anschließend war sie im Regen davongegangen. Beim Überqueren der Place Saint-Augustin war sie gesehen worden, danach auf dem Boulevard Haussmann, an der Ecke des Faubourg Saint-Honoré.

Was dachte sie da die ganze Zeit? Wohin ging sie? Was erhoffte sie sich?

Sie besaß so gut wie kein Geld mehr, kaum genug für eine Mahlzeit. Die alte Madame Crêmieux hatte sie vor die Tür gesetzt.

Weit war sie nicht gekommen, und irgendwo hatte sie sich Ohrfeigen, beziehungsweise Faustschläge eingehandelt, war auf die Knie gefallen, worauf ihr jemand einen harten, schweren Gegenstand auf den Kopf geschlagen hatte.

Der Autopsie zufolge hatte sich dies alles gegen zwei Uhr zugetragen. Was hatte sie bloß zwischen Mitternacht und zwei Uhr gemacht?

Danach war nicht mehr sie es, die gehandelt hatte, sondern der Mörder, der ihre Leiche einfach mitten auf der Place Vintimille abgelegt hatte.

»Seltsames Mädchen!« murmelte er.

»Wie bitte?« fragte der Kellner.

»Nichts. Wie spät ist es?«

Er ging zum Mittagessen nach Hause.

»Du hast mir doch gestern abend eine Frage gestellt…«, fing Madame Maigret an, als sie bei Tisch saßen. »Ich habe den ganzen Vormittag darüber nachgedacht. Es gibt noch einen weiteren Grund für ein junges Mädchen, ein Abendkleid zu tragen.«

Auf sie nahm er nicht so viel Rücksicht wie auf Lognon und murmelte zerstreut, ohne ihr ihre Chance zu lassen:

»Ich weiß. Es war wegen einer Hochzeit.«

Madame Maigret sagte nichts mehr.

5

*Die Dame, die ihren Lebensunterhalt
mit Roulettespielen verdient, die alte Jungfer,
die unbedingt alles sagen will, und das
Mädchen, das sich unter dem Bett versteckt*

Zwei-, wenn nicht dreimal sah Maigret an diesem Nachmittag von seinen Papieren auf, schaute zum Himmel, und da dieser von makellosem Blau war, mit goldgezackten Wolken, und die Sonne auf den Dächern glitzerte, hielt er seufzend inne, ging zum Fenster und öffnete es.

Er hatte jedesmal kaum Zeit gehabt, an seinen Platz zurückzukehren, die frische Frühlingsluft und die dadurch noch würzigere Pfeife zu genießen, da begannen seine Papiere zu zittern, flogen raschelnd auf und verstreuten sich im ganzen Raum.

Denn die Wolken dort oben waren plötzlich nicht mehr weiß und golden, sondern blaugrau, und der Regen fiel schräg hernieder, trommelte auf die Fensterbank, während die Leute auf dem Pont Saint-Michel wie in einem alten Stummfilm plötzlich schneller gingen und die Frauen ihre Röcke festhielten.

Beim zweiten Mal fielen keine Tropfen, sondern Hagelkörner, die wie Tischtennisbälle hüpften, bis mitten in sein Zimmer, wie er feststellte, als er das Fenster wieder schloß.

Ob Lognon noch immer draußen war und wie ein Spürhund mit trübsinnigen Augen und hängenden Ohren inmitten der Menge Gott weiß welcher Fährte hinterherschnüffelte? Möglich war es. Es war sogar wahrscheinlich. Er hatte nicht angerufen. Er nahm nie einen Regenschirm mit. Er gehörte auch nicht zu denen, die sich in einer Toreinfahrt unterstellen, um das Ende des Regens abzuwarten, sondern stellte wohl im Gegenteil mit bitterer Genugtuung fest, daß er wieder einmal ganz allein im heftigsten Unwetter unterwegs war und sich naßregnen ließ – ein trauriges Opfer dieser ungerechten Welt und seines eigenen Pflichtbewußtseins.

Janvier dagegen war gegen drei beschwingt und leicht beschwipst und mit ungewohnt blitzenden Augen an den Quai zurückgekommen.

»Da haben wir's, Chef!«

»Was haben wir?«

Es hörte sich an, als sei das Mädchen von den Toten auferstanden.

»Sie hatten recht.«

»Sag schon.«

»Ich habe alle Bars und alle Cafés abgeklappert.«

»Das sehe ich.«

»Sie ist lediglich an der Ecke Rue Caumartin/Rue Saint-Lazare eingekehrt. Der Kellner, der sie bedient hat, heißt Eugène. Er hat eine Glatze, wohnt in Bécon-les-Bruyères und hat eine Tochter ungefähr im gleichen Alter wie die junge Tote.«

Janvier drückte seine Zigarette im Aschenbecher aus und zündete sich schon die nächste an.

»Sie ist gegen halb elf gekommen und hat sich in eine

Ecke gesetzt, in die Nähe der Kasse. Offenbar war ihr kalt, denn sie bestellte einen Grog. Als Eugène ihn ihr brachte, bat sie ihn um eine Telefonmünze. Dann hat sie die Zelle betreten, sie aber fast sofort wieder verlassen. Von diesem Zeitpunkt an bis gegen Mitternacht hat sie bestimmt zehnmal versucht, jemanden an die Strippe zu bekommen.«

»Wie viele Grogs hat sie getrunken?«

»Drei. Alle paar Minuten kehrte sie zur Telefonzelle zurück und wählte eine Nummer.«

»Ist sie schließlich durchgekommen?«

»Eugène weiß es nicht. Er rechnete jedesmal damit, daß sie losweinen würde. Nichts dergleichen. Hin und wieder hat er versucht, mit ihr ins Gespräch zu kommen, doch sie hat ihn angesehen, ohne eine Antwort zu geben. Sie sehen schon, das haut hin. Die Boutique in der Rue de Douai hatte sie so kurz nach zehn verlassen. Sie hat Zeit gehabt, um zu Fuß bis zur Rue Caumartin zu gehen. Sie ging ins Café, um zu telefonieren, bis sie dann ins ›Roméo‹ aufgebrochen ist. Drei Grogs sind allerhand für ein junges Mädchen. Sie muß ziemlich betrunken gewesen sein.«

»Aber auch völlig blank«, bemerkte Maigret.

»Daran habe ich nicht gedacht. Das stimmt. Was soll ich nun machen?«

»Hast du nichts laufen?«

»Nur Routinesachen.«

Nun war auch er über seinen Schreibtisch gebeugt und bedauerte, daß die Runde nicht länger gedauert hatte.

Maigret blätterte Akten durch, machte sich Notizen und telefonierte dann und wann mit einer anderen Abteilung. Es ging auf fünf Uhr zu, als Priollet hereinkam.

»Störe ich dich auch nicht?« fragte er, bevor er sich setzte.

»Ganz und gar nicht. Ich bringe gerade ein paar alte Sachen zu Ende.«

»Kennst du Lucien, einen meiner Inspektoren, der in deiner Nähe wohnt?«

Maigret erinnerte sich undeutlich. Ein kleiner Dicker mit pechschwarzem Haar, dessen Frau einen Heilkräuterladen in der Rue du Chemin-Vert betrieb. Im Sommer hatte er sie manchmal auf der Schwelle des Ladens stehen sehen, wenn er mit seiner Frau zu Dr. Pardon zum Essen ging.

»Vor einer Viertelstunde habe ich Lucien wie alle meine Leute auf gut Glück gefragt.«

»Nach Jeanine Armenieu?«

»Ja. Er hat mich angesehen und die Stirn gerunzelt. ›Seltsam‹, hat er zu mir gesagt. ›Meine Frau hat mir gerade beim Mittagessen von ihr erzählt. Ich habe kaum hingehört. Warten Sie. Ich versuche mich an ihre Worte zu erinnern. Ach ja:

Erinnerst du dich an die hübsche Rothaarige mit dem tollen Busen von nebenan? Sie hat gerade eine gute Partie gemacht. Für die Hochzeitsfeier haben sie ein ganzes Nachtlokal gemietet.

Armenieu, hat meine Frau gesagt, heißt sie, genau. Und hinzugefügt:

Ich nehme kaum an, daß sie jetzt noch Schröpfköpfe bei mir kauft.‹«

Auch Maigret und seine Frau hätten ihr in diesem Viertel begegnen können, da Madame Maigret in denselben Geschäften in der Rue du Chemin-Vert einkaufte.

»Lucien hat mich gefragt, ob er sich drum kümmern soll. Ich habe ihm geantwortet, daß es dein Fall ist.«

»Nichts über Santoni?«

»Nichts Besonderes, außer daß seine Freunde überrascht waren, daß er heiratet. Bisher haben seine Liebschaften nie lange gedauert.«

Für eine Weile hörte es auf zu regnen. Die Sonne schien, das Regenwasser verdunstete, so daß Maigret Lust bekam hinauszugehen und schon in Hut und Mantel dastand, als das Telefon klingelte.

»Hallo! Kommissar Maigret am Apparat.«

Es war Nizza. Féret dort unten mußte Neuigkeiten haben, denn er war ebenso aufgeregt wie vorhin Janvier.

»Ich habe die Mutter ausfindig gemacht, Chef! Um mit ihr zu reden, mußte ich nach Monte Carlo fahren.«

So war es fast immer. Stundenlang, tagelang, manchmal wochenlang trat man auf der Stelle, und dann kamen alle Informationen aufs Mal.

»War sie im Casino?«

»Sie ist noch dort. Sie hat mir erklärt, daß sie das Roulette nicht verlassen könne, ehe sie nicht ihren Einsatz wieder herausgeholt und so viel gewonnen hat, wie sie zum Leben braucht.«

»Fährt sie täglich dorthin?«

»Genauso wie andere ins Büro gehen. Sie spielt so lange, bis sie die paar hundert Franc für ihr Auskommen gewonnen hat. Danach läßt sie's gut sein und geht.«

Maigret war die Methode bekannt.

»Wie ist denn das Wetter dort unten?«

»Herrlich. Tausend Touristen, die wegen des Karnevals

hergekommen sind. Morgen ist der Blumenkorso, und sie richten gerade die Tribünen her.«

»Heißt sie Laboine?«

»In ihrem Personalausweis steht: Germaine Laboine, sie läßt sich jedoch Liliane nennen. Die Croupiers kennen sie unter dem Namen Lili. Sie ist fast sechzig, sehr stark geschminkt und behängt mit unechtem Schmuck. Können Sie sich den Typ vorstellen? Es hat mich eine Mordsarbeit gekostet, sie vom Roulettetisch loszueisen. Erst als ich ihr schonungslos eröffnete: ›Ihre Tochter ist tot‹, ist sie aufgestanden.«

Maigret fragte:

»Hatte sie es nicht durch die Zeitungen erfahren?«

»Sie liest keine Zeitungen. Solche Leute haben nur noch Roulette im Sinn. Jeden Morgen kaufen sie ein Blatt, in dem die Zahlen aufgelistet sind, die am Tag oder in der Nacht zuvor gewonnen haben. Es ist eine ansehnliche Clique, die da jeden Tag in Nizza denselben Autobus nimmt und an die Tische eilt, wie die Verkäuferinnen der großen Warenhäuser an ihre Kassen.«

»Wie hat sie reagiert?«

»Das ist schwer zu sagen. Rot gewann gerade zum fünften Mal, und sie hatte ihren Einsatz auf Schwarz. Zunächst hat sie ein paar Jetons auf den Tisch geschoben. Ihre Lippen haben sich bewegt, ich habe aber nichts verstanden. Erst als Schwarz endlich gewann und sie ihren Gewinn eingestrichen hatte, erhob sie sich.

›Wie ist es passiert?‹ hat sie mich gefragt.

›Möchten Sie nicht mit nach draußen kommen?‹

›Ich kann jetzt nicht. Ich muß den Tisch im Auge behalten. Nichts hindert uns daran, hier zu sprechen. Wo ist es geschehen?‹

›In Paris.‹

›Ist sie im Krankenhaus gestorben?‹

›Es war ein tragischer Unglücksfall. Sie wurde tot auf der Straße gefunden.‹

›Ein Autounfall?‹

›Ein Mord.‹

Sie schien verwundert, lauschte aber weiterhin der entfernten Stimme des Croupiers, der die Würfe ansagte. Plötzlich unterbrach sie mich:

›Gestatten Sie?‹

Und dann setzte sie ein paar Jetons auf ein Feld. Ich habe mich gefragt, ob sie unter Drogen stand. Aber wenn ich mir alles so überlege, so glaube ich es doch nicht. Sie ist an einem Punkt angelangt, wo sie nur noch eine Art Maschine ist, verstehen Sie?«

Maigret nickte. Frauen ihres Schlags war er schon öfter begegnet.

»Es war mühsam, etwas aus ihr herauszubekommen. Sie sagte immer wieder:

›Warum warten Sie nicht bis heute abend, wenn ich nach Nizza zurückfahre? Ich werde Ihnen alles sagen, was Sie wissen wollen. Es gibt nichts zu verbergen.‹

Hören Sie mich, Chef? Eigentlich hatte sie nicht so unrecht, wenn sie behauptete, daß es ihr unmöglich sei, das Casino zu verlassen. Was diese Leute dort tun, ist schon beinahe ein Beruf. Sie haben ein gewisses Kapital, mit dem sie ihren Einsatz einige Male verdoppeln. Solange es ihnen gelingt, ihn zu verdoppeln, und solange ihre Farbe gewinnt, riskieren sie nichts. Sie müssen sich also mit einem bescheidenen Gewinn begnügen, der ausreicht, um zu leben und jeden Tag die Busfahrkarte zu bezahlen. Der Casinodirektion ist das Trüppchen sattsam bekannt, einige Männer, hauptsächlich jedoch Frauen in fortgeschrittenem Alter. Wenn viel Betrieb ist und alle Tische besetzt sind, komplimentieren sie sie mit dem Gewinn, den sie normalerweise erspielen, vorzeitig hinaus...«

»Lebt sie allein?«

»Ja. Ich soll sie besuchen kommen, wenn sie zurück ist. Sie bewohnt ein möbliertes Zimmer in der Rue Greuze, unweit des Boulevard Victor-Hugo. Ihre Kleider sind mehr als zehn Jahre alt, ebenso ihre Hüte. Ich habe sie gefragt, ob sie einmal verheiratet war, und sie hat mir geantwortet:

›Das kommt darauf an, was Sie verheiratet nennen.‹

Sie hat mir erzählt, daß sie jahrelang als Künstlerin unter dem Namen Lili France im Orient und in Kleinasien auf Tournee war. Ich nehme an, daß Ihnen so etwas ebenfalls nicht fremd ist?«

Es gab eine Zeit, da gab es in Paris Agenturen, die darauf spezialisiert waren, solche Künstlerinnen anzuwerben; sie brachten ihnen ein paar Tanzschritte und ein paar Chansons bei und verfrachteten sie dann in die Türkei, nach Ägypten oder Beirut, wo sie Animiermädchen in Nachtclubs wurden.

»Ist dort ihre Tochter zur Welt gekommen?«

»Nein. Sie ist in Frankreich geboren, als die Mutter bereits auf die Vierzig zuging.«

»In Nizza?«

»Soviel ich in Erfahrung bringen konnte. Es ist kein leichtes, jemanden zu vernehmen, der mit den Augen die kleine Roulettekugel verfolgt und dessen Finger sich jedesmal verkrampfen, wenn diese Kugel liegenbleibt. Zum Schluß hat sie sich kategorisch verwahrt und gesagt:

›Ich habe doch nichts verbrochen! Lassen Sie mich also gefälligst in Ruhe. Ich verspreche Ihnen auch, heute abend Ihre Fragen zu beantworten.‹«

»Ist das alles, was du erfahren hast?«

»Nein. Die Kleine ist vor vier Jahren von zu Hause ausgerissen und hat einen Brief hinterlassen, in dem sie verkündete, daß sie nie wieder zurückkehren würde.«

»Somit war sie also etwa sechzehn?«

»Genau sechzehn. An ihrem Geburtstag ist sie fortgelaufen und hat ihre Mutter nie etwas von sich hören lassen.«

»Hat diese nicht die Polizei alarmiert?«

»Nein. Ich glaube, daß es ihr nicht viel ausgemacht hat, daß sie sie los war.«

»Und sie hat nie erfahren, was aus ihr geworden ist?«

»Einige Monate später hat sie von einer gewissen Mademoiselle Poré einen Brief erhalten, die in der Rue du Chemin-Vert wohnt und die ihr dringend riet, auf ihre Tochter aufzupassen und sie nicht unbeaufsichtigt in Paris herumstreunen zu lassen. Die Hausnummer von der Poré weiß ich nicht, aber Madame Laboine will sie mir heute abend geben.«

»Ich weiß, wo ich sie finde.«

»Wissen Sie Bescheid?«

»So ungefähr.«

Maigret warf Priollet einen Blick zu, der mithörte. Dieselbe Auskunft kam nun von mehreren Seiten zugleich.

»Wann bist du mit ihr verabredet?«

»Sobald sie in Nizza zurück ist. Dies kann ebensogut um sieben wie auch um Mitternacht sein. Das hängt vom Roulette ab.«

»Ruf mich am Boulevard Richard-Lenoir an.«

»In Ordnung, Chef.«

Maigret legte auf.

»Féret zufolge hieß Jeanine Armenieus Schlummermutter in der Rue du Chemin-Vert Mademoiselle Poré. Und diese kannte Louise Laboine.«

»Schaust du mal vorbei?«

Maigret öffnete die Tür.

»Kommst du mit, Janvier?«

Wenige Minuten später saßen sie im Wagen. In der Rue du Chemin-Vert hielten sie vor dem Kräuterladen an und traten bei Luciens Frau ein, die hinter dem Ladentisch des dunklen Geschäfts stand, in dem es herrlich nach Johanniskraut duftete.

»Was kann ich für Sie tun, Monsieur Maigret?«

»Ich höre, Sie kennen Jeanine Armenieu.«

»Hat mein Mann es Ihnen gesagt? Ich habe ihm beim Mittagessen von ihr erzählt, wegen der Hochzeit, über die in der Zeitung berichtet wurde. Sie ist ein unheimlich schönes Mädchen.«

»Ist es schon lange her, seit Sie sie zum letzten Mal gesehen haben?«

»Mindestens drei Jahre. Warten Sie. Es war, bevor mein Mann die Gehaltserhöhung bekam. Das ist mindestens dreieinhalb Jahre her. Sie war noch sehr jung, aber bereits gut gebaut, sehr weiblich, und alle Männer drehten sich auf der Straße nach ihr um.«

»Wohnte sie nebenan?«

»Bei Mademoiselle Poré, einer guten Kundin, die beim Fernmeldeamt arbeitet. Mademoiselle Poré ist ihre Tante. Ich glaube, sie haben sich immer weniger verstanden, und das junge Mädchen hat sich entschlossen, alleine zu leben.«

»Glauben Sie, daß sie zu Hause ist?«

»Wenn mich nicht alles täuscht, fängt sie diese Woche morgens um sechs an und hat um drei Feierabend. Kann gut sein, daß Sie sie antreffen.«

Etwas später betraten Maigret und Janvier das Haus nebenan.

»Mademoiselle Poré?« erkundigten sie sich bei der Concierge.

»Zweiter Stock links. Es ist bereits jemand da.«

Es gab keinen Fahrstuhl. Das Treppenhaus war finster. Anstelle eines Klingelknopfes hing eine Kordel neben der Tür, durch die drinnen eine schrille Glocke betätigt wurde.

Die Tür wurde sofort geöffnet. Eine dürre Gestalt mit einem spitzen Gesicht und kleinen schwarzen Augen musterte sie streng.

»Was wollen Sie?«

Gerade als Maigret antworten wollte, bemerkte er drinnen im Halbdunkel das Gesicht Inspektor Lognons.

»Entschuldigen Sie, Lognon. Ich wußte nicht, daß ich Sie hier antreffen würde.«

Der Griesgram starrte ihn nur enttäuscht an. Mademoiselle Poré murmelte:

»Sie kennen sich?«

Endlich trat sie beiseite, um sie hereinzulassen. In der Wohnung, die sehr sauber war, roch es nach Küche. Zu viert standen sie nun in einem kleinen Eßzimmer herum und wußten nicht, wie sie sich verhalten sollten.

»Sind Sie schon lange hier, Lognon?«

»Noch keine fünf Minuten.«

Es war nicht der rechte Augenblick zu fragen, wie er die Adresse herausgefunden hatte.

»Haben Sie bereits etwas erfahren, Lognon?«

Statt diesem antwortete Mademoiselle Poré:

»Ich habe angefangen, ihm zu erzählen, was ich weiß, und ich bin noch nicht fertig. Daß ich die Polizei nicht verständigt habe, als ich das Foto in der Zeitung sah, lag nur daran, daß ich mir nicht sicher war, daß sie's auch wirklich war. Drei Jahre können die Leute sehr verändern, erst recht in diesem Alter. Außerdem kümmere ich mich nicht gern um Dinge, die mich nichts angehen.«

»Jeanine Armenieu ist Ihre Nichte, ja?«

»Von ihr habe ich gar nicht geredet, sondern von ihrer Freundin. Was Jeanine betrifft, so ist sie die Tochter meines Stiefbruders, und für die Art, wie er sie erzogen hat, möchte ich ihm nicht gratulieren.«

»Ist sie aus dem Midi?«

»Wenn Lyon für Sie im Midi liegt. Mein armer Bruder arbeitet in einer Spinnerei, und seitdem er seine Frau verloren hat, ist er ein anderer geworden.«

»Wann ist seine Frau denn gestorben?«

»Voriges Jahr.«

»Und vor vier Jahren ist Jeanine nach Paris gezogen?«

»Vor etwa vier Jahren, ja. Lyon war ihr nicht mehr gut genug. Sie war siebzehn und wollte ihr eigenes Leben führen. Anscheinend sind die heutzutage alle so. Mein Bruder hat mir geschrieben und mir erklärt, daß er nicht in der Lage sei, seine Tochter zurückzuhalten, daß sie sich entschlossen habe fortzugehen, und hat mich gefragt, ob ich bereit sei, sie bei mir unterzubringen. Ich habe eingewilligt und sogar angeboten, ihr eine Stelle zu besorgen.«

Sie sprach jedes Wort überdeutlich und wie etwas höchst Bedeutungsvolles aus. Ihr Blick ging von einem zum andern, dann fragte sie plötzlich: »Wenn Sie doch alle von der Polizei sind, wie kommt es dann, daß Sie unabhängig voneinander hergekommen sind?«

Was sollte man darauf antworten? Lognon senkte den Kopf. Maigret sagte:

»Wir gehören verschiedenen Abteilungen an.«

Sie musterte Maigrets imposante Statur und trat dann geradewegs ins Fettnäpfchen, indem sie sagte:

»Ich nehme an, daß Sie am meisten zu sagen haben. Welchen Dienstgrad haben Sie denn?«

»Kommissar.«

»Sind Sie Kommissar Maigret?«

Und da er nickte, schob sie ihm einen Stuhl hin.

»Nehmen Sie Platz. Ich will Ihnen alles erzählen. Wo war ich stehengeblieben? Ach ja, beim Brief meines Stiefbruders. Ich kann ihn heraussuchen, wenn Sie möchten, denn ich bewahre alle Briefe, die ich bekomme, auf, auch die von der Verwandtschaft.«

»Das ist nicht nötig, danke.«

»Wie Sie wollen. Also, ich habe diesen Brief erhalten,

habe ihn beantwortet, und eines schönen Morgens um halb acht stand sie dann da. Typisch meine Nichte! Es gibt ausgezeichnete Tageszüge, aber sie mußte ja unbedingt einen Nachtzug nehmen. Ungleich romantischer, verstehen Sie? Zum Glück war es in einer Woche, in der ich Mittagsschicht hatte. Tja! Aber ihr Aufzug und ihre Frisur, unbeschreiblich! Ich habe ihr natürlich klipp und klar gesagt, daß das nicht geht, weil die Leute auf der Straße sonst mit dem Finger auf sie zeigen.

Die Wohnung, die ich nun seit zweiundzwanzig Jahren bewohne, ist nicht groß und auch nicht sehr komfortabel, aber ich habe immerhin zwei Schlafzimmer. Eins davon habe ich Jeanine zur Verfügung gestellt. Eine Woche lang bin ich mit ihr ausgegangen und habe ihr Paris gezeigt.«

»Was hatte sie eigentlich vor?«

»So etwas fragen Sie mich? Sich einen reichen Mann angeln, das wollte sie. Wenn ich den Zeitungen glauben soll, dann hat sie es ja geschafft. Ich möchte allerdings nicht da hindurchwaten, wo sie hindurch ist.«

»Hat sie eine Stelle gefunden?«

»Als Verkäuferin in einem Laden auf den Grands Boulevards. Ein Lederwarengeschäft in der Nähe der Place de l'Opéra.«

»War sie länger dort?«

Sie wollte die Geschichte auf ihre Weise erzählen und blaffte ihn an:

»Wenn Sie dauernd dazwischenfragen, dann verliere ich den Faden. Ich erzähle Ihnen schon alles, keine Bange. Wir wohnten hier also zu zweit. Oder besser gesagt, ich nahm an, daß wir hier zu zweit lebten. Alle zwei Wochen habe ich morgens frei und die Woche darauf dann nachmittags ab drei Uhr. Monate verstrichen. Es war Winter, und ein sehr kalter dazu. Ich kaufte weiterhin hier im Viertel ein, wie gewöhnlich. Und gerade wegen der Lebensmittel wurde ich allmählich argwöhnisch, besonders wegen der Butter, die ungewöhnlich schnell aufgebraucht war. Das Brot auch. Manchmal fand ich in der Speisekammer nicht mal mehr den Rest Fleisch oder Kuchen, von dem ich sicher war, daß ich ihn dort aufgehoben hatte.

›Hast du das Kotelett gegessen?‹

›Ja, Tante. Ich habe letzte Nacht plötzlich wahnsinnig Hunger bekommen.‹

Ich will mich kurz fassen. Ich habe länger gebraucht, um dahinterzukommen, was da gespielt wurde. Stellen Sie sich vor, daß da die ganze Zeit noch eine dritte Person in der Wohnung war. Kein Mann, wohlgemerkt. Ein junges Mädchen. Jenes, von dem die Zeitungen die Fotos gebracht haben und das man tot auf der Place Vintimille gefunden hat. Was unter uns gesagt ja nur beweist, daß ich mir zu Recht Gedanken gemacht hatte, denn so was passiert nicht Leuten wie Ihnen und mir.«

Sie redete wie ein Wasserfall. Sie stand mit dem Rücken zum Fenster, die Hände vor dem flachen Bauch verschränkt, und ein Wort folgte dem andern, Satz reihte sich an Satz, wie bei einem Rosenkranzgebet.

»Ich bin gleich fertig, keine Bange. Ich möchte Ihnen nicht die Zeit stehlen, denn ich kann mir vorstellen, daß Sie ein vielbeschäftigter Mann sind.«

Sie wandte sich nur noch an Maigret, denn Lognon spielte für sie nur noch eine Statistenrolle.

»Eines Morgens, als ich bei der Haushaltsarbeit war, ist mir eine Rolle Faden auf den Boden gefallen und unter Jeanines Bett gerollt, und ich habe mich gebückt, um sie aufzuheben. Ich kann Ihnen sagen, ich habe vielleicht einen Schrei ausgestoßen, und ich möchte nicht wissen, was Sie an meiner Stelle getan hätten. Unter dem Bett lag jemand, jemand, der mich mit Katzenaugen anstarrte.

Ein Glück, daß es eine Frau war. Das machte mir weniger angst. Ich habe den Schürhaken geholt und einfach gesagt:

›Kommen Sie da raus!‹

Sie war noch nicht einmal so alt wie Jeanine, gerade erst sechzehn. Wenn Sie jedoch glauben, daß sie geweint hat, daß sie mich um Verzeihung gebeten hat, dann täuschen Sie sich. Für sie war ich das Ungeheuer, nicht sie.

›Wer hat Sie ins Haus hereingelassen?‹

›Ich bin eine Freundin von Jeanine.‹

›Ist das für Sie ein Grund, sich unter dem Bett zu verstecken? Was haben Sie überhaupt da drunter gemacht?‹

›Ich habe darauf gewartet, daß Sie wieder rausgehen.‹

›Warum?‹

›Um wieder hervorzukommen.‹

Können Sie sich so was vorstellen, Herr Kommissar? Wochenlang, ja monatelang ging dies schon so. Sie war zur selben Zeit nach Paris gekommen wie meine Nichte. Sie hatten sich im Zug kennengelernt. Sie fuhren beide dritter Klasse, und da sie nicht schlafen konnten, haben sie die Nacht damit verbracht, sich ihre kleinen Geschichten zu erzählen. Diese Louise hatte gerade genügend Geld, um sich zwei oder drei Wochen über Wasser zu halten.

Sie hat eine Stelle in irgendeinem Büro gefunden, wo sie Briefmarken auf Umschläge kleben mußte, aber der Chef war hinter ihr her, und da hat sie ihm eine gescheuert.

Zumindest hat sie mir das erzählt, aber das muß ja nicht unbedingt stimmen.

Als sie ohne Geld dastand und man sie dort, wo sie in Untermiete wohnte, vor die Tür setzte, ist sie zu Jeanine gekommen, die sie für ein paar Nächte, bis sie eine neue Stelle gefunden hätte, hier unterbrachte.

Jeanine hat sich nicht getraut, mir davon zu erzählen. Während meiner Abwesenheit ließ sie ihre Freundin in die Wohnung, und Louise versteckte sich so lange unter dem Bett meiner Nichte, bis ich eingeschlafen war.

Während jener Wochen, in denen ich auf Mittagsschicht war, mußte sie bis halb drei unter dem Bett ausharren, da ich dann erst um drei anfange zu arbeiten.«

Maigret hatte Mühe, ein Lachen zu verbeißen, doch die Tante beobachtete ihn mit Argusaugen und hatte bestimmt wenig Humor.

»Kurzum …«, sagte sie zum x-ten Mal, und Maigret sah auf die Uhr. »Wenn ich Sie langweile …«

»Keineswegs.«

»Haben Sie einen Termin?«

»Ich habe noch Zeit.«

»Ich will zum Schluß kommen. Ich möchte Ihnen nur sagen, daß alles, was ich mal gesagt habe, monatelang von einer dritten Person mitgehört wurde, einer Herumtreiberin, die ich nicht einmal kannte und die mich auf Schritt und Tritt belauerte. Ich lebte so vor mich hin, fühlte mich zu Hause, ohne zu ahnen –«

»Haben Sie ihrer Mutter geschrieben?«

»Woher wissen Sie das? Hat sie es Ihnen gesagt?«

Lognon stand da wie ein begossener Pudel. Er hatte Mademoiselle Poré aufgespürt, was ihn aller Wahrscheinlichkeit nach lange und ermüdende Wege quer durch Paris gekostet hatte. Wie viele Regenschauer hatte er über sich ergehen lassen, ohne auch nur daran zu denken, sich unterzustellen?

Maigret dagegen hatte sein Büro nicht zu verlassen brauchen. Die Auskünfte erreichten ihn, ohne daß er einen Finger zu krümmen brauchte.

»Ich habe ihrer Mutter nicht gleich geschrieben. Zuerst habe ich die Kleine vor die Tür gesetzt und ihr verboten, sich je wieder bei mir blicken zu lassen. Ich hätte sie auch anzeigen können, nicht wahr?«

»Wegen Hausfriedensbruchs?«

»Und wegen der Lebensmittel, die sie mir die ganzen Monate über gestohlen hat. Als meine Nichte nach Hause kam, habe ich ihr ins Gesicht gesagt, was ich von ihr und ihren Bekanntschaften dachte. Jeanine war um keinen Deut besser, das habe ich gemerkt, als sie mich ein paar Wochen später auch verlassen hat, um in ein Hotelzimmer zu ziehen. Das gnädige Fräulein wollte seine Freiheit, verstehen Sie? Um sich mit Männern einzulassen!«

»Sind Sie da so sicher?«

»Weshalb hätte sie sonst woanders in Untermiete wohnen wollen, wo sie doch hier freie Kost und Logis hatte? Ich habe sie über ihre Freundin ausgefragt und so auch Namen und Anschrift von deren Mutter erfahren. Beinahe eine Woche lang habe ich gezögert, dann habe ich ihr einen

Brief geschrieben, von dem ich eine Kopie aufbewahrt habe. Keine Ahnung, ob er etwas bewirkt hat. Die dort unten kann mir jedenfalls nicht vorwerfen, ich hätte sie nicht gewarnt. Wollen Sie sehen?«

»Nicht nötig. Sind Sie mit Ihrer Nichte in Verbindung geblieben, nachdem sie Sie verlassen hat?«

»Sie ist nie wieder vorbeigekommen, um mir guten Tag zu sagen, nicht einmal Neujahrsgrüße hat sie geschickt – tja, so ist sie eben, die Jugend von heute! Das wenige, was ich von ihr weiß, habe ich durch meinen Bruder erfahren, und der hat ja keine Ahnung. Sie hat den Dreh raus, wie sie ihn einwickelt. Von Zeit zu Zeit schreibt sie ihm, erzählt ihm, daß sie arbeitet, daß sie gesund ist, und verspricht jedesmal, ihn demnächst zu besuchen.«

»Ist sie mal nach Lyon zurückgefahren?«

»Einmal, zu Weihnachten.«

»Hat sie Geschwister?«

»Sie hatte einen Bruder, der in einem Sanatorium gestorben ist. Kurzum...«

Allmählich fing Maigret an, unwillkürlich mitzuzählen.

»Sie ist volljährig. Ich nehme doch an, daß sie meinem Bruder ihre Heirat angekündigt hat. Er hat mir aber nichts gesagt. Ich selbst hab's aus der Zeitung. Seltsam, daß ihre Freundin ausgerechnet in der Hochzeitsnacht ermordet worden ist, finden Sie nicht auch?«

»Haben sie sich weiterhin gesehen?«

»Woher soll ich das wissen? Wenn Sie mich jedoch nach meiner persönlichen Meinung fragen, so hat ein Mädchen wie Louise nicht so einfach ihre Freundin aufgegeben. Solche wie sie liegen anderen Leuten immer gern auf der

Tasche, verstecken sich unter den Betten und lassen sich durch nichts unterkriegen. Und dieser Santoni ist wirklich ein reicher Mann...«

»Sie haben Ihre Nichte also drei Jahre lang nicht gesehen?«

»Etwas über drei Jahre. Einmal, es war voriges Jahr, es muß so im Juli gewesen sein, habe ich sie in einem Zug gesehen. Ich wollte vom Bahnhof Saint-Lazare für einen Tag nach Mantes-la-Jolie. Es war sehr heiß. Ich hatte Urlaub und freute mich auf das Land. Auf dem Gleis nebenan stand ein Zug, ein Luxusschnellzug, der nach Deauville fuhr. Gerade als wir anfuhren, habe ich Jeanine in einem Abteil bemerkt. Sie hat mit dem Finger auf mich gezeigt und mir im letzten Augenblick kurz zugezwinkert.«

»War sie mit einer Frau zusammen?«

»Das konnte ich nicht sehen. Ich hatte den Eindruck, daß sie gut gekleidet war, und dieser Zug führte nur Wagen erster Klasse.«

Janvier hatte sich wie stets Notizen gemacht, nicht sehr viele, denn diesen Plausch konnte man mit wenigen Worten zusammenfassen.

»Als Ihre Nichte noch hier wohnte, wußten Sie da nicht über ihren Umgang Bescheid?«

»Wenn man sie so hörte, dann hatte sie mit niemandem Umgang. Aber einem jungen Mädchen, das Leute unter seinem Bett versteckt, traue ich nicht über den Weg.«

»Ich danke Ihnen, Mademoiselle.«

»Ist das alles, was Sie wissen wollen?«

»Es sei denn, Sie könnten uns weitere Auskünfte erteilen?«

»Nicht, daß ich wüßte. Nein. Wenn mir noch etwas einfällt...«

Sie sah sie nur ungern zur Tür gehen. Sie wäre froh gewesen, hätte sie noch etwas zu sagen gehabt. Lognon ließ Maigret und Janvier den Vortritt und ging als letzter ins Treppenhaus.

Als sie auf dem Trottoir waren, wußte der Kommissar nicht so recht, was er ihm sagen sollte.

»Tut mir leid, mein Freund. Wenn ich gewußt hätte, daß Sie da sind...«

»Das macht nichts.«

»Sie haben gute Arbeit geleistet. Wahrscheinlich kommt die Sache jetzt voran.«

»Heißt das, daß Sie mich jetzt nicht mehr brauchen?«

»Das habe ich nicht gesagt...«

Luciens Frau beobachtete sie durch das Schaufenster ihrer Kräuterhandlung hindurch.

»Für den Moment habe ich nichts Besonderes für Sie zu tun. Vielleicht wäre es an der Zeit, daß Sie sich ausruhen und Ihre Bronchitis auskurieren.«

»Es ist nur eine Erkältung. Trotzdem vielen Dank.«

»Soll ich Sie irgendwo absetzen?«

»Nein.« Und mit beleidigtem Nachdruck, weil Maigret im Wagen davonfahren konnte und er nicht: »Ich nehme die Metro.«

»Alle Hochachtung. Wenn Sie etwas Neues erfahren, rufen Sie mich an. Ich werde Sie auch auf dem laufenden halten.«

Als er mit Janvier wieder im Wagen saß, sagte Maigret seufzend:

»Der arme Lognon! Wären wir doch erst gekommen, nachdem er gegangen war.«

»Fahren Sie zurück zum Quai?«

»Nein. Setz mich bei mir zu Hause ab.«

Es war nur ein Katzensprung. Sie hatten keine Zeit, das zu besprechen, was sie gerade erfahren hatten. Beide dachten an die sechzehnjährige Göre, die von zu Hause ausgerissen war und sich monatelang jeden Tag unter einem Bett versteckte.

Die Witwe Crêmieux hatte behauptet, sie sei hochnäsig gewesen und habe sich nie dazu herabgelassen, mit jemandem zu reden. Rose, das Dienstmädchen der Familie Larcher, hatte gesehen, daß sie stundenlang ganz allein auf einer Bank am Square de la Trinité herumsaß. Zweimal hatte sie, auch diesmal ganz allein, die Boutique von Mademoiselle Irène betreten. Ganz allein war sie ins ›Roméo‹ gegangen und allein wieder herausgekommen, hatte das Angebot eines Taxifahrers abgelehnt, der sie später im Regen die Place Saint-Augustin hatte überqueren sehen und noch später den Faubourg Saint-Honoré.

Danach war nichts mehr, nichts als ein Körper, der auf dem nassen Pflaster der Place Vintimille lag. Weder das geliehene Samtcape noch die silberne Handtasche hatte sie noch bei sich, und auch ein Stöckelschuh fehlte.

»Bis morgen, Chef.«

»Bis morgen, mein Junge.«

»Keine Anweisungen?«

Jeanine Armenieu zu vernehmen, die jetzige Madame Santoni, die ihre Flitterwochen in Florenz verbrachte, war nicht möglich.

»Ich erwarte heute abend einen Telefonanruf aus Nizza.«
Noch viele Lücken waren zu füllen.

Und irgendwo gab es jemanden, der das junge Mädchen umgebracht und es anschließend zur Place Vintimille transportiert hatte.

6

*Der seltsame Vater
und Maigrets Skrupel*

Während des Abendessens erzählte Madame Maigret von der Tochter ihrer Nachbarn auf derselben Etage, die zum ersten Mal beim Zahnarzt gewesen war und gesagt hatte... Ja, was hatte sie eigentlich gesagt? Maigret merkte gar nicht, daß er nur mit halbem Ohr hinhörte und seine Frau ansah, deren Stimme dahinplätscherte wie eine heitere Melodie und die plötzlich innehielt und fragte:

»Findest du es nicht lustig?«

»Stimmt schon, das ist sehr lustig.«

Er war mit seinen Gedanken woanders gewesen. Das kam öfter vor. In solchen Augenblicken sah er Leute mit seinen großen, etwas starren Augen an, für die diese lediglich eine Art Wand oder Hintergrund waren.

Seine Frau drang nicht weiter in ihn, ging Geschirr spülen, während er es sich in seinem Sessel bequem machte und seine Zeitung auseinanderfaltete. Als Madame Maigret in der Küche fertig war, hörte man in der Wohnung nichts weiter als zuweilen das Rascheln der Seiten, die umgeblättert wurden, und zweimal rauschte draußen ein Regenguß nieder.

Gegen zehn sah sie, wie er die Zeitung sorgsam zusammenfaltete, und hoffte schon, daß sie nun schlafen gingen, doch ihr Mann suchte eine Illustrierte aus dem Stapel hervor und begann aufs neue zu lesen. Also setzte auch sie ihre Näharbeit fort und sagte dann und wann einen unbedeutenden Satz in die Stille hinein. Es machte nichts, ob er antwortete oder nicht oder ob er lediglich ein Brummen von sich gab: es war gemütlicher so.

Die Leute aus dem Stockwerk darüber hatten ihr Radio abgeschaltet und waren zu Bett gegangen.

»Wartest du auf etwas?«

»Möglicherweise kommt noch ein Anruf.«

Féret hatte ihm versprochen, daß er Louises Mutter erneut vernehmen werde, sobald sie von Monte Carlo zurück wäre. Möglicherweise war Féret durch eine andere Arbeit aufgehalten worden. Am Abend vor dem Blumenkorso hatten sie dort unten bestimmt alle Hände voll zu tun.

Später fiel Madame Maigret auf, daß ihr Mann vergaß, die Seite zu wenden. Er hatte die Augen noch geöffnet. Lange wartete sie, bevor sie vorschlug:

»Sollen wir nicht doch zu Bett gehen?«

Es war elf Uhr vorüber. Maigret hatte nichts dagegen einzuwenden, nahm das Telefon mit, das er im Schlafzimmer anschloß und auf den Nachttisch stellte.

Sie entkleideten sich, begaben sich nacheinander ins Bad, verrichteten ihre Toilette. Als sie im Bett lagen, schaltete Maigret das Licht aus und drehte sich zu seiner Frau um, um ihr einen Gutenachtkuß zu geben.

»Gute Nacht.«

»Gute Nacht. Versuch zu schlafen.«

Immer noch kreisten seine Gedanken um Louise Laboine und die anderen Personen, die nach und nach ins Spiel gekommen waren, heraus aus ihrer Anonymität, um ihr eine Art Geleit zu geben. Der einzige Unterschied zu vorhin bestand darin, daß diese Personen immer diffuser und bizarrer wurden, miteinander verschmolzen und plötzlich andere Rollen spielten.

Noch später spielte Maigret im Traum Schach, doch war er so müde, und die Partie dauerte bereits so lange, daß er die Figuren nicht mehr unterschied, die Dame für den König hielt, die Läufer für die Springer, und nicht mehr wußte, wo er seine Türme postiert hatte. Es war beklemmend, denn der Chef beobachtete ihn. Die Partie war für den Quai des Orfèvres ungeheuer wichtig. Sein Gegenspieler war niemand anderer, als Lognon, der mit sarkastischem Grinsen siegessicher darauf lauerte, Maigret schachmatt setzen zu können.

Das durfte nicht passieren. Der Ruf des Quai stand auf dem Spiel. Darum standen sie alle hinter ihm, um ihn zu belauern, Lucas, Janvier, der kleine Lapointe, Torrence und noch andere, die nicht zu erkennen waren.

»Sie haben ihm eingeblasen«, sagte Lognon zu jemandem, der neben dem Kommissar stand. »Aber das macht nichts.«

Er war ganz allein. Niemand war da, um ihm zu helfen. Was würden die Leute sagen, wenn er gewann?

»Tuscheln Sie, soviel Sie wollen. Aber Schummeln gilt nicht.«

Sah es Maigret etwa ähnlich, zu schummeln? Hatte er jemals im Leben geschummelt?

Wenn er doch nur seine Dame, die Schlüsselfigur der Partie, wiederfinden würde, dann würde er sich schon aus der Affäre ziehen. Am besten die Felder noch einmal der Reihe nach überprüfen. Seine Dame konnte doch nicht verlorengegangen sein.

Das Telefon klingelte. Er streckte den Arm aus, brauchte eine Weile, um den Hörer zu finden.

»Ein Gespräch für Sie aus Nizza.«

Der Wecker zeigte zehn nach eins.

»Sind Sie es, Chef?«

»Augenblick, Féret.«

»Hätte ich Sie vielleicht doch besser nicht aufwecken sollen?«

»Ach was. Du hast es schon richtig gemacht.«

Er trank einen Schluck Wasser. Dann zündete er seine Pfeife an, die auf dem Nachttisch lag und einen Rest Tabak enthielt.

»Gut. Schieß los.«

»Ich wußte nicht, wie ich es anfangen sollte. Da ich über diesen Fall nur so viel weiß, wie die Zeitungen darüber berichtet haben, ist es schwierig für mich, zu beurteilen, was von Bedeutung ist und was nicht.«

»Hast du die alte Laboine besucht?«

»Von ihr komme ich gerade. Sie ist erst um halb zwölf aus Monte Carlo zurückgekommen. In der Pension, in der sie wohnt, laufen fast nur solche verrückte alte Schachteln herum wie sie. Das Seltsame dabei ist, daß es sich bei nahezu allen um ehemalige Schauspielerinnen handelt. Eine ehemalige Kunstreiterin aus dem Zirkus ist ebenfalls dabei, und die Wirtin hat angeblich früher in der Pariser Oper gesungen. Ich kann Ihnen nur schwer erklären, was man da drinnen empfindet. Niemand lag im Bett. Abends spielen diejenigen, die nicht im Kasino sind, in einem Salon Karten, in dem alles aus dem vorigen Jahrhundert zu sein scheint. Man kommt sich vor wie in einem Wachsfigurenkabinett. Aber ich langweile Sie sicher!«

»Tust du nicht.«

»Wenn ich Ihnen das alles erzähle, dann deshalb, weil ich weiß, daß Sie sich gerne Ihr eigenes Bild machen. Da Sie nicht selbst kommen konnten...«

»Erzähl weiter.«

»Zunächst einmal weiß ich mittlerweile, woher sie stammt. Ihr Vater war Volksschullehrer in einem Dorf des Departements Haute-Loire. Mit achtzehn ist sie nach Paris gegangen, wo sie zwei Jahre im Théâtre du Châtelet als Statistin auftrat. Schließlich durfte sie ein paar Schritte in *Reise um die Erde in 80 Tagen* oder in *Michel Strogoff* tanzen. Danach wechselte sie zu den Folies-Bergères, und danach ging sie mit einer Truppe auf Tournee nach Südamerika, wo sie mehrere Jahre geblieben ist. Genauere Zeitangaben sind von ihr nicht zu bekommen, sie bringt schon alles durcheinander.

Sind Sie noch dran? Ich habe mich nochmals gefragt, ob sie unter Drogeneinfluß steht. Beim genaueren Hinsehen jedoch habe ich festgestellt, daß dies nicht der Fall ist. Im Grunde ist sie nicht intelligent und hat wohl auch ihre Sinne nicht ganz beisammen.«

»Hat sie nie geheiratet?«

»Ich komme noch drauf. Sie war so um die dreißig, als sie begann, in den Cabarets Südosteuropas, Kleinasiens und

Nordafrikas zu arbeiten. Es war vor dem Krieg. Sie ist in Bukarest, Sofia, Alexandria herumgetingelt, dann war sie mehrere Jahre in Kairo und anschließend sogar in Äthiopien.

Alle Auskünfte habe ich ihr Stück für Stück aus der Nase ziehen müssen. Sie lümmelte erschöpft in einem Sessel, massierte ihre geschwollenen Beine und bat dann noch darum, das Korsett ausziehen zu dürfen. Kurzum…«

Das Wort erinnerte Maigret an Mademoiselle Poré, Jeanine Armenieus Tante, und an ihren nicht enden wollenden Monolog.

Madame Maigret beobachtete ihn aus den Augenwinkeln.

»Mit achtunddreißig begegnete sie in Istanbul einem gewissen Van Cram.«

»Wie war der Name?«

»Julius Van Cram, anscheinend ein Holländer. Ihren Worten zufolge sah er wie ein richtiger Gentleman aus und wohnte im ›Pera-Palace‹.«

Maigret hatte die Stirn gerunzelt und zerbrach sich den Kopf darüber, an wen ihn dieser Name erinnerte. Er war sicher, daß er ihn nicht zum ersten Male gehört hatte.

»Weißt du, wie alt Van Cram damals war?«

»Schon über fünfzig und bedeutend älter als sie. Mittlerweile geht er wohl auf die Siebzig zu.«

»Lebt er denn noch?«

»Ich weiß es nicht. Warten Sie! Lassen Sie mich die Dinge der Reihe nach berichten, damit ich nichts vergesse. Sie hat mir ein Foto von sich von früher gezeigt, da war sie eine reife, äußerst anziehende, reife Frau.«

»Was machte Van Cram?«

»Anscheinend hat sie sich nicht darum gekümmert. Er sprach mehrere Sprachen fließend, insbesondere Englisch und Französisch, aber auch Deutsch, und er war immer auf alle Botschaftsempfänge eingeladen. Er hat sich wohl in sie verliebt, und sie haben eine Zeitlang zusammengelebt.«

»Im ›Pera-Palace‹?«

»Nein. Er hatte ihr unweit vom Hotel eine Wohnung gemietet. Seien Sie mir nicht böse, Chef, wenn ich nicht genauer bin. Wenn Sie wüßten, welche Mühe es mich gekostet hat, ihr alle Würmer einzeln aus der Nase zu ziehen! Fortwährend schweifte sie ab und kam auf eine Frau zu sprechen, die sie in diesem oder jenem Cabaret kennengelernt hatte, und erzählte mir deren Geschichte, wonach sie dann anfing zu jammern:

›Ich weiß, daß Sie mich für eine Rabenmutter halten…‹

Zum Abschied hat sie mir ein Gläschen Likör angeboten. Rauschgift nimmt sie keins, aber zur Flasche greift sie bestimmt oft.

›Nie vorm Roulette. Und auch nicht während‹, beteuerte sie. ›Aber ein Gläschen danach zur Entspannung, das wohl.‹

Sie hat mir erklärt, daß das Spiel die ermüdendste aller Beschäftigungen ist.

Zurück zu Van Cram. Nach ein paar Monaten hat sie festgestellt, daß sie schwanger war. Es war das erste Mal bei ihr. Sie konnte es gar nicht fassen.

Sie hat mit ihrem Geliebten darüber gesprochen, in der Annahme, daß er ihr nahelegen würde, das Kind abzutreiben.«

»War sie dazu bereit?«

»Sie weiß es nicht. Sie redet davon, als habe ihr das Schicksal einen bösen Streich gespielt.

›Schwanger hätte ich bereits hunderttausendmal vorher sein müssen, und da muß es mir ausgerechnet mit über achtunddreißig passieren!‹

Van Cram hat nicht die Fassung verloren. Nach ein paar Wochen hat er ihr einen Heiratsantrag gemacht.«

»Wo haben sie geheiratet?«

»In Istanbul. Und genau das macht die Angelegenheit kompliziert. Ich glaube, sie war tatsächlich in ihn verliebt. Er hat sie in irgendein Büro geführt, wo sie Papiere unterschreiben und einen Eid leisten mußte. Daß sie nun verheiratet seien, glaubte sie ihm aufs Wort.

Ein paar Tage später bot er ihr an, sich in Frankreich niederzulassen.«

»Gemeinsam?«

»Ja. Sie haben ein italienisches Schiff mit Kurs nach Marseille genommen.«

»Hatte sie einen Paß auf den Namen Van Cram?«

»Nein. Ich habe sie danach gefragt. Angeblich blieb keine Zeit, ihren Paß ändern zu lassen. Zwei Wochen wohnten sie in Marseille und fuhren dann weiter nach Nizza, wo auch das Kind geboren wurde.«

»Wohnten sie im Hotel?«

»Unweit der Promenade des Anglais hatten sie sich eine ziemlich komfortable Wohnung gemietet. Zwei Monate später ging Van Cram einmal fort, um Zigaretten zu kaufen, und kam nicht mehr nach Hause zurück. Seitdem hat sie ihn niemals wiedergesehen.«

»Hat sie gar nichts mehr von ihm gehört?«

»Er hat ihr mehrmals geschrieben, von überall her, aus London, Kopenhagen, Hamburg, New York, und jedesmal schickte er ihr Geld.«

»Beträchtliche Summen?«

»Manchmal ja. Andere Male so gut wie nichts. Er bat darum, daß sie von sich hören lasse und vor allem von ihrer Tochter.«

»Tat sie das?«

»Ja.«

»Postlagernd?«

»Ja. Seitdem spielt sie. Ihre Tochter wuchs heran und kam in die Schule.«

»Hat sie ihren Vater nie gesehen?«

»Sie war zwei Monate alt, als er fortging, und seitdem ist er angeblich nie wieder nach Frankreich zurückgekehrt. Die letzte Überweisung vor einem Jahr war äußerst großzügig, doch sie hat in einer Nacht alles verspielt.«

»Hat Van Cram sie nie gefragt, wo sich seine Tochter aufhält? Weiß er, daß sie Nizza verlassen hat, um nach Paris zu gehen?«

»Ja. Allerdings wußte die Mutter die Anschrift des jungen Mädchens nicht.«

»Ist das alles, Alter?«

»Beinahe. Ich hatte nicht den Eindruck, daß sie ganz aufrichtig war, als sie vorgab, von den Erwerbsquellen ihres Mannes nichts zu wissen... Übrigens, beinahe hätte ich die Hauptsache vergessen... Als sie vor ein paar Jahren ihren Personalausweis verlängern lassen mußte, wollte sie ihn auf den Namen Van Cram ausstellen lassen. Man hat ihre Heiratsurkunde verlangt. Sie hat das einzige Exemplar, das sie besitzt und das in türkischer Sprache ausgestellt ist, vorgelegt. Es wurde sorgfältig überprüft und ans türkische Konsulat eingesandt. Daraufhin wurde ihr erklärt, das Dokument sei wertlos und sie ganz und gar nicht verheiratet.«

»Ging ihr dies nahe?«

»Nein. Nichts geht ihr nahe, nur wenn zwölfmal Rot kommt, nachdem sie ihren Einsatz auf Schwarz verdoppelt hat. Wenn man sie so reden hört, kommt sie einem vor wie nicht von dieser Welt, jedenfalls nicht von unserer Welt. Als ich ihr von ihrer Tochter erzählte, hat sie keine einzige Träne vergossen und nur gesagt:

›Ich hoffe für sie, daß sie nicht zu sehr gelitten hat.‹«

»Gehst du jetzt schlafen?«

»Leider nein! Ich muß noch kurz rüber nach Juan-les-Pins, wo gerade ein Falschspieler im Kasino auf frischer Tat ertappt wurde. Brauchen Sie mich noch, Chef?«

»Im Augenblick nicht. Moment. Hat sie dir ein Foto ihres ehemaligen Mannes gezeigt?«

»Ich habe sie darum gebeten. Angeblich hatte sie nur einen einzigen Schnappschuß von ihm, den sie selber gemacht hatte, als er einmal nicht aufpaßte. Er haßte es nämlich, fotografiert zu werden. Die Tochter hat ihn wohl mitgehen lassen, als sie nach Paris fuhr, denn die Alte findet ihn nicht mehr.«

»Danke.«

Wenig später legte Maigret auf, doch anstatt den Kopf ins Kissen zurücksinken zu lassen und einzuschlummern, erhob er sich, um sich noch eine Pfeife zu stopfen.

Die Witwe Crêmieux hatte ihm von einem Porträt erzählt, das ihre Untermieterin in ihrer Brieftasche aufbewahrte, doch er war zu sehr mit dem jungen Mädchen selbst beschäftigt gewesen, um dem Bedeutung beizumessen. Er stand da, im Schlafanzug und in Pantoffeln. Seine Frau vermied es, ihm Fragen zu stellen. Vielleicht wegen seines Traumes dachte er an Lognon. Hatte er nicht gerade erst zu ihm gesagt:

»*Ich werde Sie auf dem laufenden halten.*«

Julius Van Cram änderte alles.

»Ich werde ihn morgen früh anrufen«, murmelte er halblaut.

»Was sagst du?«

»Nichts. Ich habe mit mir selbst gesprochen.«

Er suchte die Privatnummer des Griesgrams an der Place Constantin-Pecquer heraus. So konnte man ihm wenigstens nichts vorwerfen.

»Hallo! Könnte ich bitte mit Ihrem Mann sprechen? Entschuldigen Sie bitte, daß ich Sie geweckt habe, aber es...«

»Ich habe nicht geschlafen. Ich schlafe nachts nie länger als ein oder zwei Stunden«, klagte Madame Lognon wehleidig durchs Telefon.

»Kommissar Maigret am Apparat.«

»Ich habe Sie an der Stimme erkannt.«

»Ich würde gern ein paar Worte mit Ihrem Mann sprechen.«

»Ich dachte, er sei bei Ihnen. Jedenfalls hat er mir gesagt, daß er zur Zeit in Ihrem Auftrag arbeiten würde.«

»Wann ist er denn fort?«

»Gleich nach dem Abendessen. Er hat sich mit dem Essen beeilt und nur gesagt, daß er heute nacht möglicherweise nicht heimkommt.«

»Hat er nicht gesagt, wohin er geht?«

»Das sagt er mir nie.«

»Ich danke Ihnen.«

»Stimmt es nicht, daß er in Ihrem Auftrag arbeitet?«

»Doch.«

»Wieso wissen Sie dann nicht...«

»Ich weiß nicht immer haarklein alles, was er tut.«

Sie war nicht überzeugt, vermutete, daß er log, um ihren Mann zu decken, und würde sicherlich weitergrübeln, wenn er aufgehängt hatte. Gleich darauf rief er die Wache des 2. Reviers an, wo ein gewisser Ledent abnahm.

»Ist Lognon nicht da?«

»Er hat heute nacht noch keinen Fuß ins Büro gesetzt.«

»Vielen Dank. Falls er kommt, richte ihm aus, er soll mich zu Hause anrufen.«

»In Ordnung, Herr Kommissar.«

Nun kam ihm ein boshafter Gedanke, beinahe so wie in seinem Traum. Es beunruhigte ihn mit einem Male, Lognon draußen zu wissen, ohne auch nur einen einzigen Hinweis darüber zu haben, was er gerade tat. In den Nachtlokalen gab es nichts mehr zu ermitteln, noch waren Taxifahrer zu vernehmen. Auch das ›Roméo‹ gab nichts mehr her.

Dennoch verbrachte Lognon die Nacht mit Nachforschungen. Hatte er etwa eine heiße Spur entdeckt?

Maigret war auf seine Kollegen nicht neidisch, schon gar nicht auf seine Inspektoren. Wenn ein Fall gelöst wurde, so betrachtete er dies nahezu stets als deren Verdienst. Selten gab er Presseerklärungen ab. Gerade erst am Nachmittag hatte er Lucas damit beauftragt, die beim Quai akkreditierten Journalisten zu empfangen.

Maigret wurde innerlich rot, als er sich widerwillig eingestand, daß Lognon ganz auf sich gestellt war, während ihm, Maigret, wie bei der Schachpartie, von der er geträumt hatte, die gesamte Organisation der Kriminalpolizei zur Verfügung stand. Ganz zu schweigen von den mobilen Brigaden und dem ganzen Polizeiapparat.

Er war drauf und dran, sich anzukleiden und zum Quai des Orfèvres zu fahren. Jetzt, wo er wußte, wessen Foto Louise Laboine ihrer Mutter stibitzt und sorgsam aufbewahrt hatte, gab es Arbeit dort unten.

Seine Frau sah, wie er ins Eßzimmer ging, das Büffet öffnete und sich ein Gläschen Schlehenlikör einschenkte.

»Legst du dich nicht wieder hin?«

Nüchtern betrachtet mußte er gehen, und sein Instinkt drängte ihn dazu. Wenn er es nicht tat, dann deshalb, um Lognon seine Chance zu lassen, um sich für seine Mißgunst von eben zu bestrafen.

»Dieser Fall scheint dir sehr nahezugehen.«

»Er ist sehr kompliziert.«

Eigentlich war es seltsam. Denn bislang hatte er nicht etwa an den Mörder gedacht, sondern an das Opfer, allein darauf hatten sich die Ermittlungen konzentriert. Erst jetzt, da man mehr über das Opfer wußte, konnte man überlegen, wer als Mörder in Frage kam.

Was konnte Lognon ausrichten? Er ging zum Fenster und sah hinaus. Es war Vollmond, und der Himmel war klar. Es regnete nicht mehr. Die Dächer glänzten. Er leerte seine Pfeife, legte sich schwerfällig wieder ins Bett und gab seiner Frau einen Kuß:

»Weck mich wie immer.«

Diesmal schlief er traumlos. Als er in seinem Bett sitzend seinen Kaffee trank, schien die Sonne. Lognon hatte nicht angerufen, was bedeutete, daß er weder in seinem Büro vorbeigekommen noch nach Hause gegangen war.

Am Quai des Orfèvres ging er zum Rapport, ohne sich an der Unterhaltung zu beteiligen, und danach stieg er hinauf zum Strafregister. Hier reihten sich auf Regalen von Kilometern Länge die Akten all jener aneinander, die mit dem Gesetz in Konflikt geraten waren. Der Angestellte trug einen grauen Arbeitskittel, der ihm das Aussehen eines Lagerverwalters gab, und die Luft roch nach altem Papier, wie in einer öffentlichen Bibliothek.

»Würdest du mal nachsehen, ob du irgend etwas über einen Van Cram hast, Julius Van Cram?«

»Wie lange ist das her?«

»Gut zwanzig Jahre, oder auch länger.«

»Wollen Sie warten?«

Maigret setzte sich hin. Zehn Minuten später brachte ihm der Angestellte eine Akte auf den Namen Van Cram, aber es handelte sich um einen Joseph Van Cram, einen Versicherungsangestellten aus Paris, Rue de Grenelle, der vor zwei Jahren wegen Urkundenfälschung verurteilt worden und erst achtundzwanzig Jahre alt war.

»Keine anderen Van Cram?«

»Nur ein Von Kramm, mit k und zwei m, doch der ist vor vierundzwanzig Jahren in Köln gestorben.«

Unten gab es noch weitere Akten, die nicht nur die Verurteilten, sondern all jene Leute betrafen, mit denen die Polizei irgendwann einmal zu tun hatte. Auch dort fand man wieder den Versicherungsangestellten Van Cram und den Von Kramm aus Köln.

Nach Durchsicht der Liste der internationalen Ganoven und nach dem Aussondern all jener, die nicht im Vorderen Orient gelebt hatten und deren Alter nicht mit dem von Madame Laboines Ehemann übereinstimmte, hielt Maigret schließlich nur noch wenige Karteikarten in der Hand, von welchen eine die Notiz trug:

»Hans Ziegler, *alias* Ernst Marek, *alias* John Donley, *alias* Joey Hogan, *alias* Jean Lemke (richtiger Name und Herkunft unbekannt). Spezialisiert auf eine raffinierte Art von Diebstahl. Spricht fließend Französisch, Englisch, Deutsch, Holländisch, Italienisch und Spanisch. Etwas Polnisch.«

Die Prager Polizei hatte dreißig Jahre zuvor international ein Foto des vorgeblichen Hans Ziegler in Umlauf gebracht, der mit Hilfe eines Komplizen eine bedeutende Summe an sich gebracht hatte. Hans Ziegler behauptete, in München geboren zu sein, und trug damals einen blonden Schnurrbart.

Alsbald machte derselbe Mann in London unter dem Namen John Donley, geboren in San Francisco, von sich reden, und in Kopenhagen wurde er unter dem Namen Ernst Marek festgenommen.

Wieder anderswo tauchte er unter den Namen Joey Hogan, Jules Stieb, Carl Spangler auf.

Auch sein Aussehen veränderte sich mit den Jahren. Anfangs war er ein großer und schmaler Mann, obwohl er einen kräftigen Knochenbau besaß. Nach und nach nahm er an Leibesfülle zu und bekam gleichzeitig etwas Würdevolles.

Er trug den Kopf hoch und war stets geschmackvoll gekleidet. In Paris hatte er in einem großen Hotel an den Champs-Elysées gewohnt, in London im ›Savoy‹. Allenthalben verkehrte er in erlesensten Kreisen, und überall entfaltete er die gleichen Aktivitäten, überall wandte er eine seit langem von anderen ausgeklügelte Technik an, die er jedoch mit seltenem Brio beherrschte.

Stets waren sie zu zweit, jedoch war über seinen Komplizen nichts weiter bekannt, nur daß er jünger war als er und mit mitteleuropäischem Akzent sprach.

In einer feinen Bar nahmen sie ein Opfer aufs Korn, einen wohlhabenden Herrn, mit Vorliebe einen Industriellen oder einen Kaufmann aus der Provinz.

Nach ein paar Gläsern in Gesellschaft seines Opfers beklagte sich Jean Lemke beziehungsweise Jules Stieb oder John Donley – je nachdem – über mangelnde Ortskenntnis.

»Ich muß unbedingt einen Mann finden, dem ich vertrauen kann«, sagte er. »Man hat mich mit einer Mission betraut, die mir lästig wird, denn ich frage mich, wie ich sie zu einem guten Ende führen soll. Ich habe eine Heidenangst davor, übers Ohr gehauen zu werden!«

Was dann folgte, verlief zwar nicht immer genau gleich, jedoch immer nach dem gleichen Schema. Eine sehr reiche alte Dame, vorzugsweise eine Amerikanerin, wenn es sich in Europa abspielte, habe ihm eine bedeutende Summe

Geldes ausgehändigt, damit er sie an eine Reihe verdienstvoller Personen verteile. Das Geld habe er oben, in Scheinen, auf seinem Zimmer. Doch wie sollte er in einem Land, das er nicht kenne, solche verdienstvolle Personen finden?

Ach ja! Die alte Dame habe noch ergänzend hinzugefügt, daß ein Teil der Summe, ein Drittel etwa, zur Deckung der Unkosten bestimmt sei.

Ob sein neuer Freund – denn er sei doch ein Freund, nicht wahr, und ein Ehrenmann – nicht einwilligen würde, ihm behilflich zu sein? Das fragliche Drittel werde selbstverständlich mit ihm geteilt. Das wäre ein ganz schöner Batzen.

Er spielte den Vorsichtigen, gab zu verstehen, daß er gezwungen sei, gewisse Garantien zu verlangen... Sein Freund müsse seinerseits eine gewisse Summe auf der Bank hinterlegen, um seinen guten Willen unter Beweis zu stellen...

»Warten Sie bitte mal einen Augenblick... Oder, kommen Sie doch besser gleich mit auf mein Zimmer...«

Die Banknoten waren da. Ein ganzer Koffer voll, in eindrucksvollen Bündeln.

»Wir nehmen Sie mit, fahren bei Ihrer Bank vorbei, wo Sie die Summe abheben...«

Die Bank war in jedem Land eine andere.

»Das Ganze bringen wir dann auf mein Konto, und ich händige Ihnen dafür den Aktenkoffer aus, dessen Inhalt Sie nach Abzug Ihres Anteils nur zu verteilen brauchen...«

Im Taxi lag der Geldkoffer zwischen ihnen. Das Opfer hob seine Ersparnisse ab. Vor seiner eigenen Bank, im allgemeinen einer großen Gesellschaft im Stadtzentrum, übergab Lemke, *alias* Stieb, *alias* Ziegler und so weiter den Koffer der Obhut seines Kompagnons.

»Ich brauche nur eine Minute...«

Mit den Ersparnissen seines Opfers, das ihn nie mehr wiedersah und alsbald feststellte, daß die Bündel Geldscheine, abgesehen von jenen, die sich obenauf befanden, nichts als gewöhnliches Zeitungspapier waren, machte er sich aus dem Staub.

Meistens hatte der Mann, wenn er gefaßt wurde, nichts Kompromittierendes bei sich. Die Diebesbeute war verschwunden, war von einem Komplizen mitgenommen worden, dem er sie inmitten des Menschengetümmels, das in der Bank herrschte, übergeben hatte.

In einer Akte, einer einzigen, die von der dänischen Polizei übersandt worden war, stand darüber hinaus zu lesen:

»Nach Informationen, die nachzuprüfen wir nicht in der Lage waren, soll es sich um einen holländischen Staatsangehörigen namens Julius Van Cram, geboren in Groningen, handeln. Als Sohn aus gutem Hause habe Van Cram im Alter von zweiundzwanzig Jahren in einer Bank in Amsterdam gearbeitet, deren Geschäftsführer sein Vater war. Schon damals habe er mehrere Sprachen gesprochen, habe eine hervorragende Erziehung genossen und im Amsterdamer Jachtklub verkehrt. Zwei Jahre später sei er verschwunden, und einige Wochen später habe man festgestellt, daß er einen Teil der Bankguthaben mitgenommen hatte.«

Leider war es nicht möglich, an Fotos dieses Van Cram

heranzukommen, von dem man lediglich Fingerabdrücke besaß.

Maigret verglich die Daten und machte eine weitere interessante Entdeckung. Im Gegensatz zur Mehrzahl der Verbrecher und Betrüger arbeitete dieser Mann selten zweimal hintereinander. Wochenlang, zuweilen monatelang bereitete er seinen Coup vor, jedesmal ging es dabei um eine bedeutende Summe.

Wonach im allgemeinen mehrere Jahre ins Land gingen, bevor er am anderen Ende der Welt aufs neue sein Spiel spielte, mit derselben Gewandtheit, derselben Präzision.

Bedeutete dies nicht, daß er abwartete, bis ihm die Mittel ausgingen? Legte er sich einen Notpfennig für schlechte Zeiten zurück? Hatte er irgendwo ein Vermögen versteckt?

Seine letzte Beute machte er vor sechs Jahren in Mexiko.

»Würdest du einen Augenblick herkommen, Lucas?«

Überrascht betrachtete Lucas die Akten, mit denen der Schreibtisch übersät war.

»Ich möchte, daß du eine Reihe von Telegrammen aufgibst. Zuvor schickst du jemanden zur Witwe Crêmieux in der Rue de Clichy, um dich zu vergewissern, ob der Mann tatsächlich derjenige ist, dessen Foto sie in der Handtasche ihrer Untermieterin gesehen hat.«

Er übergab ihm eine Liste der Länder, in denen der Mann gearbeitet hatte, und den Namen, unter welchem er bekannt war.

»Féret in Nizza mußt du auch anrufen. Er soll Madame Laboine erneut aufsuchen und alles daransetzen, um Daten und Herkunft der Überweisungen zu erfahren, die sie erhalten hat. Ich bezweifle, daß sie die Belege aufbewahrt hat, aber vielleicht haben wir Glück.«

Auf einmal hielt er inne.

»Nichts Neues von Lognon?«

»Hätte er anrufen sollen?«

»Ich weiß nicht. Würdest du bei ihm zu Hause anrufen?«

Madame Lognon war am andern Ende der Leitung.

»Ist Ihr Mann heimgekommen?«

»Nein. Wissen Sie denn immer noch nicht, wo er ist?«

Sie war beunruhigt, und auch er fing an, sich Sorgen zu machen.

»Ich nehme an, daß ihn seine Beschattungsaufgabe aus der Stadt hinausgeführt hat.«

Er sprach aufs Geratewohl von Beschattung und mußte die Klagen von Madame Lognon über sich ergehen lassen, die sich darüber beschwerte, daß die undankbarsten und gefährlichsten Aufgaben stets für ihren Mann aufgespart wurden.

Sollte er ihr antworten, daß Lognon meist selbst schuld war, wenn er in Schwierigkeiten geriet, weil er den Anweisungen zuwidergehandelt hatte?

Immer wollte er glänzen, sich hervortun und handelte sich regelmäßig Scherereien ein.

Alle bei der Polizei wußten, was er wert war, was sie an ihm hatten, bloß er selbst wußte es noch nicht.

Maigret rief im 2. Revier an, wo man ebenfalls noch nichts Neues vom Griesgram gehört hatte.

»Hat ihn denn niemand hier in der Gegend gesehen?«

»Nicht, daß ich wüßte.«

Lucas nebenan hatte einen Inspektor zur Rue de Clichy entsandt und gab telefonisch seine Telegramme durch. Janvier stand im Türrahmen und wartete darauf, daß Maigret auflege, um ihn nach Anweisungen zu fragen.

»Kommissar Priollet möchte Sie sprechen. Er kam vorbei, als Sie gerade mal nicht im Büro waren.«

»Ich war oben.«

Maigret suchte Priollet auf, der damit beschäftigt war, einen Rauschgifthändler mit hochnäsigem Getue und rot unterlaufenen Augen zu vernehmen.

»Ich weiß nicht, ob es dich immer noch interessiert. Möglicherweise hast du die Information bereits woanders bekommen. Heute morgen wurde mir mitgeteilt, daß Jeanine Armenieu eine Zeitlang in der Rue de Ponthieu gewohnt hat.«

»Hast du die Hausnummer?«

»Nein. Die Straße liegt unweit der Rue de Berri, und im Erdgeschoß befindet sich eine Bar.«

»Ich danke dir. Nichts über Santoni?«

»Nichts. Ich glaube nicht, daß ihm irgend etwas vorzuwerfen ist, und er wird wohl in Florenz in Liebesbanden schmachten.«

Maigret traf Janvier in seinem Büro an.

»Nimm deinen Mantel und deinen Hut.«

»Wohin gehen wir denn?«

»Zur Rue de Ponthieu.«

Vielleicht würde er noch mehr über die Tote erfahren. In erster Linie beschäftigte er sich mit ihr. Allmählich übernahm jedoch dieser verflixte Lognon eine wichtige Rolle. Und über diese Rolle wußte man leider nichts.

»Derjenige, der den Ausdruck ›Eile mit Weile‹ erfunden hat, hatte verdammt recht«, murmelte der Kommissar, als er in seinen Mantel schlüpfte.

Es war wenig wahrscheinlich, daß der Griesgram noch immer durch die Straßen ging, von einer Adresse zur andern. Am Tag zuvor, um fünf Uhr, hatte er noch keine Spur, sofern man dies beurteilen konnte – und bei ihm war dies nicht leicht.

Er war zum Abendessen nach Hause gegangen und gleich danach wieder aufgebrochen.

Vor dem Hinausgehen streckte Maigret den Kopf ins Inspektoratsbüro hinein.

»Jemand soll bei den Bahnhöfen anrufen und herausfinden, ob Lognon mit dem Zug weggefahren ist.«

Um jemanden zu verfolgen, zum Beispiel. Dies war möglich. Und in diesem Falle hatte er vielleicht gar nicht die Gelegenheit gehabt, am Quai oder in seinem Büro anzurufen.

Wie auch immer, er enthielt ihnen Informationen vor.

»Gehen wir, Chef?«

»Gehen wir.«

Maigret war schlechter Laune und ließ den Wagen an der Place Dauphine anhalten, um einen trinken zu gehen.

Es stimmte nicht, daß er auf Lognon neidisch gewesen wäre. Wenn er Louise Laboines Mörder fand, um so besser. Und wenn er ihn verhaftete, dann Hut ab!

Aber verdammt noch mal, er hätte etwas von sich hören lassen können, wie jeder andere auch.

7

Der Inspektor, der einen Vorsprung hat, und das Mädchen, das mit dem Schicksal verabredet ist

Während Janvier das Gebäude betrat, um Erkundigungen einzuholen, blieb Maigret hart am Trottoirrand stehen, die Hände in den Taschen, und dachte bei sich, daß die Rue de Ponthieu so etwas wie die Kulisse der Champs-Elysées sei, beziehungsweise wie die Hintertreppe dazu. So gibt es zu jeder großen Schlagader von Paris und oftmals parallel dazu eine engere, betriebsame Straße mit kleinen Bars und Lebensmittelgeschäften, Gaststätten für Taxifahrer und billige Hotels, Friseure und Vertreter aller Handwerkszweige.

Da gab es ein kleines Weinlokal, das ihn lockte, und er wollte gerade hineingehen, als Janvier wieder auftauchte.

»Es ist hier, Chef!«

Gleich beim ersten Wohnhaus waren sie richtig. In der Pförtnerloge war es nicht heller als in den meisten Pförtnerlogen von Paris, dafür war die Concierge jung und reizvoll, und ein Kleinkind tummelte sich in einem Laufgitter aus gelacktem Holz.

»Sie sind auch von der Polizei, stimmt's?«

»Wieso sagen Sie auch?«

»Weil schon gestern jemand von der Polizei da war. Ich

wollte gerade zu Bett gehen. Es war ein kleiner Mann, der so traurig aussah, daß ich meinte, er habe seine Frau verloren und weine, bevor ich feststellte, daß er Schnupfen hatte.«

Bei einer solchen Beschreibung des Griesgrams konnte man sich ein Grinsen nur schwer verkneifen.

»Wie spät war es?«

»Ungefähr zehn. Ich war gerade im Begriff, mich hinter der spanischen Wand zu entkleiden, und mußte ihn warten lassen.«

»Ich nehme an, er hat Ihnen Fragen über Mademoiselle Armenieu gestellt?«

»Und über ihre Freundin, ja, die, die ermordet worden ist.«

»Haben Sie sie auf dem Foto in der Zeitung wiedererkannt?«

»Sie kam mir so bekannt vor.«

»War sie Ihre Mieterin?«

»Setzen Sie sich doch, Messieurs. Haben Sie etwas dagegen, wenn ich dem Kleinen das Essen mache? Wenn es Ihnen zu warm ist, können Sie Ihre Mäntel ruhig ablegen.«

Ihrerseits fragte sie:

»Gehören Sie nicht derselben Abteilung an wie der von gestern? Ich weiß nicht, wieso ich Sie das frage. Es geht mich schließlich nichts an. Wie ich bereits Ihrem Kollegen gesagt habe, war Mademoiselle Armenieu oder Mademoiselle Jeanine, wie ich sie nannte, die eigentliche Mieterin, diejenige, an die die Wohnung vermietet war. Mittlerweile ist sie verheiratet. Die Zeitungen haben darüber berichtet. Wissen Sie davon?«

Maigret nickte.

»Hat sie lange Zeit bei Ihnen gewohnt?«

»Etwa zwei Jahre. Als sie kam, war sie noch blutjung und unbeholfen, und sie kam oft, um mich um Rat zu fragen.«

»War sie berufstätig?«

»Zuerst arbeitete sie als Stenotypistin in einem Büro, nicht weit von hier; wo, das weiß ich nicht genau. Sie nahm die kleine Wohnung im dritten Stock, die zwar zum Hof hinausliegt, aber dennoch hübsch ist.«

»Wohnte ihre Freundin nicht bei ihr?«

»Doch. Aber wie ich Ihnen schon sagte, war sie es, die die Miete zahlte, und der Mietvertrag lautete auf ihren Namen.«

Sie redete, ohne sich erst lange bitten zu lassen. Das fiel ihr um so leichter, als sie bereits tags zuvor diese Auskünfte erteilt hatte.

»Ich weiß schon im voraus, was Sie mich fragen wollen. Sie sind vor etwa sechs Monaten ausgezogen. Genauer gesagt, Mademoiselle Jeanine ist als erste ausgezogen.«

»Ich dachte, die Wohnung habe auf ihren Namen gelautet?«

»Ja. Der Monat war beinahe vorüber. Es blieben noch drei oder vier Tage. Eines Abends ist Mademoiselle Jeanine hergekommen und hat sich dahin gesetzt, wo Sie jetzt sitzen, und mir angekündigt:

›Ich habe genug, Madame Marcelle. Diesmal bin ich entschlossen, Schluß zu machen.‹«

Maigret fragte:

»Womit Schluß zu machen?«

»Mit dieser anderen, ihrer Freundin Louise.«

»Vertrugen sie sich nicht?«

»Genau das will ich Ihnen erklären. Mademoiselle Louise blieb nie mal auf ein Schwätzchen stehen, und ich weiß fast nichts über sie, außer durch ihre Freundin, also aus zweiter Hand. Zu Anfang meinte ich, sie seien Geschwister oder Kusinen, oder Schulfreundinnen. Bis ich von Mademoiselle Jeanine erfahren habe, daß sie sich erst zwei oder drei Monate zuvor im Zug kennengelernt hatten.«

»Mochten sie sich denn nicht?«

»Schwer zu sagen. Ich habe bereits eine ganze Reihe von Mädchen in diesem Alter kommen und wieder gehen sehen. Zur Zeit haben wir zwei davon, die im ›Lido‹ tanzen. Eine andere ist Maniküre im ›Claridge‹. Die meisten erzählen mir ihre kleinen Nöte, und Mademoiselle Jeanine bildete da keine Ausnahme. Aber die andere, diese Louise, hat sich nie zu einem vertraulicheren Wort hinreißen lassen. Anfangs hielt ich sie für hochnäsig, doch allmählich dachte ich, daß sie wohl eher schüchtern war.

Sehen sie, wenn diese jungen Dinger da nach Paris kommen und sich inmitten von Millionen von Menschen verloren vorkommen, dann bluffen sie entweder, oder sie setzen sich aufs hohe Roß oder kapseln sich völlig ab.

Mademoiselle Jeanine war eher von der ersten Sorte. Sie ließ sich durch nichts ins Bockshorn jagen. Fast jeden Abend ging sie aus. Nach ein paar Wochen kam sie morgens um zwei oder drei nach Hause, und sie hatte gelernt, wie man sich anzieht. Sie war noch keine drei Monate hier, da hörte ich sie bereits nachts mit einem Mann raufgehen.

Es ging mich nichts an. Es waren ihre eigenen vier Wände. Wir haben keine Familienpension.«

»Hatte jede ihr eigenes Zimmer?«

»Ja. Natürlich! Louise mußte trotzdem alles mithören, und morgens mußte sie warten, bis der Mann fort war, um sich frisch zu machen oder um in die Küche zu gehen.«

»Haben sie da angefangen, sich zu streiten?«

»Das weiß ich nicht genau. In zwei Jahren geschieht sehr viel, und ich habe zweiundzwanzig Mieter im Haus. Ich kann doch nicht ahnen, daß eine von ihnen ermordet wird.«

»Was macht Ihr Mann?«

»Er ist Oberkellner in einem Restaurant an der Place des Ternes. Es macht Ihnen doch nichts aus, wenn ich den Kleinen füttere?«

Sie setzte ihn auf seinen Stuhl und fing an, ihm ein Löffelchen nach dem anderen zu geben, ohne dabei den Faden zu verlieren.

»All das habe ich bereits gestern abend Ihrem Kollegen erzählt, der sich Notizen gemacht hat. Wenn Sie meine Meinung hören wollen, also diese Mademoiselle Jeanine hatte es faustdick hinter den Ohren und legte sich ins Zeug, wie sie nur konnte. Sie ging nicht mit irgend jemandem aus. Die meisten Männer, die mit hinaufgingen, besaßen einen Wagen, den ich morgens, wenn ich die Mülleimer hinausbrachte, vor der Tür parken sah. Jung waren sie nicht unbedingt. Aber alt auch nicht. Ich will damit nur sagen, daß es nicht allein um das Vergnügen ging.

Wenn sie mir Fragen stellte, so sah ich schon, worauf sie hinauswollte. Wenn sie beispielsweise eine Verabredung in einem Restaurant hatte, das sie nicht kannte, so wollte sie unbedingt wissen, ob dies ein feines Restaurant war oder nicht, wie man sich zu kleiden hatte, wenn man dorthin ging, usw.

Keine sechs Monate hatte sie gebraucht, da kannte sie die Pariser Szene schon wie ihre Westentasche.«

»Und ihre Freundin begleitete sie nie?«

»Nur ins Kino.«

»Womit verbrachte Louise ihre Abende?«

»Die meiste Zeit blieb sie oben. Dann und wann machte sie einen kleinen Spaziergang, jedoch nie weit weg, als hätte sie Angst.

Beide waren etwa im gleichen Alter, aber im Vergleich zu der anderen war Mademoiselle Louise ein kleines Mädchen.

Und das brachte Mademoiselle Jeanine ab und zu auf die Palme. Beim ersten Mal sagte sie mir:

›Hätte ich im Zug doch bloß geschlafen, statt mit ihr zu plaudern!‹

Dennoch bin ich sicher, daß es ihr zumindest in den Anfängen nicht unlieb war, jemanden zu haben, mit dem sie sich unterhalten konnte. Vielleicht ist Ihnen auch schon aufgefallen, daß die jungen Mädchen, die nach Paris kommen, um ihr Glück zu machen, sich fast immer zu zweit zusammentun.

Dann, so nach und nach, fangen sie an, sich auf die Nerven zu gehen.

Mit den beiden ging's ähnlich, nur schneller, weil Mademoiselle Louise sich nicht anpaßte und nie länger als ein paar Wochen an einem Arbeitsplatz blieb.

Bildung hatte sie kaum. Anscheinend machte sie viele Rechtschreibfehler, was sie daran hinderte, in einem Büro zu arbeiten. Wenn sie irgendwo als Verkäuferin angestellt war, so hatte sie jedesmal Pech, weil entweder der Chef oder ein Abteilungsleiter versuchte, mit ihr ins Bett zu gehen. Anstatt ihnen höflich zu verstehen zu geben, daß dies nicht ihre Art sei, tat sie von oben herab, ohrfeigte sie oder ging unter großem Türenknallen ab. Einmal kamen in dem Geschäft, in dem sie arbeitete, Diebstähle vor, und nun wurde sie verdächtigt, obwohl sie ganz bestimmt unschuldig war.

All das hat mir natürlich ihre Freundin erzählt. Ich selbst weiß nur, daß es Zeiten gab, wo Mademoiselle Louise nicht arbeitete, später als gewöhnlich aus dem Hause ging, um die Stellenangebote aus den Kleinanzeigen abzuklappern.«

»Haben sie oben gekocht?«

»Fast immer. Außer wenn Mademoiselle Jeanine mit Freunden auswärts essen ging. Letztes Jahr fuhren sie zusammen für eine Woche nach Deauville. Genauer gesagt, sie sind zusammen aufgebrochen, aber die Kleine – ich meine Louise – ist als erste zurückgekommen, und Jeanine kam erst ein paar Tage später nach. Keine Ahnung, was passiert ist. Eine Zeitlang haben sie nicht mehr miteinander geredet, obwohl sie zusammen in derselben Wohnung wohnten.«

»Bekam Louise Post?«

»Niemals persönliche Briefe. Eine Zeitlang dachte ich sogar, sie sei Waise. Ihre Freundin sagte mir dann, daß sie noch eine Mutter hat, im Midi, eine Halbverrückte, die sich nie um ihre Tochter gekümmert hat. Nur wenn sich Mademoiselle Louise auf Anzeigen hin beworben hatte, erhielt sie einige Briefe mit aufgedrucktem Kopf, und ich wußte, was das bedeutete.«

»Und Jeanine?«

»Alle zwei oder drei Wochen einen Brief aus Lyon. Von ihrem Vater, der dort lebt und Witwer ist. Außerdem vor allem Einladungen zu Rendezvous per Rohrpost.«

»Ist es lange her, daß Ihnen Jeanine von ihrem Wunsch erzählt hat, ihre Freundin loszuwerden?«

»Vor mehr als einem Jahr hat sie davon angefangen, vielleicht auch vor anderthalb Jahren, immer dann, wenn sie sich gestritten hatten oder wenn die andere gerade wieder einmal ihre Stellung verloren hatte. Jeanine seufzte immer:

›Wenn ich bedenke, daß ich von meinem Vater fort bin, um frei zu sein, und daß ich mir dann diesen Klotz ans Bein gehängt habe!‹

Ein, zwei Tage später war sie dann bestimmt wieder froh, sie bei sich zu haben. Es war ungefähr so wie in der Ehe. Sie sind doch auch verheiratet und wissen, was ich meine.«

»Und vor sechs Monaten hat Ihnen Jeanine Armenieu dann gekündigt?«

»Ja. In der letzten Zeit hatte sie sich stark verändert. Sie zog sich besser an, ich will damit sagen, daß sie teurere Sachen trug, und verkehrte in gehobeneren Gesellschaftskreisen als früher. Es kam vor, daß sie zwei oder drei Tage nicht nach Hause kam. Sie bekam Blumen geschickt und Bonbonnieren, die aus der Marquise de Sévigné kamen. Da wußte ich Bescheid.

Eines Abends kam sie in meine Loge, setzte sich zu mir und verkündete:

›Diesmal gehe ich für immer, Madame Marcelle. Gegen das Haus hier habe ich nichts einzuwenden, aber ich kann doch nicht bis in alle Ewigkeit mit diesem Mädchen zusammenleben.‹

›Sie werden doch nicht etwa heiraten?‹ habe ich scherzhaft gefragt. Gelacht hat sie nicht, sondern nur gemurmelt:

›Nicht sofort. Wenn es soweit ist, werden Sie es aus den Zeitungen erfahren.‹

Da muß sie Monsieur Santoni bereits gekannt haben. Sie war sich ihrer Sache sicher, und ihr verhaltenes Lächeln sagte genug.

Scherzhaft fragte ich weiter: ›Laden Sie mich dann zur Hochzeit ein?‹

›Daß ich Sie einlade, kann ich Ihnen nicht versprechen, aber ich werde Ihnen ein hübsches Geschenk schicken.‹«

»Hat sie das getan?« fragte Maigret.

»Noch nicht. Vielleicht tut sie es noch. Jedenfalls hat sie ihr Ziel erreicht und verbringt ihre Flitterwochen in Italien. Um nochmals auf jenen Abend zurückzukommen: Sie sagte, daß sie ausziehen würde, ohne ihrer Freundin ein Sterbenswörtchen davon zu erzählen, und daß sie alles tun würde, damit diese sie nicht wiederfände.

›Sonst hängt sie sich wieder an mich.‹

Gesagt, getan. Als Louise mal ausgegangen war, hat sie ihre zwei Koffer genommen und ist abgehauen. Nicht einmal mir hat sie ihre Adresse gegeben – sicher ist sicher.

›Ich komme dann von Zeit zu Zeit vorbei und sehe nach, ob Post für mich da ist.‹«

»Haben Sie sie wiedergesehen?«

»Drei- oder viermal. Es blieben wie gesagt noch ein paar Tage bis zum Ablauf des Mietvertrages. Am letzten Morgen suchte mich Mademoiselle Louise auf, um mir mitzuteilen, daß sie das Haus verlassen müsse. Ich gebe zu, daß ich Mitleid mit ihr hatte. Sie weinte nicht. Ihre Lippen bebten, als sie mit mir sprach, und ich spürte, wie hilflos sie war. Nur einen einzigen kleinen blauen Koffer besaß sie für all ihre Sachen. Ich habe sie gefragt, wohin sie gehe, und sie gab mir zur Antwort, sie wisse es nicht.

›Wenn Sie noch ein paar Tage bleiben wollen, bis ich einen Mieter gefunden habe…‹

›Ich danke Ihnen von Herzen, aber ich möchte lieber nicht…‹

Das war typisch für sie. Ich sah, wie sie fortging, das Trottoir entlang, ihren kleinen Koffer in der Hand, und als sie um die Straßenecke bog, wollte ich ihr nachrufen, um ihr etwas Geld zu geben.«

»Kam auch sie mal wieder, um Sie zu besuchen?«

»Auch sie kam mal wieder, aber nicht, um mich zu besuchen. Sondern um mich nach der Adresse ihrer Freundin zu fragen. Ich mußte ihr zur Antwort geben, daß ich sie nicht wußte. Geglaubt hat sie mir bestimmt nicht.«

»Weshalb wollte sie sie wiederfinden?«

»Wahrscheinlich, um wieder mit ihr ins reine zu kommen oder um sie um Geld zu bitten. Nach ihrer Kleidung zu urteilen, ging es ihr dreckig.«

»Wann kam sie zum letzten Mal?«

»Über einen Monat ist es her. Ich hatte gerade meine Zeitung ausgelesen, die noch auf dem Tisch lag. Und dann habe ich etwas gesagt, was ich besser nicht gesagt hätte.

›Wo sie wohnt, weiß ich nicht‹, habe ich ihr gesagt, ›aber die Klatschspalten berichten von ihr.‹

In der Zeitung stand so etwas wie:

Wermutkönig Santoni jeden Abend im ›Maxim's‹ in Begleitung des reizenden Mannequins Jeanine Armenieu.«

Maigret sah Janvier an, der verstanden hatte. Genau einen Monat war es her, seit Louise Laboine zum ersten Mal bei »Mademoiselle Irène« in der Rue de Douai ein Abendkleid ausgeliehen hatte. Wollte sie darin ins ›Maxim's‹, um ihre Freundin zu treffen?

»Und Sie wissen nicht zufällig, ob sie sie angetroffen hat?«

»Sie hat sie nicht angetroffen. Mademoiselle Jeanine kam nämlich ein paar Tage später, und als ich sie danach fragte, hat sie angefangen zu lachen:

›Wir gehen oft zum Abendessen ins ›Maxim's‹, aber doch nicht jeden Abend‹, hat sie mir gesagt. ›Im übrigen bezweifle ich, daß man die arme Louise hereingelassen hätte.‹«

Maigret fragte:

»Haben Sie all das auch dem Inspektor erzählt, der gestern abend da war?«

»Vielleicht nicht so bis ins kleinste Detail, weil ich mich seitdem an manche Einzelheit erst wieder erinnert habe.«

»Haben Sie ihm nicht noch etwas gesagt?«

Maigret versuchte herauszufinden, was von alldem, was er gerade erfahren hatte, Lognon auf eine Spur gebracht haben mochte. Gestern abend um zehn hatte Lognon wie jetzt Maigret hier in der Pförtnerloge gesessen. Und seither hatte man nichts mehr von ihm gehört.

»Würden Sie mich mal einen Augenblick entschuldigen? Ich muß den Kleinen zu Bett bringen.«

Sie wischte ihm den Mund ab, wechselte ihm auf dem Tisch die Windeln und trug ihn dann hinüber zu einer Art Alkoven, wo man sie zärtlich flüstern hörte.

Als sie zurückkam, wirkte sie besorgt.

»Jetzt frage ich mich, ob das, was geschehen ist, nicht meine Schuld war. Wenn diese Mädchen bloß nicht so viele Geheimnisse machen würden, dann wäre alles viel einfacher! Daß Mademoiselle Jeanine mir ihre Anschrift nicht hinterlassen hat, weil sie nicht von ihrer Freundin belästigt werden wollte, kann ich noch verstehen. Aber die andere, Mademoiselle Louise, hätte mir ihre ruhig geben können.

Vor etwa zehn Tagen, vielleicht auch schon länger, ich weiß nicht mehr genau, ist nämlich ein Mann vorbeigekommen und hat sich nach Louise Laboine erkundigt.

Ich antwortete, sie sei schon vor einigen Monaten ausgezogen, wohne aber noch in Paris. Zwar wisse ich ihre Adresse nicht, sie komme mich aber von Zeit zu Zeit besuchen.«

»Was für eine Art Mann?«

»Ein Ausländer. Wegen seines Akzents hielt ich ihn für einen Engländer oder einen Amerikaner. Kein reicher, auch kein eleganter Mann. Ein älterer Mann, ja, und er gleicht sogar ein wenig dem Inspektor von gestern. Ich weiß nicht, wieso er mich an einen Clown erinnerte.

Er schien entmutigt und fragte weiter, ob ich demnächst mit einem Besuch von ihr rechne.

›Vielleicht morgen, vielleicht in einem Monat‹, habe ich ihm zur Antwort gegeben.

›Ich werde ein paar Zeilen für sie dalassen.‹

Er hat sich an den Tisch gesetzt, mich um Papier und einen Umschlag gebeten und angefangen, etwas mit einem Bleistift aufzuschreiben. Den Brief habe ich in ein leeres Fach geschoben und nicht mehr daran gedacht.

Als er drei Tage später wiederkam, lag der Brief noch immer da, und er zeigte sich noch entmutigter.

›Ich werde nicht mehr lange warten können‹, hat er zu mir gesagt. ›Bald muß ich fort.‹

Ich habe ihn gefragt, ob es wichtig sei, und er hat mir zur Antwort gegeben: ›Für sie schon. Sehr wichtig.‹

Er hat den Brief wieder an sich genommen, einen neuen geschrieben und sich diesmal Zeit gelassen, so als ob er eine Entscheidung fällen müßte. Zum Schluß hat er ihn mir überreicht und geseufzt.«

»Haben Sie ihn nicht wiedergesehen?«

»Nur noch tags darauf. Drei Tage später ist mich Mademoiselle Jeanine besuchen gekommen. An jenem Nachmittag hat sie mir sehr aufgeregt verkündet:

›Bald werden Sie in den Zeitungen von mir lesen.‹

Sie hatte in unserem Viertel gerade Einkäufe erledigt und war mit kleinen Päckchen beladen, die aus den besten Häusern kamen.

Ich habe ihr von dem Brief für Mademoiselle Louise und den Besuchen des Alten erzählt.

Wenn ich sie nur finden könnte...

Sie schien zu überlegen.

›Geben Sie ihn doch einfach mir‹, sagte sie schließlich.

›Wie ich Louise kenne, kommt sie mich sicher bald besuchen. Sobald sie aus den Zeitungen erfährt, wo ich bin…‹

Ich habe gezögert. Ich habe gedacht, daß sie wahrscheinlich recht hat.«

»Haben Sie ihr den Brief ausgehändigt?«

»Ja. Sie hat einen Blick auf den Umschlag geworfen und ihn in ihre Tasche gesteckt. Erst beim Hinausgehen rief sie mir zu:

›Bald bekommen Sie Ihr Geschenk, Madame Marcelle!‹«

Maigret saß da mit gesenktem Kopf, den Blick auf den Boden geheftet, und schwieg.

»Ist das alles, was Sie dem Inspektor erzählt haben?«

»Ich glaube, ja. Ich suche noch. Ich wüßte nicht, was ich sonst noch gesagt haben könnte.«

»Louise ist seitdem nicht mehr wiedergekommen?«

»Nein.«

»Sie wußte also nicht, daß ihre ehemalige Freundin einen Brief für sie hatte?«

»Von mir hat sie es jedenfalls nicht erfahren.«

In der letzten Viertelstunde hatte Maigret mehr erfahren, als er gehofft hatte. Und doch endete mit einem Male die Spur.

Mehr noch als an Louise Laboine dachte er an Lognon, so, wie wenn der Griesgram nunmehr die Hauptrolle übernommen hätte.

Er war hierher gekommen, hatte den gleichen Bericht gehört.

Seitdem war er wie vom Erdboden verschwunden.

Hätte ein anderer gestern abend gewußt, was er wußte, so hätte er Maigret angerufen und um Anweisungen gebeten. Nicht so Lognon! Er hatte unbedingt alles auf eigene Faust zu Ende bringen wollen.

»Sie scheinen sich Sorgen zu machen«, bemerkte die Concierge.

»Ich nehme an, daß Ihnen der Inspektor nichts gesagt und keine Andeutung gemacht hat?«

»Nein. Er hat sich bei mir bedankt, ist gegangen und nach rechts in die Straße eingebogen.«

Was blieb Maigret anderes übrig, als sich ebenfalls zu bedanken und zu gehen? Ohne Janvier zu fragen, nahm Maigret ihn in das Bistro mit, das er vorhin entdeckt hatte, bestellte zwei Pernod und trank den seinen schweigend aus.

»Würdest du im 2. Revier anrufen, ob sie etwas von ihm gehört haben? Danach rufst du seine Frau an, falls im Büro nichts zu erfahren ist. Schließlich vergewisserst du dich, ob er nicht mit dem Quai Kontakt aufgenommen hat.«

Als Janvier aus der Telefonzelle kam, trank Maigret langsam einen zweiten Aperitif aus.

»Nichts!«

»Ich sehe nur eine Möglichkeit, nämlich daß er mit Italien telefoniert hat.«

»Werden auch Sie das tun?«

»Ja. Vom Büro aus bekommen wir schneller eine Verbindung.«

Als sie dort ankamen, waren fast alle Mittag essen gegangen. Maigret ließ sich eine Hotelliste von Florenz geben, suchte die luxuriösesten heraus und erfuhr beim dritten, daß die Santonis dort abgestiegen waren. Sie befanden sich jedoch nicht auf ihrem Zimmer, sondern waren vor einer halben Stunde zum Essen gegangen.

Er erreichte sie im Restaurant, dessen Oberkellner in Paris gearbeitet hatte und darum zum Glück etwas Französisch sprach.

»Würden Sie Madame Santoni bitten, an den Apparat zu kommen?«

Eine aggressive Männerstimme drang an Maigrets Ohr.

»Ich wäre Ihnen dankbar, wenn Sie mir sagen würden, was hier gespielt wird!«

»Wer ist am Apparat?«

»Marco Santoni. Letzte Nacht wurden wir unter dem dringenden Vorwand geweckt, daß die Pariser Polizei eine dringende Auskunft benötige. Heute verfolgen Sie uns bis ins Restaurant.«

»Entschuldigen Sie, Monsieur Santoni. Kommissar Maigret von der Kriminalpolizei ist am Apparat.«

»Ich frage mich, was das mit meiner Frau zu tun hat...«

»Von ihr wollen wir gar nichts. Es handelt sich lediglich darum, daß eine ihrer ehemaligen Freundinnen ermordet worden ist.«

»Das hat dieser Typ von gestern abend auch erzählt. Na und? Ist dies ein Grund, um –«

»Ihre Frau hat einen Brief in Verwahrung genommen. Durch diesen Brief wäre es uns vielleicht möglich –«

»Müssen Sie deswegen unbedingt zweimal anrufen? Alles, was sie wußte, hat sie dem Inspektor gesagt.«

»Der Inspektor ist verschwunden.«

»Ach!«

Sein Zorn legte sich.

»Wenn das so ist, werde ich meine Frau rufen. Ich hoffe, daß Sie sie dann in Ruhe lassen und verhindern werden, daß ihr Name in die Zeitungen kommt.«

Es wurde geflüstert. Jeanine stand offenbar neben ihrem Mann in der Zelle.

»Ich höre!« sagte sie.

»Entschuldigen Sie, Madame. Sie wissen bereits, worum es sich handelt. Die Concierge aus der Rue de Ponthieu hat Ihnen einen Brief anvertraut, der an Louise gerichtet war.«

»Ich bereue, daß ich mir das aufgehalst habe!«

»Was ist aus diesem Brief geworden?«

Am anderen Ende herrschte Schweigen, und Maigret fürchtete schon, daß die Verbindung unterbrochen worden sei.

»Haben Sie ihn ihr am Abend Ihrer Hochzeit übergeben, als sie Sie ins ›Roméo‹ besuchen kam?«

»Natürlich nicht. Ich trage doch nicht am Abend meiner Hochzeit diesen Brief mit mir herum.«

»Suchte Sie Louise wegen dieses Briefes auf?«

Erneutes Schweigen, so, als zögere sie.

»Nein. Sie hat noch nicht einmal etwas davon erfahren.«

»Was wollte sie?«

»Daß ich ihr Geld borge, natürlich. Sie hat mir gesagt, daß sie keinen Sou mehr besäße, daß ihre Vermieterin sie an die Luft gesetzt habe, und sie hat durchblicken lassen, daß sie keinen anderen Ausweg mehr sehe, als Selbstmord zu begehen. Allerdings nicht so unverblümt. Bei Louise weiß man nie, woran man ist.«

»Haben Sie ihr Geld gegeben?«

»Drei oder vier Tausender. Ich habe sie nicht gezählt.«
»Haben Sie ihr von dem Brief erzählt?«
»Ja.«
»Was haben Sie ihr im einzelnen gesagt?«
»Das, was drin stand.«
»Haben Sie ihn gelesen?«
»Ja.«
Wieder Schweigen.
»Sie können mir glauben oder nicht. Es war nicht aus Neugier. Ich war es nicht einmal, die ihn geöffnet hat. Marco hat ihn in meiner Handtasche gefunden. Ich habe ihm die Geschichte erzählt, und er hat mir nicht geglaubt. Ich habe zu ihm gesagt:
›Mach ihn doch auf. Du wirst schon sehen.‹«
Mit leiserer Stimme sprach sie zu ihrem Begleiter, der in der Zelle geblieben war.
»Sei ruhig«, sagte sie zu ihm. »Es ist besser, die Wahrheit zu sagen. Sie finden sie ohnehin heraus.«
»Ist Ihnen der Inhalt noch gegenwärtig?«
»Nicht Wort für Wort. Es war schlecht geschrieben, in schlechtem Französisch, voller Rechtschreibfehler. Im wesentlichen hieß es:

Ich habe Ihnen eine sehr wichtige Mitteilung zu machen und muß Sie schleunigst treffen. Fragen Sie nach Jimmy in der ›Pickwick's Bar‹, Rue de l'Etoile. Das bin ich. Wenn ich nicht da bin, wird Ihnen der Barkeeper ausrichten, wo Sie mich finden können.

Sind Sie noch dran, Herr Kommissar?«
Maigret, der sich Notizen machte, murmelte:
»Fahren Sie fort.«

»Im Brief hieß es weiter: *Es kann sein, daß ich nicht lange genug in Frankreich bleiben kann. In diesem Falle lasse ich das Dokument beim Barkeeper. Er wird von Ihnen verlangen, daß Sie sich ausweisen. Später werden Sie verstehen, warum.*«

»Ist das alles?«

»Ja.«

»Haben Sie Louise diese Nachricht übermittelt?«

»Ja.«

»Schien sie zu begreifen?«

»Nicht sofort. Plötzlich schien ihr etwas einzufallen, und sie bedankte sich und ging fort.«

»Haben Sie im Verlauf der Nacht nichts mehr von ihr gehört?«

»Nein. Wie sollte ich? Erst zwei Tage später, als ich rein zufällig die Zeitung überflog, habe ich erfahren, daß sie tot war.«

»Glauben Sie, daß sie zur ›Pickwick's Bar‹ gegangen ist?«

»Wahrscheinlich schon. Was hätten Sie an ihrer Stelle getan?«

»Außer Ihnen und Ihrem Mann wußte niemand Bescheid?«

»Keine Ahnung. Der Brief lag zwei oder drei Tage lang in meiner Handtasche.«

»Wohnten Sie im ›Hôtel Washington‹?«

»Ja.«

»Haben Sie keinen Besuch empfangen?«

»Außer Marco niemanden.«

»Wo befindet sich der Brief im Augenblick?«

»Ich habe ihn wohl zu anderen Papieren gelegt.«

»Sind Ihre Sachen noch im Hotel?«

»Bestimmt nicht. Am Tag vor der Hochzeit habe ich sie zu Marco nach Hause gebracht, außer meinen Toilettensachen und einigen Kleidungsstücken, die der Butler noch am gleichen Tag abholte. Glauben Sie, daß sie wegen dieser Nachricht getötet wurde?«

»Kann sein. Hat sie denn gar nichts über den Brief gesagt?«

»Kein Wort.«

»Hat sie Ihnen nie von ihrem Vater erzählt?«

»Einmal habe ich sie gefragt, wessen Foto sie in ihrer Brieftasche aufbewahre, worauf sie mir geantwortet hat, daß es das Foto ihres Vaters sei.

›Lebt er noch?‹ habe ich weitergefragt.

Sie hat mich angesehen wie jemand, der keine Lust hat zu reden und gerne alles für sich behält. Ich verstummte. Ein andermal, als wir über unsere Eltern sprachen, habe ich wissen wollen:

›Was macht eigentlich dein Vater?‹

Sie hat mich erneut so schweigsam angestarrt, das war ihre Art. Jetzt, wo sie tot ist, sollte man nicht schlecht von ihr reden, aber –«

Ihr Begleiter mußte sie wohl unterbrochen haben.

»Ich habe Ihnen alles, was ich weiß, gesagt.«

»Ich danke Ihnen. Wann werden Sie nach Paris zurückkehren?«

»Heute in einer Woche.«

Janvier hatte die Unterhaltung über einen zweiten Hörer verfolgt.

»Es scheint mir, als seien wir gerade wieder Lognon auf die Spur gekommen«, sagte er mit einem verhaltenen Lächeln.

»Kennst du die ›Pickwick's Bar‹?«

»Ich muß sie bereits mal im Vorbeigehen gesehen haben, aber ich bin nie hineingegangen.«

»Ich auch nicht. Hast du Hunger?«

»Meine Neugierde ist größer.«

Maigret öffnete die Tür zum Büro nebenan und fragte Lucas:

»Nichts Neues von Lognon?«

»Nichts, Chef.«

»Für den Fall, daß er anruft, erreichst du mich in der ›Pickwick's Bar‹ in der Rue de l'Etoile.«

»Ich hatte in Ihrer Abwesenheit Besuch, Chef. Die Wirtin einer billigen Pension in der Rue d'Aboukir. Angeblich war sie während der letzten Tage derart beschäftigt, daß sie nicht zum Zeitunglesen kam. Nun hat sie sich endlich dazu durchgerungen, uns zu melden, daß Louise Laboine vier Monate lang in ihrem Haus gewohnt hat.«

»Zu welcher Zeit?«

»Vor kurzem. Sie hat es vor zwei Monaten verlassen.«

»Folglich, als sie in die Rue de Clichy zog.«

»Ja. Sie arbeitete als Verkäuferin in einem Geschäft am Boulevard Magenta, mit einem Schnäppchenstand draußen auf dem Trottoir. Dort hat das Mädchen einen Teil des Winters zugebracht, sich schließlich eine Bronchitis zugezogen und eine Woche lang das Bett hüten müssen.«

»Wer pflegte sie?«

»Niemand. Ihr Zimmer, eine Art Mansarde, war direkt

unterm Dach. Das Haus gehört zur untersten Sorte und wird vor allem von Nordafrikanern frequentiert.«

Die Lücken waren nun fast alle gefüllt. Mittlerweile konnten sie die Geschichte des Mädchens von dem Augenblick an rekonstruieren, wo es seine Mutter in Nizza verlassen hatte, bis zu jener Nacht, in der es Jeanine im ›Roméo‹ wiedersah.

»Kommst du, Janvier?«

Es gab nur eine Lücke von zwei Stunden in ihrer letzten Nacht.

Der Taxifahrer hatte sie auf der Place Saint-Augustin gesehen, dann an der Ecke Boulevard Haussmann/Faubourg Saint-Honoré, wo sie immer noch auf den Arc de Triomphe zuhielt.

Dies war auch der Weg zur Rue de l'Etoile.

Louise, die nie gelernt hatte, ihr Leben zu meistern, und die sich an die erstbeste Zufallsbekanntschaft gehängt hatte, hastete durch den Nieselregen, ganz allein, ihrem Schicksal entgegen.

8

*Von Leuten, die wissen, was reden bedeutet,
und auch von Inspektor Griesgram*

Das Haus stand eingeklemmt zwischen einem Schusterladen und einer Wäscherei, in der man die Büglerinnen bei der Arbeit sah. Es war so schmal, daß die meisten Leute daran vorbeigingen, ohne die Bar zu bemerken. Man konnte nicht durch die grünen Butzenscheiben hindurchsehen, und über der dunkelrot verhangenen Tür hing eine pseudoantike Laterne, auf der in mehr oder weniger gotischen Buchstaben ›Pickwick's Bar‹ aufgemalt stand.

Sowie er die Tür aufgestoßen hatte, verwandelte sich Maigret in einen harten und unnahbaren Menschen, und Janvier folgte seinem Beispiel.

Die Bar war leer. Wegen der Butzenscheiben und der schmalen Fassade war es schummrig im Raum, mit vereinzelten Glanzlichtern auf der Holztäfelung.

Als sie eintraten, erhob sich ein Mann in Hemdsärmeln, der vorher hinter der Bar verborgen dagesessen hatte, und legte etwas ab, ein Sandwich, das er gerade verzehrte.

Mit noch vollem Mund musterte er sie schweigend mit undurchdringlichem Blick. Er hatte tiefschwarzes, beinahe blaues Haar, buschige Augenbrauen, die ihm ein etwas starrsinniges Aussehen gaben, und ein Grübchen am Kinn, tief wie eine Narbe.

Maigret schien ihn kaum eines Blickes zu würdigen, aber es war offensichtlich, daß sie sich gegenseitig wiedererkannt hatten, denn es war nicht das erste Mal, daß sie einander gegenüberstanden. Der Kommissar ging langsam auf einen der hohen Barhocker zu, setzte sich, knöpfte den Mantel auf und schob den Hut in den Nacken.

Janvier tat es ihm nach.

Nach längerem Schweigen fragte der Mann hinter dem Tresen:

»Was trinken Sie?«

Maigret warf Janvier einen Blick zu und zögerte.

»Und du?«

»Das gleiche wie Sie.«

»Zwei Pernod, wenn du welchen da hast.«

Albert schenkte ihnen ein, stellte eine Karaffe mit Eiswasser auf den Mahagonitresen und wartete; es sah aus, als versuchten sie herauszufinden, wer das Schweigen länger aushielt, Maigret oder Albert.

Der Kommissar brach es als erster.

»Wann ist Lognon gekommen?«

»Ich wußte nicht, daß er Lognon hieß. Ich habe immer nur vom Griesgram gehört.«

»Uhrzeit?«

»Vielleicht so um elf? Ich habe nicht auf die Uhr gesehen.«

»Wo hast du ihn hingeschickt?«

»Nirgendwohin.«

»Was hast du ihm gesagt?«

»Ich habe ihm seine Fragen beantwortet.«

Maigret pickte die Oliven aus einer Schale, die auf dem

Tresen stand, verzehrte eine nach der andern und schien mit seinen Gedanken weit weg zu sein.

Maigret hatte den Mann hinter dem Tresen schon beim Eintreten wiedererkannt. Es handelte sich um einen gewissen Albert Falconi, einen Korsen, den er mindestens zweimal festgenommen hatte, einmal wegen illegalen Glücksspiels und ein andermal wegen Goldschmuggels mit Belgien. Wieder ein andermal wurde Falconi des Mordes an einem Mitglied der Marseiller Bande verdächtigt, doch mußte man ihn mangels Beweisen wieder freilassen.

Er mußte so um die Fünfunddreißig sein.

Auf beiden Seiten vermied man überflüssige Worte. Man befand sich sozusagen in Fachkreisen, und die Sätze, die fielen, waren bedeutungsschwer.

»Als du am Dienstag die Zeitung gelesen hast, hast du da die Kleine erkannt?«

Albert stritt nichts ab, gab nichts zu, und betrachtete den Kommissar weiterhin mit gleichgültigem Blick.

»Wie viele Gäste waren im Lokal, als sie am Montag abend herkam?«

Maigrets Blicke wanderten durch den langgestreckten, engen Raum. In Paris gibt es eine ganze Reihe solcher Bars, und der Passant, den es in eine solche verschlägt, wenn sie leer ist, mag sich fragen, wie sie überleben kann. Das hängt damit zusammen, daß ihre Stammgäste alle mehr oder weniger demselben Milieu angehören und sich regelmäßig zu bestimmten Uhrzeiten einfinden.

Morgens war das Lokal geschlossen. Albert war wohl gerade erst gekommen und hatte seine Flaschen noch nicht aufgeräumt. Am Abend jedoch waren alle Barhocker besetzt, und man konnte sich nur noch mit Mühe die Wand entlang schlängeln. Am Ende des Raums führte eine steile Treppe ins Untergeschoß hinunter.

Auch die Blicke des Barkeepers schienen die Hocker entlang zu wandern.

»Es war nahezu voll«, sagte er endlich.

»War es zwischen zwölf und ein Uhr?«

»Eher gegen ein Uhr als gegen zwölf.«

»Hattest du sie schon einmal gesehen?«

»Es war das erste Mal.«

Alle mußten sich nach Louise umgedreht und sie neugierig gemustert haben. Wenn Frauen ins Lokal kamen, dann waren es Nutten, und so sah die junge Frau nicht aus. Ihr verschossenes Abendkleid und das schlechtsitzende Samtcape hatten gewiß die Blicke auf sich gezogen.

»Was hat sie gemacht?«

Albert runzelte die Stirn, wie ein Mann, der sich zu erinnern versucht.

»Sie hat sich hingesetzt.«

»Wohin?«

Er betrachtete aufs neue die Barhocker.

»Ungefähr dorthin, wo Sie sitzen. Dies war der einzige freie Platz in der Nähe der Tür.«

»Was hat sie getrunken?«

»Einen Martini.«

»Hat sie gleich einen Martini bestellt?«

»Als ich sie fragte, was sie möchte.«

»Und dann?«

»Länger nichts.«

»Hatte sie eine Handtasche dabei?«

»Sie hat sie auf den Tresen gelegt. Eine silberne Handtasche.«

»Hat dich Lognon das auch gefragt?«

»Nicht in dieser Reihenfolge.«

»Weiter.«

»Ich antworte lieber.«

»Hat sie dich gefragt, ob du einen Brief für sie hast?«

Er nickte.

»Wo war der Brief?«

Er wandte sich im Zeitlupentempo um, wies auf eine Stelle zwischen zwei Flaschen, aus denen er wohl nicht oft einschenkte und zwischen denen zwei oder drei Umschläge lagen, die für Gäste bestimmt waren.

»Hier.«

»Hast du ihn ihr gegeben?«

»Ich habe mir ihren Personalausweis zeigen lassen.«

»Weswegen?«

»Weil man es mir aufgetragen hatte.«

»Wer?«

»Dieser Typ?«

Er sagte kein Wort zuviel und versuchte offensichtlich, während der Redepausen die nächste Frage zu erraten.

»Jimmy?«

»Ja.«

»Weißt du seinen Familiennamen?«

»Nein. In den Bars nennen die Leute selten ihren Familiennamen.«

»Das kommt auf die Bars an.«

Albert zuckte mit den Schultern, als wolle er damit sagen, daß ihn dies nicht beleidige.

»Sprach er Französisch?«
»Ziemlich gut für einen Amerikaner.«
»Was für ein Typ?«
»Das wissen Sie doch besser als ich, oder?«
»Raus mit der Sprache.«
»Ich hatte den Eindruck, daß er eine Zeitlang im Kittchen gesessen hat.«
»Ein kleiner Dürrer, kränklich?«
»Ja.«
»War er am Montag hier?«
»Er hat Paris fünf oder sechs Tage vorher verlassen.«
»Und davor kam er jeden Tag?«
Albert ließ sich geduldig ausfragen, und da die Gläser leer waren, griff er nach der Pernodflasche.
»Den größten Teil seiner Zeit verbrachte er hier.«
»Weißt du, wo er wohnte?«
»Wahrscheinlich in einem Hotel hier im Viertel, keine Ahnung, in welchem.«
»Er hatte dir den Umschlag bereits anvertraut?«
»Nein. Er hatte mir nur gesagt, daß ich dem Mädchen, falls es nach ihm fragen sollte, ausrichten möchte, wann es ihn hier finden kann.«
»Um welche Zeit?«
»Nachmittags ab vier, dann fast den ganzen Abend bis spät in die Nacht.«
»Wann schließt du?«
»Um zwei oder drei Uhr morgens, es kommt drauf an.«
»Hat er mit dir geredet?«
»Manchmal.«
»Von sich?«

»Von diesem und jenem.«

»Hat er dir gesagt, daß er aus dem Gefängnis kommt?«

»Er hat es mir angedeutet.«

»Sing-Sing?«

»Ich glaube. Wenn Sing-Sing im Staat New York, am Ufer des Hudson liegt, dann ja.«

»Hat er dir nicht erzählt, was der Umschlag enthielt?«

»Nein. Nur daß es wichtig sei. Er hatte es eilig fortzukommen.«

»Wegen der Polizei?«

»Wegen seiner Tochter. Sie heiratet nächste Woche in Baltimore. Deswegen mußte er fort und konnte nicht länger warten.«

»Hat er dir das junge Mädchen beschrieben, das kommen würde?«

»Nein. Er hat mir nur aufgetragen, mich zu vergewissern, ob sie es auch ist. Deswegen habe ich mir auch ihren Personalausweis zeigen lassen.«

»Hat sie den Brief in der Bar gelesen?«

»Sie ist hinuntergegangen.«

»Was ist dort unten?«

»Die Toiletten und das Telefon.«

»Meinst du, sie ist hinuntergegangen, um den Brief zu lesen?«

»Ich nehme es an.«

»Hat sie ihre Handtasche mitgenommen?«

»Ja.«

»Wie sah sie aus, als sie wieder heraufkam?«

»Sie wirkte nicht mehr so niedergeschlagen wie zuvor.«

»Hatte sie getrunken, bevor sie hereinkam?«

»Keine Ahnung. Vielleicht.«

»Was hat sie dann gemacht?«

»Sie hat sich wieder auf ihren Platz an der Bar gesetzt.«

»Hat sie noch einen Martini bestellt?«

»Sie nicht. Der andere Amerikaner.«

»Welcher andere Amerikaner?«

»Ein Riesenkerl mit einer Narbe im Gesicht und Ohren wie Kohlblätter.«

»Kennst du ihn?«

»Von dem weiß ich nicht einmal den Vornamen.«

»Wann kam er zum erstenmal in deine Bar?«

»Ungefähr zur gleichen Zeit wie Jimmy.«

»Waren sie miteinander bekannt?«

»Jimmy kannte ihn sicherlich nicht.«

»Und der andere ihn?«

»Es kam mir so vor, als sei er hinter ihm her.«

»Kam er immer zur gleichen Uhrzeit?«

»So ungefähr, mit einem riesigen grauen Schlitten, den er vor der Tür parkte.«

»Dieser Jimmy hat nicht mit dir über ihn gesprochen?«

»Er hat mich gefragt, ob ich ihn kennen würde.«

»Und du hast nein gesagt?«

»Ja. Das schien ihn zu beruhigen. Dann hat er mir gesagt, daß er sicher vom FBI. sei, das wohl wissen wolle, was er hier in Frankreich vorhabe, und das ihn überwache.«

»Glaubst du das auch?«

»Ich glaube schon lange nichts mehr.«

»Als Jimmy wieder in die Vereinigten Staaten zurückgekehrt ist, kam da der andere immer noch?«

»Regelmäßig.«

»Stand ein Name auf dem Umschlag?«
»Louise Laboine. Und der Hinweis: Paris.«
»Konnten die Gäste es von ihren Plätzen aus lesen?«
»Ganz bestimmt nicht.«
»Verläßt du die Bar auch nie für einen Augenblick?«
»Nicht, wenn Kundschaft da ist. Ich traue niemandem über den Weg.«
»Hat er die junge Dame angesprochen?«
»Er hat sie gefragt, ob er sie zu einem Glas einladen darf.«
»Willigte sie ein?«
»Sie hat mich angesehen, als wolle sie mich um Rat fragen. Man sah ihr an, daß sie es nicht gewohnt war.«
»Hast du ihr ein Zeichen gegeben, sie solle einwilligen?«
»Ich habe ihr überhaupt kein Zeichen gegeben. Ich habe nur die beiden Martinis serviert. Dann bin ich zum anderen Ende der Theke gegangen, wo man mich verlangt hatte, und habe nicht weiter achtgegeben.«
»Sind das junge Mädchen und der Amerikaner zusammen fort?«
»Ich glaube.«
»Mit dem Wagen?«
»Ich habe das Geräusch eines Motors gehört.«
»Ist das alles, was du Lognon erzählt hast?«
»Nein. Er hat mir weitere Fragen gestellt.«
»Welche?«
»Zum Beispiel, ob der Typ nicht telefoniert hat. Ich habe nein gesagt. Dann, ob ich wisse, wo er wohnt. Auch da habe ich nein gesagt. Schließlich, ob ich eine Ahnung hätte, wohin er gefahren ist.«

Albert sah Maigret fest in die Augen und wartete ab.

»Und?«

»Sie sollen es genauso erfahren wie der Griesgram. Am Tag zuvor hatte mich der Amerikaner nach dem besten Weg nach Brüssel gefragt. Ich habe ihm geraten, über Saint-Denis aus Paris rauszufahren, den Weg über Compiègne zu nehmen, dann...«

»Ist das alles?«

»Nein. Vielleicht eine Stunde bevor die Kleine erschien, kam er erneut auf Brüssel zu sprechen. Welches das beste Hotel sei. Ich habe ihm gesagt, daß ich auf jeden Fall im ›Palace‹ absteigen würde, gegenüber der Gare du Nord.«

»Wie spät war es, als du Lognon das erzählt hast?«

»Gegen eins. Es hat länger gedauert als bei Ihnen, denn ich mußte die Gäste bedienen.«

»Hast du einen Zugfahrplan?«

»Wenn es um die Züge nach Brüssel geht, so ist das überflüssig. Der Inspektor ist runtergegangen, um beim Bahnhof anzurufen. Um diese Zeit ging kein Zug mehr. Der erste ging morgens um fünf Uhr dreißig.«

»Hat er dir gesagt, daß er ihn nehmen würde?«

»Er brauchte mir das nicht zu sagen.«

»Was meinst du, was er bis morgens um fünf Uhr gemacht hat?«

»Was hätten Sie gemacht?«

Maigret überlegte. Vorhin war von zwei Ausländern die Rede gewesen, die alle beide in diesem Viertel gewohnt und die beide die ›Pickwick's Bar‹ ausfindig gemacht hatten.

»Glaubst du, daß Lognon alle Hotels im Viertel abgeklappert hat?«

»*Sie* ermitteln doch, oder? Ich bin doch nicht für den Griesgram verantwortlich.«

»Würdest du hinuntergehen und mal mit Brüssel telefonieren, Janvier? Frag im ›Palace‹ nach, ob sie Lognon gesehen haben. Er muß so gegen neun Uhr dreißig angekommen sein. Vielleicht wartet er immer noch darauf, daß der Amerikaner mit seinem Wagen eintrudelt.«

Während der Abwesenheit des Inspektors sprach Maigret kein Wort, und Albert setzte sich wieder hinter die Bar und nahm sein Sandwich wieder auf, so, als hielte auch er die Unterhaltung für beendet.

Maigret hatte sein zweites Glas nicht angerührt, hatte jedoch das Schüsselchen mit Oliven leer gegessen. Er blickte starr durch den Raum, die aneinandergereihten Barhocker entlang zur kleinen Treppe im Hintergrund, und man hätte meinen können, er belebe die Kulisse mit jenen Personen, die am Montag abend hier waren, als Louise Laboine aufgetreten war, in ihrem blauen Abendkleid und ihrem Samtcape, eine silberne Handtasche in der Hand.

Seine Stirn war von einer tiefen Falte durchfurcht. Zweimal tat er den Mund auf, um etwas zu sagen, beide Male jedoch überlegte er es sich anders.

Mehr als zehn Minuten verstrichen, und der Barkeeper hatte genügend Zeit, seine Mahlzeit zu beenden, die Brotkrümel auf dem Tablett aufzusammeln, seine Tasse Kaffee auszutrinken. Dann nahm er einen schmuddeligen Lappen und begann, die Flaschen auf dem Regal abzustauben, als Janvier wiederkam.

»Er ist am Apparat, Chef. Wollen Sie mit ihm sprechen?«

»Das erübrigt sich. Sag ihm, daß er wieder zurückkommen kann.«

Janvier zögerte, unfähig, seine Überraschung zu verbergen, und fragte sich, ob er recht gehört und ob Maigret wisse, was er gesagt habe. Dann, an Befehle gewöhnt, machte er kehrt und murmelte:

»Gut!«

Auch Albert hatte nicht mit der Wimper gezuckt, sondern im Gegenteil, seine Züge hatten sich verhärtet. Er fuhr unwillkürlich fort, seine Flaschen eine nach der anderen abzustauben, und im Spiegel hinter den Regalen konnte er den Kommissar sehen, dem er den Rücken zuwandte.

Janvier kam wieder. Maigret fragte:

»Hat er protestiert?«

»Er hat einen Satz begonnen, ohne ihn zu beenden, und nur gesagt:

›Wenn dies ein Befehl ist!‹«

Maigret stieg von seinem Hocker, knöpfte seinen Mantel zu und zog seinen Hut wieder nach vorn.

»Zieh dich an, Albert«, sagte er bloß.

»Was?«

»Ich habe gesagt: Zieh dich an. Wir fahren zum Quai des Orfèvres.«

Der andere schien nicht zu begreifen.

»Ich kann doch die Bar nicht allein...«

»Du hast doch einen Schlüssel, nicht wahr?«

»Was wollen Sie eigentlich von mir? Was ich weiß, das habe ich Ihnen gesagt.«

»Willst du lieber abgeführt werden?«

»Ich komm ja schon. Aber...«

Er saß allein im Fond des kleinen Wagens und sprach während der ganzen Fahrt kein einziges Wort. Er starrte vor sich hin wie ein Mann, der zu begreifen versucht. Janvier redete ebenfalls nicht. Maigret rauchte schweigend seine Pfeife.

»Hinauf mit dir!«

Beim Betreten des Büros ließ er ihm den Vortritt.

Vor ihm fragte er Janvier:

»Wie spät ist es in Washington?«

»Es muß etwa acht Uhr morgens sein.«

»Bis du eine Verbindung hast, ist es fast neun, selbst wenn du vorgezogen wirst. Laß dir das FBI geben. Versuch Clark ans Telefon zu bekommen. Ich möchte mit ihm reden.«

Er legte gemächlich Mantel und Hut ab und räumte beides in seinen Wandschrank.

»Du kannst deinen Mantel ausziehen. Es wird wohl eine Weile dauern.«

»Sie haben mir immer noch nicht gesagt, weswegen...«

»Wie lange bist du damals im Büro geblieben, als wir uns über die Goldbarren unterhalten haben?«

Albert brauchte nicht lange zu grübeln.

»Vier Stunden.«

»Ist dir am Dienstag morgen nichts in der Zeitung aufgefallen?«

»Das Foto des jungen Mädchens.«

»Da war noch ein anderes Foto, drei Typen, hartgesottene Burschen, die man die Mauerbrecher nannte. Es war drei Uhr morgens, als sie ihr Geständnis ablegten. Lange nachdem sie dieses Büro betreten hatten. *Dreißig Stunden.*«

Maigret nahm in seinem Sessel Platz, räumte seine Pfeifen auf und suchte die beste heraus.

»Und du hast es nach vier Stunden vorgezogen aufzugeben. Mir persönlich ist das gleich. Wir sind eine ganze Reihe und können einander ablösen, und wir haben viel Zeit.«

Er wählte die Nummer der ›Brasserie Dauphine‹.

»Maigret am Apparat. Würden Sie mir ein paar belegte Brote und Bier rüberschicken?... Für wie viele?«

Ihm fiel ein, daß auch Janvier noch nicht zu Mittag gegessen hatte.

»Für zwei! Jetzt gleich, ja. Ja, vier Halbe.«

Er zündete seine Pfeife an, ging zum Fenster, wo er eine Weile stehenblieb, um auf die Autos und die Fußgänger auf dem Pont Saint-Michel hinunterzusehen.

Albert zündete sich hinter ihm eine Zigarette an, wobei er versuchte, nicht zu zittern, und setzte die ernste Miene eines Mannes auf, der das Für und Wider abwägt.

»Was wollen Sie wissen?« fragte er endlich, noch zögernd.

»Alles.«

»Ich habe Ihnen die Wahrheit gesagt.«

»Nein.«

Maigret, der ihm den Rücken zuwandte, wirkte von hinten wie jemand, der nichts weiter zu tun hat, als zu warten, dabei seine Pfeife zu rauchen und das Hin und Her auf der Straße zu beobachten.

Albert schwieg erneut. Er schwieg so lange, daß der Kellner aus der Brasserie mit seinem Tablett hereinkommen und dieses auf dem Schreibtisch abstellen konnte.

Maigret öffnete die Tür zum Inspektorenbüro.

»Janvier!« rief er.

Dieser kam.

»In etwa zwanzig Minuten bekomme ich die Verbindung.«

»Greif zu. Es ist für uns beide.«

Dabei gab er ihm ein Zeichen, im Nachbarbüro sein belegtes Brot zu verzehren und sein Bier zu trinken.

Maigret machte es sich bequem und fing an zu essen. Die Rollen waren vertauscht. Vorhin in der ›Pickwick's Bar‹ war es Albert, der hinter seinem Tresen zu Mittag aß.

Es schien, als habe der Kommissar seine Gegenwart vergessen, und man hätte schwören können, daß er an nichts anderes dachte als daran, zu kauen und von Zeit zu Zeit einen Schluck Bier zu trinken. Sein Blick wanderte über die Papiere, die auf dem Schreibtisch ausgebreitet waren.

»Sie sind sich Ihrer Sache ja sehr sicher, was?«

Mit vollem Mund nickte er.

»Sie bilden sich wohl ein, ich packe jetzt aus?«

Er zuckte mit den Achseln, als wolle er damit sagen, daß ihm dies gleichgültig sei.

»Warum haben Sie den Griesgram zurückgerufen?«

Maigret lächelte.

Genau in diesem Augenblick drückte Albert wütend die Zigarette aus, die er in der Hand hielt, verbrannte sich die Finger und fluchte:

»Scheiße!«

Er war zu angespannt, als daß er hätte sitzen bleiben

können, und er erhob sich, ging zum Fenster, drückte die Stirn gegen die Scheibe und betrachtete nun seinerseits das Treiben draußen.

Als er sich umdrehte, hatte er sich entschieden, seine Aufregung war vorbei, er war entspannt. Ohne daß man es ihm angeboten hätte, trank er einen Schluck aus einem der beiden Biergläser, die auf dem Tablett standen, wischte sich den Mund ab und nahm seinen Platz wieder ein. Dies war die letzte trotzige Gebärde, um sein Gesicht zu wahren.

»Wie haben Sie es erraten?«

Gelassen gab ihm Maigret zur Antwort:

»Erraten habe ich es nicht. Ich habe es sofort *gewußt*.«

9

*Es wird gezeigt, daß eine Treppe
eine wichtige Rolle spielen kann und daß eine
Handtasche eine noch wichtigere spielt*

Maigret zog ein paarmal an seiner Pfeife und betrachtete schweigend seinen Gesprächspartner. Wenn er eine Pause einlegte, so hätte man meinen können, er mache es einem Schauspieler nach, um dem, was er sagen würde, größeres Gewicht zu verleihen. Bei ihm war dies jedoch alles andere als Effekthascherei. Das Gesicht des Barkeepers nahm er kaum wahr. An Louise Laboine dachte er. Die ganze Zeit über, die er schweigend in der Bar der Rue de l'Etoile verbracht hatte, als Janvier unten beim Telefonieren war, hatte er sich versucht vorzustellen, wie sie die Bar voller Gäste betrat, in ihrem schäbigen Abendkleid und dem schlechtsitzenden Samtcape.

»Sieh mal«, murmelte er endlich, »deine Geschichte ist auf den ersten Blick plausibel, beinahe zu plausibel, und ich hätte sie dir abgekauft, wenn ich das junge Mädchen nicht gekannt hätte.«

Verwundert fragte Albert unwillkürlich:

»Kannten Sie sie?«

»Ich habe sie recht gut kennengelernt.«

Sogar jetzt noch, während er redete, stellte er sich vor, wie sie bei Mademoiselle Poré unter dem Bett versteckt war und sich dann später mit Jeanine Armenieu in ihrer gemeinsamen Wohnung in der Rue de Ponthieu herumzankte. Er folgte ihr auf das schäbige Zimmer in der Rue d'Aboukir und bis vor das Geschäft am Boulevard Magenta, wo sie bei Wind und Wetter arbeitete.

Alles, was ihm die Concierge und die Witwe Crêmieux über sie erzählt hatten, hätte er wortwörtlich wiederholen können.

Er sah sie das ›Maxim's‹ betreten und sich einen Monat später im ›Roméo‹ unter die Hochzeitsgäste mischen.

»Zunächst einmal ist es mehr als nur unwahrscheinlich, daß sie sich an die Bar gesetzt hat.«

Denn sie spürte, daß sie da nicht hineinpaßte, daß ein jeder sie begaffte und auf den ersten Blick merkte, daß sie ein billiges Kleid trug.

»Selbst wenn sie sich hingesetzt hätte, so hätte sie keinen Martini bestellt. Dein Fehler war, daß du angenommen hast, sie sei wie irgendeine von deinen weiblichen Gästen, und daß du, als ich wissen wollte, was sie getrunken hatte, automatisch gesagt hast: einen Martini.«

»Sie hat nichts getrunken«, gestand Albert.

»Sie ist auch nicht ins Untergeschoß gegangen, um ihren Brief zu lesen. In Kneipen wie deiner gibt's kein Schild an der Treppe ›Zu den Toiletten‹, und selbst wenn, bezweifle ich, daß sie den Mut gehabt hätte, hinter zwanzig Gästen vorbeizugehen, von denen die meisten betrunken waren.

Im übrigen haben die Zeitungen nicht den ganzen Autopsiebericht gebracht. Sie haben berichtet, daß im Magen der Toten Alkohol gefunden wurde, ohne darauf hinzuweisen, daß es sich um Rum handelte. Martini jedoch wird aus Gin und Wermut hergestellt.«

Maigret trumpfte nicht auf, vielleicht, weil er immer noch an Louise dachte. Er sprach mit leiser Stimme, wie zu sich selbst.

»Hast du ihr wirklich den Brief gegeben?«

»Einen Brief habe ich ihr gegeben.«

»Du meinst, einen Umschlag?«

»Ja.«

»In dem ein unbeschriebener Zettel lag?«

»Ja.«

»Wann hast du den richtigen Brief geöffnet?«

»Als ich sicher war, daß Jimmy das Flugzeug in die Vereinigten Staaten genommen hatte.«

»Hast du ihn bis nach Orly beschatten lassen?«

»Ja.«

»Weshalb? Du wußtest doch nicht, worum es sich handelte.«

»Wenn ein Typ aus dem Gefängnis kommt und sich die Mühe macht, über den Großen Teich zu reisen, um einem jungen Mädchen eine Nachricht zu überbringen, dann ist anzunehmen, daß es sich um etwas Wichtiges handelt.«

»Hast du den Brief aufgehoben?«

»Ich habe ihn vernichtet.«

Maigret glaubte es, denn er war überzeugt, daß Albert sich keine Mühe mehr machen würde zu lügen.

»Was stand darin?«

»So ungefähr: *Bislang habe ich mich vielleicht nicht sehr um Dich gekümmert, aber eines Tages wirst du begreifen, daß es so besser für Dich war. Was immer man Dir sagen wird, urteile nicht zu streng über mich. Jeder wählt seinen eigenen Weg, oft in einem Alter, in dem man nicht versteht, was man tut, und dann ist es zu spät.*

Dem Überbringer dieses Briefes kannst Du vertrauen. Wenn Du den Brief erhältst, bin ich tot. In meinem Alter muß man abtreten können.

Es tröstet mich, daß Du künftig von Not verschont sein wirst. Sobald Du kannst, beantrage einen Paß für die Vereinigten Staaten. Brooklyn ist ein Vorort von New York, vielleicht hast Du es in der Schule gelernt. Unter der nachstehenden Anschrift findest Du dort einen kleinen polnischen Schneider mit Namen...«

Albert hielt inne. Maigret gab ihm ein Zeichen weiterzuerzählen.

»Ich erinnere mich nicht mehr...«

»Doch.«

»Na gut... *mit Namen Lukasek. Du wirst ihn schon finden. Dann zeigst Du ihm Deinen Personalausweis vor, und er wird Dir eine gewisse Summe in Scheinen aushändigen...«*

»Ist das alles?«

»Es standen noch drei oder vier rührselige Sätze drin, an die ich mich nicht mehr erinnern kann.«

»Kannst du dich noch an die Adresse erinnern?«

»Ja. 1214, 37. Straße.«

»Wen hast du eingeweiht?«

Albert schwieg verstockt. Aber der Blick Maigrets lastete auf ihm, und er gab's auf.

»Ich habe den Brief einem Freund gezeigt.«

»Wem?«

»Bianchi.«

»Ist der immer noch mit der langen Jeanne zusammen?«

Mindestens zehnmal hatte Maigret den mutmaßlichen Kopf der korsischen Bande verhaftet, und nur ein einziges Mal war es ihm gelungen, ihn verurteilen zu lassen, allerdings zu fünf Jahren.

Der Kommissar erhob sich, öffnete die Tür zum Büro nebenan.

»Ist Torrence da?«

Man holte ihn.

»Du nimmst zwei oder drei Mann mit. Prüfe nach, ob die lange Jeanne immer noch in der Rue Lepic wohnt. Es ist möglich, daß du Bianchi bei ihr antriffst. Wenn nicht, so sieh zu, daß sie dir sagt, wo du ihn finden kannst. Gib acht, denn er weiß sich zu verteidigen.«

Albert hörte teilnahmslos zu.

»Weiter.«

»Was wollen Sie denn noch?«

»Bianchi konnte nicht irgend jemanden in die Vereinigten Staaten schicken, der bei Lukasek vorspricht und das Geld abholt. Er hat geahnt, daß der Pole seine Anweisungen hatte und Identitätsbeweise von dem Mädchen verlangen würde.«

Dies war so einleuchtend, daß er gar keine Antwort erwartete.

»Deswegen habt ihr darauf gewartet, daß sie ins ›Pickwick's‹ kommt.«

»Wir wollten sie nicht umbringen.«

Albert wunderte sich, daß Maigret antwortete:

»Davon bin ich überzeugt.«

Es waren Profis, die keine unnötigen Risiken eingingen. Alles, was sie benötigten, war der Personalausweis des Mädchens. Einmal im Besitz dieses Dokuments, bekamen sie problemlos einen Paß für irgendeine Komplizin, die Louises Stelle einnehmen würde.

»War Bianchi in deiner Bar?«

»Ja.«

»Ging sie hinaus, ohne den Umschlag zu öffnen?«

»Ja.«

»Hatte dein Chef einen Wagen vor der Tür?«

»Mit dem Tätowierten am Steuer. Jetzt kommt es sowieso nicht mehr drauf an.«

»Sind sie ihr hinterher?«

»Ich bin nicht mitgegangen. Was ich weiß, das haben sie mir im nachhinein erzählt. Es ist zwecklos, den Tätowierten in Paris zu suchen. Nach alldem, was passiert ist, hat er Schiß gekriegt und ist abgehauen.«

»Nach Marseille?«

»Wahrscheinlich.«

»Ich nehme an, sie wollten ihr die Handtasche stehlen?«

»Ja. Sie sind an ihr vorübergefahren. In dem Augenblick, wo sie auf ihrer Höhe war, ist Bianchi aus dem Wagen gestiegen. Die Straße war wie ausgestorben. Er hat die Handtasche gepackt, ohne zu wissen, daß sie mit einem Kettchen am Handgelenk der Kleinen befestigt war. Sie ist auf die Knie gefallen. Als er sah, daß sie den Mund auftat und schreien wollte, hat er ihr ins Gesicht geschlagen. Anscheinend hat sie sich an ihm festgeklammert und dabei versucht, um Hilfe zu rufen. Da hat er einen Totschläger aus seiner Tasche gezogen und sie fertiggemacht.«

»Die Geschichte mit dem zweiten Amerikaner hast du nur erfunden, um Lognon wegzulocken?«

»Was hätten Sie denn an meiner Stelle getan? Der Griesgram hatte keine blasse Ahnung.«

Und dennoch war der Inspektor bei den Ermittlungen fast stets der Kriminalpolizei voraus gewesen. Hätte er sich etwas mehr mit der Mentalität des Mädchens befaßt, so hätte er endlich seinen Triumph gehabt, auf den er schon so lange wartete, ohne noch daran zu glauben.

An was er jetzt wohl denken mochte, im Zug, der ihn aus Brüssel zurückbrachte? Er mochte wohl sein Pech verfluchen und mehr denn je davon überzeugt sein, daß die ganze Welt sich gegen ihn verschworen hatte. Rein methodisch hatte er keinen Fehler begangen, aber auf keinem Polizeilehrgang lernt man, wie man sich in die Haut eines jungen Mädchens versetzt, das in Nizza bei einer halbverrückten Mutter aufgewachsen ist.

Jahrelang hatte Louise verbissen ihren Platz im Leben gesucht, ohne ihn zu finden. Verloren in einer Welt, die sie nicht verstand, hatte sie sich enttäuscht an die Erstbeste geklammert, und diese hatte sie zu guter Letzt im Stich gelassen.

In ihrer Einsamkeit verhärtete sie sich in einer feindlichen Welt und versuchte vergebens, die Spielregeln zu erlernen.

Ob sie von ihrem Vater vielleicht gar nichts wußte? Bereits als ganz kleines Mädchen mußte sie sich doch gefragt haben, weshalb ihre Mutter nicht wie die übrigen war, weshalb sie beide anders lebten als die Nachbarinnen?

Mit aller Kraft hatte sie versucht, sich anzupassen. Sie

war davongelaufen. Sie hatte die Kleinanzeigen gelesen. Und während Jeanine Armenieu problemlos eine Anstellung fand, wurde sie überall, wo sie sich vorgestellt hatte, an die Luft gesetzt.

Ob sie wohl wie Lognon schließlich davon überzeugt war, daß man sich gegen sie verschworen hatte?

Was war denn so anders an ihr? Weshalb brachen ausgerechnet über sie all diese Schwierigkeiten herein?

Sogar ihr Tod war so etwas wie eine Ironie des Schicksals. Wäre das Kettchen ihrer Handtasche nicht um ihr Handgelenk gewickelt gewesen, so hätte sich Bianchi damit begnügt, sie ihr zu entreißen, und der Wagen wäre mit Vollgas davongebraust.

Wäre sie mit ihrer Geschichte zur Polizei gelaufen, hätte man ihr nicht geglaubt.

»Weshalb haben sie die Leiche zur Place Vintimille gefahren?«

»Erstens, weil sie sie nicht in der Nähe meiner Bar lassen konnten. Und zweitens schien sie besser auf den Montmartre zu passen, so, wie sie angezogen war. Dort haben sie dann den erstbesten verlassenen Winkel gewählt.«

»Haben sie schon jemanden zum amerikanischen Konsulat geschickt?«

»Bestimmt nicht. Sie warten ab.«

»Inspektor Clark ist am Apparat, Chef.«

»Du kannst mir das Gespräch hierherein legen.«

Es handelte sich einzig und allein um eine Überprüfung, und es geschah eher aus persönlicher Neugier, wenn Maigret dem FBI ein paar Fragen stellte.

Wie stets mit Clark verlief das Gespräch zur Hälfte im

schlechten Englisch Maigrets, zur Hälfte im schlechten Französisch des Amerikaners, und jeder gab sich redlich Mühe, die Sprache des andern zu sprechen.

Ehe Clark begriff, worum es ging, mußte Maigret alle Decknamen von Julius Van Cram zitieren, *alias* Lemke, *alias* Stieb, *alias* Ziegler, Marek, Spangler, Donley...

Unter dem Namen Donley war er einen Monat zuvor in der Strafanstalt Sing-Sing beigesetzt worden, wo er eine Strafe von acht Jahren verbüßte, weil er verpfiffen worden war.

»Hat man das Geld wiedergefunden?«

»Nur einen kleinen Teil.«

»War es viel?«

»So ungefähr hunderttausend Dollar.«

»Sein Komplize hieß Jimmy?«

»Jimmy O'Malley. Er hat nur drei Jahre bekommen und wurde vor zwei Monaten freigelassen.«

»Er hat einen Abstecher nach Frankreich unternommen.«

»Ich dachte, seine Tochter würde demnächst heiraten.«

»Zur Hochzeit ist er wieder zurückgeflogen. Das Geld ist in Brooklyn, bei einem polnischen Schneider namens Lukasek.«

Es lag dennoch ein gewisses triumphierendes Beben in Maigrets Stimme.

»Dieser Lukasek, der möglicherweise gar nicht weiß, was er da in Verwahrung hat, ist beauftragt, das Paket einem Mädchen namens Louise Laboine auszuhändigen.«

»Wird sie kommen?«

»Leider nicht.«

Es war ihm herausgerutscht. Berichtigend fügte er eilends hinzu:

»Sie wurde diese Woche in Paris ermordet.«

Er tauschte noch ein paar Höflichkeiten und sogar ein paar Scherze mit Clark, den er schon viele Jahre nicht mehr gesehen hatte, dann legte er auf. Verdutzt blickte er auf Albert, der noch immer auf seinem Stuhl saß und eine Zigarette rauchte.

Er war so gut wie sicher, daß die Leute vom FBI die Dollarnoten wiederfinden und irgendeinem Bankier, dem sie gehörten, beziehungsweise einer Versicherungsgesellschaft zurückerstatten würden, denn der Bankier war aller Wahrscheinlichkeit nach gegen Diebstahl versichert. Der kleine polnische Schneider würde ins Gefängnis kommen. Jimmy O'Malley würde, anstatt in Baltimore die Hochzeit seiner Tochter zu feiern, wahrscheinlich seinen Platz in Sing-Sing wieder einnehmen, weil er diese Aufgabe übernommen hatte.

Louises Leben hatte an etwas Unbedeutendem gehangen, an einem Kettchen, das ihr um das Handgelenk gewickelt war. Wenn Mademoiselle Irène aus der Rue de Douai dem jungen Mädchen, das eines Abends gekommen war, um sich ein Kleid zu leihen, ein anderes Täschchen geliehen hätte…

Und wenn Louise rechtzeitig in der Rue de Ponthieu vorbeigekommen wäre, damit man ihr den Brief höchstpersönlich hätte übergeben können?

Ob Louise Laboine dann wohl nach Amerika geflogen wäre? Was sie dann wohl mit den hunderttausend Dollar angefangen hätte?

Maigret trank sein Bier aus. Es war bereits lau. Er leerte seine Pfeife, nicht in den Aschenbecher, sondern in den Kohleeimer, indem er sie gegen seinen Absatz klopfte.

»Würdest du bitte mal kommen, Janvier?«

Er deutete auf den Barkeeper, der sofort begriff, was dies zu bedeuten hatte. Allmählich kannte er sich damit aus.

»Führe ihn in dein Büro, nimm seine Aussagen auf, laß ihn unterschreiben und fahre ihn zum Untersuchungsgefängnis. Ich rufe Richter Coméliau an.«

Es war nur mehr Routine. Es interessierte ihn nicht mehr. In jenem Augenblick, als Albert durch die Tür ging, erinnerte er ihn:

»Ich habe die drei Pernods vergessen.«

»Die gehen auf Rechnung des Hauses.«

»Kommt nicht in Frage!«

Er reichte ihm die Scheine, und genauso, wie er es in der Bar in der Rue de l'Etoile getan hätte, murmelte er:

»Der Rest ist für dich.«

Und als stünde er noch hinter seinem Tresen, antwortete Albert unwillkürlich:

»Vielen Dank.«

Shadow Rock Farm, Lakeville (Connecticut),
18. Januar 1954

*Maigret
und die alte Dame*

I

Die Herrin von La Bicoque

Er stieg in Bréauté-Beuzeville mit seinem unfreundlichen Bahnhof aus dem Schnellzug Paris–Le Havre aus. Er war schon um fünf Uhr aufgestanden und hatte, da er kein Taxi bekommen hatte, mit der ersten Métro zum Bahnhof Saint-Lazare fahren müssen. Jetzt wartete er auf den Anschlußzug.

»Der Zug nach Etretat bitte?«

Es war schon nach acht Uhr morgens und seit langem hell, aber hier bei dem Nieselregen und der naßkalten Luft sah es aus, als dämmerte es gerade.

Am Bahnhof gab es weder ein Restaurant noch eine Wirtschaft, nur eine Art Kneipe auf der Straßenseite gegenüber, vor der die Karren der Viehhändler standen.

»Nach Etretat? Da haben Sie noch Zeit. Da hinten steht Ihr Zug.«

Ganz am Ende des Bahnsteigs stand ein Zug ohne Lokomotive mit Wagen alter Bauart in einem Grün, das ihm ungewohnt vorkam. Hinter den Scheiben sah man einige Reisende sitzen, bewegungslos, als ob sie schon seit einem Tag hier warteten. Alles hatte etwas Unwirkliches an sich und erinnerte an ein Spielzeug, an eine Kinderzeichnung.

Eine Familie – das konnten nur Pariser sein! – hetzte,

was das Zeug hielt und ohne ersichtlichen Grund, über die Gleise und stürzte auf den Zug ohne Lokomotive los; die drei Kinder hielten Krabbennetze in den Händen.

Dieser Anblick löste bei ihm Erinnerungen an früher aus. Für einen Augenblick vergaß Maigret sein Alter und meinte, obwohl er mindestens zwanzig Kilometer davon entfernt war, den Geruch des Meeres zu riechen und das gleichmäßige Rauschen der Wellen zu hören. Er schaute zum Himmel und betrachtete beinahe andächtig die Regenwolken, die vom offenen Meer kamen.

Denn er war weit weg vom Meer im Landesinneren geboren und aufgewachsen, und daher verband sich mit dem Meer die Vorstellung von Krabbennetzen, einer Spielzeugeisenbahn, Männern in Flanellhosen, Sonnenschirmen am Strand, Muschel- und Andenkenverkäufern, Bistros, in denen man Weißwein trank und dazu Austern schlürfte, und Familienpensionen, die alle denselben Geruch hatten, einen unverwechselbaren Familienpensionengeruch, und in denen Madame Maigret sich nach einigen Tagen so unglücklich fühlte, weil sie nichts tun konnte, so daß sie am liebsten beim Geschirrspülen geholfen hätte.

Obwohl er natürlich genau wußte, daß es nicht stimmte, hatte er jedesmal, wenn er ans Meer kam, die Vorstellung, sich in einer künstlichen, unwirklichen Welt zu bewegen, in der nichts Schlimmes geschehen konnte.

In seiner Laufbahn hatte er mehrmals Ermittlungen an der Küste angestellt und war dabei auf echte Tragödien gestoßen. Diesmal jedoch mußte er, als er an der Theke der Kneipe seinen Calvados hinunterspülte, fast lächeln über die alte Dame namens Valentine und ihren Stiefsohn Besson.

Es war im September, genau am Mittwoch, dem 6. September. Auch in diesem Jahr hatte er noch keinen Urlaub nehmen können. Tags zuvor war gegen elf Uhr der alte Amtsdiener in sein Büro am Quai des Orfèvres gekommen und hatte ihm eine schwarzumrandete Visitenkarte hingehalten.

Madame Fernand Besson
La Bicoque
Etretat

»Will sie mich persönlich sprechen?«

»Sie besteht darauf, und sei es auch nur für einen Augenblick. Sie sagt, sie sei extra aus Etretat hergekommen.«

»Wie ist sie?«

»Sie ist eine alte Dame, eine reizende alte Dame.«

Er ließ sie hereinkommen, und sie war tatsächlich die reizendste alte Dame, die man sich vorstellen konnte, klein und zierlich, mit rosigem Teint und feinen Gesichtszügen unter schlohweißen Haaren. In ihrer lebhaften und anmutigen Art wirkte sie eher wie eine Schauspielerin, die eine alte Gräfin spielte, als wie eine richtige alte Dame.

»Sie kennen mich nicht, Herr Kommissar, um so mehr weiß ich es zu schätzen, daß Sie mich überhaupt empfangen, denn *ich* kenne *Sie* sehr gut, weil ich jahrelang Ihre spannenden Fälle mitverfolgt habe. Wenn Sie mich besuchen, wie ich hoffe, kann ich Ihnen stapelweise Zeitungsausschnitte zeigen, in denen von Ihnen die Rede ist.«

»Sehr liebenswürdig.«

»Mein Name ist Valentine Besson, ein Name, der Ihnen wahrscheinlich nichts sagt, aber vielleicht wissen Sie, wer ich bin, wenn ich dazusage, daß mein Mann, Fernand Besson, der Erfinder der *Juva*-Produkte war.«

Maigret war alt genug, um sich an dieses Wort *Juva* erinnern zu können. Als Kind hatte er es im Anzeigenteil der Zeitungen und auf Reklamewänden gelesen; auch glaubte er sich zu entsinnen, daß seine Mutter *Juva*-Creme benutzte, wenn sie groß ausging. Die alte Dame ihm gegenüber war mit ausgesuchter, ein wenig altmodischer Eleganz gekleidet und mit einer Unmenge Schmuck behängt.

»Seit dem Tod meines Mannes vor nun fünf Jahren lebe ich allein in einem kleinen Haus in Etretat, das mir gehört. Genauer gesagt, bis Sonntag abend lebte ich dort mit einem Hausmädchen, das schon mehrere Jahre bei mir angestellt war und aus der Gegend stammte. Sie ist in der Nacht von Sonntag auf Montag gestorben, Herr Kommissar; sie ist sozusagen an meiner Stelle gestorben, und deswegen bin ich hergekommen, um Sie um Ihre Mithilfe zu bitten.« Sie sprach ohne jedes Pathos. Mit einem feinen Lächeln schien sie sich eher für die tragischen Ereignisse zu entschuldigen, von denen sie berichtete.

»Ich bin nicht verrückt, seien Sie unbesorgt. Ich bin auch nicht das, was man gemeinhin eine verrückte Alte nennt. Wenn ich sage, daß Rose – so hieß mein Dienstmädchen – für mich gestorben ist, bin ich einigermaßen sicher, daß ich mich nicht täusche. Erlauben Sie mir, den Hergang in einigen Worten zu berichten?«

»Ich bitte darum.«

»Seit über zwanzig Jahren pflege ich jeden Abend ein Schlafmittel zu nehmen, denn ich leide an Schlaflosigkeit. Die Tropfen schmecken ziemlich bitter, der Geschmack wird jedoch durch einen starken Aniszusatz gemildert. Ich kenne mich in diesen Sachen aus, denn mein Mann war Apotheker.

Wie an allen anderen Abenden auch, stellte ich am Sonntag das Glas mit der Medizin hin, und Rose war bei mir, als ich schon im Bett lag und sie einnehmen wollte.

Ich trank einen Schluck und fand den Geschmack bitterer als gewöhnlich.

›Ich habe wohl mehr als zwölf Tropfen genommen, Rose, ich trinke es nicht aus.‹

›Gute Nacht, Madame!‹

Sie trug das Glas wie immer hinaus. Packte sie die Neugier, und probierte sie? Hat sie es ganz ausgetrunken? Letzteres ist anzunehmen, denn man fand das leere Glas in ihrem Zimmer.

In der Nacht, so um zwei Uhr morgens, weckte mich ein Stöhnen. Das Haus ist nämlich nicht groß. Ich stand auf und ging zu meiner Tochter, die ebenfalls aufgestanden war.«

»Ich dachte, Sie lebten allein mit Ihrem Dienstmädchen?«

»Am Sonntag war der 3. September, und ich hatte Geburtstag. Meine Tochter war aus Paris gekommen und blieb über Nacht.

Ich will Sie nicht länger hinhalten, Herr Kommissar. Als wir an Roses Bett kamen, lag sie schon im Sterben. Meine Tochter benachrichtigte Dr. Jolly, doch als er kam, war

Rose schon unter den für eine Vergiftung typischen Krämpfen gestorben. Der Arzt stellte sofort fest, daß sie mit Arsen vergiftet worden war. Da sie nicht zu den Mädchen gehörte, die Selbstmord begehen, und sie genau dasselbe wie wir gegessen hatte, liegt es eigentlich auf der Hand, daß das Gift sich in dem Medikament befand, das für mich bestimmt war.«

»Haben Sie einen Verdacht, wer ein Interesse an Ihrem Tod haben könnte?«

»Wen soll ich verdächtigen? Dr. Jolly, ein alter Feund des Hauses, der früher auch meinen Mann behandelte, rief die Polizei in Le Havre an, und Montag früh kam dann ein Inspektor.«

»Wissen Sie, wie er heißt?«

»Inspektor Castaing. Dunkle Haare, rotes Gesicht.«

»Ich kenne ihn. Was sagt er dazu?«

»Er sagt gar nichts. Er fragt die Leute in der Gegend aus. Die Leiche wurde nach Le Havre zur Autopsie gebracht.«

Sie wurde vom Läuten des Telefons unterbrochen. Maigret nahm den Hörer ab. Der Direktor des Palais de Justice war am Apparat.

»Könnten Sie einen Augenblick in mein Büro kommen, Maigret?«

»Sofort?«

»Wenn's geht.«

Er entschuldigte sich bei der alten Dame. Der Chef erwarte ihn.

»Würde es Sie reizen, einige Tage am Meer zu verbringen?«

Worauf Maigret wie von ungefähr sagte:

»In Etretat?«

»Sie wissen schon Bescheid?«

»Ich weiß nicht. Reden Sie weiter.«

»Ich habe soeben einen Anruf vom Minister erhalten. Kennen Sie einen Charles Besson?«

»Auch einer von den *Juva*-Cremes?«

»Nicht ganz. Es handelt sich um seinen Sohn, Charles Besson; er wohnt in Fécamp und wurde vor zwei Jahren zum Abgeordneten des Departements Seine-Inférieure gewählt.«

»Und seine Mutter lebt in Etretat?«

»Sie ist nicht seine Mutter, sondern seine Stiefmutter. Sie ist die zweite Frau seines Vaters. Hören Sie, alles, was ich Ihnen hier erzähle, habe ich eben erst am Telefon erfahren. Charles Besson hat sich nämlich an den Minister gewandt, um durchzusetzen, daß Sie sich mit einem Fall in Etretat befassen, obwohl dieser gar nicht in Ihren Zuständigkeitsbereich fällt.«

»Die Hausgehilfin seiner Stiefmutter wurde in der Nacht von Sonntag auf Montag vergiftet.«

»Lesen Sie die Zeitungen aus der Normandie?«

»Nein. Die alte Dame sitzt in meinem Büro.«

»Um Sie ebenfalls zu fragen, ob Sie nach Etretat kommen?«

»Genau. Sie ist eigens deswegen hergefahren, was zu der Überlegung Anlaß gibt, daß sie von dem Vorgehen ihres Stiefsohnes keine Ahnung hat.«

»Was werden Sie tun?«

»Das hängt von Ihnen ab, Chef.«

Deshalb stieg Maigret am Mittwoch kurz nach halb

neun Uhr morgens in Bréauté-Beuzeville schließlich in einen Zug, den man kaum als solchen bezeichnen konnte, so klein war er; er lehnte sich aus dem Wagenfenster, um das Meer zu sehen, sobald es auftauchen würde.

Der Himmel hellte sich auf, je mehr man sich dem Meer näherte, und erstrahlte in leuchtendem Blau mit nur vereinzelten leichten, weißen Wölkchen, als der Zug die hügeligen Weiden hinter sich gelassen hatte.

Maigret hatte tags zuvor bei der Brigade Mobile in Le Havre angerufen, um Inspektor Castaing von seiner Ankunft zu unterrichten, aber er schaute umsonst nach ihm aus. Frauen in Sommerkleidern und halbnackte Kinder gaben dem Bahnsteig eine fröhliche Note. Der Bahnhofsvorsteher musterte etwas ratlos die Reisenden und ging auf den Kommissar zu:

»Sind Sie zufällig Monsieur Maigret?«

»Zufällig ja.«

»Dann habe ich eine Nachricht für Sie.«

Er gab ihm einen Umschlag. Castaing schrieb ihm:

»Entschuldigen Sie, wenn ich nicht da bin, um Sie zu begrüßen. Ich bin auf der Beerdigung in Yport. Ich empfehle Ihnen das ›Hôtel des Anglais‹ und hoffe, bis zum Mittagessen zurück zu sein. Ich werde Ihnen dann alles berichten.«

Es war erst zehn Uhr morgens, und Maigret, der nur einen leichten Koffer bei sich hatte, ging zu Fuß in das am Strand gelegene Hotel.

Aber bevor er hineinging, wollte er trotz seines Koffers das Meer und die weißen Klippen an beiden Enden des Kiesstrands sehen; Jungen und Mädchen vergnügten sich in den Wellen, andere spielten hinter dem Hotel Tennis; in den Strandkörben saßen Mütter und strickten, und am Strand gingen gemächlich ältere Paare.

Als er aufs Gymnasium ging, hatte er jedes Jahr gesehen, wie die Kameraden aus den Ferien zurückkamen, braungebrannt, voller Erlebnisse und mit Muscheln in den Hosentaschen. Er verdiente schon, als er zum ersten Mal das Meer erblickte.

Es stimmte ihn etwas traurig, daß er nicht mehr dieses erregende Gefühl bei sich feststellte und den blendendweißen Schaum der Wellen ebenso gleichgültig wahrnahm wie den Bademeister mit den nackten tätowierten Armen in seinem Boot, das von Zeit zu Zeit hinter einer großen Welle verschwand.

Der Geruch im Hotel war genau so, wie er ihn in Erinnerung hatte, und auf einmal fehlte ihm Madame Maigret, mit der zusammen er diesen Geruch immer geschnuppert hatte.

»Wollen Sie länger bleiben?« wurde er gefragt.

»Ich weiß noch nicht.«

»Ich frage deshalb, weil wir am 15. September schließen und heute schon der 6. ist.«

Alles wäre dann geschlossen wie ein Theater, die Andenkenstände, die Konditoreien; überall wären die Jalousien heruntergelassen, und der verwaiste Strand gehörte dann wieder dem Meer und den Möwen.

»Kennen Sie Madame Besson?«

»Valentine? Gewiß kenne ich sie. Sie stammt aus der Gegend hier. Sie ist hier geboren, ihr Vater war Fischer. Als Kind habe ich sie nicht gekannt, weil ich jünger bin als sie, aber ich sehe sie noch vor mir als Verkäuferin bei den Geschwistern Seuret. Eine der beiden Schwestern ist gestorben, die andere lebt noch. Sie ist 92 Jahre alt; ihr Haus steht gleich neben dem von Valentine, mit einem blauen Gartenzaun. Dürfte ich Sie bitten, diesen Zettel auszufüllen?«

Der Geschäftsführer – vielleicht war es auch der Besitzer – las ihn durch und schaute Maigret neugierig an:

»Sind Sie der Maigret von der Polizei? Und Sie kommen extra aus Paris wegen dieser Geschichte?«

»Inspektor Castaing ist hier abgestiegen, nicht?«

»Das heißt, er nimmt seit Montag meistens die Mahlzeiten hier ein, aber abends fährt er nach Le Havre zurück.«

»Ich erwarte ihn.«

»Er ist auf der Beerdigung in Yport.«

»Ich weiß.«

»Glauben Sie, daß man wirklich versucht hat, Valentine zu vergiften?«

»Ich hatte noch nicht genug Zeit, um mir ein Bild zu machen.«

»Wenn es stimmen sollte, kann es nur jemand aus der Familie gewesen sein.«

»Sprechen Sie von ihrer Tochter?«

»Ich spreche von niemand im besonderen. Ich weiß nichts. Letzten Sonntag waren viele Leute in La Bicoque. Und ich wüßte nicht, wer Valentine hier in der Gegend nicht gut gesinnt wäre. Sie können sich ja nicht vorstellen, wieviel Gutes diese Frau getan hat, als sie zu Lebzeiten ihres Mannes noch über die Mittel verfügte. Sie tut es immer noch, und obwohl sie nicht reich ist, denkt sie nur ans Geben. Es ist eine häßliche Geschichte, glauben Sie mir; Etretat war immer ein ruhiges Plätzchen; wir haben uns immer um ein ausgesuchtes Publikum bemüht, vor allem um Familien mit einem bestimmten gesellschaftlichen Niveau. Ich könnte Ihnen da Namen nennen...«

Maigret bummelte lieber in den sonnigen Straßen herum; auf der Place de la Mairie las er über einem Schaufenster: ›Konditorei Maurin – ehemaliges Haus Seuret‹.

Er fragte einen Laufjungen nach dem Weg nach La Bicoque; die Straße stieg in Serpentinen sanft zum Hügel an, auf dem vereinzelt Landhäuser mit Gärten standen. Er blieb in einiger Entfernung vor einem im Grünen versteckten Haus stehen, aus dessen Kamin langsam der Rauch in den blaßblauen Himmel stieg. Als er ins Hotel zurückkam, war Inspektor Castaing bereits da; sein kleiner Simca stand vor der Tür, er selbst wartete oben an der Treppe.

»Hatten Sie eine gute Reise, Herr Kommissar? Es tut mir leid, daß ich nicht an den Bahnhof kommen konnte. Ich habe mir gedacht, es wäre ganz interessant, bei der Beerdigung dabeizusein. Wenn es stimmt, was man sich so erzählt, ist das auch Ihre Methode.«

»Wie war sie?«

Sie gingen am Meer entlang.

»Ich weiß nicht recht. Ich möchte eigentlich sagen: nicht so gut. Irgend etwas Bedrohliches lag in der Luft. Die Leiche der Kleinen wurde heute morgen von Le Havre überführt, die Eltern warteten am Bahnhof mit einem Lieferwagen, der sie nach Yport brachte. Es handelt sich um die Familie Trochu. Sie werden noch von ihr hören. Es wimmelt hier von Trochus, beinahe alle sind Fischer. Der Vater war lange bei den Heringsfischern in Fécamp dabei, so wie heute die beiden ältesten Söhne. Rose war die älteste der Mädchen. Es sind noch zwei oder drei, eine von ihnen arbeitet in einem Café in Le Havre.«

Castaing hatte dichtes Haar, eine niedrige Stirn und verfolgte seine Gedankengänge mit der gleichen Verbissenheit, mit der er den Pflug geschoben hätte.

»Ich bin nun seit sechs Jahren in Le Havre und kenne die Gegend wie meine Westentasche. Vor allem auf den Dörfern, die früher zu einem Schloß gehörten, trifft man noch Leute, die ehrerbietig und untertänig sind und von ›unserer Herrschaft‹ reden. Andere sind unfreundlich und abweisend, manchmal sogar aufsässig. Ich bin mir noch nicht sicher, zu welcher Kategorie die Trochus gehören, doch heute morgen war die Stimmung um Valentine Besson eher frostig, um nicht zu sagen, beinahe feindlich.«

»Gerade wurde mir versichert, daß sie in Etretat sehr verehrt wird.«

»Yport ist nicht Etretat. Und *die* Rose – wie sie hier genannt wurde – ist tot.«

»War die alte Dame bei der Beerdigung?«

»Ganz vorn. Manche nennen sie ›die Schloßherrin‹, vielleicht weil sie früher ein Schloß in der Orne oder der Sologne besaß, ich weiß nicht mehr genau. Waren Sie schon bei ihr?«

»Sie hat mich in Paris aufgesucht.«

»Sie hatte mir zwar gesagt, daß sie nach Paris fährt, aber ich wußte nicht, daß es mit Ihnen zusammenhing. Was halten Sie von ihr?«

»Noch nichts.«

»Sie war ungeheur reich. Jahrelang hatte sie ihr eigenes Stadthaus in der Avenue d'Iéna, ihr Schloß, ihre Yacht, und La Bicoque war nur ein Ausweichquartier.

Sie fuhr dort immer in einer großen Limousine mit Chauffeur vor, im zweiten Auto folgte das Gepäck. Wenn sie sonntags die Messe besuchte und in der ersten Reihe saß (sie hat immer noch ihre Bank in der Kirche), erregte sie immer Aufsehen; sie teilte das Geld mit vollen Händen aus. Wenn jemand in finanziellen Schwierigkeiten war, hieß es immer: ›Geh doch zu Valentine.‹ Denn viele, vor allem die Älteren, nennen sie noch so.

Heute morgen kam sie mit dem Taxi nach Yport, wo sie genau wie früher aus dem Auto stieg, und es sah aus, als führe sie den Trauerzug an. Sie hatte einen riesigen Kranz mitgebracht, der alle anderen in den Schatten stellte.

Vielleicht habe ich mich getäuscht, aber ich hatte den Eindruck, als ob die Trochu sehr erregt waren und sie schief anblickten. Sie legte Wert darauf, allen ihr Beileid auszudrücken, der Vater streckte seine Hand nur widerwillig aus und schaute sie dabei nicht an. Einer seiner Söhne, Henri, der Älteste, drehte ihr demonstrativ den Rücken zu.«

»War die Tochter von Madame Besson auch dabei?«

»Sie ist am Montag mit dem Nachmittagszug nach Paris zurückgefahren. Ich hatte keinen Grund, sie hier festzuhalten. Sie haben sicher schon gemerkt, daß ich völlig im dunkeln tappe. Ich glaube aber, daß wir sie noch einmal vernehmen müssen.«

»Wie sieht sie aus?«

»So wie ihre Mutter in ihrem Alter, das heißt mit 38 Jahren, ausgesehen haben muß. Man könnte sie für 25 halten. Sie ist klein und zierlich, sehr hübsch, mit auffallend großen Augen, die fast nie ihren kindlichen Ausdruck verlieren. Trotzdem war in der Nacht von Sonntag auf Montag ein Mann, und zwar nicht ihr Ehemann, in ihrem Zimmer in La Bicoque.«

»Hat sie Ihnen das erzählt?«

»Ich habe es herausbekommen, aber zu spät, um sie nach Einzelheiten zu fragen. Ich muß Ihnen das alles der Reihe nach erzählen. Die Angelegenheit ist viel komplizierter, als es den Anschein hat. Ich mußte mir Notizen machen. Erlauben Sie?«

Er holte aus seiner Tasche ein hübsches Notizbuch aus rotem Leder, das wenig Ähnlichkeit aufwies mit dem abgegriffenen Merkbuch, das Maigret gewöhnlich benutzte.

»Wir wurden Montag morgen um 7 Uhr in Le Havre benachrichtigt. Als ich um acht Uhr ins Büro kam, fand ich einen Zettel auf meinem Schreibtisch vor. Ich setzte mich in den Simca und war kurz nach neun hier. Charles Besson war kurz vor mir angekommen.«

»Wohnt er in Fécamp?«

»Er hat dort ein Haus, in dem er mit seiner Familie das ganze Jahr über wohnt; seit er aber zum Abgeordneten gewählt wurde, hält er sich zeitweise auch in Paris auf, wo er in einem Hotel am Boulevard Raspail ein Appartement gemietet hat. Dort hat er den ganzen Sonntag mit seinen Angehörigen verbracht, das heißt mit seiner Frau und seinen vier Kindern.«

»Er ist nicht Valentines Sohn, oder?«

»Valentine hat keinen Sohn, sondern nur eine Tochter, Arlette, von der ich Ihnen erzählt habe; sie ist mit einem Zahnarzt verheiratet und lebt in Paris.«

»War der Zahnarzt am Sonntag auch hier?«

»Nein, Arlette kam allein. Ihre Mutter hatte Geburtstag. Es ist anscheinend Tradition in der Familie, sie an diesem Tag zu besuchen. Als ich sie fragte, mit welchem Zug sie gekommen sei, sagte sie, mit dem Vormittagszug, demselben, den Sie genommen haben. Sie werden gleich sehen, daß dies nicht stimmt. Als erstes durchsuchte ich am Montag, gleich nachdem die Leiche nach Le Havre überführt worden war, alle Räume des Hauses. Das war ein ziemliches Stück Arbeit, denn das Haus ist zwar klein und nett, aber verwinkelt und voll von zerbrechlichem Hausrat und Nippsachen.

Außer dem Zimmer Valentines und dem Zimmer des Mädchens, die beide im ersten Stock liegen, gibt es nur noch ein Gästezimmer im Erdgeschoß, in dem Arlette schlief. Als ich den Nachttisch verrückte, fand ich ein Männertaschentuch, und ich hatte den Eindruck, daß die junge Frau, die mir zusah, plötzlich sehr erregt war. Sie hat es mir hastig aus der Hand gerissen.

›Jetzt habe ich schon wieder ein Taschentuch von meinem Mann genommen!‹ Ich weiß nicht, warum, aber erst am Abend ist mir der eingestickte Buchstabe, ein H, wieder eingefallen. Arlette reiste wieder ab. Ich bot ihr an, sie in meinem Wagen zum Bahnhof zu bringen, und ich sah, wie sie ihre Fahrkarte am Schalter löste. Es ist dumm, ich weiß. Als ich wieder ins Auto stieg, stutzte ich. Warum hatte Arlette keine Rückfahrkarte? Ich ging in den Wartesaal und fragte den Kontrolleur an der Sperre: ›Ist diese Dame Sonntag morgen mit dem Zehn-Uhr-Zug angekommen?‹

›Welche Dame?‹

›Die ich eben hergebracht habe.‹

›Madame Arlette? Nein.‹

›Ist sie nicht am Sonntag angekommen?‹

›Sie ist vielleicht am Sonntag angekommen, aber nicht mit dem Zug. Ich habe die Fahrkarten selber eingesammelt, da hätte ich sie doch wiedererkannt.‹«

Castaing schaute Maigret etwas beunruhigt an.

»Hören Sie mir zu?«

»Aber ja, aber ja.«

»Erzähle ich Ihnen vielleicht unwichtige Einzelheiten?«

»Aber nein. Ich muß mich nur erst an alles gewöhnen.«

»An was?«

»An alles, an den Bahnhof, an Arlette, Valentine, den Mann, der die Fahrkarten abnimmt, an die Trochus. Gestern noch wußte ich von all dem überhaupt nichts.«

»Als ich nach La Bicoque zurückkam, fragte ich die alte Dame nach dem Namen ihres Schwiegersohnes. Er heißt Julien Sudre, beide Wörter beginnen nicht mit einem H. Ihre beiden Stiefsöhne hießen Théo und Charles Besson. Nur der Gärtner, der drei Tage in der Woche bei ihr arbeitet, heißt Honoré; aber erstens war er am Sonntag nicht da, zweitens habe ich mir sagen lassen, daß er nur große rot-weiß karierte Taschentücher benutzt.

Weil ich nicht wußte, wo ich mit der Untersuchung beginnen sollte, fing ich an, die Leute in der Stadt auszufragen, und so erfuhr ich vom Zeitungsverkäufer, daß Arlette nicht mit dem Zug, sondern mit dem Auto, einem großen grünen Sportwagen, gekommen sei. Jetzt ließ sich alles leichter an. Der Besitzer des grünen Autos hatte für Sonntag nacht ein Zimmer reservieren lassen, und zwar in dem Hotel, das ich auch Ihnen empfohlen habe.

Es handelt sich um einen gewissen Hervé Peyrot, der auf dem Anmeldeformular als Beruf Weinhändler angab, wohnhaft in Paris, Quai des Grands Augustins.«

»Hat er auswärts geschlafen?«

»Er blieb an der Bar sitzen, bis das Hotel kurz vor Mitternacht schloß, worauf er, anstatt hinaufzugehen und sich schlafen zu legen, zu Fuß wegging, angeblich um sich das Meer anzusehen. Nach der Aussage des Nachtportiers kam er erst gegen halb drei Uhr morgens zurück. Ich fragte den Hausdiener, der die Schuhe putzt, und er sagte mir, daß an den Schuhsohlen Peyrots rote Erde geklebt habe. Dienstag früh fuhr ich noch einmal nach La Bicoque und nahm die Spuren in einer Rabatte unter dem Zimmerfenster, in dem Arlette schlief, ab.

Was halten Sie davon?«

»Nichts.«

»Was Théo Besson angeht…«

»Er war auch da?«

»Nicht über Nacht. Sie wissen ja bereits, daß die beiden Söhne Besson aus erster Ehe stammen und Valentine nicht ihre Mutter ist. Ich habe mir hier den ganzen Stammbaum notiert, und wenn Sie wollen…«

»Nicht jetzt, ich habe Hunger.«

»Kurz, Théo Besson, 48 Jahre alt und Junggeselle, macht seit zwei Wochen hier in Etretat Urlaub.«

»Bei seiner Stiefmutter?«

»Nein. Er besuchte sie nicht. Ich glaube, sie sind zerstritten. Er hat ein Zimmer im ›Roches Blanches‹, dem Hotel, das Sie von hier aus sehen können.«

»Er war also nicht in La Bicoque?«

»Warten Sie ab. Als Charles Besson...«

Der arme Castaing stöhnte und versuchte verzweifelt, ein klares Bild von der Situation zu geben, und das einem Maigret, der gar nicht zuzuhören schien.

»Am Sonntag früh um 11 Uhr traf Charles Besson mit seiner Frau und seinen vier Kindern ein. Sie haben ein Auto, einen schweren Packard, altes Modell. Arlette war schon vor ihnen angekommen. Sie aßen alle in La Bicoque zu Mittag. Dann ging Charles Besson mit seinen beiden Ältesten an den Strand, einem fünfzehnjährigen Jungen und einem zwölfjährigen Mädchen, während die Damen sich unterhielten.«

»Hat er seinen Bruder getroffen?«

»Das ist es ja gerade. Ich habe Charles Besson im Verdacht, daß er den Spaziergang nur vorgeschlagen hat, um in der Bar des Kasinos etwas trinken zu können. Er hebt offenbar ganz gerne einen, wenn man dem Gerede glauben darf. Dabei traf er Théo, von dessen Aufenthalt in Etretat er nichts wußte, und wollte ihn unbedingt nach La Bicoque mitnehmen. Théo willigte schließlich ein. Die Familie war also beim Abendessen vollzählig, es gab kaltes Büfett, bestehend aus Languste und Hasenkeule.«

»Wurde niemand davon krank?«

»Nein. Außer den Familienangehörigen hielt sich nur das Dienstmädchen im Haus auf. Charles Besson brach gegen halb zehn Uhr mit seiner Familie auf. Claude, der Fünfjährige, hatte bis dahin im Zimmer der alten Dame geschlafen; als sie einsteigen wollten, mußte dem Kleinsten, der erst sechs Monate alt ist und schrie, die Flasche gegeben werden.«

»Wie heißt die Frau von Charles Besson?«

»Ich glaube, Emilienne, aber man nennt sie Mimi.«

»Mimi«, sagte Maigret nachdenklich vor sich hin, als ob er eine Lektion wiederholen müßte.

»Sie ist eine kräftige Brünette um die Vierzig.«

»Kräftige Brünette, so! Sie sind also in ihrem Packard nach neun Uhr losgefahren?«

»Richtig. Théo blieb dann noch ein paar Minuten, und dann waren nur noch die drei Frauen im Haus.«

»Valentine, ihre Tochter Arlette und die Rose.«

»Genau. Die Rose spülte in der Küche das Geschirr ab, während sich Mutter und Tochter im Salon unterhielten.«

»Liegen die Zimmer alle auf einer Etage?«

»Außer dem Gästezimmer, das, wie ich Ihnen schon gesagt habe, im Erdgeschoß liegt und dessen Fenster auf den Garten hinausgehen. Sie werden schon sehen. Es ist ein richtiges Puppenhaus mit ganz kleinen Zimmern.«

»Ging Arlette nicht in das Zimmer ihrer Mutter hinauf?«

»Gegen zehn Uhr gingen beide zusammen hinauf, denn die alte Dame wollte ihrer Tochter ein Kleid vorführen, das sie sich gerade hatte machen lassen.«

»Beide kamen wieder herunter?«

»Ja. Valentine ging dann wieder hinauf, um sich schlafen zu legen, die Rose kam einige Minuten später nach. Sie brachte ihre Herrin immer ins Bett und gab ihr noch die Medizin.«

»Hat sie sie auch immer zurechtgemacht?«

»Nein. Valentine schüttete die Tropfen vorher selber in ein Wasserglas.«

»Arlette kam nicht wieder herauf?«

»Nein. Es war ungefähr halb zwölf, als die Rose auch ins Bett ging.«

»Und gegen zwei Uhr früh fing sie an zu stöhnen.«

»Diese Zeit geben Arlette und ihre Mutter wenigstens an.«

»Und Sie glauben, daß zwischen Mitternacht und zwei Uhr morgens ein Mann in Arlettes Zimmer war, ein Mann, mit dem sie aus Paris gekommen war? Sie wissen nicht, was Théo an diesem Abend gemacht hat?«

»Ich habe mich bis jetzt noch nicht danach erkundigt. Ich muß Ihnen sogar ehrlich sagen, daß ich noch nicht einmal daran gedacht habe.«

»Wie wär's, wenn wir essen gingen?«

»Gern.«

»Glauben Sie, daß ich Muscheln bekommen könnte?«

»Kann schon sein, aber eigentlich glaube ich es nicht. Ich kenne die Speisekarte allmählich.«

»Waren Sie heute morgen auch im Haus von Roses Eltern?«

»Nur im ersten Zimmer, in dem sie aufgebahrt war.«

»Sie wissen nicht, ob sie ein gutes Foto von ihr haben?«

»Ich könnte sie danach fragen.«

»Machen Sie das. Alle Bilder, die Sie bekommen können, auch Kinderbilder. Übrigens, wie alt war sie eigentlich?«

»Zwei- oder dreiundzwanzig Jahre. Ich habe den Bericht nicht selber geschrieben und –«

»Ich dachte, sie sei schon lange bei der alten Dame.«

»Seit sieben Jahren. Sie ist ganz jung, noch zu Lebzeiten von Fernand Besson, in ihre Dienste getreten. Sie war ein kräftiges Mädchen, mit einem frischen Gesicht und einem großen Busen.«

»War sie irgendwann einmal krank?«

»Dr. Jolly hat mir gegenüber nichts erwähnt. Er hätte es mir sicher gesagt.«

»Ich möchte gerne wissen, ob sie Liebhaber oder einen Geliebten hatte.«

»Daran dachte ich auch schon. Es scheint nicht der Fall gewesen zu sein. Sie war sehr ernst und ging so gut wie gar nicht aus.«

»Weil man sie nicht ausgehen ließ?«

»Ich glaube, daß Valentine sie sehr kurz hielt und ihr nicht gerne frei gab, aber ich kann mich auch täuschen.«

Sie waren die ganze Zeit am Meer entlangspaziert. Maigret hatte die Augen nicht davon abgewendet, es aber nicht einen Augenblick wahrgenommen. Das hatte er hinter sich. Am Morgen in Bréauté-Beuzeville war er noch freudig erregt gewesen. Die Spielzeugeisenbahn hatte ihn an frühere Ferien erinnert. Jetzt bemerkte er weder die hellen Badeanzüge der Badenden noch die auf dem Kies kauernden Kinder, und auch der Jodgeruch des Tangs stieg ihm nicht in die Nase. Er hatte sich nicht einmal groß erkundigt, ob es Muscheln zum Essen geben würde!

Er war hier, den Kopf vollgestopft mit neuen Namen, die er sich einzuprägen versuchte, wie er es in seinem Büro am Quai des Orfèvres auch tat, und er setzte sich mit Castaing an einen weißgedeckten Tisch, auf dem in einer dünnen, hohen Vase aus Preßglas Gladiolen standen.

Vielleicht zeigte sich daran, daß er älter wurde? Er beugte sich nach vorn, um noch einmal die weißen Schaumkronen auf den Wellen sehen zu können, und es stimmte ihn traurig, daß er dabei so gar keine Freude verspürte.

»Waren viele Leute auf der Beerdigung?«

»Ganz Yport war da, abgesehen von den Leuten aus Etretat, Loges, Vaucottes und den Fischern aus Fécamp.«

Er erinnerte sich an andere Beerdigungen auf dem Land, glaubte den Duft von Calvados zu riechen und sagte sehr ernst:

»Heute abend werden die Leute alle betrunken sein.«

»Das kann gut sein«, räumte Castaing ein und war etwas überrascht von den Gedankengängen des berühmten Kommissars. Es gab keine Muscheln zum Essen, und so aßen sie Ölsardinen und Sellerie mit Remouladensoße als Vorspeise.

2

Valentines Vergangenheit

Er stieß die Gartentür auf, die nicht verschlossen war, und ging, da er keine Klingel entdecken konnte, in den Garten. Noch nirgends hatte er so viele Pflanzen auf so engem Raum gesehen. Die blühenden Büsche standen so dicht nebeneinander, daß man sich wie in einem Urwald fühlte. Auf dem kleinsten freien Fleckchen blühten Dahlien, Lupinen, Chrysanthemen und andere Blumen, deren bunte Farbenpracht Maigret nur von den Samentüten in den Auslagen kannte; es sah aus, als ob die alte Dame alle Samentüten ausprobieren wollte.

Das Haus, dessen Schieferdach er von der Straße aus durch die Bäume gesehen hatte, lag jetzt versteckt. Der Gartenweg verlief im Zickzack, und irgendwann hätte er nach rechts anstatt nach links abbiegen müssen, denn nach einigen Schritten stand er auf einem Hof mit großen rosafarbenen Steinplatten, hinter dem Küche und Waschküche lagen.

Dort stand eine kräftige, schwarzgekleidete Bäuerin mit schwarzem, graumeliertem Haar, mit derber Haut und strengem Blick und war damit beschäftigt, eine Matratze auszuklopfen. Um sie herum im Freien ein Durcheinander von Schlafzimmermöbeln: ein offener Nachttisch, ein Stuhl mit Rohrgeflecht, ein auseinandergenommenes Bett;

über einer Wäscheleine hingen die Vorhänge und die Bettdecken. Die Frau musterte ihn, ohne ihre Arbeit zu unterbrechen.

»Ist Madame Besson zu Hause?«

Sie zeigte nur auf die Fenster mit den kleinen Scheiben, um die sich wilder Wein rankte; als er näherkam, sah er Valentine in ihrem Salon sitzen. Sie ahnte nicht, daß er schon da war, denn sie konnte nicht wissen, daß er über den Hof kommen würde. Sie war offensichtlich dabei, sich auf seinen Empfang vorzubereiten. Nachdem sie auf einem kleinen, runden Tisch ein Silbertablett mit einer Kristallkaraffe und Gläsern abgestellt hatte, trat sie etwas zurück, um sich von der Wirkung zu überzeugen. Dann schaute sie an sich herunter und ordnete ihre Frisur vor einem alten Spiegel mit geschnitztem Rahmen.

»Sie brauchen nur zu klopfen«, sagte die Bäuerin unfreundlich.

Er hatte nicht bemerkt, daß eines der Fenster eine Glastür war, klopfte dort an, worauf sich Valentine überrascht umdrehte, aber sofort ein passendes Lächeln fand.

»Ich wußte, daß Sie kommen würden, aber ich hatte gehofft, Sie am Haupteingang begrüßen zu können, sofern bei diesem Haus dieses Wort überhaupt angebracht ist.«

Vom ersten Augenblick an war er ebenso beeindruckt wie in Paris. Sie war so lebhaft und temperamentvoll, daß man sie für eine junge Frau halten konnte, die sich für ein Laienspiel als alte Dame verkleidet hat. Und doch versuchte sie nicht, sich jünger zu geben, im Gegenteil, der Schnitt ihres schwarzen Samtkleides, ihre Frisur, das breite Samtband um ihren Hals paßten zu ihrem Alter.

Als er sie so aus der Nähe betrachtete, fielen ihm die feinen Fältchen und der welke Hals und ihre mageren Hände auf, die ihr Alter verrieten.

»Darf ich Ihnen Ihren Hut abnehmen, Herr Kommissar? Setzen Sie sich in den Sessel, der Ihnen bequem ist. Sie kommen sich sicher sehr beengt vor in meinem Puppenhaus, nicht wahr?«

Ihr Charme lag vielleicht in dem Eindruck, daß sie sich immer über sich selber lustig zu machen schien.

»Man hat Ihnen sicher gesagt oder wird es Ihnen sagen, daß ich verrückt bin, und es stimmt auch, daß ich voller Schrullen stecke. Sie können sich nicht vorstellen, wie einen die Marotten in Beschlag nehmen, wenn man allein lebt. Probieren Sie doch diesen Sessel am Fenster? Machen Sie mir die Freude und rauchen Sie Ihre Pfeife. Mein Mann rauchte von morgens bis abends Zigarren, und nichts riecht so penetrant in einem Haus wie Zigarrenqualm. Unter uns gesagt, er machte das, glaube ich, gar nicht so gerne. Er hatte erst sehr spät damit angefangen, als er schon über vierzig war, genau zu der Zeit, als die *Juva*-Creme berühmt wurde.«

Und schnell, wie um ihre versteckte Bosheit zu entschuldigen, fügte sie hinzu:

»Wir haben alle unsere Schwächen. Ich nehme an, Sie haben schon im Hotel Kaffee getrunken. Vielleicht darf ich Ihnen einen Calvados anbieten, der schon über dreißig Jahre alt ist.«

Er merkte, daß es ihre Augen waren, die ihr außer ihrer lebhaften Art dieses jugendliche Aussehen gaben. Ihr Blau war heller als der Septemberhimmel am Meer, und sie verloren nie ein verwundertes Erstaunen, das zu Alice im Wunderland gepaßt hätte.

»Ich werde auch einen Schluck nehmen, damit Sie nicht allein trinken müssen, unter der Bedingung allerdings, daß Sie es nicht unpassend finden. Sie sehen, ich stehe zu meinen kleinen Schwächen. Ich bin gerade erst von der Beerdigung der armen Rose zurückgekommen. Es war nicht leicht, Mutter Leroy dazu zu bringen, mir zu helfen. Sie haben sicher bemerkt, daß die Möbel, die draußen stehen, in Roses Zimmer gehören. Ich fürchte den Tod, Herr Kommissar, und alles, was mit ihm zusammenhängt. Solange das Haus nicht von oben bis unten geputzt ist und einige Tage durchgelüftet wurde, meine ich immer den Tod zu riechen.«

Durch die Lindenzweige drangen ein paar spärliche Sonnenstrahlen ins Zimmer und fielen als tanzende Kringel auf die Möbel.

»Wenn ich geahnt hätte, daß eines Tages der berümte Kommissar Maigret in diesem Sessel sitzen würde.«

»Sagten Sie nicht, daß Sie Artikel über mich aufgehoben haben?«

»Stimmt. Ich habe viele ausgeschnitten, so wie ich früher in der Zeitung meines Vaters das Feuilleton ausschnitt.«

»Haben Sie sie hier?«

»Ich hoffe, ich finde sie.«

Er hörte ein Zögern aus ihrer Stimme heraus. Sie ging eine Spur zu selbstverständlich an einen alten Sekretär, in dem sie vergeblich herumwühlte, dann in einer geschnitzten Truhe.

»Ich glaube, ich habe sie in meinem Zimmer.«

Sie wollte die Treppe hinauf.

»Machen Sie keine Umstände.«

»Aber ich bitte Sie! Es liegt mir selbst daran, sie zu finden. Ich errate, was Sie denken. Sie meinen, ich habe Ihnen das in Paris nur erzählt, um Ihnen zu schmeicheln und Sie zu überreden, hierherzukommen. Es stimmt, daß ich manchmal schwindle, wie alle Frauen, aber ich schwöre Ihnen, diesmal nicht.«

Er hörte, wie sie im ersten Stock hin und her ging, und als sie wieder herunterkam, spielte sie, nicht gerade überzeugend, die herb Enttäuschte.

»Unter uns gesagt, Rose war nicht sehr ordentlich, sie war sogar das, was ich eine Schlampe nenne. Morgen werde ich auf dem Speicher suchen. Auf jeden Fall werde ich die Artikel finden, bevor Sie Etretat verlassen. Jetzt nehme ich an, daß Sie eine Menge Fragen an mich haben, und ich werde mich ruhig in meinen Lehnstuhl setzen. Auf Ihr Wohl, Monsieur Maigret!«

»Auf Ihr Wohl, Madame!«

»Finden Sie nicht, daß ich etwas sonderbar bin?«

Er schüttelte höflich den Kopf.

»Sind Sie mir nicht böse, daß ich Sie aus Ihrem Quai des Orfèvres entführt habe? Eigentlich seltsam, daß mein Stiefsohn die gleiche Idee wie ich hatte, nicht wahr? Als Abgeordneter, worauf er sehr stolz ist, konnte er die Sache natürlich anders anpacken und wandte sich direkt an den Minister. Sagen Sie mir ganz offen: Sind Sie meinet- oder seinetwegen gekommen?«

»Natürlich Ihretwegen.«

»Glauben Sie, daß ich irgend etwas zu befürchten habe? Merkwürdig. Ich kann diese Drohung einfach nicht ernst nehmen. Man sagt immer, alte Frauen seien ängstlich; ich frage mich warum, denn wie viele alte Frauen wie ich leben allein und an einsamen Orten. Rose schlief hier, aber sie war es, die Angst hatte und mich nachts weckte, wenn sie glaubte, Geräusche zu hören. Bei Gewitter weigerte sie sich, mein Zimmer zu verlassen, und blieb die ganze Nacht zitternd im Nachthemd in meinem Lehnstuhl sitzen und betete vor sich hin.

Vielleicht habe ich deswegen nie Angst gehabt, weil ich nicht weiß, wer mir etwas Böses tun könnte. Ich bin nicht einmal mehr reich. Jeder hier in der Gegend weiß, daß ich von einer bescheidenen Rente lebe, die mir nach dem Bankrott blieb. Dieses Haus ist ebenfalls nur auf Lebenszeit gemietet, und niemand wird es erben. Ich glaube nicht, daß ich jemals irgend jemandem Böses zugefügt habe...«

»Trotzdem ist Rose tot.«

»Ja. Vielleicht halten Sie mich für dumm oder egoistisch, aber je mehr Zeit darüber verstreicht, und sie nun beerdigt ist, desto schwerer kann ich es glauben. Sie werden sicher gleich das Haus besichtigen wollen. Nebenan ist das Eßzimmer. Die andere Tür geht ins Gästezimmer, wo meine Tochter geschlafen hat. Außer der Küche, der Waschküche und dem Geräteschuppen gibt es im Erdgeschoß keine weiteren Räume, und der erste Stock ist noch kleiner, denn über der Küche und der Waschküche befinden sich keine Zimmer.«

»Besucht Sie Ihre Tochter oft?«

Sie verzog resigniert den Mund.

»Einmal im Jahr zu meinem Geburtstag. Die übrige Zeit sehe und höre ich nichts von ihr. Sie schreibt mir auch kaum mehr.«

»Soviel ich weiß, ist sie mit einem Zahnarzt verheiratet?«

»Ich nehme an, daß Sie über die ganzen Familiengeschichten Bescheid wissen müssen, das ist wohl nicht zu ändern. Soll ich offen mit Ihnen reden, Monsieur Maigret, oder soll ich Ihnen als wohlerzogene Dame antworten?«

»Muß diese Frage sein?«

»Haben Sie Arlette schon getroffen?«

»Noch nicht.«

Sie holte aus einer Schublade abgegriffene Umschläge mit Fotografien, in jedem steckte eine bestimmte Sorte Bilder.

»Sehen Sie! Das ist sie mit achtzehn. Man sagt, daß sie mir ähnlich sei; äußerlich mag das wohl stimmen.«

Es war wirklich frappierend. Die junge Frau war ebenso zierlich wie ihre Mutter, hatte die gleichen feinen Gesichtszüge und vor allem dieselben hellen Augen.

»Das Sprichwort sagt, sie sieht so aus, als ob sie kein Wässerchen trüben könnte, nicht wahr? Der arme Julien hat das auch geglaubt und sie trotz meiner Einwände geheiratet. Er ist ein braver Junge und äußerst tüchtig. Er hat mit nichts angefangen, beendete unter großen Schwierigkeiten sein Studium und arbeitet nun täglich zehn Stunden in seiner einträglichen Praxis in der Rue Saint-Antoine.«

»Glauben Sie, die beiden sind nicht glücklich?«

»Er vielleicht schon. Manche Leute machen ihr Glück ganz auf sich allein gestellt. Jeden Sonntag stellt er seine

Staffelei irgendwo am Seineufer auf und malt. Sie besitzen ein Boot in der Nähe von Corbeil.«

»Liebt Ihre Tochter ihren Mann?«

»Schauen Sie die Fotos an und beantworten Sie die Frage selber. Vielleicht ist sie wirklich fähig, jemand zu lieben. Ich selber habe es nie gemerkt. Als ich in der Konditorei der Schwestern Seuret arbeitete – man hat Ihnen sicher schon davon erzählt –, sagte sie manchmal zu mir:

›Glaubst du vielleicht, es ist schön, eine Mutter zu haben, die meinen Freundinnen Kuchen verkauft!‹

Als sie das sagte, war sie sieben Jahre alt. Wir wohnten beide in einem kleinen Zimmer über einem Uhrengeschäft, das heute noch existiert.

Als ich wieder heiratete, änderte sich auch ihr Leben…«

»Würde es Ihnen etwas ausmachen, mir von Ihrem ersten Mann zu erzählen? Es liegt mir daran, dies von Ihnen selber zu erfahren und nicht nur von anderen.«

Sie goß ihm noch einen Calvados ein und reagierte auf seine Frage nicht im geringsten betroffen.

»Ebensogut kann ich in diesem Fall bei meinen Eltern beginnen. Ich bin eine geborene Fouqué, ein Name, der in dieser Gegend häufig vorkommt. Mein Vater war hier in Etretat Fischer. Meine Mutter arbeitete als Putzfrau in Häusern wie diesem, aber nur im Sommer, denn damals blieb den Winter über niemand hier. Ich hatte drei Brüder und eine Schwester, die alle schon gestorben sind. Einer meiner Brüder fiel im Krieg 1914, der andere starb an den Folgen eines Schiffsunglücks. Meine Schwester heiratete und starb im Kindbett. Mein dritter Bruder Lucien arbeitete als Friseurlehrling in Paris, geriet in schlechte Gesellschaft und wurde bei einem Streit in einem Café in der Nähe der Bastille erstochen. Ich schäme mich deswegen nicht. Ich habe meine Herkunft nie verleugnet. Wenn ich mich schämen würde, wäre ich bestimmt nicht hierher gezogen, um hier, wo jeder über alles Bescheid weiß, meine Tage zu beschließen.«

»Haben Sie schon gearbeitet, als Ihre Eltern noch lebten?«

»Mit vierzehn Jahren war ich Kindermädchen, dann Zimmermädchen in ›Hôtel de la Plage‹. In jener Zeit ist meine Mutter an Brustkrebs gestorben. Mein Vater ist ziemlich alt geworden, aber gegen Ende seines Lebens trank er so viel, daß er gar nicht mehr zu existieren schien. Ich habe dann einen jungen Mann aus Rouen, Henri Poujolle, kennengelernt, der bei der Post angestellt war, und wir heirateten. Er war nett, sehr ruhig, gut erzogen, und ich hatte damals noch keine Ahnung, was die roten Flecken auf seinen Wangen bedeuteten. Vier Jahre lang war ich Hausfrau und Mutter in einer Dreizimmerwohnung. Ich holte ihn immer mit dem Kinderwagen vom Büro ab. Sonntags kauften wir einen Kuchen bei den Schwestern Seuret. Einmal im Jahr fuhren wir zu meinen Schwiegereltern nach Rouen, die dort einen kleinen Lebensmittelladen in der Oberstadt besaßen.

Dann fing Henri an zu husten, und ein paar Monate später war er tot und ließ mich und Arlette allein zurück. Ich gab die Wohnung auf und nahm ein Zimmer. Die Schwestern Seuret haben mich dann als Verkäuferin angestellt. Ich muß damals hübsch gewesen sein und zog Kundschaft an. Eines Tages lernte ich im Laden Fernand Besson kennen.«

»Wie alt waren Sie damals?«

»Als wir ein paar Monate später heirateten, war ich dreißig Jahre.«

»Und er?«

»Ungefähr fünfundfünfzig. Er war seit ein paar Jahren Witwer, mit zwei Jungen im Alter von sechzehn und achtzehn Jahren. Ich befand mich in einer eigenartigen Situation, denn ich meinte immer, sie könnten sich in mich verlieben.«

»Taten Sie es nicht?«

»Théo vielleicht, aber nur am Anfang. Dann konnte er mich nicht mehr ausstehen, aber ich war ihm deswegen nicht böse. Kennen Sie Bessons Geschichte?«

»Ich weiß nur, daß er der Besitzer der *Juva*-Produkte war.«

»Also stellen Sie sich wahrscheinlich eine ganz außerordentliche Persönlichkeit vor, aber in Wirklichkeit war alles ganz anders. Er war ein kleiner Apotheker in Le Havre, sogar ein ganz kleiner Apotheker in einem engen und düsteren Laden mit einem grünen und einem gelben Glas im Regal. Wie Sie gleich auf dem Foto sehen, sah er mit vierzig Jahren eher wie ein Angestellter vom Gaswerk aus, und seine Frau wirkte wie eine Putzfrau. Damals gab es noch nicht so viele kosmetische Artikel wie heute, und er bereitete alle möglichen Mittelchen selber zu. So stellte er einmal eine Creme für ein junges Mädchen her, das immer unter Akne litt. Sie war damit sehr zufrieden, und das hat sich erst im Viertel, dann in der Stadt herumgesprochen.

Ein Schwager riet ihm, das Produkt unter einem zugkräftigen Namen auf den Markt zu bringen, worauf dann beide diesen Namen erfunden haben. Dieser Schwager steckte auch das erste Kapital hinein. Beinahe über Nacht war er ein gemachter Mann. Es wurden Laboratorien eingerichtet, zuerst in Le Havre, dann in Pantin, später auch in der Nähe von Paris. Der Name *Juva* war in allen Zeitungen zu finden, dann stand er auch in Riesenlettern an den Hauswänden.

Sie können sich nicht vorstellen, was diese Produkte, wenn sie einmal auf dem Markt sind, einbringen.

Bessons erste Frau hatte davon nicht mehr viel, denn sie starb kurze Zeit später. Er fing an, ein ganz anderes Leben zu führen. Als ich ihn kennenlernte, war er schon ein sehr reicher Mann, der aber nicht mit Geld umgehen konnte und auch nicht wußte, was er damit anfangen sollte. Ich glaube, deswegen hat er mich geheiratet.«

»Was wollen Sie damit sagen?«

»Daß er eine hübsche Frau brauchte, die er überall herumzeigen konnte. Vor den Pariserinnen hatte er Angst. Bei Damen aus den gehobenen Kreisen in Le Havre hatte er Hemmungen. Er fühlte sich wohler bei einem Mädchen, das er hinter dem Ladentisch einer Konditorei kennengelernt hatte. Ich nehme sogar an, daß es ihm nichts ausmachte, daß ich Witwe war und selber ein Kind hatte. Ich weiß nicht, ob Sie mich verstehen.«

Er verstand, was sie meinte, aber ihn erstaunte, daß sie ihren Mann so durchschaut hatte und so unbefangen darüber reden konnte.

»Gleich nach unserer Hochzeit kaufte er ein herrschaftliches Haus in der Avenue d'Iéna, einige Jahre später das Schloß in Anzi in der Sologne. Er überschüttete mich mit Schmuck, schickte mich in die Modesalons, führte mich ins Theater und auf die Rennbahn aus. Er ließ sogar eine Yacht bauen, auf der er aber niemals segelte, denn er wurde immer seekrank.«

»Glauben Sie, daß er glücklich war?«

»Ich weiß es nicht. Vielleicht in seinem Büro in der Rue Tronchet, wo er nur Untergebene um sich hatte. Ich glaube, woanders lebte er in der ständigen Furcht, man könnte sich über ihn lustig machen. Er war jedoch ein guter Mann und nicht weniger intelligent als die meisten anderen, die Geschäfte machen. Vielleicht ist er zu spät zu so viel Geld gekommen.

Er hatte es sich in den Kopf gesetzt, ein Industriekapitän zu werden, und neben der *Juva*-Creme, die eine Goldgrube war, wollte er andere Produkte kreieren: eine Zahnpasta, eine Seife, was weiß ich alles, für deren Werbung er Millionen ausgegeben hat. Er ließ Fabriken bauen, aber nicht nur für die Herstellung der Produkte, sondern auch für deren Verpackung, und Théo, der in das Geschäft mit eingestiegen war, hatte vielleicht noch hochfliegendere Pläne.

So ging das fünfundzwanzig Jahre, Monsieur Maigret. Heute kann ich mich kaum mehr daran erinnern, so schnell ist das alles gegangen. Wir hatten nie Zeit. Wir fuhren von unserem Haus in Paris auf unser Schloß, von da nach Cannes oder Nizza, um in aller Eile nach Paris zurückzukehren, in zwei Autos, einem mit dem Gepäck, dem Diener, dem Zimmermädchen und der Köchin. Dann beschloß er, jedes Jahr eine Reise zu machen, und so fuhren wir nach London und Schottland, in die Türkei, nach

Ägypten, immer alles im Eiltempo, weil ihn die Geschäfte zurückriefen; die Koffer immer voll mit Kleidern und Juwelen, die in jeder Stadt in einen Safe gebracht werden mußten.

Arlette heiratete dann, ich habe eigentlich nie herausgefunden, warum. Oder besser, ich habe nie erfahren, warum sie plötzlich diesen Jungen heiratete, den wir nicht einmal kannten, wo sie doch einen der reichen jungen Männer, die in unserem Haus verkehrten, hätte haben können.«

»Hatte Ihr Mann eine Schwäche für Ihre Tochter?«

»Geben Sie zu, daß Sie sich fragen, ob nicht mehr dahintersteckte. Ich habe mich das auch gefragt. Wenn ein Mann in einem gewissen Alter mit einem jungen Mädchen, das nicht seine Tochter ist, zusammenwohnt, ist es normal, daß er sich schließlich in sie verliebt. Ich habe die beiden beobachtet. Es stimmt, daß er sie mit Geschenken überhäufte und ihr jeden Wunsch erfüllte. Aber ich habe niemals etwas anderes bemerkt. Nein! Und ich weiß wirklich nicht, warum Arlette mit ihren zwanzig Jahren den ersten besten heiratete. Ich verstehe viele Leute, aber meine eigene Tochter habe ich nie verstanden.«

»Verstehen Sie sich gut mit Ihren Stiefsöhnen?«

»Théo, der Älteste, ging bald seine eigenen Wege, Charles dagegen benahm sich mir gegenüber immer so, als ob ich seine Mutter sei. Théo war nie verheiratet. Im ganzen hat er ein Leben geführt, wie es seinem Vater nie vergönnt war, weil er nicht darauf vorbereitet worden war. Warum schauen Sie mich so an?«

Immer dieser Widerspruch. Sie redete, ohne zu stocken, ab und zu mit einem Lächeln und dem immer gleichbleibenden offenherzigen Ausdruck in ihren hellen Augen, und er wunderte sich über das, was sie sagte.

»Wissen Sie, ich hatte viel Zeit nachzudenken in den fünf Jahren, in denen ich hier allein wohne! Théo war auf allen Rennplätzen zu finden, im *Maxim*, bei *Fouquet*, an allen Orten, die gerade in Mode waren. Den Sommer verbrachte er in Deauville. In dieser Zeit hielt er offenes Haus, war immer von jungen Leuten mit klangvollen Namen umgeben, die aber kein Geld hatten. Er hat diesen Lebensstil nie aufgegeben, oder besser, er sucht immer noch die gleichen Orte auf, aber jetzt ist er es, der ohne Geld dasteht und sich einladen läßt. Ich weiß nicht, wie er das fertigbringt.«

»Waren Sie nicht überrascht, als Sie erfuhren, daß er in Etretat sei?«

»Wir haben schon lange keinen Kontakt mehr. Ich habe ihn vor zwei Wochen in der Stadt gesehen und dachte, er sei auf der Durchreise. Dann brachte Charles ihn am Sonntag hierher und forderte uns beide auf, den alten Streit doch zu vergessen, und ich habe ihm die Hand hingehalten.«

»Hat er irgendeinen Grund für sein Hiersein angegeben?«

»Er sagte nur, er müsse sich erholen. Aber Sie haben mich aus dem Konzept gebracht. Ich war bei der Zeit stehengeblieben, in der mein Mann noch lebte; die letzten zehn Jahre verliefen nicht immer sehr glücklich.«

»Wann hat er dieses Haus gekauft?«

»Bevor die Geschäfte anfingen, schlechtzugehen; als wir noch unsere Stadtwohnung in Paris, das Schloß und all das Drum und Dran hatten. Ich gebe zu, daß ich es war, die dieses Refugium hier haben wollte, wo ich mich mehr als irgendwo anders zu Hause fühle.«

Lächelte er unwillkürlich? Sie fügte hastig hinzu:

»Ich weiß, was Sie denken, und vielleicht haben Sie nicht so ganz unrecht. In Anzi spielte ich die Schloßherrin, weil Fernand es von mir verlangte. Ich war Vorsitzende sämtlicher Wohltätigkeitsvereine und bei allen festlichen Anlässen dabei, aber niemand wußte, wer ich eigentlich bin. Es kam mir ungerecht vor, daß man mich in der Stadt, in der ich arm und bescheiden gelebt hatte, nicht in meinem neuen Glanz mitbekam. Das ist vielleicht kein sehr edler Zug, aber ich glaube, es ist menschlich. Ich sage es Ihnen lieber selber, weil es Ihnen sowieso jeder erzählen wird, und auch deshalb, weil einige mich nicht ohne Ironie die Schloßherrin nennen. Hinter meinem Rücken nennen sie mich lieber Valentine!

Ich habe mich nie um die Geschäfte gekümmert, aber es lag auf der Hand, daß Fernand zu viel in Angriff genommen hat und auch nicht immer zum richtigen Zeitpunkt. Vielleicht nicht so sehr, um den anderen zu imponieren, als um sich selbst zu beweisen, was er für ein großer Finanzmann war. Es fing damit an, daß wir die Yacht verkaufen mußten, dann das Schloß. Eines Abends nach einem Ball gab ich ihm die Perlen, damit er sie wieder in den Safe legte, als er mit einem bitteren Lächeln sagte:

›Ich mache das nur der Leute wegen. Aber es wäre auch kein großes Unglück mehr, wenn man sie stehlen würde, denn es sind nur noch Imitationen.‹

Er wurde immer schweigsamer und vereinsamte. Nur die *Juva*-Creme brachte noch Gewinn, während alle neuen Projekte der Reihe nach scheiterten.«

»Hing er an seinen Söhnen?«

»Ich weiß es nicht. Kommt Ihnen das eigenartig vor, wenn ich das sage? Man stellt sich immer vor, daß Eltern ihre Kinder lieben. Das scheint selbstverständlich zu sein. Jetzt frage ich mich, ob nicht das Gegenteil häufiger vorkommt, als man denkt. Er fühlte sich sicher geschmeichelt, als Théo in die bessere Gesellschaft aufgenommen wurde, von der er nur zu träumen gewagt hatte. Andererseits war er sich wohl klar darüber, daß Théo nicht gerade eine markante Persönlichkeit war und seine hochfliegenden Pläne den Bankrott beschleunigt haben. Was Charles angeht, so hat er ihm nie verziehen, zu nachgiebig zu sein, denn er hegte selber eine ungeheure Abneigung gegen alle Weichen und Schwachen.«

»Weil er eigentlich selber so war, ist es das, was Sie sagen wollen?«

»Ja. Jedenfalls waren die letzten Lebensjahre, in denen er sein Vermögen mehr und mehr dahinschwinden sah, recht deprimierend für ihn. Vielleicht liebte er mich wirklich. Er war kein sehr mitteilsamer Mensch, ich kann mich nicht erinnern, daß er einmal ›chérie‹ zu mir gesagt hat. Er wollte meinen Lebensunterhalt gesichert sehen und mietete dieses Haus auf Lebenszeit und sicherte mir eine kleine Rente vor seinem Tod. Das ist ungefähr alles, was er hinterlassen hat. Seine Kinder erbten nur einige wertlose Erinnerungsstücke, ebenso meine Tochter, mit der er keine Ausnahme machte.«

»Ist er hier gestorben?«

»Nein. Er starb ganz allein in einem Pariser Hotelzimmer; er war dorthin gefahren in der Hoffnung, ein neues Geschäft abzuschließen. Er war siebzig Jahre alt. Allmählich lernen Sie die Familie kennen. Ich weiß eigentlich nicht so recht, was Théo treibt, aber er fährt immerhin ein kleines Auto, ist gut angezogen und lebt in eleganten Orten. Charles mit seinen vier Kindern und einer nicht sehr sympathischen Frau hat sich in mehreren Berufen ohne Erfolg versucht. Er hatte die fixe Idee, eine neue Zeitung zu machen. Dies ging in Rouen und Le Havre daneben. Dann engagierte er sich in Fécamp im Handel mit Düngemitteln, die aus Fischrückständen gewonnen wurden. Als dieses Geschäft sich ganz gut anließ, schrieb er sich auf irgendeiner Liste für die Wahl ein. Es war der reinste Zufall, daß er gewählt wurde, und nun ist er seit zwei Jahren Abgeordneter. Sie sind beide keine Musterknaben, aber sie sind auch keine Bösewichte. Wenn sie mich auch nicht abgöttisch lieben, so glaube ich doch, daß sie mich auch nicht hassen und mein Tod keinem nützen würde.

Die Nippsachen, die Sie hier sehen, würden bei einer Auktion keinen großen Erlös bringen, und das ist, zusammen mit den Imitationen meines früheren Schmucks, alles, was mir geblieben ist.

Die Leute hier in der Gegend haben sich an mich alte Frau gewöhnt; für sie gehöre ich irgendwie mit zur Landschaft.

Beinahe alle Bekannten aus meiner Jugendzeit sind gestorben. Einige Leute, wie die ältere der Schwestern Seuret, besuche ich von Zeit zu Zeit. Daß einer auf die Idee kommen könnte, mich zu vergiften, erscheint mir so unmöglich, so absurd, daß ich verlegen werde, wenn ich Sie hier sitzen sehe, und mich jetzt geradezu schäme, Sie in Paris aufgesucht zu haben. Sie haben mich bestimmt für eine verrückte Alte gehalten, geben Sie's zu!«

»Nein.«

»Warum? Wieso haben Sie das alles ernst genommen?«

»Die Rose ist tot!«

»Das ist wahr.«

Sie warf einen Blick durch das Fenster auf die im Hof herumstehenden Möbel und die Bettdecken, die über der Wäscheleine hingen.

»Ist Ihr Gärtner heute hier?«

»Nein. Gestern war sein Tag.«

»Hat die Putzfrau die Möbel selber heruntergetragen?«

»Wir haben sie auseinandergenommen und zusammen heruntertransportiert, bevor ich heute früh nach Yport fuhr.«

Sie waren schwer, die Treppe eng und gewunden.

»Ich kann mehr tragen, als es den Anschein hat, Monsieur Maigret. Ich wirke vielleicht zerbrechlich und bin auch nicht so kräftig gebaut. Doch war Rose trotz ihrer stämmigen Figur nicht kräftiger als ich.« Sie stand auf, um sein Glas nachzufüllen, und nahm selber einen Schluck von dem alten goldgelben Calvados, dessen Duft das ganze Zimmer erfüllte.

Sie war überrascht von der Frage, die ihr Maigret dann stellte, der ganz ruhig dasaß und an seiner Pfeife zog.

»Glauben Sie, daß Ihr Schwiegersohn – er heißt Julien Sudre, nicht wahr? – ein nachsichtiger Ehemann ist?«

Sie lachte verwundert.

»Ich habe mir darüber nie Gedanken gemacht.«

»Haben Sie sich auch nie gefragt, ob Ihre Tochter einen oder mehrere Geliebte hat?«

»Mein Gott, es würde mich nicht weiter wundern.«

»Ein Mann war hier bei Ihrer Tochter im Gästezimmer in der Nacht von Sonntag auf Montag.«

Sie runzelte die Stirn und überlegte.

»Jetzt verstehe ich.«

»Was verstehen Sie?«

»Ein paar Kleinigkeiten, die mir im ersten Moment nicht aufgefallen waren. Arlette wirkte den ganzen Tag über sehr zerstreut und beunruhigt. Nach dem Essen wollte sie mit den Kindern von Charles am Strand spazierengehen und schien enttäuscht, als er selber dorthin wollte. Auf die Frage, warum ihr Mann sie nicht begleitet habe, antwortete sie, er müsse eine Landschaft am Ufer der Seine fertig malen.

›Bleibst du über Nacht?‹ fragte er sie.

›Ich weiß noch nicht. Ich glaube nicht. Es ist vielleicht besser, wenn ich mit dem Abendzug zurückfahre.‹

Ich habe nicht lockergelassen. Mehrmals habe ich sie dabei ertappt, wie sie zum Fenster hinausschaute, und ich erinnere mich jetzt, daß bei Einbruch der Dunkelheit ein Auto zwei- oder dreimal beinahe im Schrittempo draußen vorbeifuhr.«

»Worüber haben Sie sich unterhalten?«

»Das ist schwer zu sagen. Mimi mußte ihr Baby versorgen, es mehrmals wickeln, die Flasche vorbereiten, und den fünfjährigen Claude beruhigen, der die Rabatten zertrampelt hatte. Natürlich sprach man über die Kinder. Arlette sagte zu Mimi, daß das Jüngste für sie eine Überraschung gewesen sein muß nach fünf Jahren, wenn der Älteste schon fünfzehn war; Mimi antwortete, daß Charles keine mehr haben wollte und damit ja auch keine Arbeit habe…

Sehen Sie, wie es hier so geht. Wir tauschten Kochrezepte aus.«

»Ist Arlette nach dem Abendessen auf Ihr Zimmer mitgegangen?«

»Ja. Ich wollte ihr ein Kleid vorführen, das ich mir kürzlich machen ließ, und ich habe es in ihrem Beisein anprobiert.«

»Wo hielt sie sich auf?«

»Sie saß auf dem Bett.«

»Blieb sie auch einmal allein im Zimmer?«

»Vielleicht kurz, als ich das Kleid aus der kleinen Kammer holte, die ich als Wäschekammer benutzt. Aber ich kann mir nicht vorstellen, wie Arlette Gift in die Medizinflasche schüttete. Dazu hätte sie auch den Arzneimittelschrank öffnen müssen, der aber im Badezimmer hängt. Ich hätte es bestimmt gehört. Warum auch hätte Arlette es tun sollen? So ist also der arme Julien ein Hahnrei?«

»Ein Mann kam nach Mitternacht in Arlettes Zimmer und floh durch das Fenster, als er Rose stöhnen hörte.«

Sie konnte sich ein Lachen nicht verkneifen.

»Das war ja ein schöner Reinfall!«

Aber auch jetzt ängstigte sie das in keiner Weise.

»Wer ist es? Jemand von hier?«

»Jemand, der sie im Auto von Paris herbrachte; es ist ein gewisser Hervé Peyrot, ein Weinhändler.«

»Jung?«

»Um die Vierzig.«

»Ich hatte mich schon gewundert, daß sie mit dem Zug kam, wo ihr Mann doch ein Auto und sie den Führerschein hat. Das ist alles sehr sonderbar, Monsieur Maigret. Eigentlich bin ich doch froh, daß Sie da sind. Der Inspektor hat das Glas und die Medizinflasche mitgenommen und auch einige andere Gegenstände aus meinem Zimmer und dem Bad. Ich bin gespannt, was die Leute im Labor herausfinden. Es waren auch Polizisten in Zivil da, um Aufnahmen zu machen. Wenn Rose doch nicht so eigensinnig gewesen wäre! Ich hatte ihr gesagt, daß die Medizin komisch schmeckt, und als sie draußen war, mußte sie trotzdem den Rest im Glas austrinken. Sie brauchte kein Schlafmittel, das können Sie mir glauben. Wie oft habe ich ihr Schnarchen gehört, gleich nachdem sie sich schlafen gelegt hatte? Vielleicht möchten Sie gerne das Haus sehen?«

Er war noch nicht einmal eine Stunde bei ihr und doch war sie ihm schon so vertraut, daß er meinte, sie seit langem zu kennen. Die ernste Gestalt der Putzfrau – sie war bestimmt Witwe! – erschien im Türrahmen.

»Essen Sie den Rest des Ragouts heute abend, oder soll ich ihn der Katze geben?«

Sie fragte beinahe bissig und ohne dabei zu lächeln.

»Ich esse es, Madame Leroy.«

»Ich bin draußen fertig. Es ist alles geputzt. Wenn Sie mir helfen, die Möbel wieder nach oben zu tragen...«

Valentine lächelte verstohlen zu Maigret hinüber.

»Gleich.«

»Ich bin fertig mit meiner Arbeit.«

»Dann ruhen Sie sich einen Augenblick aus.«

Und sie ging vor ihm die enge Treppe hinauf, die nach Bohnerwachs roch.

3

Arlettes Liebhaber

»Wenn Sie Lust haben, besuchen Sie mich, Monsieur Maigret. Ich möchte zumindest jederzeit zu Ihrer Verfügung stehen, wenn ich Sie schon aus Paris holen ließ. Sind Sie mir nicht zu sehr böse, daß ich Sie wegen dieser sonderbaren Geschichte bemüht habe?«

Sie standen im Garten und verabschiedeten sich. Die Witwe Leroy wartete immer noch auf ihre Herrin, die ihr helfen sollte, die Möbel wieder in Roses Zimmer hinaufzuschaffen. Einen Augenblick meinte Maigret helfen zu müssen, weil er nicht mit ansehen konnte, wie Valentine die schweren Stücke trug.

»Ich wundere mich jetzt, daß ich so auf Ihrem Kommen bestand, denn ich fürchte mich nicht einmal.«

»Schläft Madame Leroy bei Ihnen?«

»O nein! Sie geht in einer Stunde. Sie hat einen vierundzwanzigjährigen Sohn, der bei der Bahn arbeitet und den sie verwöhnt wie ein kleines Kind. Er kommt bald nach Hause, deshalb hat sie es so eilig.«

»Sie schlafen also allein im Haus?«

»Das wäre nicht das erste Mal.«

Er ging durch den Garten, stieß die Gartentür auf, die ein bißchen quietschte. Die Sonne ging über dem Meer unter und tauchte die Straße in gelbes, beinahe rötliches

Licht. Die Straße erinnerte ihn an seine Kindheit; sie war nicht geteert, die Schuhe sanken in dem weichen Staub ein; am Straßenrand wuchsen Hecken und Brennesseln. Etwas weiter unten machte die Straße eine Kurve, und genau da sah er die Gestalt einer Frau, die auf der anderen Straßenseite langsam den Hang heraufkam.

Sie lief im Gegenlicht, war dunkel gekleidet, und er erkannte sie, ohne sie früher schon einmal gesehen zu haben. Das konnte nur Arlette sein, die Tochter der alten Dame. Sie schien nicht ganz so klein und zierlich zu sein wie ihre Mutter, wirkte aber ebenso anmutig und elegant und hatte dieselben großen, unwirklich blauen Augen. Ob sie den Kommissar erkannte, dessen Foto so oft in den Zeitungen zu sehen war? Oder war sie einfach der Meinung, dieser städtisch gekleidete Fremde hier auf dem Weg könne nur ein Polizist sein? Maigret hatte den Eindruck, als ob sie in dem Moment, als sie sich begegneten, anhielt und ihn ansprechen wollte. Auch er zögerte. Er hätte sie auch gerne angesprochen, aber die Gelegenheit und der Ort waren ungünstig.

Also sahen sie sich nur schweigend an, Arlettes Augen schauten völlig unbeteiligt. Ihr Blick war ernst, etwas abwesend, gleichgültig. Maigret drehte sich um, als sie hinter der Hecke verschwunden war, dann setzte er seinen Weg nach Etretat fort.

Vor einem Postkartenstand traf er Inspektor Castaing.

»Ich habe auf Sie gewartet, Kommissar. Man brachte mir soeben die Berichte. Ich habe sie in der Tasche. Wollen Sie sie durchsehen?«

»Ich möchte mich erst einmal auf eine Terrasse setzen und ein kühles Bier trinken.«

»Hat sie Ihnen denn nichts angeboten?«

»Sie hat mir einen so alten und so ausgezeichneten Calvados kredenzt, daß ich jetzt etwas ganz Normales und Erfrischendes trinken möchte.«

Die Sonne, die als riesiger Feuerball in der zweiten Nachmittagshälfte schon tief stand, ließ die Nachsaison ebenso ahnen wie die wenigen Badegäste, die bereits Wollsachen trugen und die, als die Kühle sie vom Meer verscheucht hatte, nicht wußten, was sie auf den Straßen anstellen sollten.

»Arlette ist gerade angekommen«, sagte Maigret, als sie sich an einen kleinen Tisch an der Place de la Mairie gesetzt hatten.

»Haben Sie sie gesehen?«

»Ich vermute, sie ist diesmal mit dem Zug gekommen.«

»Ging sie zu ihrer Mutter? Haben Sie mit ihr gesprochen?«

»Wir sind uns nur unterwegs begegnet, etwa hundert Meter vor La Bicoque.«

»Glauben Sie, sie übernachtet dort?«

»Das ist wohl anzunehmen.«

»Sonst ist niemand im Haus, nicht wahr?«

»Heute nacht sind nur Mutter und Tochter dort.«

Das beunruhigte den Inspektor.

»Sie werden doch nicht von mir verlangen, daß ich diesen ganzen Papierkram durchlese?« fragte Maigret und schob die dicke gelbe, mit Dokumenten vollgestopfte Mappe von sich. »Erzählen Sie mir zuerst etwas über das Glas. Sie haben es gefunden und eingepackt?«

»Ja. Es stand auf dem Nachttisch im Zimmer des

Mädchens. Ich fragte Madame Besson, ob es auch bestimmt das Glas sei, in dem die Medizin war. Eine Verwechslung schien ausgeschlossen, da das Glas leicht getönt und als letztes Stück eines alten Service übriggeblieben ist.«

»Fingerabdrücke?«

»Die der alten Dame und die von Rose.«

»Die Flasche?«

»Die Flasche mit dem Schlafmittel fand ich im Arzneischrank im Bad an dem angegebenen Platz. Auf ihr sind auch nur die Abdrücke der alten Dame zu finden. Haben Sie übrigens ihr Zimmer gesehen?«

Castaing, wie auch Maigret, war überrascht gewesen, als er das Zimmer Valentines betrat. Sie hatte dem Inspektor mit freudiger Unbefangenheit und ohne Kommentar die Tür geöffnet, aber sie mußte sich der Wirkung sehr genau bewußt sein, die das Zimmer ausstrahlte. Wenn auch das Haus hübsch und mit erlesenem Geschmack eingerichtet war, war man doch nicht darauf gefaßt, sich plötzlich in dem Zimmer einer großen Kokotte zu befinden, in dem alles mit cremefarbenem Satin ausgeschlagen war. Mitten auf dem riesigen Bett hielt eine Siamkatze mit bläulichem Fell Mittagsschlaf und öffnete kaum ihre goldfarbenen Augen, um die fremden Besucher zu begrüßen.

»Vielleicht finden Sie die Einrichtung ein wenig albern für eine alte Frau?«

Als sie in das gekachelte Bad hinübergingen, sagte sie noch: »Wahrscheinlich hängt das damit zusammen, daß ich als junges Mädchen nie ein eigenes Zimmer hatte und mit meinen Schwestern zusammen in einem Mansardenzimmer schlafen mußte. Am Brunnen im Hof mußten wir uns waschen. In der Avenue d'Iéna ließ Fernand mir ein Badezimmer ganz in rosa Marmor einrichten, mit Armaturen aus vergoldetem Silber, wo man über drei Stufen in die Wanne steigen konnte.«

Roses Zimmer war leer, ein Windzug bauschte die Baumwollvorhänge auf wie eine Krinoline, der Fußboden war gewachst, und die Wände waren mit einem Blumenmuster tapeziert.

»Was sagt der Gerichtsarzt?«

»Es ist einwandfrei eine Vergiftung. Eine starke Dosis Arsen. Das Schlafmittel hat nichts mit dem Tod des Dienstmädchens zu tun. In dem Bericht steht außerdem, daß die Flüssigkeit einen sehr bitteren Geschmack gehabt haben muß.«

»Das sagte Valentine auch.«

»Und die Rose hat sie trotzdem getrunken. Sehen Sie den Mann auf dem Bürgersteig da drüben, der in das Papiergeschäft geht. Das ist Théo Besson.«

Der Mann war groß und hager, mit markanten Zügen, und schien um die Fünfzig zu sein. Er trug einen rostfarbenen Tweedanzug, in dem er sehr englisch wirkte. Er trug keinen Hut, die grauen Haare waren schütter.

Er wurde auf die beiden Männer aufmerksam. Den Inspektor kannte er schon, und wahrscheinlich erkannte er auch Kommissar Maigret. Wie Arlette zögerte er kurz, deutete leicht einen Gruß an und verschwand in dem Papiergeschäft.

»Haben Sie ihn vernommen?«

»Beiläufig. Ich fragte ihn, ob er keine Erklärung abzugeben habe und ob er länger in Etretat bleiben wolle. Er antwortete, er wolle erst abreisen, wenn die Hotels schließen würden.«

»Was macht er den ganzen Tag?«

»Er läuft viel am Meer entlang, ganz allein und mit großen regelmäßigen Schritten, wie nicht mehr ganz junge Leute, die in Form bleiben wollen. Gegen elf Uhr badet er, und die übrige Zeit lungert er in der Bar des Kasinos und in den Bistros herum.«

»Trinkt er viel?«

»Ein Dutzend Whiskys pro Tag, aber ich glaube nicht, daß er sich betrinkt. Er liest vier oder fünf Zeitungen. Manchmal spielt er auch, setzt sich dabei aber niemals an einen der Tische.«

»Steht sonst nichts in diesen Berichten?«

»Nichts von Bedeutung.«

»Hat Théo seine Stiefmutter seit Sonntag noch einmal getroffen?«

»Nicht daß ich wüßte.«

»Wer hat sie noch einmal gesehen? Erzählen Sie mir kurz, was am Montag los war. Ich weiß so ungefähr alles über den Sonntag, aber der Ablauf des Montags ist mir ziemlich unklar.«

Er wußte, was Valentine am Dienstag gemacht hatte, denn sie hatte es ihm erzählt. Sie hatte La Bicoque früh verlassen, Madame Leroy blieb dort, und den ersten Zug nach Paris genommen. Mit einem Taxi fuhr sie zum Quai des Orfèvres, wo die Unterhaltung mit dem Kommissar stattfand.

»Haben Sie danach Ihre Tochter besucht?« hatte er sie vorhin gefragt.

»Nein. Warum?«

»Besuchen Sie sie nie, wenn Sie in Paris sind?«

»Selten. Sie leben ihr Leben und ich das meinige. Außerdem mag ich das Viertel Saint-Antoine nicht, wo sie wohnen, und auch nicht ihre kleinbürgerliche Wohnung.«

»Was haben Sie dann gemacht?«

»Ich habe in einem Restaurant in der Rue Duphot zu Mittag gegessen, wo ich schon immer gerne gegessen habe, zwei, drei Einkäufe im Viertel um die Madeleine gemacht und bin wieder in den Zug gestiegen.«

»Wußte Ihre Tochter, daß Sie in Paris sind?«

»Nein.«

»Ihr Stiefsohn Charles auch nicht?«

»Ich habe ihm nichts von meinem Plan erzählt.«

Er hätte jetzt gerne erfahren, was alles am Montag passiert war.

»Als ich gegen acht Uhr ankam«, sagte Castaing, »waren alle im Haus einigermaßen aufgeregt, wie Sie sich denken können.«

»Wer war alles da?«

»Madame Besson natürlich.«

»In welcher Aufmachung?«

»Wie gewöhnlich. Ihre Tochter war auch da, unfrisiert und in Hausschuhen. Dr. Jolly war bei ihnen; er ist ein Freund der Familie, nicht mehr ganz jung, ruhig, überlegt. Der alte Gärtner und Charles Besson waren kurz vor mir eingetroffen.«

»Wer gab Ihnen die Informationen?«

»Valentine. Ab und zu unterbrach sie der Doktor, um sie nach einem wichtigen Detail zu fragen. Sie sagte mir, sie habe ihren Stiefsohn telefonisch benachrichtigen lassen. Er sei sehr bewegt und ganz fertig gewesen, schien aber auch erleichtert, daß noch kein Reporter gekommen war und die Leute noch nichts erfahren hatten. Sie haben gerade seinen Bruder gesehen, dem er sehr ähnlich ist, nur ist er dicker und labiler.

Meine Arbeit wurde mir nicht leichtgemacht, denn es gibt kein Telefon im Haus; da ich mehrmals mit Le Havre telefonieren mußte, war ich jedesmal gezwungen, in die Stadt zu laufen.

Der Doktor mußte noch Krankenbesuche machen und ging als erster.«

»Wurden Roses Eltern nicht benachrichtigt?«

»Nein. Sie schien man vergessen zu haben. Ich bin dann nach Yport gefahren, um es ihnen zu sagen. Der Vater war beim Fischfang. Einer der Brüder und die Mutter begleiteten mich.«

»Wie lief das ab?«

»Eher peinlich. Die Mutter sah Madame Besson an, als ob sie allein die Schuld an den Ereignissen trage, und redete nicht ein Wort mit ihr. Der Bruder, dem Charles Besson ich weiß nicht was erzählte, wurde wütend.

›Wir finden die Wahrheit heraus, und glauben Sie ja nicht, daß ich die Sache auf sich beruhen lasse, bloß weil Sie am längeren Hebel sitzen!‹

Sie wollten die Leiche gleich nach Yport mitnehmen. Ich konnte sie nur mühsam davon überzeugen, daß sie zuerst nach Le Havre zur Autopsie gebracht werden müsse.

Inzwischen war der Vater mit dem Fahrrad nachgekommen. Er redete mit niemand. Er ist klein, gedrungen, sehr kräftig. Als der Leichenwagen abgefahren war, ging auch er mit seiner Familie. Charles Besson hatte ihnen angeboten, sie im Auto nach Hause zu fahren, aber sie lehnten ab und gingen alle drei zu Fuß; der Alte schob sein Fahrrad neben sich her.

Ich kann Ihnen nicht garantieren, ob die zeitliche Reihenfolge meines Berichts stimmt. Nachbarn kamen, dann drängten auch die Leute aus der Stadt in den Garten. Ich war oben im Haus, zusammen mit Cornu vom Erkennungsdienst, der Fotos machte und Spuren sicherte. Als ich gegen Mittag herunterkam, war Arlette nicht mehr da. Ihre Mutter sagte mir, sie sei nach Paris zurück, damit ihr Mann sich keine Sorgen mache. Charles Besson ist bis drei Uhr nachmittags geblieben und fuhr dann nach Fécamp zurück.«

»Hat er Ihnen von mir erzählt?«

»Nein. Warum?«

»Hat er Ihnen nicht gesagt, daß er sich mit der Bitte an den Minister wenden wolle, mich mit der Untersuchung zu beauftragen?«

»Er hat mir überhaupt nichts davon gesagt, nur daß er das Nötige bei der Presse veranlassen würde. Sonst fällt mir nichts mehr ein. Ah, doch! Abends habe ich Théo Besson auf der Straße getroffen, auf den man mich aufmerksam gemacht hatte, und ich hielt an, um kurz mit ihm zu sprechen.

›Wissen Sie schon, was in La Bicoque passiert ist?‹

›Ich habe davon gehört.‹

›Sie wissen nichts, was mir in meiner Untersuchung weiterhelfen könnte?‹

›Absolut nichts.‹

Er war sehr reserviert und wirkte abweisend. Dann fragte ich ihn, wann er Etretat verlassen wolle, und er antwortete, was Sie bereits wissen. Wenn Sie mich heute abend nicht mehr brauchen, würde ich gerne nach Le Havre zurückfahren, um den Bericht zu schreiben. Ich habe meiner Frau versprochen, wenn irgend möglich, zum Abendessen dazusein, weil wir Freunde eingeladen haben.«

Er hatte sein Auto vor dem Hotel stehen, und Maigret begleitete ihn durch die stillen Straßen. An manchen Ecken sah man ein Stückchen Meer.

»Beunruhigt Sie das nicht ein wenig, daß Arlette heute bei ihrer Mutter übernachtet und die beiden Frauen allein im Haus sind?«

Er machte sich Sorgen, und da Maigret so ruhig blieb, fand er, dieser würde die Sache vielleicht leichtnehmen.

Im zunehmenden Abendrot schienen die Hausdächer zu brennen und färbte sich das Meer stellenweise eisiggrün: als ob die Welt gegenüber der untergehenden Sonne in einer unmenschlichen Unvergänglichkeit zu erstarren begann.

»Wann soll ich morgen früh hiersein?«

»Nicht vor neun. Vielleicht können Sie für mich das Palais de Justice anrufen und alle verfügbaren Auskünfte über Arlette Sudre und ihren Mann einholen. Ich würde auch gerne wissen, was Charles Besson so treibt, wenn er in Paris ist. Und wenn Sie schon dabei sind, erfahren Sie vielleicht etwas über Théo. Versuchen Sie, Lucas an den Apparat zu bekommen. Ich möchte diese Dinge nicht von hier aus am Telefon besprechen.«

Die meisten Passanten drehten sich nach ihnen um, und man beobachtete sie hinter den Schaufensterauslagen. Maigret wußte noch nicht, was er mit dem Abend anfangen würde und wo er mit der Untersuchung beginnen sollte. Ab und zu sagte er mechanisch vor sich hin:

»Die Rose ist tot.«

Sie war die einzige, über die er noch nichts erfahren hatte, außer daß sie kräftig gebaut und vollbusig war.

Er sagte zu Castaing, der gerade den Motor anließ:

»Sie besaß doch bestimmt persönliche Gegenstände in ihrem Zimmer bei Valentine. Was hat man mit ihnen gemacht?«

»Ihre Eltern packten alles in ihren Koffer und nahmen ihn mit.«

»Haben Sie gefragt, ob Sie sie durchsehen dürfen?«

»Ich traute mich nicht. Wenn Sie sie je besuchen, werden Sie den Grund verstehen. Sie empfangen einen nicht gerade freundlich, betrachten einen mißtrauisch, schauen einander an und geben dann einsilbige Antworten.«

»Ich gehe wahrscheinlich morgen hin.«

»Es würde mich wundern, wenn Charles Besson Sie nicht heimsuchte. Wo er doch dem Minister so zugesetzt hat, um Sie wegen dieser Geschichte herzubekommen.«

Castaing machte sich mit seinem Auto auf den Weg nach Le Havre, und Maigret ging nicht ins Hotel, sondern zum Kasino, dessen Terrasse hoch über dem Strand lag. Es geschah ganz unwillkürlich. Er gab wie alle Städter diesem Drang nach, sich am Meer den Sonnenuntergang anzusehen. Alle Badegäste, die sich noch in Etretat aufhielten, standen da, junge Mädchen in hellen Kleidern, ein paar ältere Damen, die auf den Augenblick warteten, wo die Sonne unterging und aus den Wellen der berühmte grüne Schimmer aufleuchtete.

Maigret taten dabei die Augen weh, so daß er den grünen Schimmer nicht sah, und er ging in die Bar, wo ihn eine bekannte Stimme ansprach:

»Was ist denn nun los?«

»Hallo! Charlie!«

Maigret hatte den Barkeeper in einem Lokal in der Rue Daunou kennengelernt und war überrascht, ihm hier wieder zu begegnen.

»Ich wußte doch, daß Sie die Geschichte in die Hand nehmen würden. Was halten Sie davon?«

»Und Sie?«

»Ich finde, die alte Dame hatte riesiges Glück und das Mädchen verdammtes Pech.«

Maigret trank einen Calvados, weil er nun mal in der Normandie war und damit angefangen hatte. Charlie bediente andere Gäste. Théo Besson hatte sich gerade auf einen Barhocker gesetzt und schlug eine Pariser Zeitung auf, die er wahrscheinlich gerade am Bahnhof gekauft hatte.

Außer einigen kleinen rosa Wolken hatte die Welt draußen jede Farbe verloren, während die regungslose Unendlichkeit des Himmels sich über dem unendlich weiten Meer wölbte.

Er schlenderte noch ein bißchen herum, benommen vom Calvados, ging dann zum Hotel, dessen Fassade sich in der Abenddämmerung kreideweiß abhob. Er ging durch die Grünpflanzen die Treppe hinauf, stieß die Tür auf und ging auf dem roten Teppich zur Anmeldung, um seinen Zimmerschlüssel zu holen.

Der Geschäftsführer beugte sich vertraulich nach vorn:
»Eine Dame erwartet Sie seit einiger Zeit.« Dabei schaute er in eine Ecke der Eingangshalle, in der rote Samtsessel standen.

»Ich habe ihr gesagt, daß ich nicht wüßte, wann Sie zurückkämen, und sie antwortete, sie würde warten. Es ist…«

Er sprach so leise und stockend einen Namen aus, daß Maigret ihn nicht verstand. Aber als er sich umdrehte, erkannte er Arlette Sudre, die in diesem Augenblick aus dem Sessel aufstand.

Besser als am Nachmittag fiel ihm ihre elegante Erscheinung auf, vielleicht weil sie hier die einzige war, die städtisch angezogen war mit einem sehr pariserisch angehauchten Hut, der an einen Fünf-Uhr-Tee im Madeleine-Viertel denken ließ.

Er ging auf sie zu und fühlte sich dabei nicht sehr wohl in seiner Haut.

»Erwarten Sie mich? Kommissar Maigret.«
»Wie Sie bereits wissen, bin ich Arlette Sudre.«

Er deutete mit einer Kopfbewegung an, daß er es schon wußte. Danach schwiegen beide einen Augenblick. Sie schaute sich um, wie um damit anzudeuten, daß man sich in diesem Foyer nur schwierig unterhalten könne, wo ein altes Ehepaar sie nicht aus den Augen ließ und die Ohren spitzte.

»Ich nehme an, Sie wollen mit mir unter vier Augen sprechen. Leider sind wir nicht im Quai des Orfèvres. Ich weiß nicht, wo…«

Er schaute ebenfalls herum. Er konnte sie nicht auf sein Zimmer einladen. Die Bedienung legte die Gedecke im Speisesaal auf, in dem etwa zweihundert Personen Platz nehmen konnten, wo aber heute kaum mehr als zwanzig Gäste zu erwarten waren.

»Das einfachste wäre, Sie würden mit mir hier etwas essen. Ich könnte einen etwas ruhigeren Tisch aussuchen...«

Weniger verlegen als er, nahm sie seinen Vorschlag ganz selbstverständlich, und ohne sich zu bedanken, an und folgte ihm in den noch leeren Saal.

»Können wir schon etwas zu essen bekommen?« fragte er die Bedienung.

»In einigen Minuten. Sie können schon Platz nehmen. Zwei Gedecke?«

»Einen Augenblick. Können wir etwas zu trinken bestellen?«

Er wandte sich fragend an Arlette.

»Martini«, sagte sie herablassend.

»Zwei Martinis.«

Er war immer noch etwas verlegen, nicht nur, weil ein Mann am letzten Sonntag einen Teil der Nacht in Arlettes Zimmer verbracht hatte. Sie war der Typ einer hübschen Frau, mit der ein Mann durch einen glücklichen Zufall allein diniert, wobei er heimlich die Eintretenden mustert, aus Angst, erkannt zu werden. Und nun aß er hier mit ihr zu Abend.

Sie kam ihm nicht entgegen, sah ihn ruhig an, als ob es an ihm wäre zu sprechen und nicht an ihr.

»Sie sind also wieder aus Paris gekommen«, sagte er einlenkend.

»Sollten Sie erraten haben, warum?«

Wahrscheinlich war sie hübscher als ihre Mutter es je gewesen war, aber im Gegensatz zu ihr wollte Arlette nicht gefallen, blieb zurückhaltend, und es fehlte die Herzlichkeit in ihren Augen.

»Wenn Sie es noch nicht wissen, werde ich es Ihnen sagen.«

»Wollen Sie über Hervé sprechen?«

Die Martinis wurden serviert, sie nippte daran, holte ein Taschentuch aus ihrer schwarzen Wildledertasche und griff automatisch nach einem Lippenstift, den sie aber nicht benutzte.

»Was wollen Sie unternehmen?« fragte sie und schaute ihm dabei direkt in die Augen.

»Ich verstehe die Frage nicht.«

»Ich kenne mich nicht besonders aus in diesen Dingen, aber ich lese ab und zu Zeitung. Bei einem solchen Unglück wie am Sonntag abend wühlt die Polizei gewöhnlich im Privatleben aller mehr oder weniger daran Beteiligten, wobei es keine Rolle spielt, ob man nun schuldig oder unschuldig ist. Da ich verheiratet bin und meinen Mann sehr liebe, frage ich Sie, was Sie tun werden.«

»Wegen des Taschentuchs?«

»Vielleicht.«

»Ist Ihr Mann nicht informiert?«

Er sah, wie ihr Mund vor Ungeduld oder vor Wut zitterte, und sie sagte nur:

»Sie reden wie meine Mutter.«

»Weil Ihre Mutter glaubte, daß Ihr Mann vielleicht Bescheid weiß über Ihre außerehelichen Beziehungen?«

Sie lachte kurz und verächtlich.

»Sie überlegen sich genau, was Sie sagen, nicht wahr?«

»Wenn es Ihnen lieber ist, werde ich offen mit Ihnen reden. Nach allem, was Sie mir gesagt haben, glaubte Ihre Mutter, Ihr Mann wäre diesbezüglich äußerst großzügig.«

»Wenn sie es nicht gedacht hat, so hat sie es gesagt.«

»Da ich ihn nicht kennengelernt habe, kann ich dazu nichts sagen. Jetzt...«

Sie schaute ihn immer noch unverwandt an, und er sagte absichtlich boshaft:

»Nun, Sie sind selber schuld, wenn jemand auf diese Gedanken kommt. Sie sind 38 Jahre alt, glaube ich? Sie sind seit achtzehn Jahren verheiratet. Es fällt einem schwer zu glauben, daß Ihr Abenteuer am Sonntag das erste dieser Art sein soll.«

»Es ist allerdings nicht das erste.«

»Sie verbrachten eine Nacht im Haus Ihrer Mutter und meinten, Ihren Geliebten dort einschmuggeln zu müssen.«

»Vielleicht haben wir nicht so oft Gelegenheit, eine Nacht zusammen zu verbringen.«

»Ich urteile nicht, ich konstatiere. Deswegen anzunehmen, daß Ihr Mann im Bilde ist...«

»Er war es nicht und ist es noch nicht. Deshalb bin ich auch zurückgekommen nach meiner etwas überstürzten Abreise.«

»Warum sind Sie Montagmittag abgefahren?«

»Ich wußte nicht, was aus Hervé geworden war, als er das Haus verlassen hatte, weil Rose anfing zu stöhnen. Ich wußte nicht, wie mein Mann auf die Nachricht reagieren würde. Ich wollte vermeiden, daß er herkommt.«

»Ich verstehe. Und als Sie in Paris waren, haben Sie sich Sorgen gemacht.«

»Ja. Ich rief Charles an, und er erzählte mir, daß Sie mit den Ermittlungen beauftragt worden seien.«

»Hat Sie das beruhigt?«

»Nein.«

»Kann ich servieren, meine Herrschaften?«

Er nickte, und sie redeten erst weiter, als sie die Suppe vor sich hatten.

»Erfährt mein Mann etwas davon?«

»Nur wenn es unbedingt notwendig ist.«

»Verdächtigen Sie mich, ich hätte versucht, meine Mutter zu vergiften?«

Er vergaß den Löffel in den Mund zu schieben und schaute sie verblüfft und etwas bewundernd an.

»Warum fragen Sie mich das?«

»Weil ich die einzige Person im Haus war, die das Gift in das Glas schütten konnte. Genauer gesagt, ich war die einzige, die sich noch im Haus aufhielt, als es passierte.«

»Sie wollen sagen, Mimi hätte es vor der Abfahrt tun können?«

»Mimi oder Charles oder auch Théo. Nur wird man zwangsläufig an mich denken.«

»Warum zwangsläufig?«

»Weil alle glauben, daß ich meine Mutter nicht liebe.«

»Und stimmt das?«

»Es stimmt ungefähr.«

»Würde es Ihnen viel ausmachen, wenn ich Ihnen einige Fragen stelle? Wobei ich betone, daß ich sie nicht dienstlich stelle. Sie sind es gewesen, die mich aufsuchte.«

»Sie hätten sie irgendwann doch stellen müssen, nicht wahr?«

»Möglich, und sogar wahrscheinlich.«

Das ältere Paar saß drei Tische weg von ihnen, außerdem saß noch eine Frau mittleren Alters an einem Tisch, die ihren etwa achtzehn Jahre alten Sohn nicht aus den Augen ließ und ihn bemutterte wie ein Baby. Von einem Tisch, an dem lauter junge Mädchen saßen, kam ab und zu schallendes Gelächter herüber.

Maigret und seine Begleiterin unterhielten sich leise, scheinbar ruhig und sachlich, und aßen dabei.

»Seit wann lieben Sie Ihre Mutter nicht mehr?«

»Seit dem Tag, an dem ich merkte, daß sie mich nie geliebt hat, daß meine Geburt nicht geplant war und ich ihr Leben verpfuscht hatte.«

»Wann machten Sie diese Entdeckung?«

»Als ich noch ein kleines Mädchen war. Es ist übrigens einseitig, wenn ich dabei nur von mir rede. Ich sollte sagen, daß Mama nie jemand geliebt hat, nicht einmal mich.«

»Hat sie Ihren Vater auch nicht geliebt?«

»Seit dem Tag, an dem er starb, wurde sein Name nicht mehr erwähnt. Ich wette, daß Sie nicht eine einzige Fotografie meines Vaters im Haus finden. Sie sind ja vorhin dort gewesen und haben Mamas Zimmer gesehen. Ist Ihnen nichts aufgefallen?«

Er dachte angestrengt nach und gestand dann: »Nein.«

»Vielleicht haben Sie noch nicht oft die Gelegenheit gehabt, ältere Damen in ihren Wohnungen zu besuchen. Meistens sehen Sie an den Wänden und auf den Möbelstücken eine Unmenge Fotografien.«

Sie hatte recht. Er erinnerte sich jedoch an ein Porträt, das Bild eines alten Mannes, das in einem prächtigen Silberrahmen auf dem Nachttisch stand.

»Mein Stiefvater«, antwortete sie auf seinen Einwand. »Erstens steht es vor allem wegen des Rahmens da. Zweitens ist er immerhin der ehemalige Besitzer der *Juva*-Produkte, was nicht vergessen werden darf. Und drittens hat er sein halbes Leben damit zugebracht, meiner Mutter jeden Wunsch von den Augen abzulesen und ihr all das zu geben, was sie besessen hat. Haben Sie ein Bild von mir gesehen? Haben Sie welche von meinen Stiefbrüdern gesehen? Charles fotografiert zum Beispiel leidenschaftlich gern seine Kinder in allen Lebensabschnitten und schickt Abzüge an die Familie. Bei Mama liegen all diese Bilder in einer Schublade, zusammen mit Bleistiftstummeln, alten Briefen, Garnrollen, was weiß ich. An den Wänden aber hängen Fotos von ihr, von ihren Autos, ihrem Schloß, ihrer Yacht, ihren Katzen, vor allem von ihren Katzen.«

»Sie lieben sie wirklich nicht!«

»Ich glaube, ich nehme ihr das nicht einmal mehr übel.«

»Warum?«

»Das spielt keine Rolle. Doch wenn man versucht hat, sie zu vergiften...«

»Verzeihung. Sie sagten gerade, *wenn*.«

»Ich habe das nur so gesagt, obwohl man bei Mama nie weiß...«

»Wollen Sie damit vielleicht andeuten, sie hat es vorgetäuscht, daß man sie vergiften wollte?«

»Das ließe sich nicht aufrechterhalten, weil das Gift ja im

Glas war, und zwar genug für einen Mord, denn die arme Rose ist tot.«

»Ihre Stiefbrüder und Ihre Schwägerin teilten Ihr... sagen wir Ihr Desinteresse, wenn nicht Ihre Abneigung Ihrer Mutter gegenüber?«

»Ja, aber aus anderen Gründen. Mimi mag sie nicht, weil sie der Meinung ist, daß mein Stiefvater ohne sie nicht sein Vermögen verloren hätte.«

»Stimmt das?«

»Ich weiß nicht. Sicher ist nur, daß er am meisten Geld für sie ausgab und vor allem ihr damit imponieren wollte.«

»Wie waren Ihre Beziehungen zu Ihrem Stiefvater?«

»Beinahe unmittelbar nach der Hochzeit steckte Mama mich in ein sehr vornehmes und sehr teures Schweizer Pensionat unter dem Vorwand, mein Vater wäre tuberkulös gewesen und meine Lunge müßte beobachtet werden.«

»Unter dem Vorwand?«

»Ich habe noch nie in meinem Leben gehustet. Doch die Anwesenheit einer erwachsenen Tochter störte. Vielleicht war sie auch eifersüchtig.«

»Worauf?«

»Fernand neigte dazu, mich zu verwöhnen und zu verhätscheln. Als ich mit siebzehn Jahren nach Paris zurückkehrte, war er auf einmal ständig hinter mir her.«

»Sie wollen sagen...?«

»Nein. Nicht gleich. Ich war achtzehneinhalb, als das passierte. Ich zog mich abends zum Theater um. Er kam in mein Zimmer, bevor ich fertig angezogen war.«

»Was geschah dann?«

»Nichts. Er wurde zudringlich, und ich habe ihn geohrfeigt. Daraufhin fiel er vor mir auf die Knie und fing an zu weinen, wobei er mich anflehte, Mama nichts zu sagen und nicht wegzufahren. Er schwor mir, er habe sich nur einen Augenblick vergessen, es würde nie wieder vorkommen.«

Ohne jede innere Bewegung fügte sie hinzu:

»Er sah so lächerlich aus in seinem Anzug und mit der Hemdenbrust, die aus der Weste gerutscht war. Er mußte Hals über Kopf aufstehen, weil das Zimmermädchen hereinkam.«

»Sie sind geblieben?«

»Ja.«

»Waren Sie in jemand verliebt?«

»Ja.«

»In wen?«

»In Théo.«

»War er auch in Sie verliebt?«

»Er beachtete mich nicht. Er wohnte in einer Junggesellenwohnung im Erdgeschoß, und ich wußte, daß er trotz des Verbots seines Vaters Frauen mit nach Hause brachte. Ich habe ihm nächtelang aufgelauert. Eine war eine kleine Tänzerin am Chˆatelet, und eine Zeitlang kam sie beinahe jeden Abend. Ich hatte mich im Zimmer versteckt.«

»Haben Sie ihr eine Szene gemacht?«

»Ich weiß nicht mehr genau, was ich gemacht habe, aber sie zog wütend ab, und ich blieb mit Théo allein.«

»Und dann?«

»Er wollte nicht. Ich habe ihn beinahe dazu zwingen müssen.«

Sie redete leise und mit einer solchen Selbstverständlichkeit, daß es etwas Verwirrendes an sich hatte, noch dazu in diesem kleinbürgerlichen Urlaubsrahmen, mit der Bedienung in ihrem schwarzen Kleid und der weißen Schürze, die von Zeit zu Zeit an den Tisch kam und sie unterbrach.

»Und danach?« wiederholte er.

»Es gab kein danach. Wir gingen uns aus dem Weg.«

»Warum?«

»Wahrscheinlich schämte er sich.«

»Und Sie?«

»Weil ich angeekelt war von den Männern.«

»Haben Sie deswegen so plötzlich geheiratet?«

»Nicht gleich danach. Über ein Jahr habe ich mit allen Männern geschlafen, mit denen ich zusammenkam.«

»Aus Ekel?«

»Ja. Sie können das nicht verstehen.«

»Und dann?«

»Ich begriff, daß es nicht gut so weitergehen könnte; ich war angeekelt, ich wollte neu anfangen.«

»Indem Sie heirateten?«

»Indem ich versuchen wollte, so zu leben wie andere auch.«

»Und als Sie verheiratet waren, haben Sie weitergemacht?«

Sie schaute ihn ernst an und sagte dann: »Ja.«

Es entstand eine lange Pause, in der man das Lachen der jungen Mädchen vom anderen Tisch herüberhörte.

»Vom ersten Jahr an?«

»Vom ersten Monat an.«

»Warum?«

»Ich weiß nicht. Weil ich nicht anders kann. Julien hat nie etwas gemerkt, und ich wäre mit allem einverstanden, damit er auch jetzt nichts erfährt.«

»Lieben Sie ihn?«

»Vielleicht lachen Sie! Ja. Er ist jedenfalls der einzige Mann, den ich respektiere. Haben Sie noch weitere Fragen an mich?«

»Wenn ich alles verdaut habe, was Sie mir bisher erzählt haben, wahrscheinlich.«

»Lassen Sie sich Zeit.«

»Übernachten Sie in La Bicoque?«

»Es wird mir wohl nichts anderes übrigbleiben. Die Leute würden nicht verstehen, warum ich ins Hotel gehe, und vor morgen früh fährt kein Zug.«

»Haben Sie sich gestritten? Ihre Mutter und Sie?«

»Wann?«

»Heute nachmittag.«

»Wir haben uns wie gewöhnlich die Meinung gesagt. Es ist beinahe ein Ritual geworden, sobald wir zusammen sind.«

Sie hatte keinen Nachtisch bestellt, und bevor sie vom Tisch aufstand, zog sie die Lippen nach und betupfte das Gesicht mit einer winzig kleinen Puderquaste.

Er hatte noch nie so helle Augen gesehen wie ihre; sie waren noch klarer als die Valentines, aber ebenso ausdruckslos wie der Himmel, an dem Maigret gerade vergeblich den grünen Schimmer gesucht hatte.

4

Der Weg zur Steilküste

Maigret fragte sich, ob mit dem Ende der Mahlzeit auch ihre Unterhaltung beendet sei oder ob sie woanders weiterreden sollten. Arlette zündete sich gerade eine Zigarette an, als der Geschäftsführer auf den Kommissar zukam und ihm mit so leiser Stimme etwas zuflüsterte, daß Maigret ihn bitten mußte, es zu wiederholen.

»Sie werden am Telefon verlangt.«

»Von wem?«

Der Geschäftsführer schaute die junge Frau so bedeutungsvoll an, daß beide mißtrauisch wurden. Arlettes Gesicht nahm einen harten Zug an, behielt jedoch seinen unbeteiligten Ausdruck.

»Würden Sie mir bitte sagen, wer mich am Telefon verlangt?« fragte der Kommissar ungeduldig.

Der Mann war verärgert, als ob er gezwungenermaßen ein Staatsgeheimnis preisgeben müßte.

»Monsieur Charles Besson.«

Maigret lächelte verstohlen zu Arlette hinüber, die wohl geglaubt hatte, es handle sich um ihren Mann, stand auf und fragte: »Warten Sie auf mich?«

Nachdem ihre Augen ihm zu verstehen gaben, daß sie warten würde, ging er zur Kabine; der Geschäftsführer lief neben ihm und erklärte:

»Es wäre besser gewesen, ich hätte Ihnen die Nachricht überbringen lassen, nicht wahr? Ich muß mich für dieses Versehen eines meiner Angestellten entschuldigen. Anscheinend rief Monsieur Besson schon im Lauf des Tages zwei- oder dreimal an, und man vergaß Ihnen das zu sagen, als Sie zum Abendessen zurückkkamen.«

Eine sonore Stimme war am anderen Ende der Leitung, eine Stimme, bei der der Apparat zu vibrieren schien.

»Kommissar Maigret? Ich bin untröstlich und außer mir. Ich weiß nicht, wie ich mich entschuldigen soll, aber vielleicht nehmen Sie es mir nicht zu sehr übel, wenn Sie hören, wie es mir ergangen ist.«

Maigret kam nicht zu Wort. Die Stimme fuhr fort:

»Ich reiße Sie aus Ihrer Arbeit, Ihrer Familie. Ich lasse Sie nach Etretat kommen und bin nicht einmal da, um Sie zu empfangen. Wissen Sie, daß ich vorhatte, Sie heute morgen am Bahnhof abzuholen, und erfolglos versuchte, den Bahnhofsvorsteher ans Telefon zu kriegen, damit er Ihnen eine Nachricht zukommen läßt? Hallo!«

»Ja.«

»Stellen Sie sich vor, ich mußte letzte Nacht Hals über Kopf nach Dieppe, weil die Mutter meiner Frau gestorben ist.«

»Sie ist gestorben?«

»Erst heute nachmittag, aber ich war gezwungen zu bleiben, da sie nur Töchter hat und ich der einzige Mann im Haus war. Sie wissen ja, wie so etwas ist. Man muß an alles denken. Ich konnte Sie von dort nicht anrufen, weil die Sterbende nicht das geringste Geräusch vertragen konnte; ich habe mich dreimal für ein paar Minuten aus dem Haus gestohlen, um Sie aus einer Bar in der Nähe anzurufen. Es war entsetzlich.«

»Hat sie sehr gelitten?«

»Nicht besonders, aber sie wußte, daß sie sterben würde.«

»Wie alt war sie?«

»88 Jahre. Ich bin jetzt wieder in Fécamp und versorge die Kinder. Meine Frau ist mit dem Baby unten geblieben. Wenn Sie es jedoch wünschen, kann ich mich ins Auto setzen und Sie schon heute abend treffen. Ansonsten sagen Sie mir, wann ich Sie morgen vormittag am wenigsten störe, und ich werde pünktlich bei Ihnen sein.«

»Haben Sie mir etwas mitzuteilen?«

»Sie meinen wegen der Geschichte am Sonntag? Ich weiß nicht mehr als das, was Sie schon wissen. Ah! Ich wollte Ihnen aber sagen, daß ich von allen Zeitungen von Le Havre bis Rouen die Zusage erhalten habe, daß sie nichts über den Fall bringen. In Paris ist es faktisch genau so. Das hat mich einige Mühe gekostet. Ich mußte am Dienstag früh persönlich nach Rouen. Sie haben den Vorfall in drei Zeilen gemeldet und geschrieben, es handle sich vermutlich um einen Unfall.«

Endlich holte er Luft, aber nun hatte ihm der Kommissar nichts zu sagen.

»Sind Sie gut untergebracht? Hat man Ihnen ein gutes Zimmer gegeben? Ich hoffe, Sie klären diese bedauerliche Geschichte auf. Ich weiß nicht, ob Sie Frühaufsteher sind. Ist es Ihnen recht, wenn ich um 9 Uhr in Ihrem Hotel bin?«

»Wenn Ihnen das paßt.«

»Ich bedanke mich bei Ihnen und möchte mich noch einmal bei Ihnen entschuldigen.«

Maigret verließ die Zelle und sah Arlette, die allein im Speisesaal saß, die Ellenbogen auf dem Tisch aufgestützt, während abgeräumt wurde.

»Er mußte nach Dieppe fahren«, sagte er.

»Ist sie endlich gestorben?«

»War sie krank?«

»Sie stirbt schon seit zwanzig oder dreißig Jahren. Charles wird sich freuen.«

»Mochte er sie nicht?«

»Er wird eine Zeit sorgenlos leben können, denn er erbt ein großes Vermögen. Kennen Sie Dieppe?«

»Nur flüchtig.«

»Die Montets besitzen dort ungefähr einen Viertel der Häuser. Er wird ein reicher Mann, aber er wird über kurz oder lang das Geld bei irgendeiner abenteuerlichen Geschichte verlieren. Es sei denn, Mimi erlaubt es nicht, denn im Grunde gehört ihr das Geld, und ich glaube, sie kann sich durchsetzen.«

Es war eigenartig. Sie redete über diese Dinge ohne jede Feindseligkeit; in ihrer Stimme lag weder Bosheit noch Neid. Sie redete über die Leute einfach so, wie sie sie sah, und sie erschienen in einem viel schonungsloseren Licht als auf den Fotos der anthropometrischen Abteilung.

Maigret hatte ihr gegenüber wieder Platz genommen und stopfte seine Pfeife, doch er zögerte, sie anzuzünden.

»Sie sagen mir, wenn ich Sie störe.«

»Sie haben es anscheinend nicht eilig, nach La Bicoque zu kommen.«

»Nein, gar nicht.«

»Heißt das, Sie nehmen mit jeder Gesellschaft vorlieb?«

Er wußte genau, daß es nicht stimmte und sie jetzt, da sie einmal am Reden war, wahrscheinlich mehr erzählen wollte. Aber in diesem riesigen Saal, in dem gerade beinahe alle Lampen ausgemacht wurden und das Personal ihnen zu verstehen gab, daß sie gehen sollten, war es schwierig, das Gespräch da aufzunehmen, wo sie stehengeblieben waren.

»Möchten Sie woanders hingehen?«

»Wohin? In einer Bar könnten wir Théo begegnen, den ich lieber nicht treffen möchte.«

»Lieben Sie ihn noch?«

»Nein. Ich weiß nicht.«

»Sind Sie ihm böse?«

»Ich weiß nicht. Kommen Sie. Wir können auch ein Stück gehen.«

Draußen war es dunkel, und Nebel dämpfte den Schein der wenigen elektrischen Straßenlaternen. Lauter als tagsüber drang das gleichmäßige Meeresrauschen zu ihnen herüber, das zu einem Brausen anschwoll.

»Darf ich Ihnen noch ein paar Fragen stellen?«

Sie trug Schuhe mit hohen Absätzen, und er vermied mit Rücksicht auf sie Straßen ohne Bürgersteige, vor allem solche mit holprigem Pflaster, wo sie sich den Knöchel verstauchen konnte.

»Deswegen bin ich hier. Irgendwann werden Sie mir sowieso Fragen stellen müssen, nicht wahr? Ich möchte morgen mit ruhigem Gewissen nach Paris zurückfahren.«

Seit seiner Jugend war Maigret nur noch selten abends in

Begleitung einer hübschen Frau durch die dunklen und leeren Straßen einer Kleinstadt gewandert, und er empfand beinahe Schuldgefühle. Kaum ein Mensch begegnete ihnen. Man hörte ihre Schritte, lange bevor man ihre Schatten sah, die meisten drehten sich nach diesem Paar um, das noch so spät unterwegs war, vielleicht beobachtete man sie auch hinter den Vorhängen der erleuchteten Fenster.

»Am Sonntag hatte Ihre Mutter Geburtstag, wenn ich recht verstanden habe.«

»Am 1. September, ja. Für meinen Stiefvater war dieser Tag so bedeutend wie ein Nationalfeiertag, und er duldete nicht, daß jemand aus der Familie fehlte. Wir behielten später die Gewohnheit bei, uns bei unserer Mutter zu treffen. Das ist sozusagen Tradition geworden, verstehen Sie?«

»Außer bei Théo, nach dem, was Sie mir vorhin erzählten.«

»Außer bei Théo, und zwar seit dem Tod seines Vaters.«

»Brachten Sie Geschenke mit, und darf ich wissen, welche?«

»Durch einen komischen Zufall brachten Mimi und ich beinahe das gleiche Geschenk mit, einen Spitzenschal. Es war schwierig, meiner Mutter etwas zu schenken, weil sie alles hatte, was sie sich nur wünschte, die teuersten und ausgefallensten Sachen. Brachte man ihr eine Kleinigkeit mit, lachte sie laut; ein Lachen, das weh tut, und sie bedankte sich mit übertriebener Herzlichkeit. Da sie Spitzen über alles liebt, hatten wir beide die gleiche Idee.«

»Keine Schokolade, keine Bonbons, keine Leckereien?«

»Ich weiß, was Sie denken. Niemand käme auf die Idee,

ihr Schokolade oder Süßigkeiten zu schenken, die sie überhaupt nicht mag. Sehen Sie, Mama gehört zu den Frauen, die zwar zierlich und zart wirken, aber einen gebratenen oder marinierten Hering, ein Glas Gurken oder ein schönes Stück geräucherten Speck allen Leckereien vorziehen.«

»Und Sie?«

»Ich nicht.«

»Hat irgend jemand in der Familie je etwas davon geahnt, was sich damals zwischen Ihrem Stiefvater und Ihnen abspielte?«

»Ich bin mir nicht ganz sicher, aber ich könnte schwören, daß Mama immer schon davon gewußt hat.«

»Von wem hätte sie es erfahren können?«

»Von niemand. Entschuldigen Sie, wenn es wieder so aussieht, als würde ich schlecht über die Leute reden, aber sie stand immer an der Tür und spionierte. Das ist eine Manie bei ihr. Erst bespitzelte sie mich und dann überwachte sie Fernand. Sie bekam alles im Haus mit, in *ihrem* Haus, auch alles über den Diener, den Chauffeur und die Mädchen.«

»Warum?«

»Um es zu wissen. Weil es *ihr* Haus war.«

»Und Sie glauben, daß sie auch über Théo und Sie Bescheid weiß?«

»Ich bin beinahe sicher.«

»Hat sie mit Ihnen nie darüber geredet, nie eine Anspielung gemacht? Sie waren noch nicht einmal zwanzig, oder? Sie hätte Sie warnen müssen!«

»Weswegen?«

»Als sie verkündeten, Sie würden Julien Sudre heiraten, hat sie nicht versucht, Sie davon abzuhalten? Kurz und gut, diese Heirat galt doch als unstandesgemäß. Fernand Besson stand auf dem Höhepunkt seiner Karriere. Sie lebten im Luxus und heirateten einen Zahnarzt ohne Vermögen und Zukunft.«

»Mama äußerte sich nicht dazu.«

»Und Ihr Stiefvater?«

»Er traute sich nicht. Er war mir gegenüber gehemmt. Ich glaube, er machte sich Vorwürfe. Im Grunde ist er wohl ein aufrichtiger, sogar ein gewissenhafter Mensch gewesen. Er war fest davon überzeugt, daß ich diesen Schritt seinetwegen tat. Er wollte mir eine ansehnliche Mitgift schenken, die Julien ablehnte.«

»Auf Ihren Rat hin?«

»Ja.«

»Hat Ihre Mutter nie einen Verdacht gehabt?«

»Nein.«

Sie gingen jetzt auf einem Weg, der zur Steilküste hinaufführte. Sie sahen, wie der Strahl des Leuchtturms von Antifer in regelmäßigen Abständen über den Himmel glitt, und sie hörten von irgendwoher den dumpfen Ton eines Nebelhorns. Ein starker Tanggeruch stieg bis zu ihnen herauf. Trotz ihrer hohen Absätze und ihrer Pariser Kleidung zeigte Arlette weder Zeichen von Ermüdung noch klagte sie über die Kälte.

»Ich möchte Sie etwas anderes, Persönlicheres fragen.«

»Ich kann mir denken, was Sie fragen wollen.«

»Wann wußten Sie, daß Sie keine Kinder bekommen würden? Vor der Heirat?«

»Ja.«

»Wie?«

»Haben Sie vergessen, was ich Ihnen soeben erzählt habe?«

»Ich habe es nicht vergessen, aber...«

»Nein, ich habe überhaupt keine Verhütungsmittel benutzt und dies auch den Männern nicht erlaubt.«

»Warum?«

»Ich weiß nicht. Vielleicht aus einem Gefühl der Sauberkeit heraus.«

Er hatte den Eindruck, als ob sie in der Dunkelheit erröten würde, und ihre Stimme klang irgendwie verändert.

»Wodurch haben Sie Gewißheit erlangt?«

»Durch einen jungen Arzt, einen Internisten aus Lariboisière.«

»Der Ihr Liebhaber war.«

»Wie die anderen auch. Er untersuchte mich und ließ mich auch von Kollegen untersuchen.«

Er zögerte verlegen, weil ihm eine Frage auf der Zunge lag. Sie merkte es.

»Reden Sie! Wenn ich nun schon einmal so weit bin...«

»Beschränkten sich diese Termine mit seinen Freunden auf den rein medizinischen Bereich oder auch...«

»*Oder auch*, ja!«

»Jetzt verstehe ich!«

»Daß ich das Gefühl hatte, ich müßte mit all dem Schluß machen, nicht wahr?«

Sie redete immer noch mit dieser inneren Distanz und der monotonen Stimme, als ob nicht von ihr, sondern von irgendeinem pathologischen Fall die Rede wäre.

»Fragen Sie weiter!«

»Nun gut. Im Verlauf dieser... dieser amourösen Erfahrungen oder später, mit Ihrem Mann oder mit anderen, haben Sie da schon...«

»Den normalen Genuß gehabt. Meinten Sie das?«

»Ich wollte statt Genuß Befriedigung sagen.«

»Weder das eine noch das andere. Sehen Sie, Sie sind nicht der erste, der mich danach fragt. Es kommt vor, daß ich mit einem Mann von der Straße mitgehe, es kommt aber auch vor, daß ich mit intelligenten Männern, mit Leuten, Männern in höheren Positionen schlafe...«

»Gehört Hervé Peyrot zu ihnen?«

»Er ist ein Dummkopf und ein Laffe.«

»Wie würden Sie reagieren, wenn Ihre Mutter Ihnen plötzlich eröffnen würde, daß sie über diesen Punkt in Ihrem Leben Bescheid weiß?«

»Ich würde ihr sagen, sie soll sich um ihre eigenen Angelegenheiten kümmern.«

»Nehmen Sie einmal an, sie würde Ihnen raten, alles Ihrem Mann zu erzählen, in dem Gefühl, es sei ihre Pflicht, und in der Hoffnung, Sie vor schlimmen Erfahrungen zu bewahren!«

Schweigen. Sie blieb stehen.

»Wollten Sie das erreichen?« fragte sie vorwurfsvoll.

»Ich wollte es eigentlich gar nicht.«

»Ich weiß nicht. Ich habe Ihnen schon einmal gesagt, daß Julien um nichts in der Welt davon erfahren darf.«

»Warum?«

»Haben Sie nicht begriffen?«

»Weil Sie fürchten, ihm Kummer zu bereiten?«

»Ja, das ist es. Julien ist glücklich. Er ist einer der glücklichsten Menschen, die ich kenne. Keiner hat das Recht, ihm dieses Glück wegzunehmen. Dann...«

»Dann?...«

»Er ist wahrscheinlich der einzige Mann, der mich respektiert, der mich anders behandelt als... als, na ja, Sie wissen schon.«

»Und Sie brauchen das?«

»Vielleicht.«

»Das heißt also, wenn Ihre Mutter...«

»Wenn sie mir drohen würde, mich bei ihm schlecht zu machen, wäre ich zu allem fähig, um sie davon abzuhalten.«

»Auch sie umzubringen?«

»Ja.« Und sie fügte hinzu:

»Ich kann Ihnen versprechen, daß es *bis jetzt* noch nie so weit gekommen ist.«

»Warum sagen Sie *bis jetzt*?«

»Weil sie jetzt nicht nur Bescheid weiß, sondern auch einen Beweis hat. Sie hat mit mir heute nachmittag über Hervé gesprochen.«

»Was hat sie Ihnen gesagt?«

»Sie würden sich sicher wundern, wenn ich Ihnen wiederholen würde, was sie gesagt hat. Wissen Sie, Mama ist bei all ihren vornehmen Allüren doch das Kind aus dem Volk, die Tochter eines Fischers geblieben, die im vertrauten Kreis gerne mal entgleist. Sie sagte zu mir, ich hätte das überall, aber nicht gerade unter ihrem Dach machen können, und redete über das, was zwischen mir und Hervé vorgefallen ist, in den ordinärsten Ausdrücken. An Julien ließ sie ebenfalls kein gutes Haar und verglich ihn mit einem bestimmten Fisch; sie geht nämlich davon aus, daß er genau im Bilde ist und seinerseits davon profitiert...«

»Haben Sie ihn in Schutz genommen?«

»Ich befahl meiner Mutter, sofort den Mund zu halten.«

»Wie?«

»Ich schaute sie an und sagte ihr, ich *verlange*, daß sie den Mund halten solle. Als sie trotzdem weiterredete, habe ich sie geohrfeigt; sie war so verblüfft, daß sie sofort verstummte.«

»Wartet sie auf Sie?«

»Sie geht sicher nicht ins Bett, bevor ich nicht nach Hause gekommen bin.«

»Sie wollen wirklich bei ihr übernachten?«

»Sie kennen die Umstände und müssen zugeben, daß ich nur schwerlich etwas anderes tun kann. Ich muß vor der Abreise ganz sicher gehen, daß sie Julien nichts erzählen und nichts unternehmen wird, was ihn beunruhigen könnte.«

Sie schwieg erst und lachte dann, vielleicht weil sie Maigrets Befürchtungen erraten hatte, kurz und trocken auf:

»Haben Sie keine Angst! Es wird kein Drama geben!«

Sie waren nun ganz oben auf dem Felsen angekommen; zum Meer hin hatte sich eine milchige Nebelwand gebildet, und man hörte, wie die Wellen an die Klippen brandeten.

»Auf der rechten Seite kommen wir wieder hinunter. Der Weg ist besser und geht beinahe direkt bis La Bicoque. Haben Sie bestimmt keine Fragen mehr an mich?«

Der Mond mußte hinter der Nebelwand aufgegangen sein, die jetzt etwas durchsichtiger schimmerte; als Arlette stehenblieb, sah er den hellen Flecken ihres Gesichts und die Konturen ihres großen dunkelroten Mundes.

»Im Augenblick nicht«, antwortete er.

Sie stand immer noch unbeweglich vor ihm und setzte mit veränderter Stimme, die ihm weh tat, hinzu:

»Und Sie... wollen die Gelegenheit nicht nutzen? Wie all die anderen?«

Er hätte ihr wie einer verdorbenen Tochter beinahe eine Ohrfeige gegeben, so wie sie heute ihre Mutter geohrfeigt hatte. Aber er faßte sie nur hart am Arm und zwang sie zum Abstieg.

»Hören Sie, was ich Ihnen gerade sagte, galt Ihnen.«

»Seien Sie ruhig!«

»Geben Sie zu, daß Sie in Versuchung sind.«

Er drückte sie fester am Arm, beinahe gemein.

»Sind Sie sicher, daß Sie es nicht bereuen?«

Sie redete lauter, und ihre Stimme klang hart und bitter.

»Überlegen Sie sich's gut, Kommissar!«

Er ließ sie abrupt stehen und stopfte im Weitergehen seine Pfeife, ohne sich weiter um sie zu kümmern. Er hörte, wie sie noch einmal stehenblieb, dann langsam weiterlief und schließlich schneller ging, um ihn einzuholen.

Maigrets Gesicht war in diesem Augenblick im Schein eines angezündeten Streichholzes zu sehen, das er über den Pfeifenkopf hielt.

»Ich möchte Sie um Entschuldigung bitten. Ich habe mich gerade idiotisch benommen.«

»Ja.«

»Sind Sie mir sehr böse?«

»Reden wir nicht mehr darüber.«

»Glauben Sie wirklich, daß ich es gewollt hätte?«
»Nein.«
»Nachdem ich gezwungen war, mich so zu erniedrigen, wollte ich Ihnen weh tun und Sie demütigen.«
»Ich weiß.«
»Es hätte mir Genugtuung verschafft, wenn Sie wie ein Tier über mir gewesen wären.«
»Kommen Sie.«
»Geben Sie zu, daß Sie glauben, ich hätte versucht, meine Mutter zu töten?«
»Noch nicht.«
»Wollen Sie damit sagen, daß Sie sich dessen nicht sicher sind?«
»Ich will damit nur sagen, was die Worte bedeuten, daß ich es nicht weiß.«
»Wenn Sie mich für schuldig halten, sagen Sie es mir?«
»Wahrscheinlich.«
»Sagen Sie es mir unter vier Augen.«
»Ich verspreche es Ihnen.«
»Aber ich bin nicht schuldig.«
»Ich wünschte es.«
Er hatte jetzt genug von dieser gereizten Unterhaltung. Die Beharrlichkeit Arlettes regte ihn auf. Sie schien sich zu bereitwillig analysieren und beschuldigen zu wollen.
»Mama schläft noch nicht.«
»Woher wissen Sie das?«
»Das kleine Licht, das Sie sehen, kommt aus dem Salon.«
»Wann fährt Ihr Zug morgen?«
»Ich wäre gern mit dem um acht Uhr gefahren, wenn Sie

mich hier nicht mehr brauchen. In diesem Fall würde ich Julien anrufen und ihm sagen, daß Mama mich braucht.«

»Weiß er, daß Sie Ihre Mutter hassen?«

»Ich hasse sie nicht. Ich liebe sie nicht; Punkt, das ist alles. Kann ich mit dem Zug um acht Uhr fahren?«

»Ja.«

»Sehe ich Sie noch vor der Abfahrt?«

»Ich weiß noch nicht.«

»Vielleicht wollen Sie sich vor meiner Abreise vergewissern, daß Mama noch am Leben ist.«

»Vielleicht.«

Sie waren einen steiler abfallenden Hang hinuntergestiegen und standen nun auf der Straße, ungefähr fünfzig Meter vom Zaun von La Bicoque entfernt.

»Kommen Sie noch mit herein?«

»Nein.«

Die Fenster, deren Lichtschein nur zu ahnen war hinter den dichten Büschen, konnte man nicht sehen.

»Gute Nacht, Monsieur Maigret!«

»Gute Nacht!«

Sie zögerte zu gehen.

»Sind Sie mir noch böse?«

»Ich weiß nicht. Gehen Sie schlafen.«

Er vergrub die Hände in den Taschen und ging mit großen Schritten in Richtung Stadt.

Wirre Gedanken gingen ihm im Kopf herum, und jetzt, nachdem er sich von ihr verabschiedet hatte, kamen ihm hundert Fragen, die ihm vorher nicht eingefallen waren. Er machte sich Vorwürfe, daß er ihr erlaubt hatte, am nächsten

Morgen abzufahren, und war nahe daran, ihr nachzugehen und ihr zu sagen, sie müsse bleiben.

War es nicht doch ein Fehler gewesen, die beiden Frauen heute nacht zusammen zu lassen? Wenn sich nun die Szene vom Nachmittag in einer Schärfe und Heftigkeit wiederholen würde, die gefährlich werden könnte? Er freute sich, Valentine wiederzusehen, mit ihr zu reden, wieder in ihrem Salon zu sitzen inmitten all dieser naiven Nippes.

Um neun Uhr käme dann dieser lärmende Charles Besson, der ihm in den Ohren liegen würde.

Die Stadt war wie ausgestorben, und das Kasino war, da alle Gäste gegangen waren, schon dunkel. Nur noch eine Bar an einer Straßenecke war erleuchtet, es war eher ein Bistro, das im Winter wohl für die Einheimischen geöffnet war.

Maigret blieb einen Augenblick unschlüssig auf dem Bürgersteig stehen. Eigentlich hatte er Durst. Drinnen in dem gelblichen Licht sah er die ihm allmählich bekannte Figur Théo Bessons, der in seinem Tweedanzug immer noch sehr englisch wirkte.

Er hielt ein Glas in der Hand und redete mit jemand, der neben ihm stand, einem ziemlich jungen Mann im schwarzen Anzug, wie ihn die Bauern sonntags tragen, mit weißem Hemd und dunkler Krawatte; der Junge war ziemlich braun im Gesicht und hatte einen sonnenverbrannten Nacken.

Maigret drehte den Türgriff, ging an die Theke, ohne die beiden anzuschauen, und bestellte ein kleines Bier.

Jetzt konnte er sie beide im Spiegel hinter den Flaschen beobachten, und er meinte, einen Blick Théos aufgefangen zu haben, mit dem er seinen Gesprächspartner aufforderte, still zu sein.

Drückendes Schweigen herrschte in der Bar, in der sie, den Wirt mitgezählt, nur zu viert waren; eine schwarze Katze lag zusammengerollt auf einem Stuhl vor dem Ofen.

»Wir haben immer noch Nebel«, sagte der Wirt schließlich. »In dieser Jahreszeit ist das immer so. Doch die Tage sind immer noch sonnig.«

Der junge Mann drehte sich um und sah Maigret an, der seine Pfeife am Absatz ausklopfte und die heiße Asche in den Sägespänen austrat. In seinem Blick lag etwas Anmaßendes und erinnerte an diese Dorfgecken, die abends, wenn sie auf einer Hochzeit oder Beerdigung einige Gläser getrunken haben, unbedingt eine Keilerei provozieren wollen.

»Sind Sie nicht heute morgen aus Paris gekommen?« fragte der Wirt, nur um etwas zu sagen. Maigret nickte nur mit dem Kopf, und der junge Stutzer schaute ihn jetzt noch unverwandter an. Das ging einige Minuten, in denen Théo Besson sich darauf beschränkte, mit verschwommenem Blick die Flaschen vor sich zu betrachten. Seine Hautfarbe und die Augen, vor allem die Säcke unter den Augen, waren typisch für Leute, die schon am frühen Morgen viel und regelmäßig trinken. Dafür sprachen auch sein ausdrucksloser Blick und sein etwas schlapper Gang.

»Dasselbe!« bestellte er.

Der Wirt schaute zu dem jungen Mann, der zustimmend nickte. Sie waren also zusammen hier.

Théo leerte sein Glas mit einem Zug. Der andere ebenfalls, und als der ältere Besson ein paar Geldscheine auf die

Theke geblättert hatte, gingen sie beide hinaus, doch vorher drehte sich der junge Mann noch zweimal nach dem Kommissar um.

»Wer ist das?«

»Kennen Sie ihn nicht? Es ist Théo. Valentines Stiefsohn.«

»Und der Junge?«

»Einer von Roses Brüdern, dem armen Mädchen, das sterben mußte, weil sie Gift trank, das eigentlich für ihre Herrin gedacht war.«

»Der älteste Bruder?«

»Henri, ja. Er ist bei den Heringsfischern in Fécamp.«

»Kamen sie zusammen herein?«

»Ich glaube schon. Warten Sie. Da waren mehrere Leute an der Bar. Sie kamen jedenfalls kurz hintereinander, wenn nicht sogar zusammen herein.«

»Sie wissen nicht, worüber sie sich unterhielten?«

»Nein. Zuerst war es zu laut, mehrere Leute unterhielten sich nebeneinander. Dann ging ich in den Keller, um ein Faß anzuzapfen.«

»Haben Sie sie früher schon zusammen gesehen?«

»Ich glaube nicht. Ich bin aber nicht sicher. Ich habe aber Théo mit dem Fräulein gesehen.«

»Mit welchem Fräulein?«

»Der Rose.«

»Haben Sie sie auf der Straße gesehen?«

»Hier in der Bar, mindestens zweimal.«

»Machte er ihr den Hof?«

»Das kommt darauf an, was Sie darunter verstehen. Sie haben sich nicht geküßt, und er faßte sie auch nicht an, wenn Sie das meinen. Aber sie haben sich nett unterhalten, und sie lachten. Und ich merkte schnell, daß er immer für ein volles Glas bei ihr sorgte. Das war weiter nicht schwierig, denn nach einem Glas Wein konnte sie sich schon nicht mehr halten vor Lachen, und beim zweiten war sie bereits blau.«

»Wann war das?«

»Warten Sie, das letzte Mal vor ungefähr einer Woche. Halt! Es war am Mittwoch, denn an diesem Tag fährt meine Frau immer nach Le Havre.«

»Und das erste Mal?«

»Vielleicht eine oder zwei Wochen früher.«

»Ist Monsieur Théo ein guter Kunde?«

»Er gehört nicht zu meinen Stammgästen. Er geht überall hin, wo es was zu trinken gibt. Er tut den ganzen Tag nichts und geht spazieren. Doch kann er an keinem Café oder keiner Bar vorbeigehen, ohne nicht kurz hereinzuschauen. Er wird nie laut. Er legt sich mit niemand an. An manchen Abenden hat er eine schwere Zunge und lallt nur noch, aber das ist alles.

Ich hoffe, Sie verdächtigen nicht ihn, seine Stiefmutter vergiftet zu haben. *Wenn* ich einem trauen würde, dann ihm. Übrigens sind Leute, die so trinken wie er, nie gefährlich. Die schlimmsten sind die, die sich einmal bei passender Gelegenheit betrinken und nicht mehr wissen, was sie tun.«

»Haben Sie Roses Bruder oft gesehen?«

»Selten. Die aus Yport kommen nicht gern nach Etretat. Diese Leute bleiben unter sich. Sie gehen eher nach Fécamp, weil es näher und mehr nach ihrem Geschmack ist.

Ein kleiner Calvados gefällig nach dem Bier? Das ist meine Runde.«

»Nein. Noch ein kleines.«

Das Bier schmeckte nicht gut und lag Maigret nachts auf dem Magen. Mehrmals wachte er plötzlich auf, hatte quälende Träume, an die er sich nicht mehr erinnern konnte, die ihn aber hinterher bedrückten. Als er endlich aufstand, hörte er immer noch den heiseren Ton des Nebelhorns vom Meer herüber, und die Flut mußte hoch sein, denn das Hotel erzitterte bei jedem Brecher der Wellen.

5

Die Ansichten eines guten Kerls

Der Nebel hatte sich beinahe aufgelöst, nur über dem ganz ruhig daliegenden, von einer leichten Dünung bewegten Meer dampfte es noch, und diese Schwaden leuchteten in allen Regenbogenfarben.

Die Strahlen der Morgensonne tauchten die Häuser der Stadt langsam in goldenes Licht, die Luft war frisch, von einer köstlichen Frische, die durch alle Poren drang. An den Ständen der Gemüsehändler roch es gut, Milchflaschen standen noch vor den Haustüren, und in den Bäckereien duftete es nach frischem, knusprigem Brot.

Auch dies erinnerte ihn an seine Kindheit, an eine Wunschvorstellung der Welt, wie man sie gern haben möchte. Etretat lag da, blitzblank und arglos, mit seinen zu kleinen, zu hübschen und zu frisch gestrichenen Häusern, die für ein Drama nicht geschaffen schienen; die Felsen ragten aus dem Nebel, genau wie auf den Postkarten, die an der Ladentür ausgehängt waren; der Metzger, der Bäcker und der Gemüsehändler hätten Figuren für ein Märchenstück abgeben können. War dies eine persönliche Eigenart Maigrets? Oder hatten andere auch solche Sehnsüchte und gaben sie nur nicht zu? Er wünschte sich die Welt so, wie man sie als Kind entdeckt. In Gedanken sagte er immer: ›Wie auf den Bildern.‹

Und nicht nur den äußeren Rahmen, sondern auch die Menschen, den Vater, die Mutter, die braven Kinder, die lieben Großeltern mit ihren weißen Haaren...

Als er in den Polizeidienst trat, hielt er Le Vésinet zum Beispiel eine Zeitlang für den friedlichsten Ort der Welt. Er lag in der Nähe von Paris, aber vor 1914 fuhren noch nicht so viele Autos. Die reichen Leute besaßen noch ihre Landhäuser in Le Vésinet, große und gemütlich aussehende Backsteinhäuser mit gepflegten Gärten, Springbrunnen, Schaukeln und großen versilberten Kugeln. Die Diener trugen gelbgestreifte Westen und die Dienstmädchen weiße Häubchen und Spitzenschürzen.

Es schien, als könnten dort nur glückliche und ehrliche Leute wohnen, denen Ruhe und Glück alles bedeutete, und er wurde insgeheim ernüchtert, als in einer der Villen mit den geharkten Baumreihen eine unsaubere Geschichte an den Tag kam – der gemeine Mord an einer Schwiegermutter aus eigennützigen Motiven.

Jetzt hatte er natürlich seine Erfahrungen gemacht. Er verbrachte sein Leben irgendwie damit, die Kehrseite der Medaille zu betrachten, aber er hatte sich die kindliche Sehnsucht nach der Welt ›wie auf den Bildern‹ bewahrt.

Der kleine Bahnhof sah hübsch aus und erinnerte an ein Aquarell, das ein guter Schüler gemalt hatte, wo gleich über dem Kamin eine rosa Wolke schwebt. Er fand den Spielzeugzug wieder, den Mann, der die Fahrkarten knipste – als Junge hatte er davon geträumt, eines Tages die Fahrkarten knipsen zu dürfen –, und er sah Arlette, wie sie daherkam, ebenso hübsch und elegant in ihrer pariserischen Aufmachung wie gestern; in der Hand trug sie eine Reisetasche aus Krokodilleder. Er wäre ihr beinahe auf der staubigen Straße entgegengegangen, an der die Hecken und Gräser so würzig dufteten, aber er tat es dann doch nicht, weil es so aussah, als ginge er zu einer Verabredung. Wie sie auf ihren hohen Absätzen den Weg herunterkam, wirkte sie ganz wie das junge Burgfräulein.

Warum sieht die Wirklichkeit immer so ganz anders aus? Oder warum hält man bei einem Kind die Vorstellung einer Welt aufrecht, die es gar nicht gibt, die es sein ganzes Leben mit dieser Wirklichkeit vergleicht?

Sie sah ihn sofort, wie er auf dem Bahnsteig neben dem Zeitungskiosk wartete, und sie lächelte ihm etwas müde zu, als sie ihre Fahrkarte dem Beamten hinhielt. Sie schien erschöpft zu sein. Er las eine gewisse Ängstlichkeit in ihrem Blick.

»Ich habe damit gerechnet, daß Sie da sind«, sagte sie.

»Wie ist es Ihnen ergangen?«

»Es war eher anstrengend.«

Sie suchte nach einem Abteil, denn die Wagen hatten keine Gänge. Es gab nur ein einziges Abteil erster Klasse, in dem sonst niemand saß.

»Ihre Mutter?«

»Lebt noch. Jedenfalls lebte sie noch, als ich ging.«

Es blieb nur noch kurze Zeit bis zur Abfahrt des Zuges, sie stand auf dem Trittbrett neben ihrer Reisetasche, die sie auf die Sitzbank gestellt hatte.

»Gab es noch eine Auseinandersetzung?«

»Wir sind erst um Mitternacht ins Bett gegangen. Ich muß Ihnen etwas sagen, Monsieur Maigret. Es ist nur eine Vermutung, aber sie läßt mich nicht los. Rose ist tot, aber ich habe das Gefühl, daß das noch nicht alles ist und sich noch eine Tragödie anbahnt.«

»Hat Ihre Mutter etwas geäußert, was Sie auf diesen Gedanken gebracht hat?«

»Nein. Ich weiß nicht, warum.«

»Glauben Sie, sie ist immer noch in Gefahr?«

Sie antwortete nicht. Ihre hellen Augen schauten zum Kiosk hinüber. »Der Inspektor ist da, er erwartet Sie«, bemerkte sie, als ob der Zauber gebrochen sei. Und sie stieg in ihr Abteil, als der Bahnhofsvorsteher pfiff und die Lokomotive Dampfwolken ausstieß.

Castaing stand tatsächlich schon da. Er war früher dran, als er gestern angekündigt hatte, und als er Maigret nicht im Hotel angetroffen hatte, suchte er ihn am Bahnhof. Es war ein bißchen peinlich. Aber warum war es eigentlich peinlich?

Der Zug fuhr ganz langsam an, blieb aber nach einigen Metern mit großem Ruck stehen, während der Kommissar dem Inspektor die Hand gab.

»Was Neues?«

»Nichts Besonderes«, antwortete Castaing. »Aber ich war aus irgendeinem Grund unruhig; ich habe von zwei Frauen geträumt, Mutter und Tochter allein in einem kleinen Haus.«

»Wer tötete wen?«

Jetzt war Castaing verwirrt.

»Wie kommen Sie darauf? In meinem Traum tötete die Mutter die Tochter. Und raten Sie, womit. Mit einem Holzscheit aus dem Kamin!«

»Charles Besson kommt um neun Uhr. Seine Schwiegermutter ist gestorben. Hat Ihnen Lucas telefonisch noch keine Unterlagen durchgegeben?«

»Nur wenig, aber er will noch einmal anrufen, wenn er mehr herausgefunden hat; ich habe hinterlassen, daß wir in Ihrem Hotel erreichbar sind.«

»Nichts über Théo?«

»Er hatte mehrmals Ärger mit ungedeckten Schecks. Bevor es zur Verhandlung kam, hat er schließlich immer bezahlt. Die meisten seiner Freunde haben ziemlich viel Geld. Es sind Leute mit einem lockeren Lebenswandel, die immer gern Leute um sich haben. Ab und zu macht er ein kleines Geschäft, vor allem als Vermittler bei irgendwelchen Transaktionen.«

»Keine Frauen?«

»Er scheint sich aus Frauen nicht viel zu machen. Manchmal hat er eine Freundin, aber nie lange.«

»Ist das alles?«

Aus einer kleinen Bar roch es so gut nach Kaffee und starkem Schnaps, daß beide nicht widerstehen konnten und hineingingen. Sie bestellten sich große Tassen, die nach Alkohol dufteten.

»Mein Traum hat mich weniger beunruhigt«, fuhr der Inspektor halblaut fort, »als ein Gedanke, der mir vor dem Einschlafen kam. Ich habe auch mit meiner Frau darüber gesprochen, denn ich kann besser laut als leise denken, und sie war der gleichen Meinung. Es sind jetzt ungefähr fünf Jahre her, daß der alte Fernand Besson gestorben ist, nicht wahr?«

»Ungefähr.«

»Und soviel wir wissen, hat sich seitdem nichts geändert.

Bis nun letzten Sonntag jemand versuchte, Valentine zu vergiften. Beachten Sie, daß gerade der Tag gewählt wurde, an dem genug Leute im Haus waren, um den Verdacht auf alle zu lenken.«

»Das stimmt. Und dann?«

»Aber nicht Valentine ist gestorben, sondern die arme Rose ist tot. Wenn es also ein Motiv gab, Valentine aus dem Weg zu räumen, so existiert dieser Grund immer noch. Solange wir also dieses Motiv nicht kennen…«

»Ist die Gefahr noch nicht gebannt, wollen Sie doch sagen.«

»Ja. Vielleicht ist die Gefahr größer als je zuvor, gerade auch durch Ihre Präsenz. Valentine ist nicht vermögend. Man hat also nicht versucht, sie wegen ihres Geldes umzubringen. Vielleicht weiß sie etwas, was niemand wissen darf. In diesem Fall…«

Maigret hörte sich diese Beweisführung ohne allzu große Begeisterung an. Er schaute hinaus in dieses glänzende Morgenlicht, wo die Luft trotz der Sonne nach der Feuchtigkeit der Nacht noch kühl war.

»Hat Lucas nichts über Julien gesagt?«

»Die Sudres leben in sehr kleinbürgerlichen Verhältnissen in einem billigen Mietshaus. Fünf-Zimmer-Wohnung. Sie haben ein Dienstmädchen, ein Auto und verbringen das Wochenende auf dem Land.«

»Das wußte ich bereits.«

»Hervé Peyrot, der Weinhändler, ist reich. Er besitzt ein großes Geschäft am Quai de Bercy und verbringt den größten Teil seiner Zeit mit Frauen, allen möglichen Frauen. Er fährt drei Autos, unter anderem einen Bugatti.«

Auf einem der Schilder hatte er »Familienstrand« gelesen. Und es stimmte. Mütter mit ihren Kindern, Ehemänner, die sie am Wochenende besuchten, ältere Herren und Damen, die ihre Flasche Mineralwasser und ihre Tabletten im Hotel auf dem Tisch im Speisesaal stehen hatten und in immer den gleichen Sesseln im Kasino zusammensaßen; die Konditorei der Schwestern Seuret, wo man Kuchen und Eis essen konnte; auch die alten Fischer waren die gleichen geblieben, wie sie neben ihren an Land gezogenen Booten fotografiert wurden. Auch Fernand Besson war ein alter, stattlich aussehender Herr gewesen, und Valentine war die reizendste alte Dame, die er kannte; Arlette hätte heute morgen Modell für eine Postkarte stehen können, ihr Mann war ein unbedeutender kleiner Zahnarzt, und Théo der personifizierte Gentleman, dem man auch verzeiht, wenn er einen über den Durst getrunken hat, weil er immer gleichbleibend ruhig und distinguiert auftrat.

Da kam Charles Besson an; er hatte eine Frau, vier Kinder, darunter ein wenige Monate altes Baby; er trug einen Trauerflor am Ärmel, weil seine Schwiegermutter gestorben war und er noch auf seine Trauerkleidung warten mußte. Er war Abgeordneter, duzte auch schon den Minister. Auf seiner Wahlkampagne hatte er Hände schütteln, kleine Kinder auf den Arm nehmen und mit den Fischern und Bauern einen trinken müssen. Auch ihn konnte man als ›schönen Mann‹ bezeichnen – was zum Beispiel Maigrets Mutter einen schönen Mann genannt hätte –, groß und breitschultrig, ein wenig beleibt, er setzte etwas Bauch an, mit beinahe kindlich wirkenden Augen und dicken Lippen unter dem Schnurrbart.

»Habe ich Sie auch nicht warten lassen, Kommissar? Guten Tag, Castaing. Freut mich, Sie wiederzusehen.«

Sein Auto war kürzlich neu lackiert worden.

»Keine schlechten Nachrichten?«

»Nein.«

»Meiner Stiefmutter?«

»Geht es anscheinend sehr gut. Arlette ist eben abgereist.«

»Ach! Sie ist noch einmal hergekommen? Das ist nett von ihr. Ich habe mir gedacht, daß sie ihrer Mutter beistehen würde.«

»Einen Augenblick bitte, Monsieur Besson.«

Maigret nahm Castaing beiseite, um ihm zu sagen, er solle nach Yport, wenn möglich auch nach Fécamp fahren.

»Entschuldigen Sie! Ich mußte einige Anweisungen geben. Ich gestehe, daß ich nicht recht weiß, wo ich mich mit Ihnen unterhalten kann. Mein Zimmer ist um diese Zeit noch nicht gemacht.«

»Ich würde gerne etwas trinken. Wenn Ihnen die frische Luft nichts ausmacht, könnten wir uns auf die Terrasse des Kasinos setzen. Ich hoffe, Sie nehmen es mir nicht übel, daß ich nicht da war, als Sie ankamen. Meine Frau hat die Sache schrecklich mitgenommen. Ihre Schwester kam eben aus Marseille; sie ist dort mit einem Reeder verheiratet. Sie haben sonst keine Geschwister. Die Montets hatten keine Söhne, daher werde ich mich mit den Komplikationen herumschlagen müssen.«

»Rechnen Sie mit Komplikationen?«

»Ich kann über meine Schwiegermutter eigentlich nur Gutes sagen. Sie war eine tüchtige Frau, hatte aber, vor allem in letzter Zeit, ihre Marotten. Hat man Ihnen erzählt, daß ihr Mann Bauunternehmer war? Die Hälfte der Häuser in Dieppe und viele öffentliche Gebäude hat er gebaut. Der größte Teil des Vermögens ist in Grundstücken angelegt. Meine Schwiegermutter führte seit dem Tod ihres Mannes die Geschäfte persönlich. Sie willigte aber nie ein, irgendwelche Reparaturen ausführen zu lassen. Es wird also zu einer nicht absehbaren Anzahl von Prozessen kommen, mit Mietern, mit der Stadtverwaltung und dem Fiskus.«

»Eine Frage, Monsieur Besson. Trafen sich Ihre Schwiegermutter Montet und Valentine öfter?«

Maigret trank noch einen Kaffee mit Rum und beobachtete dabei sein Gegenüber, das aus der Nähe weicher und labiler wirkte.

»Leider nein. Sie sind sich immer aus dem Weg gegangen.«

»Beide?«

»Das heißt, die Mutter meiner Frau lehnte es ab, Valentine zu besuchen. Es ist eine lächerliche Geschichte. Als ich ihr Mimi vorstellte, schaute Valentine sich genau ihre Hände an und sagte so etwas Ähnliches wie:

›Sie haben sicherlich nicht die Hände Ihres Vaters?‹

›Warum?‹

›Weil ich mir Maurerhände größer und breiter vorstelle als Ihre.‹

Es ist wirklich ganz dumm. Mein Schwiegervater hat zwar als Maurer angefangen, aber er blieb nur kurze Zeit dabei. Trotzdem ist er ziemlich ungehobelt geblieben. Ich glaube, er machte es absichtlich, denn er hatte sehr viel

Geld; er war eine bekannte Persönlichkeit in Dieppe und in der Gegend, und es machte ihm Spaß, die Leute mit seinem Aussehen und seiner Sprechweise zu schockieren. Als meine Schwiegermutter das erfuhr, war sie natürlich gekränkt. ›Immer noch besser, als die Tochter eines Fischers zu sein, der sich in allen Bistros zu Tode getrunken hat.‹ Dann erzählte sie aus der Zeit, als Valentine bei den Schwestern Seuret Verkäuferin war.«

»Und beschuldigte sie, keinen vorbildlichen Lebenswandel zu führen?«

»Ja. Sie verwies auf den Altersunterschied zwischen ihr und ihrem Mann. Kurz, sie wollten sich nicht sehen.«

Er zuckte die Schultern und fügte hinzu:

»So etwas kommt in jeder Familie vor. Trotzdem ist jede auf ihre Art eine anständige Frau.«

»Mögen Sie Valentine sehr?«

»Ja. Sie war immer sehr nett zu mir.«

»Und Ihre Frau?«

»Mimi mag sie natürlich nicht so gern.«

»Streiten sie sich?«

»Sie sehen sich wenig, durchschnittlich einmal im Jahr. Vorher rede ich ihr immer zu, Geduld mit Valentine zu haben, weil sie eine alte Frau ist. Sie verspricht es zwar, aber trotzdem fallen immer spitze Bemerkungen.«

»Auch am letzten Sonntag?«

»Ich weiß es nicht. Ich war mit den Kindern spazieren.«

Bei dem Wort ›Kinder‹ fragte sich Maigret, was diese wohl von ihrem Vater hielten. Wie die meisten Kinder hielten sie ihn wahrscheinlich für einen starken und intelligenten Menschen, der sie schützen und führen konnte auf ihrem Lebensweg. Sie konnten nicht sehen, daß er weich und realitätsfremd war.

Mimi würde sagen: ›Er ist so gut.‹

Weil er alle Welt mochte und das Leben mit großen unschuldigen Augen betrachtete und genoß. Er wollte eigentlich energisch, intelligent, der beste Mensch überhaupt sein! Und er hatte Ideen, er steckte voller Ideen. Wenn er sie nicht alle verwirklichen konnte, wenn sie, einmal verwirklicht, meistens scheiterten, dann nur, weil die äußeren Umstände gegen ihn waren.

Aber hatte er es nicht geschafft, als Abgeordneter aufgestellt zu werden? Jetzt würde man seine Fähigkeiten erkennen. Das ganze Land würde von ihm reden, ihn zum Minister, zum Staatsmann machen.

»Haben Sie sich, als Sie jung waren, nie in Valentine verliebt? Sie war kaum zehn Jahre älter als Sie.«

Er war beleidigt, entrüstet:

»Nie im Leben!«

»Und waren Sie später auch nicht in Arlette verliebt?«

»Ich habe sie immer wie eine Schwester behandelt.«

Er hatte von der Welt und den Menschen immer noch eine Bilderbuchvorstellung. Er holte eine Zigarre aus der Tasche und war erstaunt, daß Maigret keine rauchen wollte, zündete sie bedächtig an und stieß langsam den Rauch aus, dem er nachschaute, wie er in die silbrige Luft aufstieg.

»Sollen wir uns auf die Terrasse setzen? Die Sessel sind sehr bequem mit Blick auf den Strand. Wir können aufs Meer schauen.«

Er lebte das ganze Jahr am Meer, aber es machte ihm

immer noch Spaß, in einem gemütlichen Sessel zu sitzen und es zu betrachten, gut gekleidet, glattrasiert, mit allen Attributen eines bedeutenden und erfolgreichen Mannes.

»Und Ihr Bruder Théo?«

»Wollen Sie von mir wissen, ob er in Valentine verliebt war?«

»Ja.«

»Bestimmt nicht. Ich habe diesbezüglich nie etwas gemerkt.«

»Und in Arlette?«

»Erst recht nicht. Ich war noch ein Junge, als er schon seine ersten Liebesabenteuer hatte, vor allem mit ›kleinen Mädchen‹, wie ich sie nenne.«

»War Arlette auch nicht in ihn verliebt?«

»Vielleicht hat sie für ihn geschwärmt, wie meine Frau das nennt, wenn sie über die Liebeleien junger Mädchen redet. Sie wissen, wie das ist. Das hat weiter nichts zu bedeuten. Als Beweis dafür hat sie ja auch nicht lange mit der Heirat gewartet.«

»Waren Sie nicht überrascht?«

»Wovon?«

»Von ihrer Heirat mit Julien Sudre.«

»Nein. Vielleicht ein bißchen, weil er nicht reich war und wir meinten, Arlette könnte nicht auf Luxus verzichten. Es gab eine Zeit, in der sie ziemlich arrogant war, aber das war schnell vorbei. Ich glaube, Julien war ihre große Liebe. Er war sehr nobel. Mein Vater wollte ihm eine ansehnliche Mitgift schenken, denn zu jener Zeit waren wir ziemlich vermögend, aber er hat abgelehnt.«

»Sie auch?«

»Ja. So daß sie sich von heute auf morgen an ein bescheidenes Leben gewöhnen mußte. Wir waren dann auch dazu gezwungen, aber erst viel später.«

»Verstehen sich Arlette und Ihre Frau gut?«

»Ich glaube schon. Obwohl sie sehr verschieden sind. Mimi hat Kinder und einen Haushalt zu führen. Sie geht wenig aus.«

»Würde sie nicht vielleicht gerne ausgehen? Wollte sie nie nach Paris ziehen?«

»Ihr graut vor Paris.«

»Vermißt sie auch Dieppe nicht?«

»Vielleicht ein bißchen. Seit ich Abgeordneter bin, können wir leider nicht dorthin ziehen. Meine Wähler könnten das nicht verstehen.«

Charles Bessons Worte harmonierten völlig mit der Umgebung, mit dem Meer und seinem Himmelblau wie auf der Postkarte, mit den Felsen, die anfingen zu glitzern, mit den Badegästen, die ankamen und der Reihe nach ihre Stammplätze einnahmen wie für eine Aufnahme. War das nun alles schließlich und endlich wirklich, oder sah es nur so aus? Hatte dieser selbstzufriedene große Junge recht?

War Rose tot oder nicht?

»Waren Sie nicht überrascht, als Sie Ihren Bruder am Sonntag hier trafen?«

»Ein bißchen, am Anfang. Ich nahm an, er sei in Deauville, oder in irgendeinem Schloß in der Sologne, da wir ja schon September haben und die Jagdsaison eröffnet wurde. Wissen Sie, Théo lebt immer noch mondän. Als er noch Geld hatte, lebte er in Saus und Braus und benahm sich seinen Freunden gegenüber sehr großzügig. Sie haben es nicht vergessen, und jetzt sind sie es, die ihn einladen.«

Wie die Dinge sofort einen anderen Aspekt annehmen! Ein paar Worte, und schon wurde von einem ganz anderen Théo gesprochen.

»Verfügt er über Mittel?«

»Finanzieller Art? Ich weiß es nicht. Wenn überhaupt, dann nur über wenig. Aber er hat auch keine Auslagen. Er ist Junggeselle.«

Also doch ein kleiner Anflug von Neid in der Stimme dieses angesehenen Mannes, dem seine vier Kinder eine Last sind!

»Er ist immer sehr elegant angezogen, weil er seine Kleidung sehr schont. Häufig ist er in der besseren Gesellschaft eingeladen. Ich glaube, gelegentlich macht er kleine Geschäfte. Wissen Sie, er ist ein sehr intelligenter Junge, und wenn er gewollt hätte…«

»War er sofort damit einverstanden, zu Valentine mitzukommen?«

»Nicht gleich.«

»Hat er Ihnen gesagt, warum er hier ist?«

»Ich hoffe, Kommissar, Sie verdächtigen nicht Théo.«

»Ich verdächtige niemand, Monsieur Besson. Wir unterhalten uns nur. Ich versuche mir ein möglichst genaues Bild von der Familie zu machen.«

»Nun, wenn Sie meine Meinung hören wollen, Théo ist, auch wenn er es abstreitet, sentimental. Er hatte Heimweh nach Etretat, wo wir als Kinder unsere Ferien verbrachten. Wissen Sie, wir waren schon hier, als meine Mutter noch lebte.«

»Ich verstehe.«

»Ich habe ihm erklärt, daß es überhaupt keinen Grund gebe, mit Valentine weiter spinnefeind zu sein; sie sei ihm auch nicht mehr böse. Da ist er schließlich mitgegangen.«

»Wie benahm er sich?«

»Wie ein Mann von Welt. Am Anfang war er etwas verlegen. Als er unsere Geschenke sah, entschuldigte er sich, daß er mit leeren Händen dastehe.«

»Und wie war er zu Arlette?«

»Was? Es war nie etwas zwischen Arlette und Théo!«

»Beim Abendessen saß also die ganze Familie vollständig am Tisch.«

»Außer Sudre, der nicht kommen konnte.«

»Richtig. Ich vergaß. Und Sie haben nichts bemerkt, keine winzige Kleinigkeit, die eine Tragödie ankündigte?«

»Absolut nichts. Ich beobachte von Natur aus sehr viel.«

Angeber! Aber welch ein Glück, manchmal ein Angeber zu sein!

»Ich muß sagen, daß Mimi und ich durch die Kinder sehr in Anspruch genommen waren. Zu Hause sind sie einigermaßen gut zu haben. Aber wenn man mit ihnen woanders hingeht, sind sie unruhig. Sie haben gesehen, wie klein Valentines Haus ist. Im Eßzimmer saßen wir so eng nebeneinander, daß man sich nicht mehr auf seinem Stuhl umdrehen konnte. Das Baby, das gewöhnlich meistens schläft, schrie deswegen beinahe eine Stunde lang, bis uns die Ohren weh taten. Wir mußten den Kerl auf das Bett der Stiefmutter legen und wußten nicht, wohin wir mit den beiden Großen sollten.«

»Kannten Sie die Rose gut?«

»Wenn ich in La Bicoque war, habe ich sie jedesmal gesehen. Sie war ein braves Mädchen, ein bißchen verschlossen, wie viele Leute hier. Aber wenn man sie kennt...«

»Sie haben Sie also im ganzen etwa sechsmal gesehen?«

»Etwas öfter.«

»Haben Sie mit ihr geredet?«

»So wie man mit einer Hausangestellten redet, über das Wetter und das Kochen. Sie war eine gute Köchin. Ich frage mich, wie Valentine, die sehr viel Wert auf gutes Essen legt, ohne sie auskommen wird. Sehen Sie, Kommissar, seit ich Ihnen hier zuhöre und auf Ihre Fragen antworte, befürchte ich, daß Sie auf dem Holzweg sind.«

Maigret reagierte nicht darauf, zog weiterhin bedächtig an seiner Pfeife und schaute einem winzigen Schiff nach, das kaum merklich am Horizont dahinsegelte.

»Weil ich es übrigens ahnte, das heißt, weil ich ahnte, in welche Richtung die polizeilichen Untersuchungen laufen würden, habe ich mich an den Minister gewandt und ihn gebeten, Sie mit der Untersuchung zu betrauen.«

»Ich bedanke mich.«

»Aber nicht doch! Ich danke Ihnen, daß Sie gekommen sind! Obwohl ich immer sehr viel zu tun habe, habe ich trotzdem ab und zu einen Kriminalroman gelesen. Es ist wohl unnötig, Sie zu fragen, ob Sie das ernst nehmen. Im Kriminalroman hat jeder irgend etwas zu verbergen, jeder hat ein mehr oder weniger schlechtes Gewissen, und man stellt fest, daß die scheinbar unkompliziertesten Menschen in Wirklichkeit sehr schwierig sind.

Jetzt, da Sie die Familie ein bißchen kennengelernt haben, verstehen Sie wohl, daß keiner von uns eine Veranlassung hatte, der Stiefmutter böse zu sein, um gleich kaltblütig einen Mord zu planen. In Roses Magen wurde Arsen gefunden, und es ist nicht zu leugnen, wenn ich das, was man mir sagte, richtig verstanden habe, daß es aus dem Glas mit der für Valentine bestimmten Medizin stammt. Ich bezweifle auch die Schlußfolgerungen der Experten nicht, die ihr Handwerk verstehen, auch wenn sie sich schon getäuscht haben und nicht immer einer Meinung sind.

Sie haben Arlette getroffen. Sie haben Théo gesehen. Sie sitzen jetzt mit mir zusammen. Mimi hätte ich Ihnen vorgestellt, wenn nicht der Trauerfall dazwischengekommen wäre, und Sie hätten sich überzeugen können, daß sie niemand etwas zuleide tun kann.

Wir waren alle in fröhlicher Stimmung am Sonntag. Und ich behaupte, selbst auf die Gefahr hin, ausgelacht zu werden, daß es nur durch einen unglücklichen Zufall zu dieser Katastrophe kommen konnte. Glauben Sie an Gespenster?«

Er war entzückt von seiner Zwischenbemerkung, die er mit einem geschickten Lächeln vorbrachte, so als ob er in der Kammer einem politischen Gegner eine Fangfrage stellen würde.

»Ich glaube nicht daran.«

»Ich auch nicht. Trotzdem gibt es jedes Jahr in Frankreich ein Haus, in dem es spukt und das die Bevölkerung mehrere Tage, manchmal mehrere Wochen in Aufruhr versetzt. Ich habe in meinem Kreis bei einem Haus eine richtige Mobilmachung von Polizisten und Kriminalbeamten erlebt, die zusammen mit Spezialisten keine Erklärung finden konnten für die Tatsache, daß bestimmte Möbelstücke in jeder Nacht zu beben anfingen. Eines schönen Tages löst sich das meistens in Wohlgefallen auf.«

»Rose ist tot, oder nicht?«

»Ich weiß. Ich will nicht soweit gehen in meiner Behauptung, daß sie sich selber vergiftet hat.«

»Doktor Jolly, der sie immer behandelte, hat bestätigt, daß sie körperlich und geistig gesund war. Nichts in ihren Verhältnissen und ihrem Leben läßt annehmen, daß sie Selbstmord begehen wollte. Vergessen Sie nicht, daß das Gift bereits in dem Glas war, als Valentine ihre Medizin einnehmen wollte, die ihr dann zu bitter schmeckte und die sie deshalb nicht ausgetrunken hat.«

»Gewiß. Ich will ja auch nichts beeinflussen. Ich sage nur: Keiner der Anwesenden konnte ein Interesse daran haben, diese alte, harmlose Frau umzubringen.«

»Wissen Sie, daß in jener Nacht ein Mann im Haus war?«

Er errötete etwas, machte eine Bewegung, als ob er eine lästige Fliege verscheuchen wollte.

»Ich habe es gehört. Ich konnte es kaum glauben. Aber schließlich ist Arlette 38 Jahre alt. Sie ist außerordentlich hübsch und öfter Versuchungen ausgesetzt als andere. Vielleicht ist es nicht so ernst, wie wir meinen. Jedenfalls hoffe ich, daß Julien nichts davon erfährt.«

»Das ist sicher.«

»Sehen Sie, Monsieur Maigret, jeder andere hätte einfach die anwesenden Personen verdächtigt. Aber gerade Sie gehen doch, soviel ich weiß, den Dingen auf den Grund; Sie sehen hinter die Fassade. Ich bin überzeugt, daß Sie, wie bei der Sache mit den Gespenstern, eine ganz simple Lösung finden.«

»Daß Rose nicht tot ist, zum Beispiel?«

Charles Besson lachte etwas irritiert, weil er nicht wußte, ob das scherzhaft gemeint war.

»Und vor allem, wie kommt man an Arsen heran? Mit welchem Grund?«

»Vergessen Sie nicht, daß Ihr Vater Apotheker war, daß Théo, wie man mir erzählte, Chemie studierte, daß Sie selber eine Zeitlang in einem Laboratorium gearbeitet haben, daß also jeder in der Familie über gewisse pharmazeutische Kenntnisse verfügt.«

»Ich habe nicht daran gedacht. Aber meiner Meinung nach ändert das nichts an meinen Überlegungen.«

»Natürlich nicht.«

»Es gibt auch keinen Hinweis darauf, ob nicht vielleicht jemand von außen eingedrungen ist?«

»Ein Landstreicher beispielsweise.«

»Warum nicht?«

»Jemand, der wartete, bis das Haus voll war, um durch das Fenster ins erste Stockwerk einzusteigen und das Gift in ein Glas zu schütten? Das ist nämlich kein unwichtiger Aspekt. Das Gift wurde nicht in die Flasche, an der keine Spuren gefunden wurden, sondern direkt in das Glas geschüttet.«

»Sie sehen selber, daß das nichts miteinander zu tun hat.«

»Die Rose ist tot.«

»Also, wie denken Sie darüber? Sagen Sie mir Ihre Meinung von Mann zu Mann. Ich verspreche Ihnen selbstverständlich, nichts zu unternehmen, nichts weiterzusagen, was Ihre Untersuchungen stören könnte. Also wer?«

»Ich weiß es nicht.«

»Und warum?«

»Ich weiß es noch nicht.«

»Und wie?«

»Das werden wir erfahren, wenn ich die beiden ersten Fragen beantworten kann.«

»Haben Sie einen Verdacht?«

Ihm war jetzt unbehaglich in seinem Sessel, wie er an seinem kalten Zigarrenstummel herumkaute und einen bitteren Geschmack im Mund verspürte. Vielleicht klammerte er sich an Illusionen, wie Maigret manchmal an seine Vorstellung, die er sich vom Leben gemacht hatte und die man ihm nehmen wollte. Es war beinahe rührend, ihn zu sehen, wie er ängstlich und unsicher das geringste Mienenspiel des Kommissars beobachtete.

»Es wurde jemand getötet«, sagte dieser.

»Das ist nicht zu leugnen.«

»Keiner tötet ohne ein Motiv, vor allem nicht mit Gift, das nicht zu einem Wutanfall oder Leidenschaftlichkeit paßt. In meiner Laufbahn ist mir nicht ein einziger Giftmord begegnet, der nicht mit einer ganz bestimmten Absicht begangen wurde.«

»Aber aus welcher Absicht denn, zum Teufel?«

Er ereiferte sich noch zum Schluß.

»Ich habe es noch nicht herausbekommen.«

»Alles, was meine Stiefmutter besitzt, ist eine Rente, daneben einige Möbel und Nippsachen.«

»Ich weiß.«

»Ich brauche kein Geld, vor allem jetzt nicht. Arlette auch nicht. Théo kümmert sich um so etwas nicht.«

»Das hat man mir schon wiederholt gesagt.«

»Also?«

»Also nichts. Ich stehe erst am Anfang meiner Untersuchung, Monsieur Besson. Sie haben mich geholt, und ich bin gekommen. Valentine hat mich ebenfalls gebeten, mich der Sache anzunehmen.«

»Hat sie Ihnen geschrieben?«

»Weder geschrieben noch telefoniert. Sie besuchte mich in Paris.«

»Ich wußte, daß sie nach Paris gefahren ist, aber ich glaubte, sie besucht dort ihre Tochter.«

»Sie kam in den Palais de Justice und saß gerade in meinem Büro, als ich die Mitteilung des Ministers bekam.«

»Das ist seltsam.«

»Warum?«

»Weil ich nicht wußte, daß sie Ihren Namen kennen würde.«

»Sie erzählte mir, daß sie die meisten meiner Fälle in der Zeitung mitverfolgt und auch einige Artikel ausgeschnitten hätte. Was bedrückt Sie?«

»Nichts.«

»Möchten Sie lieber nichts sagen?«

»Nichts Bestimmtes, ich versichere es Ihnen, außer daß meine Stiefmutter nie eine Zeitung gelesen hat. Sie hat keine abonniert, weigerte sich immer, ein Radio zu haben, und wollte auch kein Telefon. Sie interessiert sich überhaupt nicht für das, was um sie herum vorgeht.«

»Sie sehen, man kann so seine Entdeckungen machen.«

»Wohin führt uns diese?«

»Das werden wir noch sehen. Vielleicht zu nichts. Haben Sie keinen Durst?«

»Ist Théo immer noch in Etretat?«

»Ich habe ihn gestern abend noch gesehen.«

»Dann haben wir die Chance, ihn in einer Bar zu finden. Haben Sie mit ihm gesprochen?«

»Ich hatte noch keine Gelegenheit.«

»Ich werde Sie miteinander bekannt machen.«

Man spürte, daß ihn irgend etwas beunruhigte, denn diesmal biß er das Ende der Zigarre einfach ab und zündete sie ohne große Umstände an.

In den Wellen spielten Jungen mit einem großen roten Ball...

6

Rose und ihre Probleme

Besson hatte sich nicht geirrt. Außer Charlie, der noch mit Gläserspülen beschäftigt war, saß nur eine einzige Person an der Bar: Théo, der ganz allein *Poker dice* spielte, weil er keinen Partner hatte.

Charles ging auf ihn zu, glücklich und stolz, seinen älteren Bruder zu präsentieren. Théo sah sie mit ausdruckslosem Blick an und stieg nur widerwillig von seinem Barhocker herunter.

»Kennst du Kommissar Maigret?«

Théo hätte sagen können ›nur dem Namen nach‹ oder ›wie jeder‹, irgend etwas, das durchblicken ließ, daß es für ihn nicht nur irgendein Name war, aber er beschränkte sich auf eine förmliche Verbeugung und murmelte, ohne ihm die Hand zu geben: »Erfreut.« Aus der Nähe sah er viel älter aus, sein Gesicht hatte feine Fältchen, die wie Risse aussahen. Er brachte jeden Morgen sicher viel Zeit im Friseursalon zu und ließ sich pflegen, vielleicht auch massieren, denn er hatte eine Haut wie eine alte Kokotte.

»Du weißt vielleicht, daß auf meine und Valentines Initiative hin der Kommissar die Untersuchung hier übernommen hat? Valentine ist deswegen extra nach Paris gefahren.«

Charles war etwas enttäuscht, daß sein Bruder sie mit der

höflichen Zurückhaltung eines Königs auf Staatsbesuch empfing.

»Stören wir dich auch nicht?«

»Überhaupt nicht.«

»Wir haben gerade eine Stunde in der Sonne am Strand gesessen und haben Durst. Charlie!«

Dieser zwinkerte Mairgret freundschaftlich zu.

»Was trinkst du da gerade, Théo?«

»Scotch.«

»Ich mag keinen Whisky. Was nehmen Sie, Kommissar? Für mich einen Picon-grenadine.«

Warum bestellte sich Maigret auch einen? Das war ihm schon lange nicht mehr passiert, und aus irgendeinem unerfindlichen Grund erinnerte es ihn an Ferien.

»Hast du Valentine seit Sonntag noch einmal gesehen?«

»Nein.«

Théo hatte große und gepflegte, aber blasse Hände mit rötlichen Haaren auf dem Handrücken, und an einer Hand trug er einen großen Siegelring. Nichts von dem, was er anhatte, hätte man in einem Kaufhaus gefunden. Es fiel auf, daß er sich auf einen Typ festgelegt hatte, und zwar ein für allemal. Jemand hatte ihm großen Eindruck gemacht, wahrscheinlich ein englischer Adliger, und er hatte dessen Gesten, dessen Gang, die Art, sich anzuziehen, und sogar dessen Mienenspiel genau kopiert. Ab und zu legte er gelangweilt die Hand an den Mund, als ob er gähnte.

»Bleibst du noch lange in Etretat?«

»Ich weiß nicht.«

Charles bemühte sich trotzdem, seinen Bruder ins rechte Licht zu rücken, und erklärte dem Kommissar:

»Er ist ein eigenartiger Junge. Er weiß nie im voraus, was er am nächsten Tag macht. Er kommt aus dem ›Fouquet‹ oder dem ›Maxim‹ nach Hause und packt seine Koffer, um das nächste Flugzeug nach Cannes oder Chamonix, London oder Brüssel zu nehmen. So ist es doch, Théo?«

Da ging Maigret direkt zum Angriff über:

»Erlauben Sie, daß ich Ihnen eine Frage stelle, Monsieur Besson? Wann haben Sie sich das letzte Mal mit Rose getroffen?«

Der arme Charles schaute beide völlig verblüfft an, sperrte den Mund auf, wie um zu widersprechen, und wartete auf einen energischen Protest seines Bruders.

Théo leugnete aber nichts ab. Er schien verwirrt, sah einen Augenblick in sein Glas und sagte dann zum Kommissar:

»Wollen Sie das genaue Datum wissen?«

»So genau wie möglich.«

»Charles kann Ihnen sagen, daß ich das genaue Datum nie weiß und mich auch oft in den Wochentagen täusche.«

»Ist es länger als acht Tage her?«

»Ungefähr acht Tage.«

»War es an einem Sonntag?«

»Nein. Wenn es sich um eine Aussage unter Eid handelt, überlege ich lieber zweimal, aber über den Daumen gepeilt würde ich sagen, es war am letzten Mittwoch oder Donnerstag.«

»Haben Sie sich oft mit ihr getroffen?«

»Ich weiß nicht genau. Zwei- oder dreimal.«

»Haben Sie sich bei Ihrer Stiefmutter kennengelernt?«

»Man hat Ihnen sicher schon erzählt, daß ich meine Stiefmutter nicht besuchte. Als ich dieses Mädchen traf, wußte ich nicht, wo sie beschäftigt war.«

»Wo war das?«

»Auf dem Jahrmarkt in Vaucottes.«

»Seit wann läufst du kleinen Dienstmädchen nach?« scherzte Charles, um zu beweisen, daß dies sonst nicht die Art seines Bruders war.

»Ich schaute beim Sackhüpfen zu. Sie stand neben mir. Ich weiß nicht mehr, ob sie oder ich zuerst etwas sagte. Jedenfalls meinte sie, diese Dorffeste seien sich doch alle gleich, sie seien langweilig, und sie würde lieber gehen. Ich bot ihr, weil ich selber gehen wollte, höflich einen Platz in meinem Auto an.«

»Ist das alles?«

»Noch mal das gleiche, Charlie!«

Dieser goß, ohne zu fragen, alle drei Gläser nach, und Maigret ließ es ohne Widerspruch zu.

»Sie erzählte mir, sie würde viel lesen, erzählte mir, was sie gelesen hätte. Es waren Bücher, die sie nicht verstehen konnte und die sie verwirrten. Soll das ein Verhör sein, Herr Kommissar? Wissen Sie, ich habe nichts dagegen, aber hier...?«

»Hör zu, Théo!« protestierte Charles. »Ich erinnere dich daran, daß ich Monsieur Maigret gebeten habe, herzukommen.«

»Sie sind der erste, den ich treffe«, fügte der Kommissar hinzu, »der dieses Mädchen ein wenig zu kennen scheint, jedenfalls der erste, der mir von ihr erzählt.«

»Was möchten Sie noch wissen?«

»Was Sie von ihr halten.«

»Sie war ein kleines Bauernmädchen, das zuviel gelesen hatte und seltsame Fragen stellte.«

»Worüber?«

»Über alles, über die Güte, über den Egoismus, über die menschlichen Beziehungen untereinander, über die Intelligenz, was weiß ich?«

»Über die Liebe?«

»Sie erklärte mir, sie würde nicht daran glauben und sich nie so weit erniedrigen, sich einem Mann hinzugeben.«

»Auch nicht als Ehefrau?«

»Sie hielt die Ehe für etwas sehr Schmutziges, wie sie sich ausdrückte.«

»So daß also zwischen Ihnen beiden nichts gewesen ist?«

»Absolut nichts.«

»Überhaupt keine Intimität?«

»Sie nahm meine Hand, wenn wir spazierengingen, oder lehnte sich beim Autofahren ein wenig an meine Schulter.«

»Hat sie mit Ihnen nie über den Haß gesprochen?«

»Nein. Ihre fixen Ideen waren der Egoismus und der Stolz, wobei sie das letzte Wort mit einem stark normannischen Akzent aussprach. Charlie!«

»Kurz«, warf sein Bruder ein, »du hast dich amüsiert, deine Charakterstudien zu betreiben!«

Aber Théo hielt es nicht der Mühe wert, darauf zu antworten.

»Ist das alles, Herr Kommissar?«

»Kannten Sie Henri schon vor Roses Tod?«

Diesmal wurde Charles wirklich nervös. Woher wußte

Maigret das alles, und warum hatte er ihm nichts davon erzählt? Allmählich kamen ihm Théos Benehmen und auch sein verlängerter Aufenthalt in Etretat etwas rätselhaft vor.

»Ich kannte ihn nur dem Namen nach, denn sie hatte mir von ihrer ganzen Familie erzählt, die sie nicht leiden konnte; wohlgemerkt unter dem Vorwand, man würde sie nicht verstehen.«

»Haben Sie Henri Trochu nach ihrem Tod getroffen?«

»Er hat mich auf der Straße angesprochen, fragte mich, ob ich es gewesen sei, der mit seiner Schwester ausgegangen sei, und sah so aus, als ob er sich mit mir schlagen wollte. Ich antwortete ihm in aller Ruhe, und er fing sich wieder.«

»Haben Sie ihn noch einmal getroffen?«

»Ja, gestern abend.«

»Warum?«

»Weil wir uns zufällig begegnet sind.«

»Hat er etwas gegen Ihre Familie?«

»Er ist vor allem böse auf Valentine.«

»Aus welchem Grund?«

»Das ist seine Sache. Ich nehme an, Sie können ihn fragen, so wie Sie mich ausgefragt haben. Charlie!«

Maigret ging plötzlich auf, wen Théo so akkurat nachzuahmen versuchte: den Herzog von Windsor.

»Zwei oder drei Fragen noch, wenn Sie so liebenswürdig sind. Haben Sie Rose nie in La Bicoque besucht?«

»Nie.«

»Haben Sie auch nicht in der Nähe auf sie gewartet?«

»Sie kam hierher.«

»Hat sie sich in Ihrer Gesellschaft nie betrunken?«

»Nach zwei oder drei Gläsern war sie ziemlich am Ende.«

»Hat sie nie gesagt, daß sie sterben wolle?«

»Sie hatte eine Heidenangst vor dem Tod und bat mich beim Autofahren immer, langsam zu fahren.«

»Mochte sie Ihre Stiefmutter? Diente sie ihr gerne?«

»Ich glaube nicht, daß zwei Frauen, die von morgens bis abends zusammen sind, sich gut leiden können.«

»Glauben Sie, daß sie sich zwangsläufig haßten?«

»Das habe ich nicht gesagt.«

»Eigentlich«, sagte Charles Besson, »erinnert mich das an Valentine, die ich besuchen sollte. Es wäre nicht sehr höflich, wenn ich in Etretat bin und mich nicht nach ihrem Befinden erkundige. Begleiten Sie mich, Herr Kommissar?«

»Danke.«

»Sie bleiben noch bei meinem Bruder?«

»Ich bleibe noch einen Augenblick hier.«

»Brauchen Sie mich heute nicht mehr? Morgen bin ich in Dieppe auf der Beerdigung. Übrigens, Théo, meine Schwiegermutter ist gestorben.«

»Meinen Glückwunsch.«

Er ging mit hochrotem Gesicht, wobei man nicht sagen konnte, ob es nun von den Aperitifs oder vom Benehmen seines Bruders kam.

»Idiot!« zischte Théo zwischen den Zähnen. »So, er ließ Sie also extra aus Paris kommen!« Er zuckte die Schultern, griff nach den Würfeln, als ob er damit demonstrieren wollte, daß er nichts mehr zu sagen hatte. Maigret zog seinen Geldbeutel aus der Tasche, drehte sich nach Charlie um, aber Théo murmelte nur undeutlich: »Setz das auf meine Rechnung.«

Als Maigret aus dem Kasino kam, sah er Castaings Wagen und neben dem Hotel den Inspektor, der ihn suchte.

»Haben Sie einen Augenblick Zeit? Trinken wir einen?«

»Lieber nicht. Ich habe, glaube ich, eben drei Aperitifs hintereinander getrunken, und würde lieber gleich etwas essen.«

Er fühlte sich wie betäubt. Er neigte auf einmal dazu, die ganze Geschichte in einem eher komischen Licht zu sehen, und auch Castaing mit seiner ernsten und geschäftigen Miene machte auf ihn einen eher belustigenden Eindruck.

»Ich habe das Gefühl, es wäre besser, wenn Sie selber nach Yport fahren! In den fünf Jahren, in denen ich hier lebe, glaubte ich, die Normannen kennengelernt zu haben, aber dieser Familie fühle ich mich nicht gewachsen.«

»Was haben sie gesagt?«

»Nichts. Weder ja noch nein, noch dies oder jenes. Sie schauen mich schief an, bieten mir keinen Stuhl an, warten nur darauf, daß ich wieder gehe. Manchmal schauen sie sich verstohlen an, als ob sie zu sich sagten:

›Erzählen wir ihm was?‹

›Das mußt du wissen!‹

›Nein, du!‹

Dann sagt die Mutter etwas, was vielleicht nebensächlich, vielleicht auch wichtig ist.«

»Was?«

»Zum Beispiel: ›Diese Leute da, die halten zusammen, da wird keiner den Mund aufmachen.‹«

»Was noch?«

»›Sie müssen einen Grund gehabt haben, meine Tochter nicht mehr zu uns kommen zu lassen.‹«

»Besuchte sie sie nicht mehr?«

»Nur noch selten, wie ich es verstand. Denn bei denen wird man nicht schlau aus dem, was sie sagen. Es kommt einem vor, als ob sie eine andere Sprache reden. Sie sagen etwas und nehmen es sofort zurück. Dabei kommt heraus, daß wir hier sind, um ›diesen Leuten da‹ Unannehmlichkeiten zu ersparen, und nicht, um die Wahrheit herauszufinden. Sie wollen einfach nicht glauben, daß Rose durch ein bedauerliches Versehen gestorben ist. Wenn man sie so reden hört, hatte man es auf sie und nicht auf Valentine abgesehen.

Als der Vater nach Hause kam, bot er mir immerhin ein Glas Apfelwein an, weil ich nun einmal unter seinem Dach war, aber auch erst nach langem Zögern. Der eine Sohn war auch noch da, denn sein Schiff läuft erst heute nacht aus, aber er trank nicht mit.«

»Henri, der Älteste?«

»Ja. Er sagte kein einziges Wort. Ich glaube, er hat ihnen geraten zu schweigen. Wenn ich den Vater in einem Restaurant in Fécamp getroffen und er schon einiges getrunken hätte, würde er sicher mehr sagen. Was haben Sie gemacht?«

»Ich habe mit den beiden Bessons geredet, zuerst mit Charles, dann mit Théo.«

Sie setzten sich zu Tisch. Vor ihnen stand eine Flasche Weißwein, und der Inspektor füllte die beiden Gläser. Maigret achtete nicht darauf, und als sie den Speisesaal verließen, hätte er am liebsten ein Mittagsschläfchen gehalten, bei weit offenen Fenstern zur Sonne und zum Meer hin.

Irgendein Ehrgefühl hielt ihn ab. Auch ein Erbe aus der Kindheit, eine Art Pflichtbewußtsein, das er gerne übertrieb; das Gefühl, für sein Geld nie genug zu arbeiten. Das ging sogar so weit, daß er im Urlaub – zu dem er nicht jedes Jahr kam, zum Beispiel auch dieses Jahr nicht – beinahe Schuldgefühle hatte.

»Was soll ich jetzt machen?« fragte Castaing und war überrascht, daß der Kommissar so schläfrig und unentschlossen war.

»Was du magst, mein Sohn. Suche weiter. Ich weiß nicht, wo. Vielleicht könntest du den Doktor noch einmal aufsuchen.«

»Doktor Jolly?«

»Ja. Und die Leute. Egal, wen! Auf gut Glück! Das alte Fräulein Seuret langweilt sich allein und ist sicher zu einem Schwatz aufgelegt.«

»Soll ich Sie irgendwo absetzen?«

»Danke.«

Er wußte, daß ein solcher Punkt bei jedem Fall zu überwinden war, und daß er dann – zufällig oder instinktiv – jedesmal ein bißchen zuviel getrunken hatte.

Jedesmal, wenn, wie er es nannte, ›die Sache ins Rollen kam‹. Anfangs kannte er nur die nüchternen Fakten, wie sie in den Berichten festgehalten werden. Dann traf er Leute, die er nie zuvor gesehen hatte, die er tags zuvor noch nicht kannte, und er schaute sie an wie Fotos in einem Album.

Man mußte den anderen so schnell wie möglich durchschauen, Fragen stellen, die Antworten glauben oder nicht und dabei vermeiden, vorschnelle Ansichten zu entwickeln.

In dieser Phase behielten die Leute und die Dinge noch ihre klaren Konturen, blieben noch unzugänglich, anonym und unpersönlich.

In einem ganz bestimmten Augenblick und scheinbar ohne Grund kam die Sache ins Rollen. Die Personen verloren ihre scharfen Umrisse und bekamen gleichzeitig menschlichere Züge; sie wurden vor allem komplizierter, und dann hieß es aufpassen.

Kurz, er begann dann ihr Wesen zu sehen, tastete sich vor, fühlte sich dabei unbehaglich in der Vorstellung, daß es nur noch einer kleinen Anstrengung bedürfe, um klarzusehen und die Wahrheit ans Licht zu ziehen.

Mit den Händen in den Taschen und der Pfeife zwischen den Zähnen lief er langsam die staubige Straße entlang, die er nun schon kannte, wobei ihm eine ganz dumme Nebensächlichkeit auffiel, die aber vielleicht wichtig war. In Paris konnte man an jeder Ecke in ein öffentliches Verkehrsmittel einsteigen. Wie weit war La Bicoque vom Zentrum Etretats entfernt? Ungefähr einen Kilometer. Valentine hatte kein Telefon. Sie hatte kein Auto mehr. Wahrscheinlich fuhr sie auch nicht Fahrrad.

Für die alte Dame war es also mit einem ziemlichen Aufwand verbunden, andere Leute zu treffen, manchmal sah sie sicher tagelang niemand. Ihre nächste Nachbarin war Mademoiselle Seuret, die beinahe neunzig war und ihren Lehnstuhl wohl auch nicht mehr verließ.

Erledigte Valentine ihre Einkäufe selber? Hatte sie früher Rose damit beauftragt?

An den Hecken hingen große schwarze Beeren, aber er blieb nicht stehen, um welche zu pflücken und auch nicht, um sich aus den Zweigen Ruten zu schneiden. Schade, daß er aus dem Alter heraus war. Der Gedanke daran belustigte ihn. Dann dachte er an Charles, an dessen Bruder Théo und nahm sich vor, selber zu den Trochus zu gehen und ein Glas mit ihnen zu trinken. Ob man ihm eines anbieten würde?

Er stieß die grün angestrichene Gartentür auf und atmete den vollen Duft aller Blumen und Büsche im Garten ein. Er hörte ein gleichmäßiges Kratzen und bemerkte an der Ecke auf dem Gartenweg einen alten Mann, der die Erde um die Rosenstöcke hackte. Das mußte Honoré, der Gärtner, sein, der dreimal wöchentlich bei Valentine arbeitete und auch bei Mademoiselle Seuret angestellt war. Der Mann richtete sich auf und betrachtete den fremden Besucher, hob eine Hand an die Stirn, wobei man nicht wußte, ob er grüßte oder die Augen vor der Sonne schützte.

Er sah aus wie ein Gärtner aus dem Bilderbuch, fast bucklig durch das dauernde Bücken, mit kleinen vorwitzigen Augen und dem mißtrauischen Blick eines Tieres, das gerade aus seinem Bau lugt. Er sagte nichts, folgte Maigret mit den Augen, und erst als er hörte, wie die Tür aufging, fuhr er mit seinem eintönigen Kratzen fort.

Diesmal öffnete ihm nicht Madame Leroy, sondern Valentine selbst und begrüßte ihn wie einen alten Bekannten.

»Ich hatte heute morgen Besuch«, sagte sie lebhaft. »Charles besuchte mich. Er schien enttäuscht zu sein von der Art und Weise, in der sein Bruder sich Ihnen gegenüber benommen hat.«

»Hat er Ihnen von unserer Unterhaltung berichtet?«

»Von welcher Unterhaltung? Warten Sie. Er erzählte mir vor allem von der alten Madame Montet, die gestorben ist. Seine finanzielle Situation ändert sich dadurch. Er ist nun reich, reicher als je zuvor, denn dem alten Drachen gehörten mehr als sechzig Häuser, ganz abgesehen von den Effekten und wohl auch einem hübschen Batzen Gold. Was trinken Sie?«

»Ein Glas Wasser, so eiskalt wie möglich.«

»Nur, wenn Sie dann auch etwas anderes trinken. Tun Sie es mir zuliebe. Ich trinke nie allein. Es wäre schrecklich, nicht wahr? Stellen Sie sich eine alte Frau vor, die sich einen Calvados nach dem anderen genehmigt. Aber ich gebe zu, wenn jemand kommt, nütze ich die Gelegenheit.«

Sei's drum! Er fühlte sich gut. Es war ihm etwas warm in diesem kleinen Zimmer, und die Sonne schien ihm auf die Schulter. Valentine hatte ihn gebeten, Platz zu nehmen, bediente ihn mit lebhaften und flinken Bewegungen und einem beinahe schelmischen Ausdruck in den Augen.

»Hat Charles Ihnen sonst nichts erzählt?«

»Worüber?«

»Über seinen Bruder.«

»Er hat mir nur gesagt, daß er nicht versteht, wie sein Bruder sich in einem so schlechten Licht zeigen konnte, aber er meinte, er hätte es wohl absichtlich gemacht. Er war verärgert. Er bewundert Théo außerordentlich und legt großen Wert auf den Zusammenhalt in der Familie. Ich wette, daß er nichts Schlechtes über mich gesagt hat.«

»Stimmt.«

»Wer dann?«

Er war noch keine drei Minuten im Haus, und schon war er es, der beinahe unmerklich ausgefragt wurde.

»Meine Tochter, nicht wahr?«

Aber sie lächelte, als sie das sagte.

»Haben Sie keine Angst, Sie könnten etwas verraten. Sie hat mir gegenüber nie ein Hehl daraus gemacht. Sie hat mir gesagt, daß sie Ihnen alles erzählt hat, was sie denkt.«

»Ich glaube nicht, daß Ihre Tochter sehr glücklich ist.«

»Glauben Sie, sie wäre es gern?«

Sie lächelte über ihr Glas Maigret zu.

»Ich weiß nicht, ob Sie oft mit Frauen zu tun haben. Die Rose zum Beispiel wäre furchtbar unglücklich gewesen, wenn sie nicht dauernd Probleme zu wälzen gehabt hätte, philosophische Probleme, verstehen Sie, die sie dann plötzlich mit tiefsinnigem Blick zu lösen versuchte, kaum antwortete, wenn ich ihr etwas sagte, und ziemlichen Krach beim Geschirrspülen machte, als ob man sie daran hindern würde, eine Lösung zu finden, von der das Schicksal der Welt abhing.«

»Stimmt es, daß sie ihre Eltern nicht mehr besuchte?«

»Sie besuchte sie nur selten, denn es kam jedesmal zu Szenen.«

»Warum?«

»Können Sie sich nicht denken, warum? Sie kam bei ihnen an mit ihren Problemen, gab Ratschläge, die sie kurz vorher in Büchern gelesen hatte, und wurde natürlich für eine alberne Gans gehalten.«

»Hatte sie keine Freundinnen?«

»Aus ebendiesem Grunde nicht. Und deshalb ging sie auch nicht mit den Jungen aus der Gegend, die ihr zu ungebildet und spießig waren.«

»Das heißt, daß sie außer mit Ihnen eigentlich mit niemand redete?«

»Sie ging einkaufen, aber da mußte sie ja auch nicht viel reden. Halt! Ich vergaß den Doktor. Rose hatte nämlich in der Bibliothek ein medizinisches Buch entdeckt, in das sie sich ab und zu hineinvertiefte und mir danach schwierige Fragen stellte.

›Geben Sie zu, daß Sie wissen, daß ich nicht mehr lange lebe!‹

›Bist du krank, Rose?‹

Sie hatte dann eine Krebsart oder mit Vorliebe irgendeine ausgefallene Krankheit an sich entdeckt. Das beschäftigte sie ein paar Tage, dann wollte sie eine Stunde frei haben und ging zum Arzt. Vielleicht war das für sie eine Gelegenheit, ihre Probleme zu besprechen, denn Dr. Jolly hörte ihr geduldig und ernsthaft zu und widersprach ihr auch nie.«

»Verbrachte sie ihre Abende bei Ihnen?«

»Ich habe sie nie im Salon sitzen sehen, was mir übrigens auch nicht gepaßt hätte. Finden Sie mich altmodisch? Nach dem Abspülen ging sie immer sofort auf ihr Zimmer, legte sich angezogen auf das Bett und rauchte Zigaretten. Sie hat sich bestimmt nichts aus dem Rauchen gemacht. Sie konnte auch nicht rauchen. Sie mußte dabei dauernd die Augen schließen, aber das gehörte zu ihrer Vorstellung von Poesie. Bin ich sehr hart? Nicht so sehr, wie Sie meinen. Wenn ich hinaufging, kam sie mit hochrotem Gesicht und glänzenden Augen an und wartete, bis ich mich schlafen gelegt hatte, damit sie mir meine Medizin geben konnte.

›Vergessen Sie nicht, Ihr Zimmer vor dem Schlafen zu lüften!‹ sagte ich regelmäßig zu ihr, weil der Zigarettenrauch durch alle Türen drang. Sie antwortete:

›Nein, Madame. Gute Nacht, Madame.‹

Wenn sie sich dann auszog, machte sie soviel Krach wie eine ganze Kompanie.«

Madame Leroy machte auch Krach in der Küche, aber es bereitete ihr offenbar Vergnügen, ihre Selbständigkeit zu demonstrieren. Sie öffnete mürrisch die Tür, schaute Maigret ausdruckslos an, schien ihn aber nicht zu sehen.

»Soll ich die Suppe aufsetzen?«

»Vergessen Sie nicht die Markknochen.«

Und sie wandte sich wieder Maigret zu:

»Außer Julien, meinem Schwiegersohn, haben Sie nun eigentlich die ganze Familie kennengelernt. Sie zeichnet sich nicht gerade durch besondere Vorzüge aus, aber sie ist auch nicht von der schlechtesten Sorte, nicht wahr?«

Er versuchte gerade vergeblich, sich an das zu erinnern, was Arlette über ihre Mutter gesagt hatte.

»Ich glaube bald auch noch daran wie der gute Charles, daß es nur ein unerklärlicher Unglücksfall war. Sie sehen, ich bin immer noch am Leben, und wenn jemand in einem bestimmten Augenblick beschlossen hatte, mich umzubringen – Gott weiß warum –, sieht es so aus, als ob ihn der Mut verlassen hätte. Was denken Sie?«

Er dachte überhaupt nichts. Er sah sie an mit einem etwas verschwommenen Blick und geblendet von der

Sonne, die zwischen ihnen spielte. Ein undeutliches Lächeln lag auf ihren Lippen – Madame Maigret hätte gesagt, ein glückliches Lächeln –, während er sich fragte, nicht im Ernst, nur so zum Spaß, ob es gelingen würde, eine Frau wie diese aus der Fassung zu bringen.

Er nahm sich Zeit und ließ sie weiterreden, trank ab und zu einen Schluck Calvados; der fruchtige Alkoholduft gehörte allmählich zur Atmosphäre des Hauses dazu, außer dem Geruch nach guter Küche und einem Hauch Bohnerwachs und Sauberkeit. Die Mädchen konnten es ihr beim Putzen sicher nicht recht machen, und er stellte sich vor, wie sie am Morgen, ein Häubchen auf dem Kopf, den Staub auf all den zerbrechlichen Nippsachen selbst wischte.

»Finden Sie mich originell? Oder halten Sie mich allmählich wie manche hier für eine verrückte Alte? Sie kommen auch noch dahin! Wenn man alt wird, kümmert man sich nicht mehr um die Meinung der Leute und tut, was man will.«

»Haben Sie Théo noch einmal getroffen?«

»Nein. Warum?«

»Wissen Sie, in welchem Hotel er abgestiegen ist?«

»Ich glaube, ich hörte, wie er am Sonntag sagte, daß er sein Zimmer im ›Hôtel des Anglais‹ hat.«

»Nein. Im ›Hôtel de la Plage‹.«

»Warum, glauben Sie, sollte er mich aufgesucht haben?«

»Ich weiß nicht. Er kannte Rose.«

»Théo?«

»Er ist ein paarmal mit ihr ausgegangen.«

»Das kann nicht oft gewesen sein, denn sie ging kaum aus.«

»Haben Sie es ihr nicht erlaubt?«

»Ich erlaubte ihr natürlich nicht, sich abends auf den Straßen herumzutreiben.«

»Sie tat es trotzdem. Wie oft hatte sie Ausgang?«

»Zwei Sonntage im Monat. Sie ging nach dem Mittagessen, wenn sie mit dem Abspülen fertig war; wenn sie zu ihren Eltern fuhr, kam sie erst Montag früh mit dem ersten Bus zurück.«

»Sie waren dann allein zu Hause?«

»Ich habe Ihnen schon gesagt, daß ich keine Angst habe. Wollen Sie vielleicht behaupten, daß zwischen Théo und Rose irgend etwas war?«

»Er sagte mir, sie war schon zufrieden, wenn sie mit ihm über ihre Probleme sprechen konnte.«

Und er fügte etwas boshaft hinzu:

»Indem sie seine Hand hielt oder den Kopf an seine Schulter lehnte.«

Sie lachte, lachte so aus vollem Herzen, daß sie beinahe keine Luft mehr bekam.

»Sagen Sie ganz schnell, daß das nicht wahr ist.«

»Es ist absolut richtig. Deswegen war Charles heute nicht sehr stolz auf seinen Bruder.«

»Hat Théo in seiner Gegenwart mit Ihnen darüber gesprochen?«

»Es blieb ihm nichts anderes übrig. Er merkte, daß ich Bescheid wußte.«

»Und woher wußten Sie es?«

»Erstens, weil ich ihn gestern in Begleitung von Roses Bruder getroffen habe.«

»Henri?«

»Ja. Sie unterhielten sich ziemlich lange in einem Café in der Stadt.«

»Wo hat er ihn kennengelernt?«

»Ich weiß es nicht. Wie er sagte, wußte auch Henri davon und wollte von ihm eine Erklärung.«

»Das ist zu komisch! Wenn nicht ausgerechnet Sie mir das bestätigen würden... Sehen Sie, Monsieur Maigret, man muß Théo kennen, um zu merken, wie komisch das ist, was Sie mir gerade erzählen. Er ist der größte Snob auf der Welt. Das ist vielleicht sein einziger Lebenszweck geworden. Er würde sich lieber irgendwo zu Tode langweilen, wenn es nur eine feine Gesellschaft ist, und er würde Hunderte von Kilometern fahren, um in Begleitung einer prominenten Persönlichkeit gesehen zu werden.«

»Das weiß ich.«

»Und dann geht er mit Rose händchenhaltend spazieren... Hören Sie! Es gibt da etwas, das Sie nicht wissen, woran keiner gedacht hat, Ihnen das von meinem Dienstmädchen zu erzählen. Schade, daß ihre Eltern ihre paar Habseligkeiten mitgenommen haben. Ich hätte Ihnen sonst ihre Kleider, vor allem ihre Hüte gezeigt. Sie müssen sich die ausgefallensten Farben vorstellen, Farben, die überhaupt nicht zusammenpassen. Rose hatte einen enormen Busen. Wenn sie nun ausging – hier im Haus hätte ich ihr nie erlaubt, so herumzulaufen –, trug sie so enge Kleider, daß sie kaum atmen konnte. Und an diesen Tagen ging sie mir beim Kommen und Gehen aus dem Weg, weil sie so übertrieben und schlecht geschminkt war, daß man sie für eines dieser Mädchen halten konnte, die in Paris an gewissen Straßenecken stehen. Théo und sie! Du lieber Gott!«

Und sie lachte wieder, diesmal etwas nervöser.

»Sagen Sie, wohin gingen sie zusammen?«

»Ich weiß nur, daß sie sich auf dem Jahrmarkt von Vaucottes getroffen und in einem kleinen Café in Etretat etwas getrunken haben.«

»Ist das schon lange her?«

Er schien jetzt beinahe zu schlafen. Mit einem undefinierbaren Lächeln beobachtete er sie durch die halbgeschlossenen Augenlider.

»Das letzte Mal am vorigen Mittwoch.«

»Hat Théo das zugegeben?«

»Nicht gerade gern, aber immerhin.«

»Man hat sie sicher gesehen. Ich hoffe wenigstens, daß er nicht wie der Liebhaber meiner Tochter durch das Fenster in mein Haus eingestiegen ist, um sie zu sehen.«

»Er versichert, daß es nicht so war.«

»Théo«, wiederholte sie immer noch ungläubig.

Dann stand sie auf und füllte die Gläser nach.

»Wenn ich mir vorstelle, daß Henri, der Dickkopf in der Familie, von ihm Rechenschaft verlangt. Aber…«

Ihr eben noch ironischer Gesichtsausdruck wurde nachdenklich und wich dann einer belustigten Miene.

»Das wäre die Höhe… Seit zwei Monaten ist Théo in Etretat, nicht wahr… Stellen Sie sich bloß vor… Nein! Das wäre ungeheuerlich…«

»Sie meinen, wenn sie ein Kind bekommen hätte…«

»Nein! Entschuldigen Sie, das kam mir nur gerade so… Hatten Sie auch daran gedacht?«

»Beiläufig.«

»Es würde nichts erklären.«

Der Gärtner tauchte hinter der Glastür auf und wartete, ohne sich zu bewegen, weil er sicher war, daß man ihn schließlich bemerken würde.

»Entschuldigen Sie mich bitte einen Augenblick! Ich muß ihm sagen, was er machen soll.«

Was war das? Er hörte das Ticken einer Uhr, das ihm bis jetzt nicht aufgefallen war, und fand schließlich auch heraus, daß das gleichmäßige Geräusch aus dem ersten Stock, das man durch die hellhörige Decke dieses Spielzeughauses hörte, das Schnurren der Katze war, die sicher auf dem Bett ihrer Herrin lag.

Die Sonne schien durch das Fenster und warf kleine Karos, spielte auf den Nippsachen, die dabei glänzten, und auf dem spiegelblanken Tisch zeichneten sich die klaren Umrisse eines Lindenblatts ab.

Madame Leroy machte einen solchen Krach in der Küche, daß man glauben konnte, sie stelle die ganze Einrichtung auf den Kopf. Draußen im Garten hörte man wieder das gleichmäßig kratzende Geräusch.

Maigret meinte, er hätte dieses Geräusch die ganze Zeit gehört, und doch war er, als er die Augen aufschlug, überrascht, Valentines Gesicht in etwa einem Meter Abstand vor sich zu sehen. Sie lächelte ihn gleich an, damit er nicht in Verlegenheit kommen würde, während er mit belegter Stimme murmelte:

»Ich glaube, ich habe ein Nickerchen gemacht.«

7

Die Vorhersagen des Kalenders

Beim Abschied waren Maigret und die alte Dame so gut gelaunt, daß es nicht weiter überrascht hätte, wenn sie sich gegenseitig auf die Schulter geklopft hätten.

Ob Valentine auch noch zum Lachen zumute war, als sie die Tür hinter sich geschlossen hatte? Oder wurde sie, als sie wieder mit der mürrischen Madame Leroy allein war, ernst, wie man es zuweilen nach einem Lachanfall wird?

Maigret jedenfalls ging nachdenklich und mit etwas schwerfälligen Schritten in die Stadt zurück und wollte Dr. Jolly aufsuchen. Auf einmal stand Castaing wie aus dem Boden gewachsen vor ihm, aber der Boden stellte sich als Kneipe heraus, dem strategischen Stützpunkt, wo der Inspektor gewartet und solange Karten gespielt hatte.

»Ich habe mit dem Doktor gesprochen, Chef. Rose war nicht krank, sie strotzte nur so vor Gesundheit. Trotzdem ging sie von Zeit zu Zeit zu ihm, und er verschrieb ihr harmlose Medikamente, um ihr eine Freude zu machen.«

»Was waren...?«

»Hormonpräparate. Sie wollte unbedingt welche haben und redete nur noch von ihren Drüsen.«

Castaing lief neben dem Kommissar her und fragte verwundert:

»Sie gehen noch einmal hin?«

»Ich habe nur eine Frage an ihn. Du kannst auf mich warten.«

Es war der erste Tag, an dem er den Inspektor duzte, der nicht zu seinem Dienstbereich gehörte, und das war ein Signal. Sie kamen an ein großes, viereckiges Haus mit efeuberankten Mauern, das in einem parkähnlichen Garten stand.

»Hier wohnt er«, sagte Castaing. »Aber seine Sprechstunde hält er in dem Anbau links.«

Der Anbau ähnelte einer Garage. Sicher war Madame Jolly eine Frau, die Kranke und den Geruch von Medikamenten haßte und das alles nicht im Hause haben wollte.

»Sehen Sie zu, daß er Sie gleich sieht, sobald er die Tür öffnet. Sonst können Sie stundenlang warten.«

Die Wände waren weiß gekalkt. Auf den Bänken rundherum warteten Frauen, Kinder, alte Leute, insgesamt etwa zwölf Personen.

Ein Junge hatte einen dicken Verband um den Kopf, eine Frau mit einem Schal um die Schultern versuchte vergeblich, ein Baby auf ihrem Arm zu beruhigen. Alle Blicke richteten sich auf eine Tür im Hintergrund, hinter der Stimmengemurmel zu hören war, und Maigret hatte Glück, daß die Tür aufging, kurz nachdem er hereingekommen war. Eine dicke Bäuerin kam heraus, der Doktor schaute im Zimmer herum, und sein Blick fiel auf den Kommissar.

»Kommen Sie doch bitte herein. Ich komme gleich nach.«

Er zählte die Patienten, trennte die Spreu vom Weizen, das heißt, er sagte zu drei oder vier Leuten:

»Heute kann ich Sie nicht mehr behandeln. Kommen Sie übermorgen zur gleichen Zeit.« Er machte die Tür wieder zu.

»Gehen wir hinüber ins Haus. Sie möchten sicher etwas trinken.«

»Ich habe nur eine Frage an Sie.«

»Aber ich freue mich, Sie zu sehen. Ich lasse Sie so schnell nicht wieder gehen.«

Er öffnete eine Seitentür und führte den Kommissar durch den Garten in das große viereckige Haus.

»Schade, daß meine Frau ausgerechnet heute in Le Havre ist. Sie hätte sich sehr gefreut, Sie kennenzulernen.«

Das Haus war teuer und behaglich eingerichtet, nur ein wenig dunkel wegen der großen Bäume im Garten.

»Eben war der Inspektor hier, und ich sagte ihm, Rose hätte hundert Jahre alt werden können. Sie war überhaupt nicht krank. Ich habe selten eine so kerngesunde Familie wie ihre behandelt. Ich wünschte, Sie hätten ihren Körper sehen können.«

»War sie nicht schwanger?«

»Wie kommen Sie darauf? Auf die Frage wäre ich zuallerletzt gekommen. Sie war erst vor kurzem da und hat nichts dergleichen gesagt. Vor ungefähr drei Monaten habe ich sie gründlich untersucht, und ich könnte beinahe schwören, daß sie bis zu diesem Zeitpunkt noch keine sexuellen Beziehungen hatte. Was darf ich Ihnen anbieten?«

»Nichts. Ich komme gerade von Valentine, wo ich mehr trinken mußte, als mir lieb war.«

»Wie geht es ihr? Sie ist auch eine, die kerngesund ist und

keinen Arzt braucht. Eine bezaubernde Frau, nicht? Ich habe sie vor ihrer zweiten Ehe kennengelernt, das heißt sogar schon vor der ersten. Ich habe sie auch entbunden.«

»Halten Sie sie für völlig normal?«

»Sie meinen geistig? Weil sie manchmal etwas sonderbar ist? Unterschätzen Sie solche Leute nicht, Kommissar! Sie sind im allgemeinen klar bei Verstand! Sie weiß, was sie macht, lassen Sie nur! Sie hat es schon immer gewußt. Sie hängt an ihrem bißchen Leben, an ihrem kleinen Häuschen, ihren kleinen Annehmlichkeiten. Kann man es ihr übelnehmen? Ich mache mir um sie keine Sorgen!«

»Und die Rose?«

Maigret dachte an die Patienten, die warten mußten, an die Frau mit dem Baby auf dem Arm, an den Jungen mit dem dicken Verband um den Kopf. Aber der Doktor hatte es offenbar nicht eilig, zündete sich eine Zigarre an und machte es sich in einem Sessel bequem, als ob die Unterhaltung länger dauern würde.

»Es gibt in Frankreich Tausende von Mädchen wie Rose. Sie wissen, woher sie stammt. Sie ging alles in allem vielleicht drei Jahre in die Dorfschule und kam plötzlich in eine ganz andere Umgebung. Man redete zu sehr auf sie ein. Sie hat zu viel gelesen. Wissen sie, was sie mich bei einem ihrer Besuche gefragt hat? Was ich von den Theorien Freuds hielte! Sie wollte auch wissen, ob ihr Hormonsystem in Ordnung war, was weiß ich noch alles! Ich tat so, als ob ich sie ernst nehmen würde. Ich ließ sie reden. Ich verordnete ihr Medikamente, die nicht mehr halfen als Wasser.«

»Hatte sie Kummer?«

»Überhaupt nicht. Im Gegenteil, wenn sie sich gehenließ, war sie sehr fröhlich. Dann fing sie an zu denken, wie sie sagte, und dann nahm sie sich sehr ernst. Bei Valentine hat sie Dostojewski aufgestöbert und las ihn von Anfang bis Ende.«

»Keines der Medikamente, die Sie ihr verschrieben, enthielt Arsen?«

»Kein einziges, das kann ich Ihnen versichern!«

»Ich danke Ihnen.«

»Sie wollen schon gehen? Ich wollte noch eine Weile mit Ihnen hier reden.«

»Ich komm sicher noch einmal.«

»Wenn Sie mir das versprechen...«

Er stöhnte und war ärgerlich, daß er schon wieder zu seinen Patienten mußte.

Castaing wartete draußen.

»Was machen Sie jetzt?«

»Ich fahre nach Yport.«

»Soll ich Sie mit dem Simca hinfahren?«

»Nein. Ich überlege mir, ob es nicht besser wäre, du würdest deine Frau anrufen und ihr sagen, daß du heute eventuell später oder auch überhaupt nicht nach Hause kommst.«

»Sie kennt das schon. Wie wollen Sie hinkommen? Um diese Zeit fährt kein Bus. Sie können die Strecke auch nicht laufen.«

»Ich nehme ein Taxi.«

»Wenn eins von den beiden frei ist. Es gibt nämlich nur zwei in Etretat. Kommen Sie! Das Büro ist gleich hier an der Ecke. Was soll ich solange machen?«

»Du wirst Théo Besson suchen.«

»Das wird nicht schwer sein. Ich brauche nur alle Bars abzuklappern. Und dann?«

»Nichts weiter. Behalte ihn im Auge.«

»Unauffällig?«

»Es macht nichts, wenn er dich sieht. Wichtig ist, daß du ihm auf den Fersen bleibst. Wenn er die Stadt mit dem Auto verläßt, fahr ihm hinterher. Park dein Auto in der Nähe seines Autos, es steht sicher in der Garage. Versuch mir eine Nachricht zu hinterlassen oder ins Hotel zu schicken. Ich glaube nicht, daß er weit fährt.«

»Wenn Sie die Trochus besuchen, wünsche ich Ihnen viel Spaß.«

Die Sonne ging allmählich unter, als Maigret die Stadt in einem Taxi verließ. Der Fahrer drehte sich dauernd um und wollte sich mit ihm unterhalten. Der Kommissar schien immer noch zu dösen, zog manchmal an seiner Pfeife, besah sich die Landschaft, deren Grün dunkel und stumpf wurde, Lichter gingen in den Bauernhöfen an, und Kühe muhten am Zaun.

Yport war nur ein Fischerdorf mit ein paar Häusern, in denen wie überall an der Küste Zimmer an Sommerurlauber vermietet wurden.

Der Fahrer mußte fragen, denn er kannte die Trochus nicht. Schließlich hielt er vor einem einstöckigen Haus, um das herum Fischernetze zum Trocknen aufgehängt waren.

»Soll ich auf Sie warten?«

»Bitte.«

Ein nur undeutlich zu erkennendes Gesicht zeigte sich am Fenster, und als Maigret an die braungestrichene Haustür klopfte, hörte er drinnen das Klappern von Gabeln und Löffeln, dem er entnahm, daß die Familie beim Essen saß.

Es war Henri, der ihm die Tür öffnete; er hatte noch den Mund voll und sah ihn schweigend an, ohne ihn hereinzubitten. Hinter ihm brannte das Herdfeuer und verbreitete schwaches Licht im Raum; darüber hing ein großer Kessel. Daneben stand ein schöner, noch beinahe ganz neuer Ofen, der aber, wie unschwer zu erraten war, eher Dekorationszwecke erfüllte und nur zu besonderen Anlässen benutzt wurde.

»Kann ich Ihren Vater sprechen?«

Dieser hatte ihn zwar gesehen, aber bisher nichts gesagt. Fünf oder sechs Personen saßen vor dampfenden Tellern an einem langen blanken Tisch, auf dem in der Mitte eine riesige Schüssel mit Kartoffeln und Kabeljau mit Sahnesoße stand. Die Mutter saß mit dem Rücken zur Tür. Ein kleiner blonder Junge verrenkte sich den Hals, um den Fremden zu sehen.

»Laß ihn herein«, sagte der Vater schließlich.

Und während er sich den Mund am Ärmelaufschlag abwischte, stand er so langsam auf, daß es beinahe feierlich aussah. So als ob er den anderen, seinem Stall voll Kinder, sagen wollte:

›Habt keine Angst. Ich bin da, und es kann nichts passieren.‹

Henri setzte sich nicht mehr hin, sondern blieb neben einem Eisenbett stehen, unter einem Farbdruck des *Angelus* von Milet.

»Sie sind bestimmt der Chef von dem, der schon hier war?«

»Ich bin Kommissar Maigret.«

»Und was wollen Sie noch von uns?«

Er hatte einen prächtigen Seemannskopf, wie ihn die Sonntagsmaler am liebsten haben, und auch zu Hause nahm er seine Mütze nie ab. In seinem blauen Pullover, in dem er unförmig aussah, schien er so breit wie lang zu sein.

»Ich bin dabei herauszufinden, wer den Mord begangen hat…«

»An meiner Tochter«, ergänzte Trochu, der damit betonen wollte, daß es seine Tochter war, die nun tot war, und niemand anders.

»Genau. Ich bedaure, daß ich Sie deswegen störe, aber ich dachte nicht, daß Sie schon beim Abendessen sitzen.«

»Wann essen Sie abends? Sicher später als Leute, die um halb fünf früh aus dem Bett müssen.«

»Lassen Sie sich bitte nicht beim Essen stören.«

»Ich bin fertig.«

Die anderen aßen schweigend weiter, benahmen sich ziemlich steif und ließen Maigret nicht aus den Augen. Sie hörten genau zu, wenn ihr Vater etwas sagte.

Henri hatte sich eine Zigarette angezündet, vielleicht aus Trotz. Man hatte dem Kommissar noch keinen Stuhl angeboten, er wirkte riesig groß in dem Haus mit den niedrigen Decken, wo Würste von den Balken herunterhingen.

Im Zimmer standen zwei Betten, eines davon war ein Kinderbett. Durch eine offene Tür sah man in einem Raum noch drei weitere Betten, aber keinen Waschtisch; sie wuschen sich wohl alle draußen am Brunen.

»Haben Sie die Sachen Ihrer Tochter mitgenommen?«

»Das war doch mein gutes Recht, oder?«

»Ich mache Ihnen auch keinen Vorwurf. Es würde mir vielleicht bei meiner Aufgabe helfen, wenn ich wüßte, was alles im einzelnen dazu gehörte.«

Trochu wandte sich zu seiner Frau, deren Gesicht Maigret nun sah. Sie wirkte sehr jugendlich als Mutter einer so großen Familie und so erwachsener Kinder wie Henri und Rose. Sie war schlank, schwarz gekleidet und trug einen Anhänger mitten auf der Brust.

Sie sahen sich verwirrt an, und die Kinder rutschten auf der Bank hin und her.

»Wir haben sie schon verteilt.«

»Es sind also nicht mehr alle Gegenstände im Haus?«

»Jeanne, die in Le Havre arbeitet, nahm die Kleider und die Wäsche mit, die ihr paßten. Die Schuhe hat sie hiergelassen, weil sie ihr zu klein waren.«

»Die habe ich!« sagte ein ungefähr vierzehnjähriges Mädchen mit dicken rötlichen Zöpfen.

»Mich interessieren weniger die Kleider als die kleinen Sachen. Waren Briefe dabei?«

Diesmal sahen die Eltern Henri an, und dieser hatte offenbar keine große Lust zu antworten. Maigret fragte noch einmal.

»Nein«, sagte dieser stockend.

»Kein Tagebuch, keine Aufzeichnungen?«

»Ich habe nur einen Kalender gefunden.«

»Was für einen Kalender?«

Henri holte ihn nun doch aus dem Zimmer nebenan. Maigret erinnerte sich, daß er, als er noch klein war und auf dem Land lebte, auch solche Kalender gesehen hatte. Primitiver Druck auf schlechtem Papier und naive Illustrationen. Er staunte, daß es so etwas noch gab. Für jeden Tag im Monat folgte eine Vorhersage. Man las zum Beispiel: *17. August: Melancholie. 18. August: Nichts unternehmen. Nicht reisen. 19. August: Der Mond ist fröhlich, aber Vorsicht am Abend.* Er lächelte nicht, als er langsam das kleine, ziemlich abgegriffene Buch durchblätterte. Allerdings war für den September nichts Besonderes darin angegeben, auch nicht für das Ende des Monats vorher.

»Haben Sie noch andere Schriftstücke gefunden?«

Da stand die Mutter auf und wollte etwas sagen; man spürte förmlich, wie sie alle geschlossen hinter ihr standen und der Antwort zustimmten, auf die sie warteten.

»Glauben Sie wirklich, daß Sie hierherkommen müssen, um solche Fragen zu stellen? Ich möchte gern, daß man mir endlich sagt, ob meine Tochter gestorben ist, ja oder nein. Wenn sie tot ist, müssen sie nicht uns ausfragen, sondern die anderen, die man ungeschoren läßt.«

So etwas wie ein Aufatmen lag in der Luft. Fast hätte die Vierzehnjährige in die Hände geklatscht.

»Weil wir arme Leute sind«, redete sie weiter, »weil es gewisse Leute gibt, die sich anstellen...«

»Ich kann Ihnen versichern, Madame, daß ich die Reichen und die Armen genau gleich befrage.«

»Und auch die, die so tun, als ob sie reich wären, und es gar nicht sind? Und die, die die große Dame spielen und eigentlich noch weniger sind als wir?«

Maigret antwortete nicht, er hoffte, sie würde weiterreden. Nachdem sie sich umgesehen und sich Mut gemacht hatte, fuhr sie fort:

»Wissen Sie, wer diese Frau ist? Ich werde es Ihnen sagen. Meine arme Mutter heiratete einen braven Jungen, der lange in eine andere verliebt gewesen war, eben in Valentines Mutter. Beide wohnten nebeneinander. Die Eltern des Jungen wollten aber nicht, daß er sie heiratet. Damit Sie sehen, was für eine Sorte Mädchen das war...«

Wenn Maigret richtig verstanden hatte, war Valentines Mutter ein Mädchen gewesen, das man nicht heiraten konnte.

»Sie hat ja noch geheiratet, werden Sie sagen, aber sie kriegte nur einen Säufer, einen Nichtsnutz, und diese beiden haben Madame in die Welt gesetzt.«

Vater Trochu hatte eine kurze Pfeife aus der Tasche geholt und stopfte sie in einem Tabaksbeutel, der aus einer Schweinsblase gemacht worden war.

»Ich war nie damit einverstanden, daß meine Tochter bei so einer Frau arbeitet, die vielleicht noch schlimmer als ihre Mutter ist. Wenn man auf mich gehört hätte...«

Ein vorwurfsvoller Blick traf ihren Mann, der damals wohl erlaubt hatte, daß Rose in Valentines Dienste trat.

»Obendrein ist sie noch böse. Lachen Sie nicht! Ich weiß, was ich sage. Sie hat Sie wahrscheinlich herumgekriegt mit ihrem falschen Gehabe. Ich sage Ihnen noch einmal, daß sie böse ist, daß sie auf alle neidisch ist, daß sie meine Rose immer verachtet hat.«

»Warum ist Ihre Tochter dann bei ihr geblieben?«

»Das frage ich mich auch. Denn sie mochte sie auch nicht.«

»Hat sie Ihnen das gesagt?«

»Sie hat mir nichts gesagt. Sie redete nie über ihre Herrschaften. Zuletzt redete sie so gut wie überhaupt nichts mehr mit uns. Wir waren nicht mehr gut genug für sie, verstehen Sie? Das hat diese Frau fertiggebracht. Sie hat ihr beigebracht, ihre Eltern zu verachten, und das werde ich ihr nie verzeihen. Jetzt ist Rose tot, und die andere kam zur Beerdigung, um die große Dame zu spielen, wo sie eigentlich ins Gefängnis gehörte.«

Ihr Mann schaute sie diesmal an, als ob er sie beruhigen wollte.

»Jedenfalls brauchen Sie hier nicht weiter suchen!« sagte sie zum Schluß nachdrücklich.

»Darf ich auch etwas dazu sagen?«

»Laßt ihn reden!« sagte Henri dazwischen.

»Wir bei der Polizei können auch nicht zaubern. Wie sollen wir jemanden finden, der ein Verbrechen begangen hat, wenn wir nicht wissen, warum er es getan hat?«

Er redete sehr langsam und freundlich mit ihnen.

»Ihre Tochter wurde vergiftet. Von wem? Wahrscheinlich weiß ich es, wenn ich herausfinde, warum sie vergiftet wurde.«

»Ich sage Ihnen doch, daß diese Frau sie haßte.«

»Das reicht vielleicht noch nicht als Grund. Sie dürfen nicht vergessen, daß Mord ein sehr schweres Verbrechen ist, bei dem man seinen Kopf aufs Spiel setzt, auf jeden Fall seine Freiheit.«

»Böse Menschen haben nicht viel zu verlieren.«

»Ich glaube, Ihr Sohn wird mich verstehen, wenn ich sage, daß auch noch andere Personen Rose kannten.«

Henri schien verlegen zu sein.

»Und vielleicht gibt es noch mehr, die wir gar nicht kennen. Deshalb wollte ich gerne ihre Sachen durchsehen. Es könnten Briefe darunter sein, Adressen, vielleicht auch Dinge, die sie geschenkt bekam.«

Als er dies sagte, verstummten sie alle, und die Blicke gingen von einem zum anderen. Sie schienen sich untereinander zu beraten, bis die Mutter mit einem letzten Rest von Mißtrauen sagte:

»Zeigst du ihm den Ring?«

Sie wandte sich an ihren Mann, der sich nur widerwillig herbeiließ und ein großes, abgegriffenes Portemonnaie aus der Tasche zog. Es hatte viele Fächer, von denen man eins mit einem Druckknopf zumachen konnte. Er holte einen in Seidenpapier eingewickelten Gegenstand heraus und gab ihn Maigret. Es war ein alter Ring mit einem grünen Stein.

»Ich nehme an, Ihre Tochter hatte mehr Schmuck.«

»Eine kleine Schachtel voll mit Sachen, die sie sich auf dem Markt in Fécamp gekauft hatte. Wir haben sie auch schon verteilt. Übriggeblieben ist hier...«

Das kleine Mädchen rannte ohne ein Wort in ihr Zimmer und kam mit einem Silberarmband wieder, das mit blauen Glassteinen besetzt war.

»Das gehört mir!« sagte sie stolz.

Das war alles nicht viel wert, nur Ringe, Münzen, Andenken an die erste Kommunion.

»War dieser Ring bei den anderen Sachen?«

»Nein.«

Der Fischer drehte sich zu seiner Frau, die noch etwas zögerte.

»Ich fand ihn ganz unten in einem Schuh drin, in einer

kleinen Kugel aus Seidenpapier. Es waren ihre Sonntagsschuhe, die sie höchstens zweimal anhatte.«

Bei dem Schein des Herdfeuers konnte man den Stein nicht genauer anschauen, außerdem kannte sich Maigret mit Edelsteinen nicht aus, aber es war offenkundig, daß dieser Stein hier wertvoller war als der Schmuck, von dem man ihm erzählt hatte.

»Ich sage es jetzt«, brummte Trochu schließlich und war ganz rot im Gesicht geworden. »Die Sache ließ mir keine Ruhe. Gestern bin ich nach Fécamp gefahren und fragte bei dieser Gelegenheit einen Juwelier, der uns damals auch unsere Verlobungsringe verkauft hat. Ich habe das Wort, das er mir sagte, aufgeschrieben. Es ist ein Smaragd. Er meinte noch, daß er soviel wert sei wie ein Boot, und wenn ich ihn gefunden hätte, sei es besser, damit zur Polizei zu gehen.«

Maigret wandte sich an Henri:

»Ist es deswegen?« fragte er ihn.

Henri nickte. Die Mutter fragte mißtrauisch:

»Was habt ihr beide da für Geheimnisse? Habt ihr euch schon einmal gesehen?«

»Ich glaube, es ist besser, Ihnen zu sagen, was los ist. Ich habe Ihren Sohn in Begleitung von Théo Besson getroffen. Das überraschte mich, aber jetzt verstehe ich es. Théo ist nämlich zwei- oder dreimal mit Rose ausgegangen.«

»Stimmt das?« fragte sie Henri.

»Es stimmt.«

»Du hast es gewußt? Und hast nichts gesagt?«

»Ich bin zu ihm gegangen, um ihn zu fragen, ob er meiner Schwester einen Ring geschenkt hat und was eigentlich zwischen ihnen los war.«

»Was sagte er da?«

»Er wollte den Ring sehen. Ich konnte ihn ihm nicht zeigen, weil Vater ihn in seiner Tasche hatte. Ich habe ihm erklärt, wie er aussah. Ich wußte noch nicht, daß es ein Smaragd war, aber er sagte sofort dieses Wort.«

»Ist er von ihm?«

»Nein. Er hat mir geschworen, daß er ihr nie ein Geschenk gemacht hat. Er machte mir klar, daß sie für ihn eine Freundin war, mit der er sich gern unterhielt, weil sie gescheit war.«

»Du hast das geglaubt? Kannst du dieser Familie ein Wort glauben?«

Henri schaute zum Kommissar und redete weiter:

»Er versucht auch, die Wahrheit herauszubekommen. Er behauptet, die Polizei wird sie nie finden. Er behauptet sogar« – sein Mund zitterte etwas –, »daß Valentine Sie kommen ließ und Sie sozusagen in ihre Dienste genommen hat.«

»Ich stehe in niemandes Diensten.«

»Ich sage nur, was er gesagt hat.«

»Bist du sicher, Henri, daß er deiner Schwester den Ring nicht gab?« fragte der Vater verwirrt.

»Er schien ehrlich zu sein. Er sagte dann noch, er sei nicht reich, und selbst wenn er sein Auto verkaufen würde, könnte er so einen Ring nicht kaufen, wenn der Stein echt ist.«

»Woher hat sie ihn dann seiner Meinung nach?« fragte Maigret.

»Er weiß es auch nicht.«

»Fuhr Rose manchmal nach Paris?«

»Sie war nie in ihrem Leben dort.«

»Ich auch nicht«, sagte die Mutter. »Und ich habe überhaupt keine Lust hinzufahren. Es reicht schon, wenn man nach Le Havre muß.«

»Fuhr sie nach Le Havre?«

»Sie besuchte dort manchmal ihre Schwester.«

»Auch nach Dieppe?«

»Ich glaube nicht. Was sollte sie in Dieppe?«

»Eigentlich«, sagte Madame Trochu, »erfuhren wir in letzter Zeit so gut wie gar nichts mehr von ihr. Wenn sie uns besuchte, war sie nur auf einen Sprung da, und sie hatte an allem, was wir machten, etwas auszusetzen. Wenn sie den Mund aufmachte, redete sie nicht mehr so, wie sie es bei uns gelernt hatte, sondern sagte Dinge, die wir nicht verstanden.«

»Hing sie an Valentine?«

»Sie meinen, ob sie sie mochte? Ich glaube eher, daß sie sie verachtete. Ich merkte es an einigen Worten, die ihr herausrutschten.«

»Welchen?«

»Ich komme gerade nicht darauf, aber es fiel mir auf.«

»Warum blieb sie dann bei ihr?«

»Das habe ich sie oft gefragt. Sie gab aber keine Antwort darauf.«

Trochu entschloß sich im letzten Augenblick zu dem Schritt, den Castaing angekündigt hatte.

»Wir haben Ihnen nichts angeboten. Wollen Sie vielleicht ein Glas Apfelwein? Wenn Sie nichts gegessen haben, setze ich Ihnen lieber keinen Alkohol vor.«

Er ging hinaus in die Scheune, um ihn vom Faß zu holen, und kam zurück mit einem vollen blauen Tonkrug; er nahm ein Tuch aus der Schublade und wischte zwei Gläser aus.

»Könnten Sie mir den Ring ein oder zwei Tage überlassen?«

»Er gehört uns nicht. Ich glaube nicht, daß er irgendwann meiner Tochter gehört hat. Wenn Sie ihn mitnehmen, hätte ich gerne einen Beleg.«

Maigret schrieb an einer Ecke des Tischs, den man dafür abgeräumt hatte, die Quittung aus. Er trank den Apfelwein, der noch etwas säuerlich war, den er aber sehr lobte, weil Trochu ihn jedes Jahr im Herbst selber machte.

»Glauben Sie mir«, sagte seine Frau, als sie ihn an die Tür brachte, »man wollte bestimmt Rose umbringen. Und wenn jemand versucht, das Gegenteil zu behaupten, hat er wohl guten Grund dazu.«

»Ich hoffe, wir werden es bald wissen.«

»Glauben Sie, daß es so schnell gehen wird?«

»Vielleicht schneller, als Sie denken.«

Er hatte das Seidenpapier mit dem Ring in seine Westentasche gesteckt. Er betrachtete das Klappbett, in dem Rose sicher als Kind geschlafen hatte, das Zimmer, in dem sie später mit ihren Schwestern schlief, den Herd, an dem sie die Suppe kochte. Wenn er auch nicht mehr als Feind angesehen wurde, blieb er doch ein Fremder; auch als er ging, blieben sie zurückhaltend. Nur Henri begleitete den Kommissar bis zum Wagen.

»Würde es Ihnen etwas ausmachen, mich nach Etretat mitzunehmen?«

»Im Gegenteil.«

»Ich hole nur schnell meine Mütze und meine Tasche.«

Er hörte, wie er den anderen erklärte:

»Ich kann im Auto des Kommissars mitfahren. Von Etretat aus fahre ich direkt nach Fécamp und gehe aufs Schiff.« Er kam mit einem Sack aus Segelleinen zurück, in dem seine Sachen für den Fischfang sein mußten. Als Maigret sich umdrehte, sah er noch, wie sich die Silhouetten vor der offenen Haustür abhoben.

»Glauben Sie, er hat mich angelogen?« fragte Henri und zündete sich eine Zigarette an.

Seine Kleider verpesteten mit ihrem Fischgeruch das Taxi.

»Ich weiß nicht.«

»Zeigen Sie ihm den Ring?«

»Vielleicht.«

»Als ich ihn das erste Mal traf, wollte ich ihn eigentlich richtig zusammenschlagen.«

»Das habe ich mir gedacht. Ich frage mich nur, wie er es angestellt hat, Sie davon abzubringen.«

Henri überlegte.

»Das frage ich mich auch. Er ist anders, als ich ihn mir vorgestellt habe, und ich bin sicher, daß er nicht versucht hat, mit meiner Schwester zu schlafen.«

»Haben es andere probiert?«

»Der Sohn von Babœuf, als sie siebzehn war. Ich schwöre Ihnen, daß sie es ihm gegeben hat!«

»Redete Rose nie vom Heiraten?«

»Wen hätte sie heiraten sollen?«

Er hatte offenbar auch den Eindruck, daß es für Rose keinen passenden Mann in der Gegend gab.

»Möchten Sie mir etwas sagen?«
»Nein.«
»Warum sind Sie dann mitgefahren?«
»Ich weiß nicht. Ich möchte ihn gern wiedersehen.«
»Um mit ihm über den Ring zu reden?«
»Über dies und jenes. Ich habe keine solche Ausbildung wie Sie, aber ich meine, daß da etwas nicht mit rechten Dingen zugeht.«
»Glauben Sie, Sie treffen ihn in der kleinen Bar, wo ich Sie beide neulich gesehen habe?«
»Da oder woanders. Aber ich möchte vorher aussteigen.«
Am Stadtrand stieg er dann aus und ging mit seinem Sack über der Schulter weiter, nachdem er sich kaum bedankt hatte.
Maigret fuhr zuerst zum Hotel, wo er keine Nachricht vorfand, und ging anschließend ins Kasino an die Bar zu Charlie.
»Meinen Inspektor nicht gesehen?«
»Er war auf einen Aperitif hier.«
Charlie schaute auf die Uhr; es war neun Uhr, und er meinte:
»Das ist schon eine Weile her.«
»Théo Besson?«
»Sie sind hintereinander hinein- und herausgegangen.«
Er zwinkerte zum Zeichen, daß er verstanden hatte.
»Trinken Sie etwas?«
»Danke.«
Es sah so aus, als ob Henri umsonst mitgefahren war, denn Maigret traf Castaing auf seinem Posten vor dem ›Hôtel de la Plage‹.

»Ist er da?«

»Vor einer Viertelstunde ist er auf sein Zimmer gegangen.«

Der Inspektor zeigte auf ein erleuchtetes Fenster im zweiten Stock.

8

Das Licht im Garten

An diesem Abend schaute Castaing Maigret zwei- oder dreimal verstohlen an und fragte sich, ob dieser wohl wußte, was er wollte, wenn er wirklich der berühmte Maigret war, dem es alle jungen Inspektoren gleichtun wollten, und ob er nicht heute eine Schlappe einstecken würde, sich zumindest von den Ereignissen treiben ließ.

»Setzen wir uns einen Augenblick«, hatte der Kommissar gesagt, als er ihn vor dem Hotel angetroffen hatte, wo er Wache hielt.

Die Moralprediger, die gegen die vielen Kneipen protestieren, ahnen ja nicht, daß sie wie geschaffen sind für die Polizei. Zufällig gab es eine etwa 50 Meter vom ›Hôtel de la Plage‹ entfernt, von der aus man, wenn man sich vorbeugte, Théos Fenster im Blick hatte.

Castaing hatte geglaubt, Maigret wolle mit ihm reden und ihm Anweisungen geben.

»Ich möchte einen Kaffee mit Rum trinken«, gestand Maigret.

»Es ist heute abend nicht gerade warm.«

»Haben Sie schon zu Abend gegessen?«

»Eigentlich nicht.«

»Gehen Sie nicht essen?«

»Nicht jetzt.«

Er war nicht betrunken, doch hatte er seit heute morgen eine ganze Menge getrunken, bei diesem und jenem, und vielleicht wirkte er deswegen so schwerfällig.

»Vielleicht geht er gerade ins Bett«, meinte er, als er zum Fenster hinaufschaute.

»Soll ich trotzdem hier die Stellung halten?«

»Du bleibst hier, mein Lieber. Wenn du den Hoteleingang nicht aus dem Auge verlierst, der wichtiger ist als das Fenster, kannst du hier sitzen bleiben. Ich glaube, ich gehe mal kurz zu Valentine und sage ihr guten Abend.«

Dennoch blieb er gedankenverloren eine Viertelstunde sitzen, ohne etwas zu sagen, schaute ins Leere. Endlich erhob er sich seufzend und ging, die Pfeife zwischen den Zähnen und die Hände in den Taschen, durch die leeren Straßen. Castaing hörte, wie sich seine Schritte allmählich entfernten.

Es war kurz vor zehn Uhr, als Maigret vor der Gartentür von La Bicoque stand. Über der Straße leuchtete der Mond, der zunahm und einen großen Hof hatte. Er war niemand begegnet. Kein Hund hatte gebellt, keine Katze war mit einem Satz in die Hecke gesprungen. Von irgendeinem Tümpel hörte man lediglich das gleichmäßige Quaken der Frösche.

Er stellte sich auf die Zehenspitzen, um zu sehen, ob die alte Dame noch Licht hatte. Er glaubte, im Erdgeschoß Licht zu sehen, und ging auf die offene Gartentür zu.

Im Garten war es feucht, es roch stark nach Humus. Als er auf dem Weg weiterging, stieß er an einige Zweige, das Rascheln der Blätter hörte man sicher drinnen im Haus.

Er hatte den gepflasterten Hof nahe am Haus erreicht, sah den erleuchteten Salon und Valentine, die aus dem Sessel aufstand und einen Augenblick unbeweglich stehenblieb. Sie lauschte angestrengt, bevor sie zur Wand ging und das Licht ausknipste, womit er am wenigsten gerechnet hatte.

Ausgerechnet jetzt mußte er niesen. Die Fensterläden wurden aufgemacht, er hörte es am Quietschen.

»Wer ist da?«

»Ich bin's, Maigret.«

Ein kurzes, etwas nervöses Lachen war zu hören, wie von jemand, der trotz allem Angst gehabt hat.

»Entschuldigen Sie, ich mache das Licht gleich wieder an.«

Und leiser, wie zu sich selbst:

»Zu dumm, ich kann den Schalter nicht finden. Ach! Da ist er ja...«

Sie hatte offenbar zwei Schalter angeknipst, denn jetzt war nicht nur der Salon erleuchtet, auch im Garten brannte eine Lampe gerade über dem Kopf des Kommissars.

»Ich mache Ihnen auf.«

Sie hatte die gleichen Sachen an wie immer, und auf einem kleinen Tischchen vor dem Sessel, in dem sie saß, bevor er kam, waren Karten für eine Patience ausgebreitet.

Sie ging eilig hin und her in dem leeren Haus, von einem Zimmer ins andere, drehte da einen Schlüssel herum, schob dort einen Riegel auf.

»Sie sehen, ich bin nicht so tapfer, wie ich vorgebe, und schließe mich ein. Ich habe Sie nicht erwartet.«

Sie wollte ihm keine Fragen stellen, aber sie war beunruhigt.

»Haben Sie einen Augenblick Zeit? Kommen Sie herein und setzen Sie sich.« Und als er das Kartenspiel anschaute:

»Man muß sich auch allein unterhalten können, nicht wahr? Was kann ich Ihnen anbieten?«

»Wissen Sie, seit ich in Etretat bin, trinke ich nur noch von morgens bis abends. Ihr Stiefsohn Charles kommt heute morgen und bringt mich dazu, mehrere Picon-grenadine zu trinken. Théo kommt und spendiert eine Runde. Treffe ich den Inspektor, setzen wir uns in ein Café, um zu reden. Ich komme zu Ihnen, und die Calvadosflasche steht automatisch auf dem Tisch. Der Doktor ist ebenfalls ein gastfreundlicher Mensch. Die Trochu haben mir Apfelwein angeboten.

»Wurden Sie freundlich empfangen?«

»Es ging.«

»Haben sie Ihnen irgend etwas Interessantes sagen können?«

»Vielleicht. Vor der Aufklärung eines Falls ist es schwierig, Interessantes und Uninteressantes auseinanderzuhalten. Hatten Sie Besuch, seit ich das letzte Mal hier war?«

»Niemand. Aber ich habe einen Besuch gemacht. Ich habe abends das alte Fräulein Seuret besucht. Sie ist meine Nachbarin. Wenn ich noch jünger wäre und über die Hecke springen könnte, wäre ich gleich bei ihr drüben. Sehen Sie, jetzt bin ich allein. Mein Hausdrachen ist schon lange weggegangen. Ich wollte wieder eine Hausangestellte nehmen, die im Haus schläft, aber ich frage mich, ob ich es machen soll, denn ganz allein fühle ich mich auch wohl.«

»Haben Sie keine Angst?«

»Manchmal schon, wie Sie gerade gesehen haben. Als ich Ihre Schritte hörte, habe ich doch einen Schreck bekommen. Ich überlegte mir, was ich machen würde, wenn ich einem Landstreicher in die Hände fiele. Sagen Sie mir, ob Sie meinen Plan gut finden. Zuerst mache ich das Licht aus im Haus, und draußen mache ich es an, so daß man sehen kann, ohne gesehen zu werden.«

»Die Idee scheint mir ausgezeichnet.«

»Nur habe ich gerade vergessen, draußen anzuschalten. Das nächste Mal denke ich hoffentlich dran und finde den Schalter.«

Er schaute auf ihre Füße, stellte fest, daß sie Schuhe und keine Pantoffeln anhatte. Aber trug sie überhaupt, selbst bei sich zu Hause, Pantoffeln, außer in ihrem Schlafzimmer?

»Immer noch nichts Neues, Monsieur Maigret?«

Er saß in dem Sessel, der schon beinahe sein Stammplatz war. Abends war das Zimmer noch intimer als tagsüber, mit seinen gedämpften Lichtkegeln unter den Lampenschirmen und den großen Flächen im Halbdunkel. Die Katze lag auf einem der Sessel und rieb sich mit aufgerichtetem Schwanz am Bein des Kommissars.

»Verstehen Sie die Katzensprache?« scherzte sie.

»Nein. Warum?«

»Weil sie gerade fragt, ob Sie sie streicheln. Waren Sie besorgt meinetwegen?«

»Ich wollte mich vergewissern, ob alles in Ordnung ist hier.«

»Sind Sie noch nicht beruhigt? Sagen Sie es mir! Ich

hoffe, daß Sie nicht einen armen Inspektor dazu verurteilen, eine Nacht auf der Straße zuzubringen und mich zu schützen? In diesem Fall müßten Sie es mir sagen, und ich würde ihm ein Feldbett in der Küche aufstellen.«

Sie war sehr fröhlich, und ihre Augen blitzten. Sie hatte die Karaffe geholt und füllte beide Gläser bis zum Rand.

»Beklagt sich Ihre Frau nicht über Ihren Beruf?«

»Sie hat lange genug Zeit gehabt, sich daran zu gewöhnen.«

In seinen Sessel zurückgelehnt, hatte er sich eine Pfeife gestopft und schaute auf die bronzene Pendeluhr, die von zwei pausbäckigen Amors eingerahmt war.

»Legen Sie oft Patiencen?«

»Es gibt wenig Kartenspiele, die einer allein spielen kann, wissen Sie.«

»Spielte Rose nicht?«

»Ich habe versucht, ihr Belote beizubringen, aber ohne Erfolg.«

Sie mußte sich doch fragen, warum er gekommen war. Vielleicht fürchtete sie, er würde wieder in seinem Sessel einschlafen wie heute nachmittag, weil er so müde aussah.

»Ich gehe jetzt lieber ins Hotel und lege mich ins Bett«, stöhnte er.

»Noch ein letztes Glas?«

»Trinken Sie noch eins mit?«

»Ja.«

»Dann nehme ich auch noch eins. Ich kenne den Weg allmählich und verirre mich nicht mehr so leicht. Ich denke, Sie legen sich dann auch schlafen.«

»In einer halben Stunde.«

»Mit Schlafmittel?«

»Nein. Ich habe mir keines mehr gekauft. Ich habe jetzt doch etwas Angst davor.«

»Können Sie trotzdem schlafen?«

»Irgendwann schlafe ich dann doch ein. Die alten Leute brauchen nicht soviel Schlaf.«

»Bis morgen.«

»Bis morgen.«

Wieder knackten im Vorbeigehen die Zweige, und die Gartentür quietschte leicht. Er blieb einen Augenblick am Straßenrand stehen, schaute auf das Stückchen Dach und den Kamin, die in dem blassen Mondlicht aus den Büschen herausschauten.

Dann stellte er seinen Mantelkragen hoch, weil es so feucht und kalt war, und ging mit großen Schritten in die Stadt zurück.

Er ging noch bei allen offenen Lokalen vorbei, aber nicht um einen zu trinken, sondern um kurz hineinzuschauen. Er war überrascht, Henri nirgends zu sehen, der noch auf der Suche nach Théo sein mußte. Ob Henri wußte, daß Théo ins Hotel gegangen war? Ob er auch dort war?

Vielleicht war er unverrichteter Dinge wieder nach Hause gefahren. Maigret wußte nicht, wann sein Schiff in Fécamp auslief auf vierzehn Tage Fischfang in der Nordsee.

Er ging kurz in die Bar im Kasino, in der niemand mehr war und Charlie gerade abrechnete.

»Haben Sie keinen Fischer gesehen?«

»Den jungen Trochu? Er ist vor ungefähr einer Stunde hiergewesen. Er hatte schon ganz schön Schlagseite.«

»Hat er etwas gesagt?«

»Zu mir nicht. Er redete vor sich hin. Er hat beinahe seinen Sack hier liegenlassen, und als er ihn über die Schulter warf, hat er fast die Theke leergefegt und zwei Gläser zerschlagen.«

Castaing war wieder draußen; so blieb er sicher leichter wach. Das Licht in Théos Zimmer brannte noch.

»Haben Sie Roses Bruder nicht getroffen, Chef? Er torkelte gerade hier vorbei.«

»Ging er ins Hotel?«

»Ich weiß nicht einmal, ob er gemerkt hat, daß das ein Hotel ist.«

»Hat er dich angesprochen?«

»Ich habe mich an die Hauswand gedrückt.«

»In welche Richtung ging er?«

»Er ging die Straße hinunter, dann nach rechts, wahrscheinlich, um nicht den Bürgersteig wechseln zu müssen. Was machen wir?«

»Nichts.«

»Bleiben wir hier?«

»Warum nicht?«

»Glauben Sie, daß er noch weggeht?«

»Ich weiß es nicht. Möglich.«

Zum zweiten Mal fragte sich Castaing, ob der Ruf des Kommissars nicht übertrieben sei. Jedenfalls bekam es ihm gar nicht, wenn er trank.

»Geh und frage im Hotel, ob jemand nach ihm verlangt hat und auf sein Zimmer gegangen ist…«

Castaing kam einige Zeit später mit negativem Bescheid zurück.

»Bist du sicher, daß er in den Bars, in denen du mit ihm warst, mit niemand geredet hat?«

»Nur, um etwas zum Trinken zu bestellen. Er merkte nicht, daß ich ihm folgte. Er sah mich ab und zu zögernd an. Ich glaube, er überlegte, ob es nicht einfacher wäre, zusammen zu trinken.«

»Hat man ihm keine Briefe übergeben?«

»Ich habe nichts dergleichen gesehen. Glauben Sie nicht, es wäre besser, irgendwo ein Sandwich zu essen?«

Maigret schien nicht zu hören. Er nahm aus seiner Tasche eine kalte Pfeife und stopfte sie langsam. Der Hof um den zunehmenden Mond vergrößerte sich, und vom offenen Meer kam es wie Rauch, der allmählich durch die Straßen zog. Das war noch nicht der richtige Nebel, denn das Nebelhorn war noch nicht zu hören.

»In acht Tagen«, meinte Castaing, »sind nur noch die Einheimischen hier. Das Hotelpersonal geht in den Süden, wo die Saison mit neuen Gästen beginnt.«

»Wie spät ist es?«

»Zwanzig vor elf.«

Irgend etwas schien Maigret zu beunruhigen, denn er sagte nach einer Weile:

»Ich komme gleich wieder. Ich gehe schnell ins Hotel, um zu telefonieren.«

Er ging in die Kabine und rief bei Charles Besson an.

»Hier Maigret. Entschuldigen Sie, wenn ich Sie störe. Ich hoffe, Sie haben noch nicht geschlafen.«

»Nein. Gibt's was Neues? Meine Frau hat sich eine Bronchitis geholt, will morgen aber trotzdem bei der Beerdigung dabeisein.«

»Sagen Sie, Monsieur Besson. Hat Ihre Frau jemals einen Ring mit einem großen Smaragd besessen?«

»Mit einem was?«

Er wiederholte das Wort.

»Nein.«

»Haben Sie nie einen ähnlichen Ring in Ihrer Umgebung gesehen? Bei Arlette zum Beispiel?«

»Ich glaube nicht.«

»Ich bedanke mich.«

»Hallo! Monsieur Maigret?«

»Ja.«

»Was ist das für eine Geschichte mit dem Ring? Haben Sie einen gefunden?«

»Ich weiß noch nicht. Ich erzähle Ihnen das in den nächsten Tagen.«

»Geht alles gut bei Ihnen dort?«

»Im Augenblick ist alles ruhig.«

Maigret hängte auf, zögerte, ließ sich schließlich Arlettes Nummer in Paris durchgeben. Er bekam sofort eine Verbindung. Eine Männerstimme war am Apparat, seine erste Bekanntschaft mit Julien.

»Julien Sudre am Apparat«, sagte eine Stimme ruhig und ziemlich ernst. »Wer spricht da?«

»Kommissar Maigret. Ich wollte kurz mit Madame Sudre sprechen.«

Er hörte, wie Sudre, ohne unruhig zu werden, sagte:

»Es ist für dich. Der Kommissar.«

»Hallo! Gibt es was Neues?«

»Ich glaube nicht. Noch nicht. Ich wollte Sie nur etwas fragen. Hat man Ihnen jemals Schmuck gestohlen?«

»Warum fragen Sie mich das?«

»Antworten Sie bitte.«

»Nein. Ich glaube nicht.«

»Besitzen Sie viel Schmuck?«

»Einiges. Mein Mann hat ihn mir geschenkt.«

»Haben Sie jemals einen Ring mit einem ziemlich großen Smaragd besessen?«

Es herrschte kurze Stille.

»Nein.«

»Sie erinnern sich an keinen Ring in dieser Art?«

»Nicht daß ich wüßte.«

»Ich danke Ihnen.«

»Haben Sie sonst nichts zu sagen?«

»Heute abend nicht.«

Sie wollte das Gespräch nicht beenden. Sie wollte noch mehr von ihm erfahren. Vielleicht hätte auch sie gern etwas gesagt, konnte das aber in Gegenwart ihres Mannes nicht.

»Nichts Unangenehmes?« fragte sie nur.

»Nichts. Gute Nacht. Ich nehme an, Sie gehen jetzt beide ins Bett.«

Sie hielt es für Ironie und antwortete ziemlich kurz:

»Ja. Gute Nacht.«

In der Hotelhalle saß nur noch der Nachtportier. Ganz hinten stand der Sessel, in dem Arlette am ersten Abend auf ihn gewartet hatte. In diesem Augenblick kannte er sie noch nicht, wie er überhaupt noch niemand kannte.

Er bedauerte, daß er seinen Regenmantel nicht mitgenommen hatte, war nahe daran, Madame Maigret anzurufen, um ihr guten Abend zu sagen, zuckte die Schultern und ging wieder zu Castaing, der etwas trübsinnig immer noch Wache schob. Auch in diesem Hotel war die Eingangshalle leer, bis auf zwei oder drei Fenster war alles dunkel, in einem ging gerade das Licht aus, aber nicht bei Théo.

»Ich möchte bloß wissen, was er macht«, murmelte Castaing. »Sicher liest er im Bett. Oder er ist eingeschlafen und hat vergessen, das Licht auszuknipsen.«

»Wie spät?«

»Mitternacht.«

»Bist du sicher, daß niemand...«

Und da schlug sich der Inspektor an die Stirn, fluchte und schimpfte: »Bin ich ein Dummkopf! Ich habe vergessen, Ihnen zu sagen...«

»Was?«

»Niemand hat mit ihm geredet, stimmt. Man hat ihm auch keine Briefe übergeben. Aber als wir in der ›Bar de la Poste‹ saßen, der zweiten, die er heimsuchte, sagte ihm der Wirt irgendwann einmal:

›Sie werden am Telefon verlangt.‹«

»Wieviel Uhr war es?«

»Kurz nach acht.«

»Hat er nicht gesagt, wer ihn verlangt?«

»Nein. Er ging in die Kabine. Ich habe ihn durch die Scheibe beobachtet. Er sagte nichts. Er hörte zu, sagte manchmal: ›Ja... ja.‹«

»Ist das alles?«

»Ich verstehe nicht, wie ich das vergessen konnte. Ich hoffe, es ist nicht schlimm, Chef.«

»Das wird sich herausstellen. Wie sah er aus, als er aus der Kabine kam?«

»Ich kann das nicht mehr so genau sagen. Vielleicht ein bißchen überrascht. Vielleicht auch neugierig. Aber jedenfalls nicht verärgert.«

»Komm. Warte auf mich in der Halle.«

Er fragte den Portier:

»Die Zimmernummer von Monsieur Besson?«

»Nummer 29, im zweiten Stock. Ich glaube aber, er schläft schon. Er wünschte nicht gestört zu werden.«

Maigret ging an ihm vorbei, ohne große Erklärungen abzugeben, rannte die Treppe hinauf, hielt oben an, um erst einmal Luft zu holen, und stand dann vor der weißen Tür mit der Nummer 29 aus Kupfer. Er klopfte, aber niemand öffnete. Er klopfte stärker und länger und beugte sich dann über das Geländer.

»Castaing?«

»Ja, Chef.«

»Frage nach einem Dietrich. Sie müssen irgendein Ding haben, mit dem sie alle Türen öffnen können.«

Das dauerte eine Weile. Maigret klopfte seine Pfeife auf dem Teppich aus, ausgerechnet neben einem großen Fayencetopf, gefüllt mit Sand und Zigarettenstummeln. Der Portier kam als erster und war ärgerlich.

»Wie Sie wünschen. Sie können das morgen mit dem Chef abmachen. Polizei oder nicht Polizei, das ist einfach kein Benehmen.«

In einem Kasten suchte er nach einem Schlüssel mit einer Kette daran, aber bevor er öffnete, klopfte er noch einmal vorsichtshalber und hielt das Ohr an die Tür.

Das Zimmer war leer, das Bett war unberührt. Maigret öffnete einen Wandschrank, fand einen marineblauen Anzug, schwarze Schuhe und einen Gabardinemantel. Rasierapparat und Zahnbürste lagen im Badezimmer.

»Der Herr wird schließlich ausgehen dürfen!«

»Wissen Sie, ob sein Auto in der Garage steht?«

»Das läßt sich leicht feststellen.«

Sie stiegen wieder hinunter. Sie gingen nicht zum Haupteingang, sondern durch einen Gang, über einige Stufen, und Maigret stellte fest, daß eine kleine Tür, die offenstand, direkt in die Garage führte. Diese stand weit offen und ging auf einen leeren Platz.

»Der hier ist es.«

Der arme Castaing machte ein Gesicht wie ein Schuljunge, der Angst vor den Folgen eines dummen Streichs hat.

»Wohin gehen wir?«

»Wo ist dein Auto?«

»Vor Ihrem Hotel.«

Das war gleich in der Nähe. Als sie einsteigen wollten, stürzte der Nachtportier auf die Treppe.

»Monsieur Maigret? Monsieur Maigret! Sie wurden gerade am Telefon verlangt.«

»Von wem?«

»Das weiß ich nicht.«

»Einer Frau?«

»Es war eine Männerstimme. Sie werden gebeten, gleich zu der alten Dame zu kommen. Sie wüßten schon, warum.«

Die Fahrt dauerte nur ein paar Minuten. Vor der Gartentür stand schon ein Auto.

»Der Wagen des Doktors«, bemerkte Castaing.

Aber auch als sie auf das Haus zugingen, hörte man noch keinen Laut. Alle Zimmer, auch die im ersten Stock, waren erleuchtet. Théo Besson öffnete sehr ruhig die Tür, und der Kommissar schaute ihn verblüfft an.

»Ist jemand verletzt?«

Seine Nase schnupperte. Im Salon roch es nach kaltem Pulverqualm. Auf dem kleinen Tischchen, auf dem noch die Karten ausgebreitet waren, lag ein großer Armeerevolver. Er ging in das Gästezimmer hinüber, stieß beinahe Valentine um, die blutige Wäsche in den Händen hielt und ihn wie eine Nachtwandlerin ansah.

Auf dem Bett, in dem Arlette geschlafen hatte, lag ausgestreckt ein Mann mit nacktem Oberkörper. Er hatte noch Hose und Schuhe an. Doktor Jolly stand über ihn gebeugt, sein Rücken verdeckte das Gesicht, aber der grobe blaue Stoff der Hose sagte Maigret schon genug.

»Tot?« fragte er.

Der Doktor zuckte zusammen, drehte sich um und richtete sich wie erleichtert auf.

»Ich habe getan, was ich konnte«, stöhnte er.

Auf dem Nachttisch lag eine Spritze. Auf dem Boden stand der offene Arztkoffer, in dem die Sachen unordentlich herumlagen. Überall war Blut zu sehen. Maigret stellte später noch eine blutige Schleifspur im Salon und eine draußen im Garten fest.

»Als Valentine mich anrief, bin ich sofort gekommen, aber es war schon zu spät. Die Kugel traf die Aorta. Sogar eine Transfusion, wenn man sie noch hätte machen können, hätte nichts mehr geholfen.«

»Haben Sie in meinem Hotel angerufen?«

»Ja, sie bat mich, Sie zu benachrichtigen.« Sie stand ganz nah neben den beiden im Türrahmen, mit Blut an den Händen und auf dem Kleid. »Es ist entsetzlich«, sagte sie. »Wenn ich geahnt hätte, was noch geschehen würde, als Sie mich heute abend besuchten! Und alles nur, weil ich wieder vergessen habe, den zweiten Schalter für die Lampe im Garten anzuknipsen.«

Er vermied es, sie anzusehen, stieß einen Seufzer aus, als er das Gesicht von Henri Trochu sah, der nun auch tot war. Vielleicht dachte er schon daran, wie er es der Familie beibringen sollte und wie sie es aufnehmen würde.

»Ich erkläre Ihnen alles.«

»Ich kann es mir denken.«

»Sie können es gar nicht wissen. Ich war hinaufgegangen und lag schon im Bett.«

Er sah sie übrigens zum ersten Mal im Morgenrock. Sie hatte ihre Haare auf Lockenwickler gedreht und in aller Eile ein Kleid über ihr Nachthemd gezogen, das unten herausschaute.

»Ich glaube, ich mußte endlich eingeschlafen sein, als die Katze ganz plötzlich von meinem Bett heruntersprang. Davon bin ich wach geworden. Ich horchte. Ich hörte draußen Geräusche, wie die, als Sie heute abend kamen.«

»Wo war der Revolver?«

»In meinem Nachttisch. Es ist der Revolver meines Mannes. Er hat mir angewöhnt, nachts immer einen in Reichweite zu haben. Ich glaube, ich habe es Ihnen schon erzählt.«

»Nein, aber es ist nicht wichtig.«

»Zuerst schaute ich aus dem Fenster, aber es war zu dunkel. Ich habe mir ein Kleid übergezogen und bin hinuntergegangen.«

»Ohne Licht zu machen?«

»Ja. Ich sah nichts, aber ich hörte, wie jemand versuchte, die Tür aufzumachen. Ich fragte: ›Wer ist da?‹ Keiner antwortete.«

»Haben Sie sofort geschossen?«

»Ich weiß nicht mehr. Ich habe wohl ein paarmal gefragt, weil immer noch am Schloß herumhantiert wurde. Ich habe durch die Scheiben geschossen. Ich hörte, wie jemand hinfiel, und blieb noch eine Weile im Haus, weil ich mich nicht hinaustraute.«

»Sie wußten nicht, wer es war?«

»Ich hatte keine Ahnung. Erst dann fiel mir ein, draußen Licht zu machen. Durch die zerbrochene Scheibe sah ich jemand neben einem dicken Bündel liegen. Im ersten Augenblick meinte ich, es sei ein Landstreicher. Schließlich ging ich durch die Küchentür hinaus, und als ich näher kam, erkannte ich Henri.«

»War er noch am Leben?«

»Ich weiß es nicht. Ich rannte zu Mademoiselle Seuret, immer noch mit dem Revolver in der Hand. Ich rief laut zu ihr hinauf, sie solle aufstehen, weil ich telefonieren müßte, und schließlich machte sie mir auf. Ich rief Dr. Jolly an und bat ihn, Sie zu benachrichtigen oder Sie auf dem Weg hierher mitzunehmen.«

»Und Théo?«

»Er stand vor der Tür, als ich zurückkam.«

»Kamen Sie allein zurück?«

»Nein. Ich wartete auf der Straße auf den Doktor.«

Der Doktor hatte gerade das Gesicht des Toten mit einem Leintuch zugedeckt und ging mit blutverschmierten Händen ins Badezimmer. Maigret und Valentine standen allein neben dem Toten, in diesem zu kleinen Zimmer, in dem man sich kaum bewegen konnte, und der Kommissar hatte immer noch seine Pfeife zwischen den Zähnen.

»Was hat Théo zu Ihnen gesagt?«

»Ich weiß es nicht mehr. Er hat nichts gesagt.«

»Waren Sie nicht überrascht, ihn hier zu sehen?«

»Vielleicht schon. Ich weiß nicht. Vergessen Sie nicht, daß ich gerade einen Menschen getötet habe. Warum, glauben Sie, wollte sich Henri bei mir einschleichen?«

Er gab keine Antwort, ging in den Salon, wo Castaing und Théo sich schweigend gegenüberstanden. Der Inspektor war im Vergleich zu Théo beunruhigt und warf einen verzweifelten Blick zum Kommissar.

»Es ist meine Schuld, nicht wahr?«

»Das ist nicht sicher.«

Théo Besson setzte die blasierte Miene eines Mannes von Welt auf, der in eine peinliche Situation hineingeraten ist.

»Sie waren rein zufällig hier in der Gegend, nehme ich an?«

Er antwortete nicht und schien es Maigret nicht übelzunehmen, daß dieser ihn so geradeheraus fragte.

»Komm mal her.«

Er zog Castaing nach draußen, wo auf dem Pflaster Blutspuren zu sehen waren. Der Segelsack lag noch, wo er hingefallen war.

»Du fährst auf dem schnellsten Weg in sein Hotel. Ich muß wissen, ob Théo im Lauf des Abends einen Anruf bekommen hat. Wenn man dir keine Auskunft geben kann, klappere alle Bars ab, in denen Henri gewesen ist.«

»Sie sind aber alle schon geschlossen!«

»Dann klingle!«

»Was soll ich fragen?«

»Ob er telefoniert hat.«

Castaing verstand nichts, aber er wollte sich bemühen, seinen Schnitzer soweit wie möglich wiedergutzumachen, so warf er sich in seinen Simca und war alsbald nicht mehr zu sehen.

Dr. Jolly und Valentine kamen aus dem Badezimmer herunter. Die Hände des Arztes waren wieder weiß und dufteten nach Seife.

»Ich habe sie vergebens gebeten, sich eine Spritze geben zu lassen und sich schlafen zu legen. Im Augenblick nimmt sie sich eisern zusammen. Sie meint, sie schafft es so. Sobald ich weg bin, fällt sie innerhalb einer Viertelstunde um. Ich verstehe übrigens nicht, wie sie das tun konnte.«

»Ich habe diesen armen Jungen getötet«, murmelte Valentine und blickte dabei abwechselnd Maigret und Théo an, der regungslos und schweigend in einer Ecke stand.

»Warum bestehen Sie nicht darauf? Sie würde ein paar Stunden schlafen wie ein Stein und wäre morgen wieder in Form.«

»Ich halte es nicht für notwendig.«

Dr. Jolly runzelte die Stirn, aber er gab nach, suchte nach seinem Hut. »Ich werde wohl mit Le Havre telefonieren, wie am letzten Sonntag, damit sie die Leiche abholen. Man wird sicher eine Autopsie machen.«

»Bestimmt.«

»Soll ich etwas von Ihnen ausrichten?«

»Nein, danke.«

Er verbeugte sich vor der alten Dame, und es sah aus, als gebe er ihr einen Handkuß.

»Sie tun sich selber keinen Gefallen damit! Ich habe für alle Fälle ein paar Tabletten in Ihrem Zimmer gelassen. Sie können alle zwei Stunden eine nehmen.«

Er nickte zu Théo hinüber, ging wieder zu Maigret und wußte nicht, was er sagen sollte.

»Ich stehe natürlich zu Ihrer Verfügung, wenn Sie mich brauchen sollten.«

Als er hinausgegangen war, herrschte Schweigen. Als das Auto abgefahren war, öffnete Valentine, wie um ihre Fassung zu beweisen, den Schrank und holte die Calvadoskaraffe heraus. Sie wollte sie gerade auf den Tisch stellen, als Maigret sie ihr wütend und unerwartet aus der Hand riß und sie heftig auf den Boden warf.

»Setzen Sie sich, Sie beide!« sagte er zornig.

Sie taten, beinahe mechanisch, was er sagte, während er stehen blieb und mit auf dem Rücken verschränkten Händen anfing, auf und ab zu laufen, wie er es auch in seinem Büro am Quai des Orfèvres immer tat.

Kurz darauf hörte man Castaings Auto, der wiederkam, und der Ruf des Nebelhorns tönte unheilvoll durch die Dunkelheit.

9

Théos Verbrechen

Castaing stellte den Motor ab, stieg aus dem Auto und blieb einen Augenblick auf der Straße stehen, bevor er die Gartentür aufstieß, und Maigret schwieg noch immer.

Théo saß in dem Sessel, in dem vor ein paar Stunden noch der Kommissar gesessen hatte, und war trotz allem bemüht, wie der Herzog von Windsor auszusehen, während Valentine abwechselnd von einem zum andern sah, und zwar mit dem angespannt aufmerksamen Blick eines jungen Tieres.

Castaing kam durch den Garten, trat ins Haus und war so überrascht von dem Schweigen und der kaputten Karaffe, daß er nicht wußte, wie er sich verhalten und wo er sich hinsetzen sollte. Da er nicht zum Quai des Orfèvres gehörte, hatte er Maigret in einer solchen Situation noch nicht erlebt.

»Nun, mein Lieber?«

»Ich habe mit dem Hoteldirektor, der schon geschlafen hatte, aber ans Telefon kam, geredet. Er hatte das Gespräch vom Büro an Théo weiterverbunden, aber nicht auf sein Zimmer, wo es kein Telefon gibt, sondern zu einem Apparat, der hinten auf dem Gang steht. Es war ungefähr halb elf. Der andere an dem Apparat war betrunken.«

»Hast du Papier und Bleistift?«

»Ich habe mein Notizbuch.«

»Setz dich an den Tisch. Mach es dir bequem, denn du wirst es dort eine Weile aushalten müssen. Du schreibst ihre Antworten auf.«

Wieder ging er auf und ab, immer verfolgt von dem Blick der alten Dame, während Théo seine Schuhspitzen fixierte.

Schließlich baute er sich vor diesem auf und fragte weniger wütend als verächtlich:

»Wußten Sie, daß Henri heute abend nach Etretat kommen würde?«

»Nein.«

»Wären Sie auch nach La Bicoque gekommen, wenn er nicht angerufen hätte?«

»Ich weiß es nicht. Möglich.«

»Wo waren Sie, als er erschossen wurde? Auf der Straße? Im Garten?«

»Im Garten, in der Nähe des Zauns.«

Valentine fuhr zusammen, als sie hörte, daß ihr Stiefsohn ganz in ihrer Nähe stand, als sie zu Mademoiselle Seuret lief, um den Doktor anzurufen.

»Sie fanden sich sicher gut?«

»Das ist meine Sache.«

»Wußten Sie, daß Madame einen Revolver besaß?«

»Ich wußte, daß sie den Revolver meines Vaters behalten hatte. Bitte, Herr Kommissar, können Sie mir sagen, ob...«

»Überhaupt nichts! *Ich* stelle hier die Fragen!«

»Und wenn ich mich weigere zu antworten?«

»Das würde überhaupt nichts ändern, außer daß ich mich vielleicht dazu hinreißen ließe, Ihnen ins Gesicht zu schlagen, wozu ich schon eine Viertelstunde Lust habe.«

Dem Ernst der Situation zum Trotz und ungeachtet des Toten, der noch im Zimmer nebenan lag, konnte sich Valentine ein befriedigtes, fast fröhliches Lächeln nicht verkneifen.

»Seit wann wissen Sie davon?«

»Wovon sprechen Sie?«

»Hören Sie, Besson! Ich möchte Ihnen nicht raten, hier den Dummen zu spielen. Seit wann wissen Sie, daß der Schmuck Ihrer Stiefmutter nie verkauft wurde und sie den echten Schmuck und nicht die Imitationen behalten hat, wie immer behauptet wurde?«

Sie zuckte zusammen und schaute Maigret verblüfft und mit unwillkürlicher Bewunderung an; sie rutschte unruhig in ihrem Sessel hin und her, als ob sie etwas sagen wollte, aber er beachtete sie überhaupt nicht.

»Ich glaubte es nie so recht.«

»Warum?«

»Weil ich sie kannte und weil ich meinen Vater kannte.«

»Wollen Sie damit sagen, daß sie Angst vor der Armut hatte und eine Frau ist, die durchaus ihre Vorsichtsmaßnahmen trifft?«

»Ja. Mein Vater tat alles, was sie wollte.«

»Wurde bei der Heirat zwischen beiden Gütertrennung vereinbart?«

»Ja.«

»Wie hoch schätzen Sie den Wert des Schmucks?«

»Wahrscheinlich auf mehrere Millionen nach dem jetzigen Kurs. Es muß sich einiges darunter befinden, wovon wir nichts wissen, denn mein Vater schämte sich uns gegenüber, wenn er so viel Geld für sie ausgab.«

»Als er starb und Ihnen gesagt wurde, daß der Schmuck schon lange verkauft sei, haben Sie dann nicht mit Ihrem Bruder oder Arlette darüber gesprochen?«

»Nein.«

»Warum nicht?«

»Weil ich nicht sicher war.«

»Ist es nicht eher so gewesen, daß Sie damit rechneten, sich mit Valentine einigen zu können?« Dieser entging kein Wort, keine Bewegung und kein Blick Maigrets und Théos. Sie registrierte alles und viel gründlicher als Castaing, dessen Stenographiekenntnisse ziemlich mangelhaft waren.

»Ich antworte nicht auf diese Frage.«

»Weil Sie sie unter Ihrer Würde finden, nicht wahr? Haben Sie darüber mit Valentine selbst gesprochen?«

»Auch nicht.«

»Weil Sie wußten, daß sie hartnäckiger als Sie ist, und darauf warteten, den Beweis in der Hand zu haben. Wie sind Sie an diesen Beweis gekommen? Und wann?«

»Ich habe mich bei Freunden aus der Diamantenbranche nach einigen Schmuckstücken erkundigt, die auf dem Markt nicht angeboten werden konnten, ohne aufzufallen, und so habe ich erfahren, daß sie nicht mehr in den Handel kamen, jedenfalls nicht in Frankreich und wahrscheinlich auch nicht anderswo in Europa.«

»Sie haben fünf Jahre geduldig gewartet.«

»Ich verfügte noch über etwas Geld. Ich habe einige Geschäfte gemacht.«

»Als Sie dieses Jahr am Ende Ihres Lateins waren, kamen Sie nach Etretat auf Urlaub. Die Bekanntschaft mit Rose war wohl nicht ganz unabsichtlich, genausowenig wie die Art, ihrer Eigenheit zu hofieren.«

Schweigen. Valentine reckte den Kopf wie ein Vogel, und zum ersten Mal sah Maigret ihren bloßen Hals, der sonst immer mit einem breiten schwarzen, mit einer Perle verzierten Samtband verdeckt war.

»Jetzt überlegen Sie gut, bevor Sie antworten. Wußte Rose schon davon, als Sie sie kennenlernten? Oder fing sie erst auf Ihr Betreiben an, in der Wohnung herumzuschnüffeln?«

»Sie schnüffelte schon herum, bevor ich sie kannte.«

»Warum?«

»Weil sie neugierig war und meine Stiefmutter haßte.«

»Gab es ein Motiv für ihren Haß?«

»Sie fand sie hart und hochmütig. Die beiden lebten in diesem Haus sozusagen auf Kriegsfuß, und sie hielten damit auch nicht hinter dem Berg.«

»Hatte Rose dabei an den Schmuck gedacht?«

»Nein. Sie bohrte ein Loch in die Wand zwischen den beiden Zimmern.«

Valentine reagierte entrüstet, am liebsten wäre sie wohl sofort hinaufgegangen, um sich von dieser ungeheuerlichen Tatsache selbst zu überzeugen.

»Wann war das?«

»Vor etwa zwei Wochen, als Valentine nachmittags zum Tee bei Mademoiselle Seuret war.«

»Was konnte sie durch das Loch sehen?«

»Erst einmal nichts. Sie mußte mehrere Tage warten.

Eines Abends stand sie ganz leise auf, nachdem sie sich zum Schein schlafen gelegt und geschnarcht hatte, und sah, wie Valentine die Truhe gegenüber vom Bett öffnete.«

»Hatte Rose vorher niemals hineingesehen?«

»Alle Schubladen, alle Schränke im Haus waren verschlossen, und Valentine trug die Schlüssel bei sich. Rose mußte sie fragen, wenn sie auch nur eine Sardinenbüchse herausnehmen wollte.«

»Wie kam sie unter diesen Umständen an einen der Ringe?«

»Als Valentine gerade badete. Sie hat mit mir vorher nicht darüber gesprochen. Wahrscheinlich hat sie diesen Plan sozusagen auf die Minute vorausberechnen müssen.«

»Haben Sie den Ring gesehen?«

»Ja.«

»Was wollte sie damit machen?«

»Nichts. Sie konnte ihn ja nicht tragen, ohne sich dabei nicht zu verraten. Aus ihrer Sicht war es eine Art Rache.«

»Haben Sie nicht daran gedacht, Ihre Stiefmutter könnte es bemerken?«

»Vielleicht.«

»Geben Sie zu, daß Sie tatenlos zusahen, um ihre Reaktion abzuwarten.«

»Möglich.«

»Hätten Sie sich damit zufriedengegeben, mit ihr zu teilen, aber ohne Charles und Arlette davon zu erzählen?«

»Ich beantworte die Frage nicht.«

»Sie sind offenbar der Überzeugung, daß man gegen Sie nichts in der Hand hat.«

»Ich habe niemand umgebracht.«

Sie reagierte wieder unruhig und wollte die Hand heben wie ein Schüler im Unterricht.

»Das ist alles, was ich Sie fragen wollte.«

»Soll ich gehen?«

»Sie können bleiben.«

»Bin ich frei?«

»Vorläufig nicht.«

Maigret fing wieder an, auf und ab zu gehen, mit einem leicht roten Gesicht, denn jetzt mußte er sich mit der alten Dame befassen.

»Haben Sie gehört, was er gesagt hat?«

»Alles, was er sagte, ist falsch.«

Er zog den Ring aus seiner Westentasche und zeigte ihn ihr.

»Streiten Sie ab, daß Sie den echten Schmuck in Ihrem Zimmer aufbewahren? Ist es Ihnen lieber, ich nehme Ihre Schlüssel und hole ihn?«

»Es war mein Recht. Mein Mann war damit einverstanden. Seine Söhne hielt er für erwachsen genug, um für sich allein zu sorgen, und er wollte eine alte Frau wie mich nicht ohne Rücklagen wissen. Wenn die Kinder davon erfahren hätten, hätten sie ihn verkauft, und wir hätten ein Jahr später trotzdem in der gleichen üblen Situation gesteckt.«

Er vermied es, sie anzusehen.

»Warum haßten Sie Rose?«

»Ich haßte sie nicht. Ich traute ihr nicht, und die Ereignisse geben mir recht. Sie konnte mich nicht mehr ausstehen, während ich alles für sie tat.«

»Wann entdeckten Sie, daß der Ring fehlte?«

Sie wollte gerade antworten, dann aber wurden ihre Augen hart.

»Ich antworte nicht mehr auf Ihre Fragen.«

»Wie Sie wollen.«

Er wandte sich zu Castaing:

»Schreib trotzdem weiter.«

Und während er so mit schweren Schritten das Zimmer abging, daß die Nippsachen zu wackeln anfingen, redete er vor sich hin:

»Wahrscheinlich haben Sie diese Entdeckung vor dem Mittwoch der letzten Woche gemacht. Rose war die einzige Person, die Sie gesehen haben und die in den Besitz des Rings gelangen konnte. Wahrscheinlich haben Sie ihre Sachen durchgewühlt und nichts gefunden. Als sie am Mittwoch ausging, sind Sie ihr nachgegangen und sahen, wie sie sich mit Théo in Etretat traf.«

Nun bekam sie es wirklich mit der Angst zu tun.

»Sie wußten nicht, ob sie mit ihm darüber gesprochen hatte. Sie vermuteten aber, daß er wegen des Schmucks hier sei.«

Obwohl sie sich entschlossen hatte, nichts mehr zu sagen, konnte sie eine Zwischenbemerkung nicht unterdrücken.

»Von dem Tag an, da er Bescheid gewußt hätte, wäre ich meines Lebens nicht mehr sicher gewesen.«

»Das mag sein. Ich möchte Sie darauf aufmerksam machen, daß ich Sie nichts gefragt habe. Unterbrechen Sie mich, wenn Ihnen danach ist, aber ich brauche Ihre Bestätigung nicht.

Sie beschlossen also, die Rose aus dem Weg zu räumen,

bevor sie Gelegenheit hätte, Sie zu verraten – zumindest hofften Sie das –, und Sie paßten den günstigsten Augenblick ab, der sich Ihnen bot. Der berühmte 3. September! Der einzige Tag im Jahr, an dem die ganze Familie hier zusammenkam, diese Familie, die Sie haßten, einschließlich Ihrer Tochter.«

Wieder wollte sie etwas sagen, aber er ließ sie gar nicht zu Wort kommen.

»Sie kannten die Schwäche Ihres Dienstmädchens für Medikamente, für Medikamente aller Art. Wahrscheinlich haben Sie gesehen, wie sie aus Ihrer Apotheke welche wegnahm. Wahrscheinlich trank sie jeden Abend den Rest des Schlafmittels aus Ihrem Glas. Sehen Sie, dieses Verbrechen ist das Verbrechen einer Frau und insbesondere das Verbrechen einer einsamen alten Frau. Eines dieser von langer Hand geplanten Verbrechen, an das man stundenlang denkt und das man immer weiter ausspinnt.

Wie sollte ich Sie verdächtigen, wenn das Gift offenbar für Sie bestimmt war? Der Verdacht mußte auf Ihre Tochter und alle anderen fallen.

Für Sie reichte die Erklärung, das Getränk habe bitter geschmeckt und Sie hätten es auch Ihrem Mädchen gesagt. Nun bin ich aber sicher, daß Sie absichtlich nichts sagten.«

»Sie hätte es trotzdem getrunken!«

Sie gab nicht auf, wie man hätte meinen können. Sie saß da, hörte konzentriert jedes Wort und legte sich ihre Antworten zurecht.

»Sie gingen davon aus, daß die örtliche Polizei die Untersuchung einleiten, aber nichts herausfinden werde. Sie bekamen erst Angst, als Sie erfuhren, daß ich von Paris geschickt wurde und sich Charles Besson dafür eingesetzt hatte.«

»Sie sind zu bescheiden, Monsieur Maigret.«

»Ich weiß nicht, ob ich bescheiden bin, aber Sie haben den Fehler gemacht, zum Quai des Orfèvres zu kommen. Das Verdienst, sich an mich gewandt zu haben, wollten Sie sich zuschreiben.«

»Und woher sollte ich gewußt haben, daß Charles an Sie gedacht hat, wenn Sie mir das erklären können?«

»Ich weiß es nicht. Das ist ein Detail, das sich später klären wird.«

»Es gibt wohl einige Details aufzuklären, denn Sie haben keinerlei Beweise für das, was Sie da so überzeugend vortragen.«

Maigret ging auf die Herausforderung nicht ein.

»Das gilt auch für den Schmuck. Hier vor Ihnen liegen meine Schlüssel auf dem Tisch. Gehen Sie doch hinauf und suchen Sie nach ihm.«

Er hielt inne und schaute sie, von diesem neuen Problem beunruhigt, an, wobei er Selbstgespräche zu führen schien:

»Vielleicht benutzten Sie die Reise nach Paris, um ihn irgendwo zu deponieren. Nein, Sie würden ihn nicht so weit weg verstecken. Sie haben ihn in keiner Bank deponiert, wo man ihn finden könnte.«

Sie lächelte verschmitzt.

»Fangen Sie an zu suchen!«

»Ich finde ihn.«

»Wenn Sie ihn nicht finden, läßt sich keine Ihrer Behauptungen aufrechterhalten.«

»Wir kommen gegebenenfalls darauf zurück.«

Es tat ihm jetzt äußerst leid, daß er die Karaffe in seinem Wutanfall zerschlagen hatte, denn er hätte jetzt gern einen Schluck getrunken.

»Ich habe heute abend, als ich bei Ihnen vorbeischaute, absichtlich von den Beziehungen zwischen Rose und Théo gesprochen und ihr Treffen vom Mittwoch erwähnt. Ich wußte, daß Sie darauf reagieren würden. In Ihrer Angst, ich könnte Théo ausfragen und er würde reden, versuchten Sie, sich mit ihm zu treffen, ohne daß Sie jemand sah. Vielleicht wollten Sie ihn auch endgültig zum Schweigen bringen. Ich habe mir überlegt, wie Sie es angestellt haben, sich mit ihm zu treffen, ohne gesehen zu werden. Ich dachte nicht an das Telefon. Genauer gesagt, ich dachte nicht an die alte Mademoiselle Seuret, die gleich nebenan wohnt und die Sie manchmal besuchen.«

Er wandte sich zu Théo.

»Kennen Sie sie?«

»Ich habe sie seit mehreren Jahren nicht mehr gesehen.«

»Ist sie krank?«

»Sie war früher schon halb taub und blind.«

»Unter diesen Umständen haben wir die größten Chancen, den Schmuck bei ihr zu finden.«

»Sie sind dabei, von A bis Z eine Geschichte zu erfinden«, sagte sie aufgebracht. »Sie reden und reden und sagen sich, einmal werden Sie schon ins Schwarze treffen. Sie halten sich wohl für besonders schlau.«

»Sie haben Théo von ihrer Wohnung aus angerufen, und wahrscheinlich mußten Sie mehrere Nummern wählen, bis Sie ihn schließlich in einer Bar ausfindig machen konnten. Sie haben ihm gesagt, Sie wollten mit ihm reden, und er verstand sofort. Sie wollten aber gar nicht mit ihm reden!

Sehen Sie, Ihre beiden Morde sind nicht nur das Verbrechen Alleinstehender, sondern auch das Verbrechen alter Damen.

Sie sind intelligent, Valentine!«

Trotz allem fühlte sie sich sichtlich geschmeichelt von diesem Kompliment.

»Théo mußte zum Schweigen gebracht werden, doch ich durfte keinen Verdacht schöpfen. Es hätte zwar eine praktikable Lösung gegeben, aber die lehnten Sie ab: ihm die Teilung anzubieten.

Sie denken zu sehr an Besitz. Die Vorstellung, Sie müßten sich von einem Teil Ihres Schmucks trennen, der Ihnen noch nicht einmal das Leben erleichtert und zu nichts nutz ist, erschien Ihnen so ungeheuerlich, daß Sie lieber einen zweiten Mord begangen haben.

Sie haben Théo gebeten, Sie um Mitternacht zu besuchen und niemand etwas davon zu erzählen.

Hat sie das von Ihnen verlangt, Monsieur Besson?«

»Sie werden verstehen, daß es für mich schwierig ist, eine solche Frage zu beantworten. Ein Gentleman…«

»Du Schuft! Zieht ein Gentleman vielleicht ein Dienstmädchen in seine Familienangelegenheiten mit hinein und verleitet sie, etwas zu stehlen, weil ihm das gelegen kommt? Schickt ein Gentleman jemand vor, der sich an seiner Stelle töten läßt?«

»Monsieur Besson, eigentlich fühlten Sie sich nach Valentines Anruf siegessicher und erschreckt zugleich. Siegessicher, weil Sie die Partie gewonnen hatten, weil ihr

Anruf bewies, daß sie zu Verhandlungen bereit war. Erschreckt, weil Sie sie kannten und sich daher ausrechnen konnten, daß sie sich Ihr Schweigen nicht freudestrahlend erkaufte.

Sie witterten eine Falle. Dieses Treffen hier um Mitternacht verhieß Ihnen nichts Gutes. Sie gingen zurück ins Hotel und überlegten; dabei kam Ihnen der Anruf Henris, der schon einiges getrunken hatte, sehr gelegen.

Ich hatte mich heute abend mit ihm unterhalten, und das ging ihm im Kopf herum. Er hatte schon ziemlich viel getrunken und wollte Sie sehen, ich weiß eigentlich nicht, warum, vielleicht wußte er es selber nicht so genau.

Also haben Sie ihn ausgeschickt, um das Terrain zu sondieren, und ihm gesagt, er solle sich genau um Mitternacht hier einfinden.

So war er es, der Valentine in die Falle ging.

Ich ziehe meinen Hut vor Ihnen, Madame. Der Mord an Rose war schon bewundernswert geplant, aber dieser war von einer geradezu teuflischen Gerissenheit!

Bis hin zu dem Trick mit dem Schalter, den Sie mir heute abend vorführten und der Sie entlastete, als Sie in Ihrer Erregung geschossen haben, ohne draußen Licht gemacht zu haben.

Nur ist Henri dabei umgekommen. Bruder und Schwester in der gleichen Woche!

Wissen Sie, was ich tun würde, wenn ich nicht bei der Polizei wäre? Ich würde Sie unter der Obhut des Inspektors hier lassen und ginge nach Yport, um die ganze Geschichte einem gewissen Trochu und seiner Frau zu erzählen. Ich würde ihnen sagen, wie und warum und aus welch schmutzigen Interessen sie zwei Kinder im besten Alter in wenigen Tagen verlieren mußten. Ich würde sie mitbringen, sie und die Schwestern und die Brüder Ihrer Opfer mit allen ihren Nachbarn und Freunden.«

Er sah, daß Théo leichenblaß wurde und die Hände auf den Armlehnen verkrampfte. Valentine sprang bestürzt auf:

»Sie haben nicht das Recht, das zu tun! Worauf warten Sie noch, um uns nach Le Havre mitzunehmen? Sie sind verpflichtet, uns zu verhaften, jedenfalls mich zu verhaften.«

»Gestehen Sie?«

»Ich gestehe nicht; aber Sie klagen mich an, und Sie haben kein Recht, mich hier zu lassen. Wer weiß, ob die Trochus nicht schon benachrichtigt wurden und auf dem Weg hierher sind?«

»Wir leben in einem zivilisierten Land, in dem jeder das Recht auf einen Prozeß hat.«

Sie horchte jetzt auf die Geräusche draußen und hätte sich aus einem Schutzbedürfnis heraus Maigret beinahe an die Brust geworfen, als sie das Geräusch eines Autos und darauf Schritte im Garten hörte. Sie war jetzt einem Nervenzusammenbruch nahe. Ihr Gesicht hatte seinen hübschen Ausdruck verloren, in ihren Augen stand die blanke Angst, ihre Fingernägel krallten sich in die Hände des Kommissars.

»Sie haben nicht das Recht! Sie haben nicht...«

Es waren nicht die Trochus, die noch von nichts wußten, sondern der Leichenwagen aus Le Havre sowie ein Polizeiauto mit Experten.

Eine halbe Stunde lang gehörte das Haus ihnen. Henris Leiche wurde auf einer Bahre hinausgetragen, während ein Fachmann Aufnahmen vom Tatort machte, um sein Gewissen zu beruhigen, auch von der Fensterscheibe, die die Kugel durchschlagen hatte.

»Gehen Sie und ziehen Sie sich an!«

»Und ich?« fragte Théo Besson feige, der nicht wußte, wie er sich drehen und wenden sollte.

»Ich glaube, Sie müssen versuchen, mit Ihrem Gewissen klarzukommen.«

Vor dem Haus hielt noch ein Auto, und Charles Besson stürzte ins Haus.

»Was ist passiert?«

»Ich hätte Sie früher hier erwartet«, entgegnete ihm Maigret trocken.

Als verstehe er nicht, was Maigret damit sagen wollte, entschuldigte sich der Abgeordnete:

»Mir ist unterwegs ein Reifen geplatzt.«

»Weshalb sind Sie gekommen?«

»Als Sie mir eben am Telefon von dem Ring erzählt haben...«

»Ich weiß schon. Sie haben ihn nach der Beschreibung wiedererkannt.«

»Ich begriff, daß Théo recht hatte.«

»Weil Sie wußten, daß Théo Ihre Stiefmutter verdächtigte, noch in dem Besitz des Schmucks zu sein? Hatte er es Ihnen gesagt?«

Beide Brüder schauten sich feindselig an.

»Er hat es mir nicht gesagt, aber ich konnte es aus seinem Benehmen ablesen, als wir damals das Erbe aufteilten.«

»Kamen Sie her, um Ihren Teil abzuholen? Haben Sie die Beerdigung Ihrer Schwiegermutter Montet morgen früh vergessen?«

»Warum gehen Sie so hart mit mir ins Gericht? Ich weiß überhaupt nichts. Wen hat man da eben in dem Leichenwagen abtransportiert?«

»Sagen Sie mir zuerst, was Sie hier wollten!«

»Ich weiß es nicht. Als Sie mir von dem Ring erzählten, war mir klar, daß es eine häßliche Auseinandersetzung geben würde, daß Théo irgend etwas versuchen und Valentine es nicht mit sich machen lassen würde.«

»Nun! Es ist tatsächlich etwas passiert, aber Ihr älterer Bruder hat dafür gesorgt, daß nicht er, sondern jemand anders umgebracht wurde.«

»Wer?«

»Henri Trochu.«

»Wissen die Eltern es schon?«

»Noch nicht, und ich überlege mir, ob ich nicht Sie beauftragen sollte, ihnen die Nachricht zu überbringen. Schließlich sind Sie ihr Abgeordneter.«

»Nach diesem Skandal bin ich es wahrscheinlich nicht mehr lange. Und die Rose? Wer hat sie…?«

»Haben Sie es noch nicht erraten?«

»Als Sie mir von dem Stein erzählten, dachte ich…«

»An Ihre Stiefmutter! Genau sie. Erklären Sie das alles Ihren Wählern!«

»Aber ich habe doch nichts getan!«

Castaing schrieb schon lange nicht mehr mit, schaute Maigret an und hörte angestrengt auf Geräusche aus dem ersten Stock.

»Sind Sie fertig?« rief der Kommissar hinauf.

Und als sie nicht gleich antwortete, las er die Befürchtung auf dem Gesicht des Inspektors.

»Hab keine Angst! Diese Frauen tun sich nichts an. Sie wird sich bis zum bitteren Ende mit Händen und Füßen verteidigen und Mittel und Wege finden, die besten Anwälte für sich einzunehmen. Und sie weiß genau, daß die Köpfe alter Damen nicht rollen.«

Tatsächlich kam Valentine die Treppe herunter wie damals, als er sie zum ersten Mal gesehen hatte, wie eine kleine Gräfin, mit ihren tadellos frisierten Haaren, ihren großen hellen Augen, ihrem einwandfrei sitzenden Kleid und einem großen Diamanten auf dem Ausschnitt: natürlich eine Imitation.

»Legen Sie mir keine Handschellen an?«

»Ich glaube, das würde Ihnen gefallen, denn es sähe theatralischer aus, es gäbe Ihnen das Aussehen eines Opfers. Führ sie ab!«

»Sie begleiten uns nicht nach Le Havre?«

»Nein.«

»Fahren Sie nach Paris zurück?«

»Morgen früh, wenn ich den Schmuck geholt habe.«

»Schicken Sie den Bericht?«

»Du kannst ihn selber schreiben. Du kennst dich darin genauso gut aus wie ich.«

Castaing wußte nicht mehr so genau, woran er war.

»Und dieser da?«

Er wies auf Théo, der sich gerade eine Zigarette angezündet hatte und seinem Bruder aus dem Weg ging.

»Er hat kein Verbrechen begangen, das unter ein Gesetz

fällt. Dazu ist er zu feige. Du wirst ihn immer finden, wenn du ihn brauchst.«

»Kann ich Etretat verlassen?« fragte Théo erleichtert.

»Wann immer Sie wollen.«

»Können Sie mich bis zum Hotel begleiten lassen, damit ich dort meinen Wagen und meine Sachen hole?«

Wie Valentine hatte er eine Heidenangst vor den Trochus. Maigret gab ihm einen der Inspektoren aus Le Havre als Schutz mit.

»Geh mit dem Herrn. Ich erlaube dir, ihm zum Abschied in den Hintern zu treten.«

Als sie La Bicoque verließ, drehte sich Valentine nach Maigret um und sagte rechthaberisch:

»Sie halten sich für sehr schlau, aber Sie haben nicht das letzte Wort.«

Als er auf seine Uhr schaute, war es halb vier morgens, und die Nebelsirene hörte man immer noch durch die Dunkelheit. Außer ihm war noch ein Inspektor aus Le Havre da, der gerade die Siegel an die Türen geklebt hatte, und Charles Besson, der nicht wußte, wohin er mit seinem massigen Körper sollte.

»Ich frage mich, warum Sie so böse zu mir waren, wo ich doch nichts getan habe.«

Das stimmte, und Maigret hatte beinahe Gewissensbisse.

»Ich schwöre Ihnen, daß ich mir nie im Traum vorstellen konnte, daß Valentine...«

»Wollen Sie mich begleiten?«

»Wohin?«

»Nach Yport.«

»Muß das sein?«

»Ich bräuchte dann kein Taxi zu bestellen, was zu dieser Stunde nicht einfach ist.«

Es tat ihm dann beinahe leid, denn Charles fuhr in seiner Nervosität beängstigend schnell.

Er hielt so weit weg wie nur möglich von dem kleinen Haus, das nur noch als Fleck im Nebel zu sehen war.

»Soll ich auf Sie warten?«

»Bitte.«

Besson hörte im Schutz des dunklen Autos, wie der Kommissar an die Tür klopfte und sagte:

»Ich bin's, Maigret.«

Charles sah, wie eine Lampe anging, die Tür sich öffnete und wieder schloß, und er biß mit den Zähnen die Spitze einer Zigarre ab.

Eine halbe Stunde verging, in der er mehr als einmal drauf und dran war, loszufahren. Dann ging die Tür wieder auf.

Drei Leute kamen langsam auf das Auto zu. Maigret öffnete die Wagentür und sagte mit gedämpfter Stimme:

»Lassen Sie mich in Etretat aussteigen und fahren Sie die beiden nach Le Havre.«

Die Mutter, die noch den Schleier vom Beerdigungstag trug, schluchzte ab und zu in ihr Taschentuch.

Der Vater sprach kein Wort, und auch Maigret schwieg.

Als er in Etretat vor dem Hotel ausstieg, drehte er sich um, wollte etwas sagen, brachte aber kein Wort heraus und zog nur langsam den Hut.

Er zog sich nicht aus und legte sich auch nicht schlafen. Um sieben Uhr morgens ließ er sich mit dem Taxi zur alten

Mademoiselle Seuret fahren, das ihn dann am Bahnhof absetzte, rechtzeitig auf den 8-Uhr-Zug. Außer seinen Koffern trug er eine kleine Tasche aus Saffian in der Hand, deren Schonbezug die gleiche hellblaue Farbe wie Valentines Augen hatte.

Carmel (Kalifornien), 8. Dezember 1950

Die Diogenes Hörbücher zum Buch

Georges Simenon
Maigret und die junge Tote

Ungekürzt gelesen von GERT HEIDENREICH

4 CD, Spieldauer 270 Min.

Georges Simenon
Maigret und die alte Dame

Ungekürzt gelesen von FRIEDHELM PTOK

4 CD, Spieldauer 275 Min.

Georges Simenon und Kommissar Maigret

»Simenon macht süchtig – das ist eine der Ursachen seines Welterfolges.«
Frankfurter Allgemeine Zeitung

»Für mich ist Maigret ein Flickschuster für kaputte Schicksale.« *Georges Simenon*

»Manche kommen und fragen mich: Was soll ich denn von Simenon lesen? – Ich antworte: alles.«
André Gide

Zwei Maigret-Fälle in einem Band:

Maigret und die Frauen
Enthält die Romane ›Maigret und die junge Tote‹
sowie ›Maigret und die alte Dame‹
Aus dem Französischen von Raymond Regh
und Renate Nickel

Keine Angst, für den Kommissar ist Madame Maigret die Idealfrau schlechthin – andere Frauen sind für ihn nur interessant, wenn sie ihm so mörderische Rätsel aufgeben wie die hübsche Louise und die reife Valentine.

Maigret macht Ferien
Enthält die Romane ›Maigret macht Ferien‹
sowie ›Maigret in Kur‹
Deutsch von Markus Jacob und Irène Kuhn

Endlich ausspannen, freut sich Kommissar Maigret und stürzt sich von seinem Liegestuhl kopfüber in zwei seiner gefährlichsten Fälle.

Maigret an der Côte d'Azur
Enthält die Romane ›Maigret und die Keller des Majestic‹
sowie ›Maigret und der Spitzel‹
Deutsch von Linde Birk und Inge Giese

Menschen im Hotel. Menschen im Café.
Zu den besten Maigret-Romanen gehören diese zwei

Fälle, die beide von der typischen Hotel- und Café-Stimmung durchdrungen sind und vom schönen Schein der Côte d'Azur.

Maigret an der Nordsee
Enthält die Romane ›Maigret und der Fall Nahour‹
sowie ›Maigret und der Gehängte von Saint-Pholien‹
Deutsch von Sibylle Powell

Als waschechter Franzose ist Kommissar Maigret im Ausland wie ein Fisch auf dem Trockenen – besonders wenn ihm die Sprache so völlig fremd ist wie die der Holländer und der Deutschen.

Maigrets schwierigste Fälle
Enthält die Romane ›Maigret und der gelbe Hund‹
sowie ›Maigret und die Bohnenstange‹
Deutsch von Raymond Regh und Guy Montag

Maigret fischt buchstäblich im trüben, denn beide Fälle ereignen sich um Mitternacht, ohne Spuren, ohne Zeugen. Zwei Morde, bei einem muß Maigret einen Hund suchen, beim zweiten die Leiche.

Maigrets erste Fälle
Enthält die Romane ›Maigrets erste Untersuchung‹
sowie ›Maigret und Pietr der Lette‹
Deutsch von Roswitha Plancherel
und Wolfram Schäfer

Maigrets erste Untersuchung hätte – bei Mißlingen – ebensogut auch seine letzte werden können. Denn wie auch im Fall um den Betrüger Pietr der Lette nimmt der junge Maigret seine Untersuchungen sehr ernst.

Georges Simenon
in der Diogenes Neuedition

Seit 1977 betreut der Diogenes Verlag das Gesamtwerk Georges Simenons in einer Werkausgabe. Im Laufe der Jahre erschienen über 200 Bände.
Der Autor erlebt im Augenblick eine europaweite Renaissance. In Italien ist jeder seiner neu erschienenen Romane auf den Bestsellerlisten. In Frankreich wird er anläßlich seines 100. Geburtstags 2003 in den Dichterolymp aufgenommen – seine Werke erscheinen in der prestigeträchtigen Pléiade.
Seit 1995 werden Simenons Werke im Rahmen einer Neuedition in zum Teil neuen oder überarbeiteten Übersetzungen wieder aufgelegt.

»Allmählich gibt es wieder Simenon zu kaufen, und gerade wer ihn noch nicht kennt, der hat jetzt die Möglichkeit, sich Zug um Zug und auf ganz übersichtliche Weise in Simenon einzulesen.«
Rolf Vollmann / Südwestfunk, Baden-Baden

»Zu Simenons neuerlichem Erfolg in deutscher Sprache gehört untrennbar und im wahrsten Sinne fundamental die Überarbeitung aller Übertragungen, die derzeit in Folge erscheinen: Ein so elegantes Deutsch ist selten geworden – nicht nur bei Übersetzungen.«
Elke Schmitter / taz, Berlin

Im Rahmen der Neuedition zur Zeit lieferbar:
(Stand Frühjahr / Sommer 2007)

Romane

Bellas Tod
Roman. Aus dem Französischen von
Elisabeth Serelmann-Küchler

Drei Zimmer in Manhattan
Roman. Deutsch von Linde Birk

Der Mann mit dem kleinen Hund
Roman. Deutsch von Stefanie Weiss

Der große Bob
Roman. Deutsch von Linde Birk

*Die Wahrheit über
Bébé Donge*
Roman. Deutsch von Renate Nickel

Der kleine Heilige
Roman. Deutsch von Trude Fein

Die Glocken von Bicêtre
Roman. Deutsch von Magda Kurz

Tropenkoller
Roman. Deutsch von Annerose Melter

Der Mörder
Roman. Deutsch von Lothar Baier

Die Komplizen
Roman. Deutsch von Stefanie Weiss

*Die Verlobung des
Monsieur Hire*
Roman. Deutsch von Linde Birk

*Der Tod des
Auguste Mature*
Roman. Deutsch von Anneliese Botond

Die Witwe Couderc
Roman. Deutsch von Hanns Grössel

*Der Bürgermeister
von Furnes*
Roman. Deutsch von Hanns Grössel

Wellenschlag
Roman. Deutsch von Ulrich Hartmann

Schlußlichter
Roman. Deutsch von Stefanie Weiss

Das Testament Donadieu
Roman. Deutsch von Eugen Helmlé

Die Marie vom Hafen
Roman. Deutsch von Ursula Vogel

Das Haus am Kanal
Roman. Deutsch von Ursula Vogel

Der Zug
Roman. Deutsch von Trude Fein

Der Mann aus London
Roman. Deutsch von Stefanie Weiss

Die Zeit mit Anaïs
Roman. Deutsch von Ursula Vogel

Im Falle eines Unfalls
Roman. Deutsch von Hansjürgen Wille
und Barbara Klau

Sonntag
Roman. Deutsch von Hansjürgen Wille
und Barbara Klau

Die grünen Fensterläden
Roman. Deutsch von Alfred Günther

Betty
Roman. Deutsch von Raymond Regh

Das Gasthaus im Elsaß
Roman. Deutsch von Angela von Hagen

Der Präsident
Roman. Deutsch von Renate Nickel

Der Teddybär
Roman. Deutsch von Ingrid Altrichter

Brief an meinen Richter
Roman. Deutsch von Hansjürgen Wille
und Barbara Klau

Striptease
Roman. Deutsch von Angela von Hagen

Die Selbstmörder
Roman. Deutsch von Linde Birk

Die Tür
Roman. Deutsch von Linde Birk

*Die Flucht des
Monsieur Monde*
Roman. Deutsch von Barbara Heller

Der fremde Vetter
Roman. Deutsch von Stefanie Weiss

Hotel ›Zurück zur Natur‹
Roman. Deutsch von Irène Kuhn
(vorm.: ... *die da dürstet*)

Maigret-Romane und -Erzählungen

Maigret und die alte Dame
Roman. Deutsch von Renate Nickel
Auch als Diogenes Hörbuch erschienen, gelesen von Friedhelm Ptok

Maigret und Pietr der Lette
Roman. Deutsch von Wolfram Schäfer.
Mit einer Nachbemerkung des Autors
Auch als Diogenes Hörbuch erschienen, gelesen von Gert Heidenreich

Maigret und die junge Tote
Roman. Deutsch von Raymond Regh
Auch als Diogenes Hörbuch erschienen, gelesen von Gert Heidenreich

Maigrets erste Untersuchung
Roman. Deutsch von Roswitha Plancherel

Maigret und der gelbe Hund
Roman. Deutsch von Raymond Regh
Auch als Diogenes Hörbuch erschienen, gelesen von Friedhelm Ptok

Maigret als möblierter Herr
Roman. Deutsch von Wolfram Schäfer
Auch als Diogenes Hörbuch erschienen, gelesen von Gert Heidenreich

Maigret bei den Flamen
Roman. Deutsch von Claus Sprick

Maigret und der verstorbene Monsieur Gallet
Roman. Deutsch von Roswitha Plancherel

Maigret und die Keller des ›Majestic‹
Roman. Deutsch von Linde Birk

Maigret und das Dienstmädchen
Roman. Deutsch von Hainer Kober

Maigret in der Liberty Bar
Roman. Deutsch von Angela von Hagen

Maigret regt sich auf
Roman. Deutsch von Wolfram Schäfer

Maigret und der einsame Mann
Roman. Deutsch von Ursula Vogel

Maigret und der Spitzel
Roman. Deutsch von Inge Giese

Maigret am Treffen der Neufundlandfahrer
Roman. Deutsch von Annerose Melter

Maigret und das Verbrechen in Holland
Roman. Deutsch von Renate Nickel

Maigret macht Ferien
Roman. Deutsch von Markus Jakob

Mein Freund Maigret
Roman. Deutsch von Annerose Melter

Hier irrt Maigret
Roman. Deutsch von Elfriede Riegler

Maigret contra Picpus
Roman. Deutsch von Hainer Kober

Maigret und der geheimnisvolle Kapitän
Roman. Deutsch von Annerose Melter

Madame Maigrets Freundin
Roman. Deutsch von Roswitha Plancherel

Maigret in Kur
Roman. Deutsch von Irène Kuhn

Maigret und die kleine Landkneipe
Roman. Deutsch von Berhard Jolles und Heide Bideau

Maigret, Lognon und die Gangster
Roman. Deutsch von Wolfram Schäfer

*Maigret und der Treidler
der ›Providence‹*
Roman. Deutsch von Claus Sprick

*Maigret und der
Weinhändler*
Roman. Deutsch von Hainer Kober

Maigret und sein Revolver
Roman. Deutsch von Ingrid Altrichter

Weihnachten mit Maigret
Erzählung. Deutsch von Hans-Joachim Hartstein
Auch als Diogenes Hörbuch erschienen, gelesen von Hans Korte

Biographisches
Als ich alt war
Tagebücher 1960–1963. Deutsch von Linde Birk

Stammbaum
Pedigree. Roman. Deutsch von Hans-Joachim Hartstein

Simenon auf der Couch
Fünf Ärzte verhören den Autor sieben Stunden lang. Deutsch von Irène Kuhn. Mit einer Vita in 43 Bildern, einer Bibliographie und Filmographie

Meistererzählungen
Deutsch von Wolfram Schäfer, Angelika Hildebrandt-Essig, Gisela Stadelmann, Linde Birk und Lislott Pfaff

Liaty Pisani
im Diogenes Verlag

Der Spion und der Analytiker
Roman. Aus dem Italienischen von Linde Birk

Gefährlich, wenn ein Psychoanalytiker die Standesregeln verletzt und zu sehr ins Leben seiner Patienten eindringt. Den Wiener Analytiker Guthrie läßt es jedenfalls nicht kalt, als die schöne Alma Lasko ihn versetzt und er erfährt, daß ihr plötzliches Verschwinden mit dem seltsamen Tod ihres Mannes zu tun haben muß. Fatal auch, wenn ein internationaler Spitzenagent unter einem Kindheitstrauma leidet, das im falschen Moment aufbricht. So geht es dem Agenten Ogden, der sich mit Guthrie zusammentut, um Alma Lasko ausfindig zu machen. 007 auf der Couch und ein Psychoanalytiker, der zum Spion wird: die beiden geraten in eine aufregende Verfolgungsjagd, die Wien, Zürich, Genf und Mailand zum Schauplatz hat.

»*Der dritte Mann*, erneuert und korrigiert an einer apokalyptisch gezeichneten Jahrhundertwende.«
Epoca, Mailand

Der Spion und der Dichter
Roman. Deutsch von Ulrich Hartmann

Juni 1980. Ein italienisches Zivilflugzeug mit 81 Insassen stürzt auf dem Weg von Bologna nach Palermo ins Meer. Offensichtlich abgeschossen. Wer steckt dahinter? Die NATO? Libyen? Liaty Pisanis Thriller basiert auf einem düsteren Kapitel der italienischen Nachkriegszeit, der bisher unaufgeklärten Affäre Ustica. Was Ogden dabei herausfindet, ist haarsträubend. Lediglich Fiktion oder brutalste politische Realität?

»Ein Volltreffer. Ein Roman, der einem die Haare zu Berge stehen läßt. Ich habe das Buch gefressen, mit al-

len Krimi-Symptomen wie Herzrasen und feuchten Händen.«
Christine Schaich / Süddeutscher Rundfunk, Stuttgart

»Mit erzählerischer Bravour und vergnüglicher Ironie verwandelt Liaty Pisani den traditionellen Kriminalroman in ein Schauermärchen – vor dem Hintergrund einer realen Tragödie.« *Der Spiegel, Hamburg*

Der Spion und der Bankier
Roman. Deutsch von Ulrich Hartmann

Der Schweizer Bankier, der zuviel wußte, wird ermordet. Es geht um viel Geld: um nachrichtenlose Vermögen. Agent Ogden soll den Sohn des Toten aufstöbern, der mit Beweismaterial von Zürich nach Südfrankreich, aber auch aus der Gegenwart in die Vergangenheit geflohen ist – ins Reich der Katharer. Dieses Volk von Häretikern wurde im Mittelalter bekämpft – wie auch damals schon die Juden – und in den Albigenser-Kriegen vernichtet.
Aktuelles vermischt sich in diesem Roman mit Geschichte, Privates mit Politischem, nationale und zeitliche Grenzen werden verwischt – ein spannender Plot mit nahezu spielbergschem Finale.

»Die Italienerin Liaty Pisani räumt gleich mit zwei Vorurteilen auf: daß Spionage-Thriller eine Männerdomäne sind und daß nach dem Ende des kalten Krieges die guten Stoffe fehlen. Über Ogden, den sympathischen Grübler, dem die Moral mehr bedeutet als seine Mission, wollen wir mehr lesen!«
Franziska Wolfheim / Brigitte, Hamburg

Der Spion und der Schauspieler
Schweigen ist Silber
Roman. Deutsch von Ulrich Hartmann

Beim Absturz des Flugzeugs von George Kenneally vor der amerikanischen Ostküste hegt niemand den

Verdacht, daß es sich um Mord handeln könnte. Außer dem Berliner Schauspieler Stephan Lange. Dafür soll er büßen. Eine Verfolgungsjagd beginnt, die von den Kykladen über Monte Carlo und Bern nach Berlin führt, wo Lange mit Ogdens Hilfe den Showdown inszeniert.

»Liaty Pisani erweist sich als Meisterin des Agententhrillers.« *Volker Hage / Der Spiegel, Hamburg*

»Gestern war Bond, heute ist Ogden. Kühn, kühl und klug – ein neuer James Bond, made in Italy.«
Juliane Lutz / Focus, München

Die Nacht der Macht
Der Spion und der Präsident
Roman. Deutsch von Ulrich Hartmann

Kampf um die Macht in Rußland – Oligarchen und aufstrebende Mafiosi planen einen Staatsstreich. Agent Ogden soll ihn vereiteln, doch muß er sich dabei die Finger nicht schmutzig machen – denn Frauen werden seinen Gegnern zum Schicksal.
Liaty Pisani scheut sich nicht, die Probleme des neuen Jahrtausends beim Namen zu nennen: Machtstreben, Terror und Haß. Unerbittlich läßt sie ihre Figuren einen Kampf austragen, bei dem es am Ende nur Verlierer geben kann.

»Man sollte Liaty Pisanis ›Ogden‹-Krimis genießen, bessere Spionage-Geschichten gibt es derzeit nicht.«
Sven-Felix Kellerhoff / Die Welt, Berlin

Stille Elite
Der Spion und der Rockstar
Roman. Deutsch von Ulrich Hartmann

Ogden hat in Venedig zu tun. Da läßt er sich das Konzert seines Freundes Robert Hibbing auf der Piazza San Marco natürlich nicht entgehen. Seit Jahrzehnten singt der Rockstar unbeirrt seine Songs. Dabei weiß er genau, daß er auf der schwarzen Liste der stillen Elite steht.

»Liaty Pisani verarbeitet in ihrem Ogden-Krimi *Stille Elite* die aktuellen weltpolitischen Fragen im Nachhall des 2. Golfkrieges sowie der SARS-Epidemie, indem sie den politisch-kulturellen Gegensatz zwischen Amerika und Europa beschreibt. Das tut sie auf spannende und, im wahrsten Sinne des Wortes, doppelbödige Art.« *Berner Zeitung*

Das Tagebuch der Signora
Roman. Deutsch von Ulrich Hartmann

Der italienische Faschist von heute kleidet sich businesslike und gibt sich als Mann von Welt, der mit »damals« nichts zu tun hat. Doch die Vergangenheit läßt sich nicht leugnen. Denn es gibt noch Leute mit unverfälschten Erinnerungen.
Wie Signora Brandini. Sie hat in ihrem Tagebuch jene Ereignisse dokumentiert, die sich damals, im September 1943, in Meina am Lago Maggiore abgespielt haben – wie es zu dem Massaker an Zivilisten kam und wer daran beteiligt war. Zu der Zeit war sie 17 und mußte mit ansehen, wie ihre Freunde ermordet wurden. Doch nicht nur die Erinnerung quält sie, noch viel mehr leidet sie darunter, daß die Schuldigen nie verurteilt wurden, daß sie unter falschem Namen ein angenehmes Leben führen und daß ihre Söhne das faschistische Gedankengut sogar im politischen Leben Italiens wiederaufleben lassen.
Ihr Tagebuch muß deshalb an die Öffentlichkeit gelangen. Doch die darin Genannten haben natürlich kein Interesse daran, als Verbrecher dazustehen. Mit allen Mitteln versuchen sie das Vorhaben zu vereiteln.

»Die Literaturkritik wundert sich immer wieder, daß Frauen Spionagethriller schreiben können. Sie wundert sich vor allem über Liaty Pisani. Das Besondere an ihren Büchern: Pisani recherchiert Ereignisse der Zeitgeschichte.« *Ulla Lessmann/Emma, Köln*

»Liaty Pisani ist die legitime Erbin großer Spionage-Thriller-Autoren wie John le Carré oder Raymond Chandler.« *Brigitte, Hamburg*

Donna Leon
im Diogenes Verlag

»Donna Leons Krimis mit dem attraktiven Commissario Brunetti haben eine ähnliche Sogwirkung wie die Stadt, in der sie spielen.«
Franziska Wolffheim / Brigitte, Hamburg

»Commissario Brunetti macht süchtig.« *Emma, Köln*

»Donna Leon hat mit dem sensiblen Commissario Brunetti eine Kult-Figur geschaffen.«
Martina I. Kischke / Frankfurter Rundschau

Venezianisches Finale
Roman. Aus dem Amerikanischen von Monika Elwenspoek

Endstation Venedig
Roman. Deutsch von Monika Elwenspoek

Venezianische Scharade
Roman. Deutsch von Monika Elwenspoek

Vendetta
Roman. Deutsch von Monika Elwenspoek

Acqua alta
Roman. Deutsch von Monika Elwenspoek

Sanft entschlafen
Roman. Deutsch von Monika Elwenspoek

Nobiltà
Roman. Deutsch von Monika Elwenspoek

In Sachen Signora Brunetti
Roman. Deutsch von Monika Elwenspoek

Feine Freunde
Roman. Deutsch von Monika Elwenspoek

Das Gesetz der Lagune
Roman. Deutsch von Monika Elwenspoek

Die dunkle Stunde der Serenissima
Roman. Deutsch von Christa E. Seibicke

Verschwiegene Kanäle
Roman. Deutsch von Christa E. Seibicke

Beweise, daß es böse ist
Roman. Deutsch von Christa E. Seibicke

Blutige Steine
Roman. Deutsch von Christa E. Seibicke
Auch als Diogenes Hörbuch erschienen, gelesen von Achim Höppner

Über Venedig, Musik, Menschen und Bücher
Deutsch von Thomas Bodmer, Christiane Buchner, Monika Elwenspoek, Reinhard Kaiser und Christa E. Seibicke
Ausgewählte Geschichten auch als Diogenes Hörbuch erschienen: *Mein Venedig*, gelesen von Hannelore Hoger